RACHEL KUSHNER

THE FLAMETHROWERS

喷火器

〔美〕蕾切尔·库什纳 著　　侍中 译

人民文学出版社
PEOPLE'S LITERATURE PUBLISHING HOUSE

著作权合同登记号　图字 01-2016-1502

图书在版编目(CIP)数据

喷火器/(美)库什纳著;侍中译.—北京:人民文学出版社,2016
ISBN 978-7-02-011647-8

Ⅰ.①喷…　Ⅱ.①库…　②侍…　Ⅲ.①长篇小说-美国-现代　Ⅳ.①I712.45

中国版本图书馆 CIP 数据核字(2016)第 095983 号

责任编辑:朱卫净　潘爱娟
特约策划:彭　伦
装帧设计:汪佳诗

出版发行　人民文学出版社
社　　址　北京市朝内大街 166 号
邮政编码　100705
网　　址　http://www.rw-cn.com

印　　刷　山东德州新华印务有限责任公司
经　　销　全国新华书店等

开　　本　850 毫米×1168 毫米　1/32
印　　张　11.5
字　　数　260 千字
版　　次　2016 年 8 月北京第 1 版
印　　次　2016 年 8 月第 1 次印刷

书　　号　978-7-02-011647-8
定　　价　49.00 元

如有印装质量问题,请与本社图书销售中心调换。电话:010-65233595

使之燃烧

谨以此书献给辛西娅·米切尔，

和安娜，无论她在或不在

目录

一

他用（手中的）摩托车前大灯杀了他

瓦莱拉掉队了，落在分遣队的后面。他埋头剪着另一个车手的灯线。那个摩托车手科佩尔蒂尼已经死了。瓦莱拉没有丝毫的悲痛，匪夷所思，科佩尔蒂尼不但是他的战友，而且早在一九一七年以前，他们尚未志愿加入摩托营的时候，他们就在白色的霓虹灯下，沿着科尔索大道结伴奔驰了。

他在科尔索大道有轨电车的道口摔倒时，取笑他的也是科佩尔蒂尼，雾蒙蒙的夜晚，那个道口太湿滑了。

科佩尔蒂尼认为自己的车技更好，但正是科佩尔蒂尼自己，在茂密的树林里开得太急，结果一头猛撞在大树上。他的摩托车撞毁了，不过前大灯有根灯丝还没断，幽暗的灯光照着一块泥土和几簇枯草。科佩尔蒂尼的车子型号和瓦莱拉的不一样，不过用的灯泡正好一样。瓦莱拉想留一只备用。有个备件会很方便的。

隐隐约约，他听见喷火器的嘶嘶声，炮弹爆裂的凌乱回声。在深谷的另一侧，伊松佐河附近，战役仍在进行。这边却是一片静谧荒凉，清风徐徐，林叶扑扑簌簌，清响无绝。

他支起摩托车，把卡尔卡诺步枪捆在后货架上，然后去卸前大灯。他想把大灯从卡槽中拧出来。纹丝不动。他正使劲扯着大灯的绳索时，白杨树林后面闪出一个男子，冲他飞奔过来，一看就是个德国兵，穿着绿黄相间的军服，没戴头盔，像个被送到战场的橄榄球运动员。

瓦莱拉一把扯下黄铜灯罩，扑向德国兵。德国兵倒下了。瓦莱拉跌倒在他身后。德国兵爬起来抢前大灯，前大灯的尺寸形状都和橄榄球相似，灯上拖着一束截断的线缆，仿佛是一丛截断的视神经。瓦莱拉又抢回了前大灯。他两次用踢地滚球的办法，把前大灯踢出去，每次又都被德国兵抢到手了。瓦莱拉把他扑倒在地，用膝盖抵住他的脸，掰开他的手指。反正犯规也无所谓，在这片静悄悄的林子里既没有处罚也没人给你亮红牌。他的连队已经在几英里的前方了，这个德国兵不知怎的落单了，在白杨树林里转昏了头。

德国兵又爬了起来，准备用肩膀顶他。

瓦莱拉用前大灯砸得他脑浆四溢。

二

美国精神

我走到阴凉处，解开下巴颏上的头盔带。汗水沿着我的锁骨往下淌，一滴一滴，流到我背上，皮革赛车服里的尼龙内衣也沁得浸湿，淋漓的汗水顺着大腿直流。我摘下头盔，脱下沉甸甸的皮夹克，把它们搁在地上，拉开了骑行裤的通风拉链。

我伫立良久，看着云层缓缓飘移，巨大而蓬松的云层底部平整如镜，像在平底锅里融化一般。

以每小时一百英里的速度在公路上飞驰时，有些事情——诸如风对云的影响——只得忽略不计了。我不在赶路，也不在赶时间。速度不一定关乎时间。那天，骑着瓦莱拉摩托朝里诺以东行驶的时候，我关注的是越过地图上的内华达——当我穿越现实中的内华达时，地图就粘在油箱上。从里诺向东行驶，路线了然于胸。妓院、破败的院落、吐着浓烟的发电厂、宛如翻花绳游戏的弹簧和线圈，还有围栏。偶尔一见的货运列车，处在夏季浅水期的蜿蜒的特拉基河、铁路线以及伴我一路到芬利的河流——到了芬利它们就一路向北了。

从彼处开始，大地失去了色彩和特征，鼠尾草丛生的灰尘，一成不变的公路。我开始提速。我的速度愈快，就愈能感觉到自己和地图的联系。地图显示离开芬利五十六英里后，我会抵达洛夫洛克。离开芬利五十六英里后，我果真抵达了洛夫洛克。我从地图的一点移到另一点。温尼马卡。瓦尔米。卡林。埃尔科。韦尔斯。[1]我心里一阵祟

---

1 该段提到的芬利（Fernley）、洛夫洛克（Lovelock）、温尼马卡（Winnemucca）、瓦尔米（Valmy）、卡林（Carlin）、埃尔科（Elko）和韦尔斯（Wells）均为美国内华达州地名。

高的使命感——尽管我只是坐在载货汽车停车场的大棚下，汗水滚下脸颊，一阵燥热的无名风吹去了轻薄内衣上的水分。五分钟。只消再磨蹭五分钟，标示在地图上的地方就会逼近。

公路对面的广告牌上写着“舍费尔。当你不止有一个时。”广告牌支架离地很高，底下是一丛漆树，一只蓝知更鸟落在漆树枝条上。鸟儿仿佛在柔软的枝条上冲浪，它的羽毛是纯净的蓝色，就像是在工厂喷上的颜料。我想到了帕特·尼克松[1]，她明亮的黑眼睛以及被浆洗和珠饰弄得很挺括的黑色礼服。头发染成威士忌酒的颜色，发型拢成纹丝不动的波浪形。鸟怯生生地叫了一声，倏忽而逝的鸣啭，在正午听上去很孤寂，即刻淹没在绵延不绝的轮式灌溉喷水器当中了。帕特·尼克松来自内华达州，和我以及这只俏丽的州鸟一样。它在天空的映衬下显得出奇的蓝。帕特是出入美容院的高人，变节了，摇身一变成了第一夫人。现在我们可能要换成罗莎琳·卡特[2]了，她的嗓音莹澈，一张友善直率的大脸，慈悲之相可掬。还是帕特能打动我。很难让人去爱的人是个挑战，而挑战本身又使人很容易去爱他们。你身不由己地要去爱他们。那些表面很亲善的人并不是真的需要爱。

我付费加了油。其间，游戏室不断传出玩视频游戏的声音，是种唤作夜行司机的游戏。他们坐在低矮的座舱里，座舱是玻璃纤维模塑的，光明锃亮；他们指关节苍白，狂打方向盘，竭力避让道路两侧防护栏上的反光镜；他们避让灾祸时，玻璃纤维座舱不停地左摇右摆，吱嘎作响；当撞车着火了，则骂声四起，他们愤怒地用手掌拍打方向盘。路过的几个载货汽车停车场，都是这种情形。开车开累了，司机们就这样来消遣一下。后来我和罗尼·方丹说到这些事。原以为罗尼会觉得非常有趣，结果他连笑都没笑一下。他说：“嗯哼，是吧。这和自由有关。”我说：“怎么讲?”他说：“没人需要自由。”

我的舅舅博比以运垃圾为生，弥留之际，人躺在病床上，脚还一

1 帕特·尼克松（Pat Nixon，1912—1993），前美国总统理查德·尼克松的夫人。
2 罗莎琳·卡特（Rosalynn Carter，1927— ），前美国总统杰米·卡特的夫人。

抽一抽地踩离合。他的躯体顽固地操作着自卸式卡车，一会儿离合，一会儿换挡，躺在有轮病床上，驶向死亡。“他以身殉职了。”他的两个儿子麻木地说。博比为人狭隘自私，他们没法对他有感情。每个周日，斯科特和安迪都得给博比的卡车上油。现在他死了，周日他们就自由了，能给自己的卡车上油了。博比是我妈妈的兄弟。我们几个是一起生活一起长大的。妈妈上夜班，他也就是我们唯一的家长了。开完自卸垃圾车后，他就光着身子看电视，实在让人想不通；他指挥我们给他拧旋钮换频道，都懒得动一动。他自己是一大份牛排，只给我们方便面吃。有时，他会带我们去赌场，然后把我们丢在停车场玩火箭瓶，要不就是在80号洲际公路上和其他车玩胆小鬼游戏，坐在后排的我、斯科特和安迪都吓得蒙上双眼。我生活的家庭鲁莽粗野，没多少人情味。桑德罗有时会以此指责我。他佯装我是专门来折磨他的人，可实际情况恰恰相反。他摆出一副很受伤的样子，实际上我才是受害者。什么都得听桑德罗的。他比我大十四岁，是个成功的艺术家，穿上工作装和带钢圈护趾的皮靴，看上去很俊朗，身材颀长；虽然博比、斯科特和安迪也是这副行头，可是它们穿在桑德罗的身上，效果大不相同：他有家族遗产，却又能使用射钉枪和钻床。金钱没有让他变得虚弱无能，他穿衣打扮像个工人，有时甚至像个流浪汉，可是穿上那些衣服仍然很优雅。任何场合他都恬然自得，不会顾虑自己是否不上台面（顾虑本身就说明一个人不是圈里人）。

桑德罗在翻建库房的写字桌上方挂了一幅照片。相片里他手里擎着上了膛的霰弹猎枪坐在沙发上，旁边的莫顿·费尔德曼戴着厚厚的眼镜，桑德罗看起来冷静超然，上扬的枪筒像半边长长的字母X，斜跨整个照片。虽然这是一张黑白相片，但是你能看出桑德罗的眼睛是淡蓝色的，像狼的眼睛，这让他看上去相当的冷酷和狡诈。这张照片拍摄于莱茵贝克，他的朋友格洛丽亚和斯坦利·卡斯特莱在那儿有地产。桑德罗获准可在他们的地产上使用枪支，他搜罗了各式手枪和步枪，有些枪产自他的家族企业，不过后来他家就不做枪械生意了。桑德罗最喜爱霰弹猎枪，他曾经说过，如果非得杀人不可，霰弹猎枪是最好不过的选择。他就是这种风格，用他略带口音的英语（已经听不出多少意大利语口音了）简洁明了地表明，如果非得杀个人，他是做得到的。

这招对女人很灵验。她们根本无视我的存在，直接就和他热络起来。就像那个画廊经纪人海伦·海伦贝格，她是个冷艳的希腊美女，穿着打扮永远停留在一九六二年的风格，一袭黑色的直筒连衣裙，头发向上绾起。我们是在斯普林街遇见她的，当时我正要动身去里诺取此趟旅行用的瓦莱拉摩托。海伦·海伦贝格说她非常迫切地要去桑德罗的工作室，她的衣裙紧绷绷的，手里抓着一个很大的皮夹，像拿了一只工具箱似的。她难道要乞求不成？她抓着他的肩膀，那架势像是如果桑德罗不答应就休想走。和桑德罗合作的是埃尔文·弗雷姆画廊。海伦·海伦贝格想偷偷把他弄到自己的画廊。为了岔开话题，桑德罗就开始介绍起我来，不是作为他的女友，而是作为“刚刚毕业的年轻艺术家”——那意思是说，我，你就别指望了；不过呢，你可以考虑考虑这么一个人。这么一来，她就只得先支开我，然后再施压让他承诺造访工作室一事。

“艺术学位……是哪儿的？”她问我。

“UNR。”我说。我知道她肯定不熟悉内华达大学的首字母缩写。

“她受大地艺术的影响，”桑德罗说，“她的思想很了不得。她制作了一部关于里诺的漂亮的片子。”

海伦·海伦贝格代理了最知名的大地艺术家们，他们全是根基深厚、如日中天的大牌。桑德罗这么把我和我的作品拖进来让我感觉很别扭。我还没准备好要和海伦·海伦贝格打交道，他这样标榜我，让我觉得他在羞辱我，当然他并不一定是存心的。他多半该能意识到这一点——他如此推荐我去取代他，一定是满足了他什么嗜好。

“哦。你刚才说是从……”她维持着最低限度的礼貌，仅仅是为了不冒犯他。

“内华达州。”我说。

“那好，现在你真的可以学习艺术了。”她对他笑了笑，仿佛和他订了秘不示人的私约一般。“你要是和桑德罗·瓦莱拉在一起。他可是绝好的导师了，对于刚从……爱达荷州来的人？”

“里诺，”桑德罗说，“她要去那儿完成一件作品。她要在盐滩上横画一条线。那将是伟大的一笔。一定精妙绝伦。关于线条和绘画，她可谓是独具只眼。”

他想揽着我的腰，但是我让开了。我知道这个漂亮女人会怎么看我了，据罗尼·方丹的说法，和她签约的花名册上的艺术家，有半数和她睡过，他自己就在那个花名册上：我什么都不是，她要给桑德罗当代理，在实现这个企划的进程上，我无非是个小小的麻烦而已。

“那么，你是要去西部喽？”我们分开时，她问道。随后她又饶有兴致地询问了一些旅行的细节，不过她那些兴趣多半是装出来的。过了许久，我才又回想到这一幕，心中琢磨了一番。你要离开纽约？里诺，爱达荷。某个遥远的地方。

我拾掇行李的时候，桑德罗摆出一副我一去不回的模样，仿佛我把他丢入了孤寂而枯索的生活，只得听天由命逆来顺受了。海伦·海伦贝格强买强卖地和他约好见面了，他一双眸子溜溜转。

“当你在盐滩风驰电掣的时候，我未曾谋面的竞争对手们像傻子一样冲你流口水的时候，”他说道，“我就在这儿等着喂秃鹫吧。你就是有这本领，你能勾魂。你会放电，青春四射的电流。”

当你不止有一个时。我坐在载货汽车停车场，面对着那个广告牌，心里天真地想，我青春四射的电流尚可应付裕如。

海伦·海伦贝格旗下的大地艺术家包含最著名的罗伯特·史密森[1]，他是三年前过世的。当时我还在内华达大学读书。我是在报纸的讣告上、而不是从我们的艺术系获悉他和他的杰作螺旋形防波堤的。我们系既褊狭又保守（的确如海伦嘲讽的那样，我受益于桑德罗，远远胜过这间艺术学校）。负责螺旋形防波堤施工的工头曾经介绍过在湿地上搞这项工程的种种艰辛，一些非常昂贵的设备几乎都报废了。

---

1 罗伯特·史密森（Robert Smithson，1938—1973），美国著名大地艺术家，以雕塑和景观摄影知名。

他是在拿工人和前端装载机冒险，他很后悔揽下这个工程，后来那个艺术家在犹他州夏季的沙漠上现身了，一百一十八华氏度的高温，这家伙穿着一条黑色的皮裤子。据传，史密森曾声称，污染和工业也可以是美丽的，由于修建了铁路新线和油水井疏浚等缘故，他才为项目选定了大盐湖的这个区域。这个区域的淡水供应已经被人为切断，因此这里的盐含量非常高，除了红藻之外，绝无其他生命迹象。我渴望即刻看到这位穿皮裤的纽约艺术家的杰作，他多少描绘出我所熟悉的那个炉渣堆密布的西部世界，还那么兴味盎然。我来了，越过内华达北部，南下越过犹他州州界。我望着湖水，水面泛着奇特的白色泡沫，一波波地漾着。这些白色的漂浮物酷似积雪，但浮动时像肥皂沫，颤悠悠，轻飘飘。湖畔长着刺刺楞楞的沙漠植物，上面附着一层冰冷的盐霜。螺旋形防波堤没入了水里，不过透过水面还依稀可见。它使用的玄武岩和盐湖的堤岸是一样的，只是重新排列了形状。最好的创意经常很简单，有时甚至是显而易见，只不过旁人从来不曾注意到而已。我望着湖水和远方的湖岸，浩瀚的空旷盆地，巉岩，高悬的日头，一片阒静。我要到纽约去。

真是一个讽刺，因为一个艺术家得从纽约跑到西部才能实现自己特别的西部梦。我自己就是从西部来的——就是被艺术家浪漫化的人们头戴安全帽开垃圾车的西部。可是海伦·海伦贝格为什么要假装混淆爱达荷州和内华达州呢？一个人必须先搬到纽约然后才能成为西部的艺术家，这虽是讽刺，却是事实。如果我的志向真是如此。桑德罗就大声地说开了："她受大地艺术的影响。"可是这么一来，他也不经意地表明他正和一个非常年轻的女人在一起，而她没有显赫的门第或成就。唯有他说的话。

我小时候在内华达的山谷滑雪，感觉就像是在大山的表面作画，画出一道优雅而舒展的线条。我告诉桑德罗，我就是那样开始绘画的，五六岁的小女孩用滑雪的方式。等后来绘画化作了习惯，成为存在的方式或者打发时间的办法时，我更是常常想到滑雪。我开始参加障碍滑雪和大回转滑雪比赛时，俨然在追寻已经画就的线条。滑雪最基本的技术性挑战就是以领先的时间完成比赛，而这只需守住画线，稳稳地穿过旗门，不着痕迹即可，因为你越用力踏金属边缘的雪橇，就会留下越大的楔痕，速度也就降下来了。你不可在身后掠起雪花。要不着痕迹。雪橇要尽量平面触地。如果雪地松软，旗门周围会留下很深的辙道，一定要滑高些，做一个又高又美的弧线避开它们，切不可猛然转弯，雪橇不能抖动，我就这样一路滑到终点。

我对桑德罗说过，滑雪比赛就是用时间作画。终于有了一个愿意聆听的人了：我热爱两件事，一是绘画，一是速度。滑雪时，我就可以合二为一了。为了赢而画。

和桑德罗开始约会的第一个冬天，我们去了莱茵贝克镇斯坦利·卡斯特莱的地方过圣诞。有天晚上下起了漫天大雪。第二天清晨，我借了一副越野雪橇，在结冰的池塘上滑雪，我在池塘的表面留下了X形状的轨迹，然后把它拍了下来。“非常好，”桑德罗说道，“你的X。”可是我对那个轨迹并不满意。太多的人为痕迹，每隔十英尺，滑雪杆就留下一串单调乏味的印痕。越野滑雪就像是跑步，也像行走，像是沉思又像在做有氧运动。如果是以反常的速度、留下干净的滑痕就更好了。我问卡斯特莱能否借用一下他的卡车。在结冰的池塘旁边，我们开着车在雪地上兜圈子。我按照斯科特和安迪曾教我的那样打着方向盘，车轮打滑时，桑德罗就在旁边吃吃地笑。我在草坡上压出了又大又圆的车辙，再拍下来。可这只是在州北部快活一下而已。我认为艺术出自沉思的孤独。我觉得艺术应该包含冒险，某种真正的冒险。

在载重汽车停车场的五分钟快要结束了。我重新拢了拢头发，头发被风吹得纠缠在一起，头盔也把头发压得皱巴巴的，弄得很古怪。

司机们这会儿正争论着卡车的颜色。一辆紫红色的铰链式卡车熠熠发光，看上去就像是一排排半成品里的一根葡萄棒冰。他们像投选票一样，把一罐可乐抛入格栅中，冰块被砸得噼噼啪啪四散开。这些人哄笑着散开了。内华达构成了我生命的一部分，它是一种色泽，一种光亮，一种死寂。可是我这次回来就不一样了。我已经离开了。现在回来，不是因为我被困在这里。我是来做些什么的。做完之后，立马回纽约。

有个卡车司机走过时对我说："那是你的？"

一开始，我以为他指那辆卡车。可是他冲着瓦莱拉摩托扬了扬下巴。

那一刻，我还以为他指的是卡车。但是他把他的下巴朝向瓦莱拉摩托。

我一边拢辫子一边说是的。

他友好地笑了笑。"要让我说。"

我也冲他笑了笑。

"你要是装在运尸袋里被人抬下公路，该不会有多体面。"

所有运输牲畜的车辆必须过磅。我经过了地磅站，轻快地越过三挡进入四挡挡位，时速提到每小时七十英里。能看见巍峨群山峭削的山峰了，经年累月的积雪透过沙漠的薄雾略呈棕色，很像连裤袜的颜色。时速开到八十了。该不会有多体面。人们喜爱死亡。我还在安全时速中，还是四挡，我在等待。

在我前方的右车道，有一个银色的东西，尾部还闪着光。我松开了油门，不过没有退挡。一挨近我就认出来了，熟悉的灰狗长途汽车，尾部圆滚滚的。塑造性格，我母亲以前总爱这么说。在二十世纪五十年代初，她就一个人乘坐巴士——那时我还没有出生——这件事从来没有一个解释，也不像是正经八百的事情。一个年轻女人，坐着巴士飘来飘去，还在加油站的卫生间撩着冷水洗洗脸。我的脑海掠过一帧帧连续的镜头，光线凌乱，对比强烈的黑白照片，被电话线意外绞死的绝望女人；或是一个人揣着钱，戴着一副硕大的太阳镜，独自在阴沉沉的海滩自饮自斟。妈妈的生活远远没有这么迷人。她是个电话接线员，如果她的过去有什么黑色因素的话，那就是她粗粝的身世了——一个女人，贫穷，孤寂。如果是电影，仅这一点就足以引入错综复杂的剧情。但事实上，这些仅仅吸引了我爸爸。我三岁那年，他走了。家里人都说走了省心，说博比舅舅给我做爸爸比他更好。灰狗长途车越来越近了，我正准备超车时，发现长途车的窗户装了钢丝网而且被涂成黑色。排气管突突地冒着黑烟，下方的防护板已经松动了，车的侧面写着“**内华达教养所**”。一所移动监狱，里边的人都看不见外面。也许能看见外面会更糟糕。小时候，我有次骑着自行车在县城监狱周围转悠，看到一个男人透过窗口的铁栅怔怔地盯着我看。当时飘着毛毛细雨。我停下车，仰着头看他，一头油腻的金发，软塌塌的，脸看上去很小。几乎看不见雨丝。他的胳膊伸出铁栅。我猜他是在用手试雨。他冲着我竖了中指。

“留得自由在不怕没柴烧。”苏荷区鲁迪酒吧的洗手间墙上写着这句话，桑德罗和罗尼喜欢在这儿喝酒。整个夏天，这句话就留在洗面盆上方齐眼高的地方。没有人反驳也没人涂抹。你伸手到水龙头下的时候，就这么一句直白的号召。

我超过大巴，进到五挡，飙到九十英里，黑色速度表盘里的橘色指针稳稳地指着这个数字。我将身子缩到小小的整流罩后面。我到里诺接车时，在商家第一眼看到摩托时，就爱上了它的整流罩。鸭绿色的金属壳，冷藏箱的颜色。一部崭新的至尊运动版 650cc。实际上它是七七年——明年才有的型号。太新潮了，整个美国就我这一辆。我从没见过这种颜色的瓦莱拉摩托。上大学时我有过一辆六六年版的，是白色的。

从十四岁起，我就开始骑摩托。起初只在我家后面的树林里骑，斯科特和安迪各有一辆雅马哈 DT 型号的摩托车，是我们的第一辆轻型摩托。学会骑摩托前，我坐在表兄们的越野摩托后面。这两辆车是他们定制的街车，没有乘员的脚蹬，我岔开双腿，这样就不会被排气管烫伤了。两辆车既没有前大灯也没有牌照，都不能上路。不过斯科特和安迪带着我跑遍了里诺，除了家门口，因为妈妈严禁我骑表兄们的摩托。我坚持学会了前轮腾空和飞越，并且学会了信任。我不是信任斯科特和安迪——他俩一个玩前轮腾空，结果抬得过高，摩托车连带着我翻了个头（他还没学会怎么踩脚刹抬后轮呢）；另一个在建筑工地练习飞越泥土堆，让我抓得紧紧的。那是安迪。结果着地的时候，车头倾斜过大，我们俩从车把上飞了出去。我不信任他们的车技，他们隔三岔五地摔车，没理由信任他们。我相信自己必须冒险，必须亲自去冒险。上大学时，我买了一辆瓦莱拉摩托。后来因为要去纽约，又卖掉了。在大城市开始新生活后，我以为对摩托车已没兴趣了，结果并非如此。不过要是没有遇见桑德罗・瓦莱拉，或许真的失了兴趣。

现在时速已经飙到一百英里了，我俯背专心操纵着摩托，而昆虫噼噼啪啪地打在面罩上。

一旦走神，就无异于自杀。我跟自己保证，绝对不能走神。左边车道上，一辆温尼巴哥房车拖着一辆大众甲壳虫车。温尼巴哥的时速准是在四十英里左右：看上去像是趴在马路上一动不动。我们身处不同的时空，快与慢。没有固定不变的现实，只有相对的物体。连地球都在不停地运动。一眨眼的工夫，我就逼近大众车的尾部了，必须赶紧转到右车道。路况坏到不行，压上一块草皮，前轮一下失去平衡。车子开始簸动，左右摇晃。车头疯子般地摆动。我不敢碰刹车，只好闯过去，让车子自己恢复正常。这条车道到头了，心想必死无疑，可我连盐滩的影子还没看到。但随后前轮开始平稳正常了。我左转，重新回到较好的路面上。这场簸动一下唤醒了我。很幸运，没摔车。“速度是每个人的权利”，此乃本田新打出的广告词，可是速度不是权利。速度是生与死之间的堤道，但愿出来时，仍留在人世间。

黄昏时，我停车加油。广阔的天空变成了冰蓝色，一颗孤绝的星星闪烁着柔和的光辉。一辆轿车驶到油泵的另一侧。车窗开着，能听到一对男女说话的声音。

那人取下油箱盖，把加油枪塞进油箱，那架势仿佛不用劲就对不上油口。接着又很猥亵地抽动加油枪。他背对着我。我加油的时候就瞅着他。加满的时候，那个女人下了车。她朝我这儿瞄了一眼，但似乎没有看到我。

“你做个决定，”她说道，“我也会做出我的决定。马屁精。”

薄暮时分的光线，迷迷蒙蒙，蓝天也愈来愈幽深了，暮色中丛集翻舞的昆虫，让他们的谈话显得很亲昵。

“你求完我了，就叫我马屁精？现在都无所谓了？我是马屁精？”

那个男人猛地拔出加油枪冲着女人甩过去。女人两条裸露的大腿溅满了汽油。男人接着给车加油。加完后，他不是把加油枪挂回原处，而是像用完花园浇花的水管那样，随手丢在地上。他从口袋掏出一盒火柴，擦着，一根一根，弹向女人。每根燃烧的火柴在空中划出一道微弱的光弧，弹到她跟前时就已灭了。汽油沿着她的大腿往下滴。他一根接一根地划着火柴，再向她弹去，微弱的火花——威胁，或是，允诺——弱不禁风地灭了。

“你歇歇好不好？”她一面说一面用纸巾擦拭腿上的汽油，她刚刚从油泵旁边的自动售货机买了一包蓝色的纸巾。

凌空悬在我们头顶的钠光灯咔哒一声通电了，嗡嗡几声后亮了。一辆卡车刹着气闸开了过去。

“嘿。”他说道。他揪住她的一绺头发。

她冲着他笑，仿佛是去结伴抢银行一样。

这个地方，一眨眼天就黑了。我又骑车上路了，夜幕下的沙漠也改变了模样。虽然我只盯着前方的那道微弱的扇形光束，却也感觉到此刻的沙漠更加广漠浩瀚，吞噬一切。只有微弱的荧光和一两个加油站偶尔刺破这无边的黑暗。我琢磨着那个要点火烧女人的男人。他并不真要烧死她。某些举动，哪怕很真正的举动，也不过是个动作而已。他实际是说：“我要是点了呢？”而她在回应：“来啊，你试试。”

白天的沙漠像是刚出炉的甜点，现在又凉成冷甜点。随着海拔的提升，气温骤降。冷风直往我的皮衣里钻。没曾想过竟会这么冷。等到达目的地时，我的手指几乎都冻僵了，连刹车都不行了。我的目的地是位于犹他州州界的小镇，小镇有一所大型赌场，夜色中，“戴蒙德·吉姆”几个字闪耀着金光。只有丧气鬼才不会认为霓虹灯其实漂亮极了。它跳动飞舞，追逐着自己的余象。不过从灯箱的一端到另一端，亮着两个刺眼的橘色大字——“客满”。我在一家客满的汽车旅馆门前停了下来，停车场停满了托运跑车的卡车，希望他们能出于同情安排一下。我费力地脱下手套，结果脱下手套后，却怎么也解不开头盔的带子。我的手只剩下两个功能了，油门和刹车。我想从皮夹里取出钱和驾驶执照，可是僵直的手指就是不听使唤。我试啊试，一点一点地恢复了双手的活动能力。后来我终于脱下头盔，走到办公间。一个女人说客满了。后面又冒出一个和我差不多大的男人。“我来接待吧，劳拉。”他说自己是老板的儿子，我心中涌出一小股希望。我跟他解释，自己是一路从里诺骑过来的，非常需要一个睡觉的地方，我是计划到盐滩赛车的。

“也许我们能找到个解决办法。”他说。

“真的吗？”我问道。

“我不能保证什么，我们要不去街上的赌场喝一杯，一边喝一边谈谈？”

“谈谈？”

“也许我们能做点什么。至少我也能请你喝一杯。”

那些大人物的儿女们，总是最容易滥施淫威。

“我看还是算了吧，”我说，“你父亲在哪儿？”

“在养老院呢。”他转身走开，“好吧，最后说一遍，只是喝一杯。”

我说不用了，说完就走开了。在汽车旅馆办公间外面，另一个男人招呼我。

“嘿，”他说，“他是一头蠢猪。全是胡说八道。”

他叫斯特雷奇。他是维修工，住在其中的一间屋子里。他晒得黝黑，就像夏季的建筑工人一样，但周身看起来并不像个干活的。他穿的牛仔裤和牛仔上衣都是那种褪了色的蓝色，他留着标准的润滑工发型，而且是一九五六年的那种，不是一九七六年的风格。他让我想起了雅克·德米的影片《时装店》里的年轻漂泊者，在应征入伍前，四处游荡消磨时光；为了追踪一个美女，他还开着一辆白色的遮蓬汽车穿越了平原进入好莱坞山区。

“你瞧，我必须整夜在外边看护那头蠢猪的赛车，”斯特雷奇说道，“我不需要我的房间。你呢，需要一个睡觉的地方。为什么不睡我那儿呢？我保证不打扰你。屋里有电视，冰箱里有啤酒。没什么好东西，但总比跟他睡一张床好。我早晨会敲门进来冲个澡，我发誓，再没其他事了。看见他对别人装模作样我就受不了。真恶心。”

他这是真心要帮人，是毋庸置疑的热心肠。我信任他。部分原因是他很像那个电影角色。一年前，和桑德罗认识不久后，我俩一起看了《时装店》。我们经常拿电影里的经典台词打趣：“也许明天。也许永不。*也许*。”电影开始的场景是一对年轻情侣在威尼斯的爱巢，棚屋的窗口外，油井架忽高忽低地起伏不定。桑德罗不怎么关心那个漂泊者以及他的女友，他就是很喜爱那个开片的场景，于是也就喜欢这部电影了：窗外的油井架一高，一低，一高，一低，起伏不止，男孩和女孩慵懒地躺在屋内的床上，他们时而拌拌嘴，时而在平房附近转悠，在工业场景的映衬下，小屋显得很是破败潦倒。从那以后，我们就经常使用*平房*一词。“今晚到我的*平房*来吗？”桑德罗会这样问道。尽管那其实是座玻璃和铸铁结构的房子，每层有四千平方英尺。

斯特雷奇带我去看了看他的房间。整洁利落，有点令人心碎的感觉。老板的儿子收藏的各式古董巡洋舰摩托挤占了一半的空间，还有成堆的木质牛奶箱，里面塞满了各式扳手和摩托车零部件。斯特雷奇说他已经习惯这些东西了。洗脸盆的一侧放着一个轻便电炉，另一边则是一套刮脸用具和一瓶百利发乳。看上去就像是电影布景，主人公是一个漂泊者，名叫斯特雷奇，住在内华达州界处的一个赌城里。

在汽车旅馆对面的一家墨西哥餐馆里，我点了一份鱼，上来的时候却是一整条。我拨弄了几下，不晓得该怎么个吃法，最后我决定把鱼头截去。鱼头在盘子里，就像被切割的飞机机身一样。在那个洞穴中，不是身上散着薄荷味的飞行员，而是一团黑色淤泥般的鱼脑。我撇开眼，看到房间对过的隔间里坐着两个男人，可能也是到这儿的盐滩赛车的。留着两撇大胡子，风吹日晒的脸，像是被烧烤过的一样，吊裤带衬出大腹便便的将军肚。女招待端上两份玉米卷饼，一海碗的热奶酪和烘豆。女招待放盘子的时候，他们都不做声了，每个人都看了看自己的食物，是真的看。在饭店，每个人都这么做，停下来检查一下食物，以前没发现，今天要不是单独一个人肯定也发现不了。

斯特雷奇的床单是柔软的棉绒布，肯定不是汽车旅馆的东西。男人竟然也想要舒适的家居生活，这总是让我感到稀罕。桑德罗还是孩子时就睡在地板上，他说自己不配睡床上。他通过这种苦行僧生活拒斥那种养尊处优的特权。我倒不在乎自己配不配在床上睡觉，但是我很难让自己歇息下来。公路上卡车行驶的隆隆声不断，总是惊扰我浅浅的睡眠。我怎么也捂不热被窝，我把皮夹克铺在毛毯上，皮子那面朝上，活像块面包头。我担心斯特雷奇会溜到床上来。等我后来确信他不会这样，我又担心起明天，担心起我在盐滩的速度考验。我将会怎样呢？说起来，其实没什么了不起的。我来了。我会闯过去的。

在旅馆浸冷的睡眠深处，我梦见一台巨大的机器，一架异常庞大的飞机，金属机壳塞满了天空，减速的引擎声震耳欲聋。我不在内华达，而是在纽约的家里，这个可怕的机器遮天蔽日，一架被放大几百倍的喷气式客机。它缓缓地移动，速度就像飞机着陆的时候，但是机翼下没有灯光。我看到巨大的着陆襟翼，上面布满难看的铆钉，油腻的铰链撑着它，飞机愈飞愈低，直到天空什么也没有了，只留下一个炮合金起落架，还有那席卷一切的尖啸声。

早上，斯特雷奇进来洗了淋浴。他冲澡的时候，我匆匆穿上皮衣裤。他腰上裹着浴巾露面时，我正在整理床铺。他身材很高，金发，很单薄，像只长颈鹿，洗过热水澡后，皮肤红红的，上面还留着水珠。他问我能不能闭一下眼睛。他换衣服时，我能感觉到他赤裸的样子，不过，我觉得，他一样能轻松地感觉到我衣服遮盖着的胴体。

穿上衣服后，他坐在床上，把湿头发梳理成七十年代流行的鸭屁股造型，一丝不乱，头发一直留到了颈部。小镇嘛，发型无小事。我系上皮靴。我们聊了一会今天开始的速度试验。我说我也加入了，不过没扯到这和艺术的种种关系。这不是说谎。我是内华达州的女孩，我是摩托车手。我一直都对陆上速度纪录感兴趣。我谈这些的时候，加上了纽约式的谨慎——用很抽象的话谈论运动轨迹和速度，这些都不是斯特雷奇需要知道的东西。这些话能让我像个旅行者。

斯特雷奇说，旅店老板的儿子有一辆科尔维特跑车，不过他只能给车上上机油和测测胎压，有专门的机械师负责检修，专门的赛车手为他比赛。

“我得帮他填赛车表，他不懂什么叫‘排量’。”他笑着说，接着又默不作声了。

“还没见过女孩子骑意大利摩托呢，”他说，“感觉你不像真人一样。”

他看着放在衣柜上的头盔、手套和摩托车钥匙。房间似乎屏住了呼吸，有一扇窗户开了一道缝，对流的风把窗帘吸附在玻璃上，窗帘的褶边下透进一缕摇曳不定的阳光，窗帘不但遮住了阳光，而且还遮住了外面的世界。

他说他希望能看我比赛，可惜他被汽车旅馆绑住了，走不开，他得给一个烂淋浴间重新铺地砖。

“没关系。”我说，心里松了一口气。在斯特雷奇的床上过夜——我心里很清楚，这样的小插曲不该和下一站有什么瓜葛了。

“还会路过这里吗？”他问道，“我是说，以后？”

我看着那一箱箱工具和乱七八糟堆在一起的摩托车，都是老板儿子收集的。其中有一些状况还不错，另一些就是锈迹斑斑的外壳和熔断的线路，也许他保留这些东西就因为他在可怜的斯特雷奇的房间有宽敞的存物空间。一想到斯特雷奇不得不一整夜都坐在停车场，而不能躺在自己的床上，我敢说，我几乎决定跟他睡一觉了。我能看到我们未来的生活，斯特雷奇结束了一天的工作，一身的泥灰；或者浑身干干净净的，正在给细长的小腿套长筒袜呢。他的粗鲁，他的大度，都不过一个小小的插曲，今后还会在我心中重温。

我站起来，抓起头盔和手套，说近期不会再经过这儿了。我拥抱了他，说谢谢他。

他说他可能需要再去冲澡，凉水澡。不知怎的，他的话听上去很甜蜜，没有让人反感。

后来，我记忆最深的，竟是他说出我名字的样子。他说我的名字的语气，就好像他相信他懂我一样。

真实的我和斯特雷奇心目中的我，两者之间似乎有处幻想的空间，偶尔我的思绪会在那儿驻足流连。即便我们不谈电影也不谈艺术，我的一切，他都懂。“去过越南吗？”我会问他，已经做好心理准备，一段骇人的故事即将一泻千里，而我则会抚慰他那颗受伤的心，我们两人驾驶着一辆白色的旧皮卡，沙漠的骄阳硕大无朋，高悬在内华达平展的地平线上。“我？”他会说，“没啊。”

在离开小镇进入盐滩的那一小段车程里，早晨的阳光照着高处的沙漠，泛出莹莹的光辉。白色、沙色、玫瑰色和淡紫色——便是这里的色调了。有些地方沙子挨着植被，偶尔会扬起黄色的沙尘，淡黄色、纤细的向日葵花三三两两一株零星绽放。

这个赌镇最后的营生孤零零地建在一处断崖上的拖车大院。美酒和跳舞和裸体女人。我再次想到帕特·尼克松，想到她爱穿的内衣颜色。浅浅的桃色，或是亮柠檬雪纺绸。十几岁那会儿，我在里诺听到“野马牧场”[1]这个名称时，脑海里浮现的画面是间宽敞的农庄，里面有镶金边的镜子和圆床，罩着天鹅绒的原木形状的抱枕。现实中的“野马牧场”只是一间间既凌乱又昏暗的外屋，里面的女人都很阴郁，还吸毒。即使在我明白那是什么地方之后，听到“野马牧场”也会很自然地想到奢华的乡间生活，配有吧台的低地客厅，或许什么人正在播放旺达·杰克逊的唱片《大奥普里的眼泪》。不过在那种地方，人

1　野马牧场（Mustang Ranch），美国的一家妓院。

们听的是《金曲集锦四十首》或是发电机的嗡嗡声。

驶出州际公路，就在交流道不远处，是一片白茫茫的湖泊，被骄阳灼灼地烤着，湖面泛着金光，仿佛平放的刀面反射着太阳。这片纯白一直延伸到远方，地平线都隐约地显出地球的弧线。音速喷气式军机发出巨大的声浪，就像有人用巨大的泥抹子刮擦着湿水泥地。但是天空只能看到蓝色，最纯净的蓝，蓝到不能再蓝，仿佛蓝天露出了里子。飞机没有留下凝迹，只是从四面八方传来裹挟一切的轰鸣声。另一架喷气机高高地掠过盆地，无影无形。夜里我一定听到过这些声音。附近有一个基地，我的地图上标注为G区，上面打着灰色的括号。我想到了卫星，苏联的卫星，我以前见过一名深海潜水员的古旧的圆头盔，我就是参照着它来想象苏联卫星的，一闪一闪的圆家伙在太空中运行，就像唱针在唱片的槽纹上转来转去一样。G区的一切东西都被移走了，开闭式顶棚关上了，导弹也运走了，只是为了防止即将来临的侦测，军方为下一幕演出布置舞台布景。

我不明白军方为什么不留着盐滩给自己做试验用呢。我不清楚具体是什么测试，不过无非是和引擎的热度、速度、推力和噪音相关的什么东西。美国的传奇人物弗利普·法默驾驶着一辆四十英尺长四英尺宽的铝罐状赛车——这车配有海军幻影式战斗机的喷气引擎，他以五百英里的时速在盐滩上飞驰。可是，为何是一介平民弗利普呢，怎么不是军方呢？你可能觉得他们该想留这个地方的，一个可以放开速度驰骋的地方。但是他们不想要这么一大片盐滩。他们把盐滩算是白送给弗利普·法默这个陆上速度的世界纪录保持者了。

成长的岁月里，我很迷弗利普·法默，这和别的女孩喜欢小马驹、滑冰或保罗·麦卡特尼是一种情形。我在床头贴了弗利普和获胜赛车“胜利女神”的海报，他一脸早餐麦片式的招牌笑容，银蓝色防撕裂布料的赛车服一直拉到头，因受光角度不同，赛车服在有褶皱的地方会显出薰衣草的颜色；赛车靴是香草冰淇淋颜色，也是系得稳稳妥妥的；他腋下夹着一只银色头盔，上面用紫色的花体字写着“法默”两个字。在为此次盐滩试车做准备的时候，我曾在斯特兰德大街买过一本关于他的书，在书里又看到了他的照片。“胜利女神”就停在他身后的盐滩上。车身的喷漆是薰衣草色，跟他的阻燃赛车服折射出的颜色一模一样。手工打磨的颜色，喷漆散着幽幽的光泽，亮银色的进气管和尾翼。纯粹的重量和能量，但同时也是空灵的——那扇巨大的垂直翼直冲云霄。

我十二岁那年，弗利普经过里诺，在一个赌场办了个签名会。我没有光面照片给他签，所以就让他在我的手背上签了。好几个星期，洗淋浴时，我都把那只手套上个塑料袋，手腕处再扎上皮筋。这种迷恋和浪漫无关。对别人的亲近感是有不同层级的。年轻女孩不会想到性，想到肌肤之亲。这些事要等之后才会出现，在那之前是绝无杂念的。那只是一种无邪的换位想象，一场迷梦；对于小女孩来说，一个偶像就是梦想的不二之选了。他们不是真实的。他们不是骗你到加油站背面的加油站服务员，不是诳你到工具棚的送报生，也不是引诱你上车的朋友的爸爸。他们不引诱。他们召唤，不过这种召唤就像海市蜃楼一样。弗利普是遥不可及的，所以很安全。他很有些特别之处。从世界上所有的男人中，我选择了他；他在我的手背签了名，还露出一嘴白生生、齐垛垛的牙齿冲着我笑。面对哈拉斯赌场排队签名的人，无论是大人还是小孩，他都是那副笑容。我们不是一个个的人，我们只是他一掠而过的路面，他只是微笑着却很遥远。不过说真的，他要是回望我一眼的话，我可能就把手背上的签名给洗掉了。

路过里诺的那年，弗利普死里逃生，在盐滩创下了路上速度纪录。车速刚爬升至每小时五百二十二英里时，他的后减速伞提前打开了。减速伞突然从车尾张开，一下就被撕断了，导致赛车失控地在英里标志牌之间来回摆动。他控制住了车，但是没有了减速伞，已经无法让车慢下来了。他的时速依旧是五百英里。他明白，哪怕是轻踩一下刹车，刹车盘就会融化烧掉，那样他就连刹车也没有了。刹车的设计只适用于时速不超过一百五十英里的场合。他只得让赛车自己慢慢慢下来，可是车子根本就没慢下来。在近乎无摩擦的状态下飞掠盐滩的时候，他意识到，不管怎么着很快就会结束一切的。不管他用不用刹车，一切都会结束的。所以他就使用刹车了。他用左脚的赛车靴轻轻点了一下脚刹。脚刹沉到了地板。赛车继续飞驰，时速无限。他又试试刹车，什么都没有。在透明塑胶材质的水滴形座舱盖外面，平面的世界化作了水。

他掠过零英里标志，正式的跑道结束了。他的组员还有几队记者看着这一切。他的时速到四百英里了。这里的路面很劣质。发动机已经熄火，他听到的声音就是"胜利女神"碾过粗糙的盐滩时，悬挂装置发出的撞击和拍打声。他坐在驾驶舱里，快进坟墓了，他终于有时间思考了，也有时间去留意这是一个多么逼仄而又多么熟悉的空间。多么亲密又多么宁静。赛车充斥着白色的烟雾。他已经不再踩那个不是刹车的刹车了。当他静待死亡时，他突然意识到那片烟雾其实是盐——被车轮碾碎的盐粉被轮轴强制吸到了狭窄的驾驶舱。

透过白雾从舱盖往外看去，突然闪出一排电线杆。他试图从中间穿过去，结果却撂倒了几根。他现在朝着盐湖滩直奔而去，"胜利女神"的两侧溅起了高高的水幕。车速终于降了——三百英里，两百英里，可这时他被弹到十英尺高的堤坝上了——这堤坝是在挖掘一条横贯盐湖南端的排水沟时筑起来的。世界变成垂直的了。四边形的天空，澄澈无云。只得冥想一番天堂了，多么清丽的天空，蓝得像天使，多么经典的死亡前奏。如果蓝蓝的天空有朵渔船大小的蓬松的云彩，或是拖船大小的、抑或棉球大小的水蒸气，他就会心存希望。那里只有蓝莹莹的一片。他跃过堤坝扑向排水沟。排水沟积满了雨水。"胜利女神"重重地摔了进去。当汽车朝下沉没时，弗利普死命地捣开了舱盖。一旦没入水里，他纵有三头六臂也打不开这个舱盖。他扯下氧气罩，拼命要挣脱驾驶座，但被卡住了。他无法从方向盘后面脱身。汽车在下沉。他的防火赛车服被加力燃烧室的操纵杆勾住了。"胜利女神"已经深深地没入了水下，他仍试着从操纵杆上解开赛车服的袖套。就在大脑耗尽最后一丝氧气时，他松开了羁绊，朝着向上方那摇曳不定的光亮处游着，那是阳光穿透水面的地方。联氨燃料浮聚在水面，他就这么一身油亮地冒出来了。紧急救援人员赶紧跑过来。他们刚把他拖到安全的地方，联氨燃料就起火了，还发出一声沉闷的响声，随后是更大的响声，“胜利女神”在水下剧烈爆炸，就像燃料棒在池式反应堆里发生作用时一样，水面涌出大量气泡。

第二年，弗利普在他洛杉矶瓦茨区的工厂另造了一辆车——“胜利女神二号”，配上了更大的喷气发动机和像牛排一样结实的后轮盘式制动器。那是一九六五年，那年发生了骚乱，他的仓库着火了，也可能是被纵火烧毁的。“胜利女神二号”严重受损。他没时间再造一辆去参加盐滩的赛季了，赛季只从八月持续到九月或十月，也就是雨季到来之前——那时古老的湖床就变成一个巨型浅碗了。那一年的雨季来得早，“胜利女神二号”还没有准备好。我是在他的自传《胜利》中读到这些的。在书里，他说骚乱和雨季是类似的灾难：前后脚跟着就来了。瓦茨区的骚乱，盐滩的雨。总是微笑的乡巴佬弗利普在书中谈到了他和员工是怎么打改进版微型高尔夫球的，当暴徒向他们投掷土炸弹的时候，他们又是如何堵住车间的。“老天，”弗利普或他的代笔者写道，“这一年真是七灾八难的。”

瓦茨骚乱后的那个赛季，弗利普夺回了世界纪录，并一直保持到去年，也就是一九七五年；那一年一个意大利人开着火箭发动机驱动的赛车夺走了世界纪录，同年，弗利普正式宣布退出。现在他为汽车零部件减震器做电视广告。那个意大利人迪迪·邦波纳托是由瓦莱拉轮胎资助的。现在各条线索交汇了：迪迪·邦波纳托将在博纳维尔盐滩创造纪录。桑德罗是桑德罗·瓦莱拉，是瓦莱拉轮胎和瓦莱拉摩托公司的桑德罗。

在盐滩，太阳和盐层一起作用，就会形成亮晃晃的热浪雾幔。热浪从四面八方涌过来，经过雾幔折射的光线，再被筑实的白色地面反弹起来，透过我的皮裤灼烤着我的大腿。

我停下车，顺着露天的赛车维修区转了转。人们从平台拖车上推下赛车和摩托车，然后再推到工作台上，有人忙着解开线缆再接入发电机，也有人用漏斗从大汽油罐分装到塑料壶里。粉红的汽油和红色的合成机油渗入到盐层，看上去就像屠宰场里的残余物一样。近距离看，盐本身和原色的糖是一种颜色，但经过阳光的作用后，它就好像是最明亮的白色了。只有云彩遮住阳光，大地呈现出另一种清凉而沉郁的情致时，盐层方才现出真色，那是一种浅浅的米黄色。云朵一飘走，万物立刻就蒙上了一层银白色油脂一般的光泽了。

我听见工具箱的抽屉柔滑的开关声，还听见扳手掉到坚硬的盐地上叮叮当当的声音。小男孩们晒得黑黢黢的，一个个骑着自行车从我身边窜过去。他们戴着网眼棒球帽，模仿他们的爸爸和叔叔把帽檐挑得老高，他们的爸爸和叔叔们这会儿正围着工作台，趴在车上忙活呢。为了避免划伤喷漆，他们的腰带扣都偏到一边去了。工作台稍远的地方，体型高大的女人们扇着扇子，看着易酷乐保温箱。每个维修场都有一个这种打扮的妇女，坐在颤巍巍的铝制草坪椅上，格状的编织椅面被她们压得变了形。她们叉着双腿，粗壮的小腿肚很吓人，就像一张没有五官的大脸。她们时而打开易酷乐保温箱，时而又合上，有时拿出一瓶软性饮料和三明治，有时就是看看里面的东西。她们的丈夫在摞在一起的移动式工具箱那边，也是时不时地拉开又关上工具箱的红色金属抽屉。这些妇女看上去很腻烦的样子，可恰恰因为她们是比赛的老常客，又颇有几分自豪。

我填写了登记表，等候摩托车检测。这期间，赛车被推出了测试区，每个车胎前后都堆了一圈盐，看上去就像是没融化的雪一样。瓦莱拉车队到场了，车队里有卡车、拖车和装着有色玻璃以及工业级别发电机的空调巴士。他们停在盐滩上的专用区域。专用区围着绳子，不能自由出入。我交上登记表。还有几个小时才能轮到我们这个级别。我走到起跑线那儿。起跑线处的计时员很像前天晚上在墨西哥餐馆见到的那两人，留着两撇大胡子，戴着太阳镜还有护耳耳机，对讲机别在制服夹克的前襟处。

参加陆上速度纪录的每个赛手都有专用跑道。你自己比赛，你的速度会参照你所参加的车型类别。而我参加的就是650cc，双缸，非改装的车型。因为车道不是合用的，所以各类车辆一整天都连着上路，刺目耀眼的热浪突突地冒着，你方下台我登场，成功还是灾难，都只发生在个人身上。人们排着两个长长的队伍，短程跑道和远程跑道。每个队列都是形形色色的赛车、摩托车、改装的八缸高速赛车。流线型赛车看上去就像是装了四个轮子的弹头，赛车手平躺在棺材形状的狭窄车身里，平铺的车体离地间隙仅有几英寸。还有典雅的洛克希德，抛光的铝制车体，圆溜溜地就像一块用过的肥皂，挡泥板几乎要擦着地面了。一些老式的敞篷跑车新喷了漆，新加了翻车保护杠，车门印着很大的喷漆号码。美国经典的大力士中型汽车；一辆一九五三年生产的克莱斯勒城乡两用轿车，粉红和黄色相间的车身；还有一辆五彩缤纷的美乐奇，车身坐在很短的减震弹簧上，一蹦一蹦地开过来了。

我在纽约待了一年后，几乎忘记还有其他的地方，那些住在城外的人们还有他们的娱乐方式。有一些家庭组合的赛车小组，有的时候母亲就是赛手。虽然不是很多，但我不是唯一的女性，虽然可能是唯一的女摩托车手。还有搞笑的冲击启动的车，就是那种在起跑线要帮车手推一把才成的车。只要有轮子能跑的东西都可以参加：校车、车尾挂着易拉罐和“新婚燕尔”招牌的老爷车、冰激凌卡车。赛车越精致、越专业，冲击启动的赛车就越是要搞怪、越滑稽。不过关于冰淇淋卡车，是我弄错了。它停下后就开张营业了，男孩们脖子细得跟稻草似的，在窗口排起了队。救护车来了，我猜想着发生了什么，不知道伤者受伤严重不严重。结果这辆救护车是来清障的，把一辆洛克希德顶出了起跑线，汽车司机穿着医生的白色衬衫，身上缠着绷带，绷带上还有伪装的血迹。

每隔几分钟便有一辆车飞出起跑线，引擎尖啸着，两只后轮各抛出一道公鸡尾巴一样的盐尘。跑出几秒后，赛车开始漂浮，下半部分左右摆动。接着整辆车化作了流体，变成模糊的一团消失在地平线上。

一辆接着一辆，我看着它们，尖啸，猛冲，公鸡尾巴，漂移，地平线的闪烁，消失。

猛冲，公鸡尾巴，漂移，消失。

猛冲，漂移，消失。

观看的人很多。赛车手们、孩童们、妻子们、机械师们。我们追踪着一连串的活动，当赛车闪烁着融入虚空后，我们只有计时员的双向无线对讲机发出的吱吱响声。听到对讲机的吱吱声，我都准备好接受坏消息了。等待已成为这里的一部分了。我们不是等着有人宣布：这是例行训练，训练很扎实，一切正常云云。赛车进入一定的里程后，我们站在起跑线的后面，是什么也看不到的。我们不在现场。我们只是等待某个事件的消息，等待一个可以刺破这个苍白、冷漠和空旷的消息。只有惊人的消息才能达到这种效果。我们恭候死亡。

我在艺术系的毕业设计是拍摄一部弗利普·法默的访谈。我联系了他在拉斯维加斯的车间，希望能安排一下见面，他要求五千美元的酬金，不然免谈。他似乎把一个贫穷的艺术系学生和《看客》杂志一视同仁了。我决定冒险，敲了他的门。他住在拉斯维加斯大道上的一处断崖上面。窗帘拉开了一下又迅速合拢了。没有人回答。我有一架八毫米的超级摄影机，我就扫拍了一下住宅的外围，拍了一架轮胎秋千，白天没有风，秋千纹丝不动，一些残缺不整的玩具，草坪椅子被人扒下了衬垫，压成了一堆废铝架。楼上面还放置着几辆赛车，斯科特和安迪称之为遮阳树。“嘿，你不能在这里拍摄！嘿！”一个纱窗后面传出一个女人的声音。我琢磨着遇到这种情况，还是走为上策。

我在学校的一位好友克里斯·凯利曾想拍一部关于歌手尼娜·西蒙[1]的纪录片，也经历过类似的敲门场景。他一直跟踪她到法国南部。尼娜·西蒙穿着浴袍开了门，看见来访的人举着摄影机时，她从浴袍口袋里掏出枪向他射击。她不是神枪手。克里斯·凯利掉头就跑，她的农庄外面长着又深又潮的草丛，他仓皇奔逃的过程中，只被击中一次，擦伤了肩膀。他没有拍到尼娜·西蒙的连续镜头，但我仿佛看得

---

1 尼娜·西蒙（Nina Simone，1933—2003），美国歌唱家，作曲家，民权运动分子。

见那身藏着手枪的睡袍。质地顺滑，很女人，红花和黄花配着绿底，枝叶半写实半抽象。尼娜·西蒙棕色的大腿。一对长满老茧的平足，穿着一双中性皮革拖鞋，欧洲人就喜欢穿这种拖鞋，桑德罗在家里就常穿。她开枪射击克里斯·凯利，从那以后，他就成了内华达大学的一个传奇。至少对我来说，他是一个传奇。被人开过枪的经历令人印象深刻；一下子把一个毕业设计拔高到艺术的高度了。这比拍一部中规中矩的纪录片要好得多。克里斯·凯利第二年搬到了纽约，对我而言，他成了双倍的传奇，这家伙不但被歌星开枪射击过，而且还搬到了纽约。

黄昏的时候，我离开断崖上弗利普的住宅，沿着拉斯维加斯大道一路开下去，摄影机记载下我离开的时刻，我的车是专门为了此次行程借来的，挡风玻璃外闪耀着赌场的霓虹灯光。红色信号灯。带着白色牛仔帽的男人横过马路。鳞次栉比的招牌可与高山争雄。教堂、海湾、德士古公司、汽车旅馆、家庭单位，周刊、当铺、冰箱、娱乐。缓缓地进入城镇，缓缓地驶出去。没有弗利普。没有弗利普的弗利普纪录片。不是什么坏事，刚到纽约时，我制作的大多数短片很像从弗利普家无功而返的那段场景：都是些东游西荡的人，穿过夜色中的唐人街，或进入下东区废弃的建筑物等等。我不知道我在寻找什么。我拍摄，然后查看胶卷，看看都拍了什么。

桑德罗曾告诉我，海伦·海伦贝格旗下的一个艺术家为了创造一幅画，在莫哈韦沙漠笔直地走了一英里，然后用粉笔标出了这道线。桑德罗逗趣说，*步行*有点太女人气了。沉思，自然，悠悠地度过所需花费的时间。

所需的时间：我就是因此获得了完成此行的创意。如果以尽可能快的速度走又如何呢？我思量了一番。也无须用粉笔画出线来。以最快且不着痕迹的方式作画。

在恭候死亡的人群里，我已消磨了半天，现在轮到我上长程跑道了，希望自己不会被牺牲掉。

也许因为我是那天为数不多的女赛车手，计时员让我把背包和相机存放在他们那里再上路。每个人都很喜爱我的摩托。这辆车是全新款，每一个美国经销商那里都有一份长长的预订单。甚至瓦莱拉公司的人都跑来欣赏了。我没和他们说我是桑德罗的女友，只是让他们欣赏欣赏摩托车，或是赞叹下让一个美国女孩骑这车的主意。有瓦莱拉公司的人跑过来和我打招呼、观赏摩托车，但是迪迪·邦波纳托没来。他坐在空调巴士里。盐滩对其他人封闭之后，他才会开始。

“不是越野车吧？”计时员问我。“是街车，”我答道，“电启动的”。

他们将在两英里处给我计时，但我打算坚持更久。整个十英里，这样我就有足够的时间和空间开到最高速度。我要感受一下盐滩的大小。在申请长程跑道时，测时协会的秘书问我的车时速是否跑到过一百七十五英里以上。我说了谎，我说，是的，她耸耸肩，在我名字旁边写了个“长”字。

最近下了雨，所以每个人的轮胎都粘了一圈盐花。盐滩现在还是很潮很黏，这意味着我会留下胎迹，赛完车后，我要把它拍摄下来。

放轻松，计时员告诉我。可能会有阵风。跑道的三英里处有几百英尺烂糟糟的路面，平整路面的时候也没完全修整好。他很友善。没因为我是女人而小瞧我。他提供了相关信息，然后点了点头，我可以出发了。

在准备提速冲出起跑线的时候，我想起了滑雪比赛，想起我在计时小屋千百次的倒计时，心怦怦直跳。在雪道的顶端弓着身体准备开始，我紧紧攥着滑雪杆，一遍遍撑在雪里准备一杆即发。周围都是计时员——总是男人，全是男人，不过跟我都郑重其事地交代跑道的瑕疵，需要注意的特别事项，他们对所有的赛手都一视同仁。在博纳维尔，我在临场前的感受也几乎相同，工作人员态度不偏不倚，跑道的维护也一定是他们完成的——给赛道喷上三道油线，开着卡车来来回回牵引着路面平整机，滑雪赛场的工作人员和这一样，他们负责平整雪道和设置旗门。计时设备发出哔哔声，等待沿着红色线闪动，红色电线悬在白色电线的上方。灯光是纯净的白色反射光，像树梢处挂着晶莹白雪的晨景。

哔哔，哔哔，哔哔。我上路了。

我快速进到五挡。风推阻着我，撕扯着我的头盔，就像我仰着脸被瀑布冲刷着一样。车速表跳到一百一十，然后又跳了回去。盐滩给人的感觉和公路不一样。我感觉晃动得很厉害，像在冰面上行驶似的，不过车的抓地力还在，虽然有点飘飘忽忽的，但是必须坚信抓地力。跑到一百二十了。现在是一百二十五。我敏感于时间的每一粒颗粒，每一颗粒都是时间，一个独立的相关的意象，而前后片刻的意象都消失了，不在我的思虑之内。我只知道自己手握着油门，手套里的手指一阵阵麻麻的震颤：一百三十,一百三十八。漂浮的山峦悬挂在远方，那是山脚处的海市蜃楼。影影绰绰，巨大无朋。无论发生什么，它只会盯着你，却不会帮助你。千万要留神，它说。你可能会死的。

卡车司机也说过类似的话，说我裹在装尸袋里不会很好看。也许我在公路上超过了他，摩托车排气管的轰鸣声响他个措手不及。

我的左手因紧张而一阵痉挛。我把时速放慢至一百二十然后松开车把，只用右手控制方向。我能感到风钻进了鹿皮手套，像水一般沉重、光滑。飞机突破音障的那一刻，风是最密最厚的。音障无非就是风，一道巨大的风墙。风是一件东西？还是由很多部分组成的一件东西？抑或是包含几百万上百亿部分的东西？风就是一个东西，一场风。我的两条辫子从夹克钻了出来，不断拍打我的后背，就像两个长长的马尾刺挠我的后背。

照片只是一道痕迹，除此之外再无他物。是痕迹的痕迹。它们可能无法捕捉到我所期待的速度体验。

“你不必立即就成为艺术家，”桑德罗说，“你有充裕的时间。你很年轻。年轻人即便什么也不做也是在做事情。年轻的女人就是一条管道。她所需要做的，就是存在。”

你有时间。意思就是不要使用时间，只要耐心地经过时间，静待某事某物的到来。准备好等待它抵达，无需匆匆地去迎接它。做一个管道吧。我相信他。我觉得很正确。有些人会认为那样太消极了，但我不这样认为。我认为这就是生活。

我将辫子塞好，固定住油门。盐滩在我前方延伸。我看到真正的救护车了，都停在跑道的一侧，预防万一。我现在的时速是一百四十二英里。身边各有一道标识跑道的油线，另一条就是跑道的中线了。我沿着中线飞驰。时速到了一百四十五英里。然后是一百四十八。我现在高度紧张。这个速度，生命以毫秒来计算，其他都是浮云。

在我的前方，盐滩和山峦掺合在一起，形成一个涡流般的泥潭。我开始感觉到这里的广袤了。也许我并没感觉到，但是摩托感觉到了，飞旋的车轮记下了这里的广袤。胯下的摩托一马平川，在我心中唤起几许柔情。

一阵强风骤起。我被吹向一侧，被拉扯着倒在地上。

摩托车前后翻滚。我一头摔在盐滩上，摔在白色水泥上。我的身体被抛起来，又重重拍向地面，擦着地面被甩向前方。我几乎要和盐滩上滑动的摩托撞在一起了，好歹错开了。我继续滑移跌滚。

人们总认为事故的发生就像一个慢镜头，这是错误的观点。

撞击测试中，人偶撞在驾驶杆上，前端向内弯折，汽车引擎盖折起，挡风玻璃碎裂抛出，然后像赌场的瀑布一样优雅地落地，裂成五彩纸屑。（“五彩纸屑”，桑德罗说，“就是杏仁糖果。根本不会裂成五彩纸屑。我们用科里安多利这个词表示五彩纸屑，这个词至少更美丽一点。”）

缓慢发生的事情意味着每一个细节都能还原到原初的状态。而事故发生时，一切都是同时进行的，突如其来而不可逆转。这意味着：没有回头路了。

我知道刮风了，自己摔了车。

那之后的事发生得更慢，不过没我的事情了。灯光灭了。

三

他走了如此漫长的路，方抵达激烈的暴力瞬间——

用摩托车前大灯砸开德国大兵的脑瓜，然后取走对他再也没用的匕首、手枪和防毒面具。如此漫长的过程。

他在非洲海岸平静地度过了少年时代，远方水天交接处，能看到一道清晰的分界线，每个小男孩都喜欢在水天交映的背景下玩手影戏。大海浩渺无垠，波澜不惊，呈现出凸面体的形状，很像玻璃工人制作的透明圆形罩，蓝蓝的海水伸向远方，潮汐涌动，宛若一枚熔化的深绿玉髓。

瓦莱拉一家住在亚历山大，他在家里的阳台上待了几个小时，一直眺望着远方的船只，楼下柏柏尔商人推着手推车叫卖蜜枣和鸵鸟羽毛，他就冲着他们撒尿。福楼拜以前也这么干过，那时他和马克西姆·杜坎乘坐三桅小帆船沿着尼罗河旅行。科普特僧侣游到船边，赤裸着身体，乞求施舍。"给点钱吧，给点钱吧。"他们大声喊道，船员们则向他们大嚷着穆罕默德什么什么的，然后要用煎锅和拖把手柄砸他们。福楼拜忍不住掏出鸡巴来回晃动，假装要冲他们的脑瓜撒尿，后来这些可怜的僧侣紧紧抓着绳索和船头不松手，他真就淋了他们一头的尿。"给点钱吧，给点钱吧。"

瓦莱拉更鬼灵一些，他从阳台栏杆撒出一片尿，然后猫在一盆植物后面，下面的商贩连忙推开车子闪避，一个个愤怒地嚷开了锅；瓦莱拉又可以安静地读书了，再没有闹心的手铃声，铺路石子上也没有木制车辆的吱吱呀呀让人分心了。他认为法国中学教育不完善，自己又加了些阅读书目，忙得不亦乐乎：兰波和波德莱尔，福楼拜的书信集，这些都是和父亲去法国时买来的。他父亲很自豪地支付了额外的海关费用，却从来没想过其中有些书不但不合适读，简直就是淫秽读物，比如福楼拜一八四九年沿尼罗河顺流而下时写下的信件。很多男生都看了其中的章节，把相关内容的页码都折好还加了下划线，原本被告知是坏的东西，在书中基本都被说成是好的，书中描写的生活涉及了早餐前性交，午餐后性交，晚餐前性交，一晚上都性交，第二天醒来再接着性交，因宿醉而晕眩不已——按福楼拜的说法，这才是最高境界。瓦莱拉背下了福楼拜的记录，梦想着自己的情感教育：薄透的裤子和檀香，无穷无尽的乳房和天鹅绒般的女阴，就像福楼拜曾经历的那样。

瓦莱拉渴慕一个法国女孩，她叫玛丽，他闭上双眼就能拉近两人肉体的距离，他想象自己的手就是玛丽的唇、嘴和舌头。玛丽长着一对黑眼睛，肤色白净，她就住在隔壁的修道院。她年纪比瓦莱拉大，但是她让他抓她的手了，甚至还让她吻她，不过再没别的了。她暖暖的胴体还遥不可及。每天早晨，修女会领着女孩们到修道院的庭院里，瓦莱拉就趴在厨房的窗户上费力地看她们屈膝、拉伸。有时，倾斜的光线恰好穿透了女孩单薄的白棉罩衫，这时他就能瞥见玛丽的乳房形状，浑圆而丰润。她们没穿任何内衣来衬托双乳，不像他母亲穿着繁复的白色平纹细布做成的弹性布套，他想也许只有已婚妇女才穿胸罩。看着镜子中的自己，他觉得不自由，心中无望地交织着渴望和负罪感。那梦魇般的愧疚感摧毁了心中隐秘的快乐，哪怕是关着门，遮着窗，这个隐私的堡垒也会被他母亲叫他的声音侵扰。他觉得存储了一生的欲望，一旦找到释放的机会，一定要疯狂纵情一次，好让自己重新把握自己。他想象着身体的亲密接触一定会教会他很多——首先就是人们之间的真正距离。他愿意付费接受这种教育。他沿着拉姆雷火车站大街游逛，那里的妓女公开拉客。可问题是他分不出男女，尽管人们告诉他，男人在街道的一边，女人在另一边。可问题哪边是哪边呢？他不好意思问。他们看起来都一样，头巾都打着结，披着的样子也都一样，连身后留下的香水也别无二致。他渴望着来一次性放纵，要是在大街上选了男人那一边，那够倒胃口的。十四岁生日的晚上，他终于鼓起勇气，到莱普修斯街上的一家妓院，本地的女人——也许是犹太人——打着哈欠，摆弄着头上的发夹。一个浓妆艳抹的高个女人躺在椅子上，双腿叉开。瓦莱拉迅速选定了一个身穿缀着斜金线宽松内裤的女人，她的鬈发让他想起了玛丽。他们一起走进一个小房间，里面的地毯破旧不堪，还有一张晃晃悠悠的沙发。女人一屁股坐在沙发上，像个男人一样旁若无人地抽起水烟壶，闭着双眼，嘴唇噘成喇叭口状，朝着屋顶喷烟圈。开始时烟圈完美无瑕，渐渐地就炸开解体了。吸完水烟后，她脱下宽松内裤，一把拉倒瓦莱拉，沙发吱呀一声叫开了，她双腿裹着瓦莱拉。他浑身被轻柔地包裹起来。他听不见沙发的吱嘎声，他融入到漂流的大海之中，就如随波荡漾的一叶扁舟，他是否是那只船，她是否是那波浪，这些都无关紧要，重要的是那荡漾的愉悦。女人突然压着他，身上的肌肉都荒谬地鼓出来了。他不知道女人也有这样的肌肉，就像一只手，抓着他，挤压他，一直把他挤到没东西可挤了为止。

他梦想中的纵情泄欲并没那么强烈，不过激情过后却让他莫名地感到震颤。寻欢作乐之后，悲伤接踵而至，就像燃尽的蜡烛，空余青烟一缕。但和青烟一样，忧伤很快就烟消云散了，一周后，在一个露天集市的后面，他付钱给一个当地女人让他摸她的胸部。在妓院时，他欲火中烧，只记得鼓捣那个女人，结果忘了品味一下她的两只乳房。当时那个沙发吱吱响个不停，她的奶子也轻柔地招展着，触手可及。在集市后面，他撩拨着那个女人的乳房，就像是摸弄两只待售的水果一样。能感到那乳房里面有些硬结的地方，就像农夫的奶酪里面藏着干结的部分，这让他感到有些恐怖。他确信玛丽的乳房不会这样结块，这么令人不快的复杂。玛丽的乳房会富有弹性，而且表里如一，就像两个水气球一样。他还是等着她的乳房吧，只要她的。

一天傍晚，他练完橄榄球后往家走，路上看见海堤上停着一辆怪模怪样的机器，一辆漆成黑色的自行车，配着古怪的部件。从技术上来看，他认为这是一辆自行车——两个车轮、一个车座还有车把。但它有一只工业机器模样的发动机。表面铮明瓦亮的，没有沾染亚历山大无孔不入的灰尘：道路的灰尘，砖粉还有石灰粉。它像是刚从贸易展览会或博物馆运过来的。然而，这家伙生龙活虎，车身冷却的时候，金属却延展着：什么人刚刚骑过它。敦实的后轮旁边还装着古怪的泄水道，或是排水沟模样的东西，不过是倒过来装的，里面也有一些机械构件。车后面刻着德语名称的金字，“希尔德布兰德与沃尔夫穆勒，慕尼黑”，是那种刻板老式的花体字模版，就像他母亲保留的普鲁士战争时期的缝纫机一样。慕尼黑这个地名让他想到刚刚睡醒摸索着去上班的工人——巴伐利亚的太阳在狭窄的鹅卵石街道升起的时候，他们就一直笨手笨脚地忙活着。车架比较粗，看上去像是铁铸的，螺栓固定着一个大铁罐，有点像铁桶，那一定就是发动机了。没有脚踏板，只有两个挺结实的脚蹬。前轮是辐条轮，后轮是不透明的黑色轮盘，很像工厂里的飞轮。一个年轻人转出街角，走起路来咔哒咔哒，很神气。那人穿着城里人常穿的那种做工考究的硬底鞋，瓦莱拉明白这人就是这辆古怪自行车的主人了。太阳马上将会坠入大海。男人梳着油亮鉴人的发型，傍晚的雾气打湿了他的头发。瓦莱拉没见过这个人，他揣摩对方该是个法国人。那个男人跨上这个稀罕物。他的身体看起来不是很健壮，看来并没指望靠体力来骑行，他就像一个骑马的人，一跃而上，稳稳落座，只需踢一下马刺就可以了。他伸出一只穿着花哨皮鞋的脚，踩一下曲柄轴来启动发动机。试了几下后，发动机发出吧嗒吧嗒的轰鸣声，咳出一道黑烟，然后是回火的爆裂声，眼看快要憋熄火了，这时发动机似乎又找到了自我，开始平稳下来。唉，可是随后发生的事。在发动机的嘈杂声中，瓦莱拉没有听见厚重的修道院大门轻快的闭合声，也没听见年轻女人脚上的帆布便鞋所发出的轻柔脚步声。玛丽沿着海堤走了过来。她紧张地回望着修道院敞开的窗户，仿佛要避人耳目似的快步走来。她没注意到瓦莱拉。她走到骑着喷着气的摩托车的男人身边，双手搂住他的脖颈，亲吻着他。这是真的吗？瓦莱拉问着自己。也许是我在做梦吧？多么荒谬的背叛啊。玛丽跳上男人背后的位子，用两条腿裹着他，双手抓着他的腰，脸贴在他的后背，她的裙子束在膝盖处。他们坐着这个黑机器走了，后面拖着一团薄薄的白烟。

玛丽，你其实并不是处女吧？你拒绝我，是因为你已经有人了，并不是因为你很纯洁对吧？或者是因为我不够好对吧？

他们沿着海堤骑行，玛丽的裙子和男人的夹克在暖风中飘飘摆摆。那辆车加速前行，直到他们冲入了地平线——在瓦莱拉的眼里，这像一把垂直行进的剃刀。瓦莱拉高声大喊。想到什么就喊什么。他清楚他们根本就听不见。他也想融入那空间，就像那部机器，就像那个带走玛丽的男人，男人加上车再加上玛丽，就像长着两个驼峰的人首马身的猥亵的怪物，沿着海堤移动着。

看见那辆车很神气地开走，瓦莱拉感到痛苦，但那切肤的痛苦又让他感到一阵狂喜。“世界是不可知的，”他大声说道，“是不可知的。”

那辆车的引擎声渐渐地弱了下来，发出人们呕吐时的呻吟声，再然后声息皆无，连影子也看不见了。他蓦地感到一阵冲动，就像一条幼蛇，毒性勃发，蠢蠢欲动。他担心回到家里，保不准要做什么荒唐事来——从食品柜偷一只香瓜，然后把它弄得一塌糊涂，那谈不上什么快乐，事后更是感到虚空，感到反胃，那片刻的快乐太不值了——他沿着海堤走下破败不堪的台阶。栏杆的上方涂抹着蓝色的手印，那是迷信的埃及人为了辟邪弄上去的。周围阒无声息，他本来可以很谨慎地应付过去，可他最后还是选择了放弃。他觉得这次的勃起一定别有意味。他想利用一番。他脱去衣服，带着平静的兴奋，如同进入女人的身体一样进入了海洋。

日已半坠，天际处红光四溢，宛如打翻了黑醋栗酒。瓦莱拉双腿打着水，安静了下来。沉静了！他作了首诗，他的处女作，以志纪念，纪念那辆黑机器，并怒斥骑它的男人。

太阳已完全沉入天际，海面变幻成不透明的银色。他的身体消失在水中，感觉自己分成了两个部分。分成了两截，一截露出水面，一截没入水中。他能异常清晰地听到一切，仿佛银光微调了所有的感觉。他的肢体随着涌流起起伏伏，海水一会儿轻轻地推拥着他，一会儿柔柔地裹挟着他，他都能感觉出那微妙的差别。

在浪涌之中，他写了一首非常好的诗。但是既没笔，也没纸，他只能依赖记忆了。他一边吟诵一边搏击海浪。年轻的玛丽居然还有秘不示人的秘密生活，她那完美的水球般的乳房，已经有人去揉去捏了，这个发现把他弄懵了。银色的海面也令他震惊不已，他的大海，他小时候每天都去游泳的大海，这时竟呈现出从未见过的……不像是颜色，而是泛着水银的光泽，那种无色的光泽——这种种奇幻都是催人遗忘的云雾。一小时后，他就再也记不起他的诗作了。只有几个片段，像拖网拉上来的破碎的贝壳。“可能的油”和“仰看碧空如洗，俯瞰阴翳如驰”，还有“爱恨一如，熔铸你的飞轮/铁炮销铄虽成缁/无染败北尘”。这些句子串在一起，已经不像一首诗了。统一性和节奏已丧失殆尽。后来，这种情况还发生过，不过不是在大海中而是在睡梦中了。行将梦醒的那一刻，他的意识很活跃，在那薄纱缦笼的梦境中，他创作了一生最伟大的诗篇——真正伟大的诗篇，但这诗篇却无可挽回地失去了，在逐渐清醒的过程中沦为牺牲。

游回海岸的过程中，瓦莱拉想到，既然玛丽愿意坐一辆古怪的自行车，向这个陌生人敞开双腿，那么，这意味着他也能弄到她。

不要绝望，他告诉自己。要有耐心。也去搞一辆有发动机的自行车。

后来他家从亚历山大搬到了米兰，也就是他作诗又遗失在大洋后的第六年，到这时，摩托车已很普遍了。那是一九〇六年。在米兰这个新兴的工业城，他父亲很快建立了一个庞大的建筑业帝国。他只要张张嘴，父亲就会给他买一辆，但瓦莱拉没表现出什么兴趣。法国货，德国货，甚至是美国货，在米兰能见到更新的型号，比那辆有金属桶形发动机的慕尼黑摩托更时尚，不过，他再也找不到当年的新奇感了。一开始，他知道是什么原因。后来他忘了。原因就在于他的诗歌残片：“碧空如洗”。

瓦莱拉是在炎热的非洲长大的，那里有着漫长而无所事事的下午，所以他一时很难适应米兰的嘈杂、混乱和令人心智发狂的快节奏。这座城市到处都是发出刺耳声音的有轨电车，它们靠站的时候总是剧烈地抖动，仿佛坚固的轮子在推着成堆的木材和瓦砾前行。有轨电车连着好几节车厢，像一辆笨重的牛车，电车司机唯一的操作就是拉下操纵杆，要不就是一把推回去停车。一脸坚毅的司机。拉动操纵杆，推回操纵杆。午休。圆形面包干腌火腿三明治和意大利蒸馏咖啡。拉动操纵杆，推回操纵杆。有轨电车是一根带触轮的集电杆通过磁力连结到架空电缆而获得电力驱动的，每条线路上方都架设了专用电缆。纵横交错的电缆布满了天空，就像一个巨大的通风机，这座城市呼出污浊的气息。汽车和摩托车发出砰砰的爆裂声，喷出一阵阵烟雾——这些与他的神经系统鏖战不休。在他视线所及的地方，布满了电灯光照的盲点。最令人沮丧的是高峰时间的人流，他们像老鼠一样奔向各自的线路，每个人手里都抓着装满大众食品的纸袋，他们在乘车回到外环公寓大楼的路上总是无滋无味地嚼起来。

摩托车咳出一道蓝色的烟雾，啪嗒啪嗒地开来开去，载着人们去店铺或是到写字楼上班，但是不会带他投入粉色夕阳的温暖，也不会送他去玛丽的臂弯了。这种不和谐已经侵扰他若干年了。如果与汽车喇叭声、熙来攘往的人流和电网为伍，摩托车就一无是处了。女孩如果和淡色的衣裙、和海浪、和汲井之类的为伴，则可资一观；但若是成为肉欲的对象，则注定以厌烦收场。摩托车曾经关乎两个人的震颤，关乎裂开的石灰岩墙壁和闪闪发光的发动机部件，是玛丽飘舞的裙子，是她双膝缠裹着一个混账法国人，是那辆聒耳的机器排出一片尾气——排着排着终于安静了，广袤的蓝天，那才是摩托车醒人耳目的原因所在。

瓦莱拉在罗马就读，背着一只雅致的皮挎包，从不参与波西米亚乌合之众的勾当。那是一九一二年，他就要修完大学学位，然后就回米兰为他的父亲工作了。不过，他私下里对这些暴民有些兴趣，这些年轻人不是在大学听课，而是聚集在科尔索大街的阿里格诺咖啡馆辩论和起草宣言。每天他都会躲在一张户外的桌子边监视他们，或是假装阅读，或是信手写一些打油诗，或是毫不避讳地盯着这些窃窃私语的颠覆分子。监视和参与是两个截然不同的世界，这伙人讨论重要事情的时候，就会藏到咖啡馆的一间后屋里，那是咖啡馆老板给他们提供的。他们会互相看一眼，然后说，“三号房”，说完就缓缓地移到隐秘的后屋。这样一来，瓦莱拉这个唯一的偷窥狂，就没有可以偷听的人了。他渴望成为他们其中的一员。

一天晚上，几辆摩托车聚集在咖啡馆边的角落，摩托车手们轰着油门，头上戴着护目镜互相咧着嘴笑。他一头雾水。

“发生什么事了？”

“赛车，伙计。”

坐在咖啡馆露天桌椅的年轻人们一边抽烟一边鼓噪喝彩。有人甩出一只装满饮料的佩罗尼瓶子，瓶子落在铺设好的交叉口砸得粉碎，路面留下一摊果渍，里面的玻璃碴隐隐发亮。

车手们不约而同地向后退了退，然后沿着科尔索大街呼啸而去。

两个男人胳膊夹着晚报穿行大街，还有一个头戴黑色无边女帽、手里拎着包裹的女人，他们都掉头往路边跑。有轨电车来了，开闸员只得拉拉杆，让这个摩托车队先通过。行人和车辆都停下来，给这些叛逆者让路，摩托车像一窝大黄蜂一般嗷嗷怪叫。气氛已经变了。已不再是匆匆地递眼色，悄悄退到秘密会议室了。现在是公开的庆祝，瓦莱拉也被这节日的气氛感染了。他觉得自己已然融入其中——虽然并不确定他们在庆祝些什么。

二十分钟后，他听到远方传来摩托车一起加速的轰鸣声。赛车手快回来了。

摩托车沿着科尔索大街鱼贯而来，车灯在烟雾中漫射，形成彩虹般的光晕，每个车灯都成了小型的彩环，像云层中的冰晶效应，形成了难得一见的月晕。

瓦莱拉知道那就是车手和他的摩托，不过他只能看到那流光溢彩的光环。它们撕裂了空气，传播着骚动的气息，这些前大灯昭告着不测风云。

车手聚集在咖啡馆旁边的路边上，有些车手径直把车开上了人行道，轮辐式轮毂、灼热的排气管和轰油门的尖啸声，混成一片，橙色霓虹灯打出的沁扎诺酒几个字笼罩着这一切。闪亮的金属油箱，挡泥板，化油器，前大灯形成的光晕，轮圈，消声器，刹车联动杆，都一齐反射着橙色霓虹灯光。光线在铬合金和精钢部件间跃动，一片流光溢彩的景象——那氛围，那饱含张力的氛围，那躁动不安的感觉，全都沐浴在一片金黄中。他在生活中第一次发现了霓虹灯，那些闪亮的机器泊在它的光色下，令人目眩神迷。事情发生了交合，车手的能量转移到他的精神上来了。他思量着，生活就在这里。生活正在进行。

人们开始交换摩托骑，其他人排队等候。

瓦莱拉站在一边。

“你要试试吗？”一个车手下了车，把一顶布丁碗状的铬合金头盔递给他。瓦莱拉解开下颏带，戴上头盔。他骑上摩托，希望自己像亚历山大海堤上玛丽当年的那个同伴一样劲头十足，湿漉漉的头发，咔嚓咔嚓响的硬底鞋，摩托车使他的形象完整了，它们共同构成了一件东西。

你这样启动，明白吗？现在是空挡。拉下压缩杆，用身体的重量猛踩反冲式启动机，减压。吧嗒——吧嗒——吧嗒——吧嗒。注意不要一下松开离合器，要慢慢松开。一挡向下踩，二挡、三挡和四挡向上挑。这是手刹，那是脚刹。不要单独用手刹，一定要配合脚刹一起用，不然你就像撑杆跳一样飞出车把了。

瓦莱拉从空挡换成一挡时，发动机突然熄火了。他的脸涨得通红。

没关系，再挑回空挡，再踩启动杆……好，很好……现在挂一挡。握紧离合就可以了——

摩托车开始走了。上路了！

开！就这么着——开吧！

摩托车开出了人群。瓦莱拉用鞋底踩着变速杆，加油门，缓缓松开离合。这次他明白了，这是包含两个部分的操控：汽油流入和松开离合器是一个整体，不过每一部分都是独立控制的，两个部分一气呵成，在中间完成会合。

摩托车一冲一冲地向前行，像是在打嗝，一点都不优雅，但他找到了诀窍，那就是用手腕去控制。跌跌撞撞地开了一会儿后，他摸清了离合器和油门的弹力，很快他就能比较平稳地驾驶了。他学着其他车手的样子，他们行事的方式像扎堆群游的鱼，自动排成一波又一波的队形，鱼连着鱼，车手连着车手，他们鱼贯穿行在狭窄的街道上，驶出了科尔索大街。

他胆子大了起来，开始骑到其他车手中间，霓虹灯箱看上去像是鲜艳的糖果，电车电缆和油亮的轨道都映照在霓虹灯光中。他开始往队伍的前列挤了。

拐过威尼斯广场的环线后，瓦莱拉已经开到队伍的前端。他和其他三人组成了一个车队。灯光，喧嚣，打在脸上的湿漉漉的空气，还有头盔，他觉得自己就像一名勇敢的战士。四辆摩托车并排前行，成为执牛耳者。

他们仿佛是官方的代表，但实际上，他们却破坏了一切权威。

他们弓腰曲背地驾驶着摩托车，越过一片黑黢黢的铺路石子，把包袱远远地抛在身后。

一个夜晚的小共和国。

一阵阵引擎的咆哮声回荡在大街小巷，瓦莱拉旁边的车手吼道："占领这座城市！"

他们拐过圣格里高利大街，沿途望见罗马圆形大剧场的外墙，大剧场的内部有电灯照明，灯光从黑黢黢的颓垣断瓦中流泄出来，把大剧场变成一座破败的燃烧着的大灯笼。

在车队前大灯的照明下，他们开车拥入国家大道，氩光和霓虹炫彩纷呈。

里纳申特法里尼福尔克
塔巴基咖啡馆
沁扎诺酒沁扎诺酒沁扎诺酒

他可以看到前方喷泉处的昏暗灯光，喷泉位于广阔的共和国广场。夜晚仿佛即将燃烧。已经燃烧了。他为什么等了这么久？

他拥入其中。

四

空包弹

正是博纳维尔之行的前一年，我从里诺搬到纽约。我在马尔伯里街找到一处公寓，当时我还带着从内华达大学艺术系借来的摄影机——那是一架专业级别的宝来克斯，我一直都没还，打算用它来拍影片的。除了摄影机和克里斯·凯利的电话号码，我就别无他物了。那年我二十岁。我想了想，决定等等再联系神话般的克里斯·凯利，就是那个胳膊被尼娜·西蒙开枪打伤的克里斯·凯利。我思忖着还是先熟悉一下环境为好。我得清楚自己在做什么，那样才能给他留下深刻的印象。到那时再拜访吧。我不认识其他人，不过纽约市区是那么生机盎然，全是跟我一般大的年轻人，而其他大部分人都抛弃了市中心，因此这儿的一草一木都透着年轻人的朝气。我觉得，认识人不过是迟早的事情，我很快就能融入到某个集体中的。

我的公寓空旷无物，如同我的新生活一样。两个房间刷了一层又一层白油漆，像是用石膏给房间做的死亡面具，给人一种老城区的感觉。我不想添置家具或塞满其他杂物，不想破坏这个效果。地上交叠铺着各式各样的油地毡块，彼此也不搭配，图案是红色的花卉，已经褪色了，大有马蒂斯的画风，只是弄脏了，裂痕斑斑。房间空荡荡的，仅有一只装衣服的箱子、几本书、那架偷来的或是借来的宝来克斯摄影机、一架我自己的尼康单反相机、一顶男人的棕色呢帽——所有者不明。我没有杯子和桌子，诸如此类的东西我一概没有。睡觉的床垫是搬进来时就有的。有一条褪色的粉色毛巾，毛巾的边缘处有一个机织的标记，“匹克威克”。毛巾是一家旧金山酒店里的。我认识一个在那家酒店做清洁员的女孩，最终不知何故这个毛巾就落到了我的手上。毛巾有个出处就显得比普通毛巾神气一些，就像西班牙的皮鞋或法国的香水一样。一条出自“匹克威克”的毛巾。这顶博尔萨利诺帽是在一家酒吧的洗手间发现的。我没交给酒吧服务生，而是用夹克把它裹了带出来。它倒装饰了这套空荡荡的公寓。每天早上我都会去公寓附近的一个咖啡馆，是拉斐特街上的特拉斯伊，我就坐在吧台边。每次都是同一个女招待。来咖啡店的男人都想跟她搭讪。她很漂亮，不过也许更重要的是，低领服务员制服衬得她的乳房很丰满。

“嘿，你叫啥名字？”一天早晨，一个戴着黄色安全帽的男人问道。他一边盯着她的胸部，一边掏工作服的口袋来结账。

她瞥了一眼柜台后面的收音机。“我的名字是……齐尼思。”她笑笑，冲他露出一口不太齐整的牙齿。

那一刻我就想和吉德莱做朋友了——那是她真实的名字，至少我是以这个名字认识她的。

现在的第十四大街没有棕榈树了，但是我还记得当初那里什么样子——靛蓝的黄昏衬托着黑色棕榈叶，那天晚上我遇见了带枪的人们。

当初我就是这么看他们的，直到后来对他们有所了解为止。带枪的人们。

我到纽约已经两周了，对我而言，这座城市似乎很陌生，很神奇，又很落寞。夏日的空气潮湿闷热。正是傍晚时分。人行道上人流如织，一些年轻女孩站在联合广场一带，她们穿着短裤和三角背心，大小和炸裂的气球无异，电器商店大声播放着萨尔萨舞曲，“木瓜王”连锁店的窗口堆着大量的芒果和香蕉，这一切让第十四大街看上去像一座热带城市的主干道，就像是加勒比海或南美洲的某条街道，虽然我从没去过加勒比地区或南美洲，也说不准在什么地方看到过棕榈叶。但是等我后来熟悉了纽约，第十四大街就没有这种感觉了。

我还记得店铺里一排排陈列着男式尖头皮鞋，非常窄，皮革色彩缤纷有如彩虹：蛇皮绿、柠檬黄，还有色泽不太纯净的朱砂红和墨水蓝。街上的人们都穿着各式各样的制服，这些鞋似乎是给皮条客设计的。我转悠到第十四大街西侧，天很热，双脚又肿又疼。酒吧门口传来音乐声——轻柔的钢琴音符，接着，一个女歌手的声音压过了喇叭的演奏。这有什么不同？怎么选择都是输。歌声如此低沉，听起来像是一个女人故意放缓节奏浅吟低唱。这是妮娜·西蒙的歌声。钢琴伴奏与伴唱的男中音如影随形，相互应和，随后高高的钢琴音符崩落至低音。我走了进去。

音乐声很大，房间的回音让音乐有些失真走调。一对男女依偎着坐在吧台尽头，他们是酒吧仅有的客人。那女人很美，一看就是大家闺秀——苍白的肤色，皮肤吹弹可破，高高的颧骨，一头浓密的波浪形卷发，金黄色的头发很像樱桃木，是那种有点泛红的暖色调。那男人用饮料杯中的细长吸管指挥着这首歌。伴随着萨克斯管和翻江倒海般的钢琴音符，他的胳膊也跟着摆动，乐声仿佛透过酒吧的吊顶镶板，向我们倾泻而来。喇叭声、弦乐声、钢琴声和女歌手的歌声齐声共鸣，浩浩汤汤，然后戛然而止。酒吧陷入一片死寂。

女子低着头抽泣，秀发遮住脸颊，仿佛是拉上了帷幕，独自神伤，不过我能感觉出她在演戏。

“你怎么不坐下来？”男人对我喊道，是那种鼻音很重的南方口音，“你弄得我们很紧张。”他穿着西服，打着领带，但是身上有种凄凉的气息，这种气息，你很难从他考究的着装上察觉出来。

那个女人抬起头看我，她的脸颊濡湿，微微发亮。

“她没让任何人感到紧张。”那个女人说道，她用指肚小心翼翼地擦着眼睛的下方，生怕涂着亮红指甲油的长指甲刮伤自己。我意识到自己的判断有误，她并不是大家闺秀，那个男人才是，女人并不是。在最初的五分钟，人们往往能看到所有的信息，它们全都明摆在那儿让你检查。然后这些信息就没有了，人们会出于现实的考量把这些信息先压下去。想对陌生人了解很多是不现实的。不过，有的人最终会从陌生人变成熟人。他们彼此最终很亲密，你有这么一个五分钟，可以看清他们的真面目，这个机会一旦过去就不会再有了。

“别理他，亲爱的，”她对我说道，嗓音宛如轻柔的铃铛，“坐下吧，这个白痴会请你喝一杯的。”

我一直认为艺术家们就是这样独闯纽约的，这座城市是人人向往的麦加，每个满怀期待的人们都在这儿汇聚，渐渐地就演变成为一张巨大的、轻轻律动的网。在这儿，你能找到自己的脉搏和位置。美术馆里的美术作品和我以前所学的艺术风马牛不相及。我一直关注电影，而美术馆仅有的几部影片已经严重变形，很不像电影了——比如，有一个关于时钟的短片，十分钟长，短片仅仅记录了时钟从十点走到十点十分，然后就结束了。和大多数表演一样，舞蹈非常流行，尤其是那种极其微妙的舞蹈——一个舞者穿过艺术馆，然后转身，走出美术馆——这种舞蹈让人不敢断定那到底是艺术还是平凡的生活。我有一个邻居，肩上扛着竹竿到处走，竹竿上漆着理发店的彩柱图案。每天黄昏，我会到马尔伯里街和斯普林街的拐角处的小公园坐一会儿，每次都会看到他。他也喜欢到暮色中的小公园坐一坐，身上穿着水兵裤和条纹水手衬衫。家住小区的男孩子们都戴着金链子，穿着足球上衣，看到波多黎各的孩子路过时，他们就会讥笑奚落他们，而我们就默默地坐在一边看着这一幕。他们正在演习着未来的战争。意大利人无比仇视波多黎各人，他们的仇恨就足以灭绝波多黎各人。或者，他们只要撤走意大利的手推冰车和披萨店，就能把波多黎各人饿得奄奄一息。那个男人坐在那儿，肩上杵着那根画着条纹的长竿，好似舷外支架一般。他两腿交叉，穿着一双破旧的皮凉鞋，露出被太阳晒黑的脚趾。一群意大利孩子问他这长竿是做什么用的，他只是傻笑着不作声，于是他们就往他身上弹烟头，他依旧冲着他们微笑。有一次他扛着长竿走过特拉斯伊咖啡馆，一副给工地送建筑材料的模样。“亨利-让过去了。”吉德莱说道。

“你认识他？”

“当然喽，他住在附近。那是他的宝贝，那根长竿，就是他的风格。卖不出去的破玩意儿。每逢美术展开幕式，他都必到，一不小心就撞到人家的脑袋。”

那些在操场上捉弄他的孩子们，他们的父亲都是黑手党。他们的父亲每周日都从我家旁边马尔伯里街的社交俱乐部出来，钻进黑色的豪华轿车。这些豪车非常多，占去了街区的整个路口，看起来像排列在马路上的一块块黑肥皂，它们并排停在马尔伯里街上，这样一来，别的车都无法通过了。整个下午，司机们都等候在打开的后车门旁边。正值酷暑天，他们满头大汗地等着这些人从社交俱乐部现身。

每天清晨，我都会坐在拉斐特街上的特拉斯伊的柜台前，希望能和吉德莱聊聊。如果没什么生意，我们就会聊聊天。我把租金交给一个叫庞先生的人，他告诉我只能在搬出去或城里要检查人口时联系他。每天我都在看招聘广告和闲逛中度过。进出公寓时，我会和两个十几岁的小姑娘打声招呼，她们在走廊里互相修剪头发整理发型。有时候她们会在两栋公寓楼之间的院子里练习舞步，头顶挂满晾晒的湿衣服，就像是万国彩旗一般。那两座楼一前一后，我住在前面的那栋。每晚我都会去普林斯街的披萨店，我想认识的年轻人都聚在那儿，男男女女，他们的衣服都有撕裂的口子，穿得很有个性，他们一边抽烟，一边热情澎湃地讨论艺术、音乐和思想。我从来没和他们交流过，仅有一次，其中一个男人喊我美女，他说道，嘿，美女。他身旁的那个女人变得很烦躁，告诉他这条街可不是他勾搭女人的地方，别的女人听后都笑了起来。他们没有一个人问我是否需要朋友，人们永远都不会问一下这类问题。吃过披萨，我便回去躺在床上，所有的窗户都敞着。窗外的卡车轰隆作响驶过肯马尔街，偶尔也会传来玻璃碎裂的声音，听着这些声响，我便会想到孤单的自己并非与世隔绝，因为整座城市都仿佛从我的公寓旁流过，喧嚣的市声也是一种陪伴。

我是认识了吉德莱，但她对我没什么用。纽约的生活之流，至少是我想象中的那种生活，绕开了她，正如也绕开了我一样。她看起来和我一样孤独，那就够她烦心的了，因为据我所知，她来纽约已经很多很多年了。她会跟我说些自己的事情，但常常会和另一天的说辞自相矛盾。她曾经告诉我她是在美国中西部的一个天主教孤儿院长大的。我们都穿绿裙子，她对我说，白衬衫、白短袜、马鞍鞋和绿色的夹克衫，看修女们洗淋浴。但是不久后的一个安静的早晨，我们用餐时，她又告诉我说她父亲是卖电器用品的，以前生活在蒙特利尔，妈妈每天都在家等候她放学回家，在她放学前她母亲总是在家待着。她有三个兄弟，她的法语不及格。我望着她，点了点头，知道她早已忘了前几天还和我说过修女的事呢。

肯定会发生什么事的，我很肯定。我需要工作，但那会使一个人更其孤闭。不，是某种事件。“今晚就是今晚。”那天夜晚，我听到音乐和妮娜·西蒙的歌声，走进第十四街的酒吧里，遇见了带枪的人们——后来我相信，那天夜晚我就这么告诉自己的。但事实上，我并没对自己说过什么，我只是如往常一样离开公寓去街上闲逛。后来发生的事之所以会发生，只因我已敞开心扉等候着，并不是命运和我以某种角度相遇了。此后，我有足够的时间回顾这一刻，可谓是殚精竭虑，而那晚的种种际遇宛如一条静谧的河流不时流经我的心田，被埋葬的所有事实都在隐秘的某处随波涌动。

“这是我的夫人，纳丁。”我在吧台坐下时，身边那个穿着优雅的男人拖着很重的鼻音说道。

他又说了一遍。“纳——丁！”他双眼紧盯着她。

她没搭理他，似乎已习惯了听他在酒吧念叨她的名字，那只是要让陌生人听清而已。

“我们刚参加了一个婚礼，”纳丁转向我说道，“被他们赶了出来。我是说瑟曼被赶了出来。我一点也不喜欢婚礼？婚礼弄得我脸疼？”

她就是那样讲话的，都是升调。

“他们为什么要赶你们呢？”我问。不过我都能猜到那是为什么了。他们跑到这个空荡荡的酒吧，而这个男人的衣着比这个酒吧高出好几个档次。

“就因为瑟曼躺在草地上拍摄天空？”纳丁答道，“他给天空拍照。蓝天，而不拍新娘和新郎。他喝高了——”

“我没喝高，我只是想拍些体面的东西，值得保存的东西。为了子孙后代。”

“子孙后代?”纳丁说道，“好啊，太好了。如果你能养得起的话，你怎么不和莱斯特说你不想当摄影师了?”

他面前的吧台上放着一台看起来价值不菲的莱卡相机。

“你是摄影师?”我问道。

“不。”他笑着答道，露出门牙间的烟渍。

“但是这相机——”我不知该如何往下说。你有一台相机但你不是一个摄影师。我觉得他会一直闪烁其词，就好像你想抓住什么东西，而它始终会溜出你的手掌一样。

“其实我就是，”瑟曼说，“但是总让人失望，我是说真的让人很失望。”

“天知道，你太擅长此道了。”纳丁轻声道。

“我是指树立自己的名声。”

“我也是。”她答道。

“我所想要的，”瑟曼说，“就是人们不要再让我去参加他们的婚礼了。还有葬礼。”

“我不介意葬礼?”纳丁说道，“只有一次他们用紫色棺材下葬我爸爸，那糟糕透了。”她转向我。“瑟曼认识我爸爸?我爸爸是他的导师?老师?”

“导师。”我重复道，希望现在能讲出些道道了，能说出点她和瑟曼的来头。他们不是普通人，有点来头，这点我很肯定。

“呃，我爸爸是一个，我想就是你们称为皮条客的人，皮条客这种说法还是可接受的，我的意思是他现在已经死了。你知道吗?现在人们不用妓院老板这个词了。”

这时我想到那些像热带鸟类一般鲜艳的尖头皮鞋了。谁能知道哪句话是真话呢。

“我妈是妓女，所以他们相处得很合拍。”

很可能都是胡说八道，但是我喜欢这种挑战，试着和这些人说说话。到纽约以后，我基本没和人说过话，心想人们就是这样交往的吧。他们说话既直接明了又闪烁其词，不管怎样，我都感觉很有意思。

“愿你爸爸安息吧，”瑟曼说道，“一位绅士。我想请他把你嫁给我。当时你才十四岁，该死的。我恨不得娶你脱下的一条裤子呢。”他咧着嘴笑了笑，露出丑陋的牙渍。“但是后来就没意义了，和你结婚就是想钻到你的裤子里，结果你本来就愿意脱裤子。不是和我。是和那个狗日的，你后来嫁给他了。”

纳丁皱了皱眉：“你是想要一副紫色棺材吗，瑟曼？布洛瑟姆也许会为你选一个，用一个铜饰的千禧墓穴放你的——”

瑟曼站了起来，走到吧台的尽头，他的相机瞄着结账处上方的标识牌。抱歉，本店概不赊账。

三四杯酒下肚后，他们仍然什么都没问我。而我又有什么有趣的事情可告诉他们呢？听他们滔滔不绝地评论那些闻所未闻的人们，我就很满足了，不过就是有点摸不着头脑。他们谈起过一个名叫柯奇的婴儿。“这位女士给他喂奶，”纳丁说，“然后又来了一位女士，这时你就开始想，等一下，柯奇是谁的孩子来着？我搞不清谁是他妈妈，谁是他奶妈——”

“我能把你变成一个奶妈。”瑟曼抓住纳丁说，一边伸手放在她的双腿间。她扭开身子又说起她去过的一家墨西哥的麦当劳。我曾在高中时拍过一次麦当劳的广告，听她说起了麦当劳，我思忖着这倒是一个可以和他们分享的故事。

“每个地方的麦当劳应该都是一样的，对吧？呃，但是墨西哥却不一样。当地人把它墨西哥化了，汉堡包配辣椒酱，却没有油炸菜豆。我当时和前夫一起，我们饿坏了，我想点一份烘豆。我们到柜台时，发现没有钱。他把钱包丢了。”

她继续说起她前夫，她的前夫此前一直在煽动一场从未发生的暴动，他们夫妻不得不在墨西哥北部的山区里过着艰辛的流浪生活。钱包从他口袋上的破洞钻出去掉了，结果她的前夫连一点最基本的东西——一份麦当劳的汉堡包——也提供不了了。她离开了前夫后就去了好莱坞，在那里噩梦才真正开始，一连串的遭遇和厄运：强奸、卖淫和氟利昂瘾，那是一种冰箱制冷用的气体。

“你活该，”纳丁好歹说完后，瑟曼说道，“让你嫁给那个狗日的。”

“我不想谈论他，请你也不要那样骂他，好不好？”

“是你先提的他。”

“我不过是要告诉她墨西哥麦当劳的那一段。”

“我曾拍过麦当劳的广告。”我插了句话。

“哇，你是一个演员。”

“不是，我只拍过这一次，我那年十六岁，是这么一回事，我的教练回复了一则广告，然后——”

“瑟曼，她是一个明星。”

“呃，我想，我……我们是表演过。但是那不是……他们需要一个会滑雪的女孩，所以我就……”

“你是一个明星，而且还会滑雪！我从没认识过会滑雪的人。”

“你滑吗？”我问她，但我心里没抱什么希望。

“我滑雪吗？不，亲爱的。”

那则广告的导演和剧组人员来到我们的训练地，玫瑰峰。他们和我们的教练谈了一次话，最后选定了我和一个名叫莉萨的赛手。莉萨不大说话，没人真正了解她。那天拍了一遍又一遍，漫长的一天。他们想要拍摄两个秀发飘逸的滑雪女郎出现在一个清爽的阳光明媚的午后。一个星期后，他们带着我们飞到了洛杉矶，到了工业城中的一家奇怪的麦当劳店，这家店是他们专门用来拍广告用的。店面看上去很像一家普通的麦当劳，里面有戴着纸帽子的收银员、菜单牌、塑料制的墙台和长凳。我和莉萨面对面地坐着，相视而笑，像一对闺蜜似的，尽管我们实际上并不是。我们手里都拿着一个汉堡包，聚光灯打在我们身上，这家假餐馆一切都是真的，就差没有开张营业了。我尽力向纳丁解释着，但她总是打岔。

拍完广告后，我就飞回了里诺。莉萨本该搭乘同班飞机的，结果却没登机。她十八岁了，是个成年人，所以我就没多想这件事了。她显然是去了冒牌麦当劳店附近的一家酒吧。后来就没有人听过她的消息了。

“太诡异了，”纳丁说道，“真的很难说，我就曾遇到过那个连环杀手泰德·邦迪。难以置信吧？他长得很帅。风流胚子。我当时正躺在沙滩上，这个壮硕的大学生走了过来，就差那么一点我就完蛋了，就像和你一起拍广告的那个小妞儿一样。”

我以前从没想过莉萨会是被谋杀了。我以为她是没有耐心等待自己的未来，就自己奔入了未来，她也不愿费心让别人知道她在哪里、在做什么。付给我报酬的那个商家代表找不到她的下落。他打电话问我是否知道莉萨的消息，我回答说不知道。

“我想念洛杉矶，”纳丁说道，“你不想吗？”

“我只在那里待过一晚，”我说，“是在工业城，也算不上是洛杉矶呢，所以——”

“道路两旁的棕榈树摇曳婆娑，”她继续说道，“那声音听起来像雨声，但是到处都是金属反射的阳光。我曾去过好莱坞山上的一个房子，这房子就是一个玻璃穹顶蹲在一根柱子上，就是它的电梯井上。房子是一个变态单身汉的，到处都是他的窥视孔。他偷看我上卫生间。这家伙还瞒着我让我吸毒。天使粉。我还穿着溜冰鞋呢，真够我对付的。”

瑟曼放声大笑。我明白了，对他而言，她只是一个喋喋不休的话匣子而已，泡沫机，偶尔逗自己开开心。

“那你是怎么对付的，吸了毒，还穿着溜冰鞋？”他问道。

“就像我说的，有电梯。反正，背着你给你下迷药也是有些意思的。在那之前，我都不知道要防着别人呢。除非大脑被强奸了，有些人根本不知道什么是天高地厚。这件事帮我建立起某种最低标准。”

她转向我。“你看过《柳巷芳草》吗？”

“看过，”我答道，“我看过，我——”

“我喜欢这部电影，”她说道，“他不喜欢。”她冲着瑟曼做了个手势。她根本不想知道我对《柳巷芳草》的想法。但是那部电影一直萦回在我的脑海，一个孤独的女人，生活在人口稠密的城市里，完全被环境隔绝了。在空荡荡的公寓里，我总会想到她的电话响起的那几幕。她接起电话，那边没有人接听。

夜幕已笼罩在十四街的酒吧周遭，我们又点了更多的水酒，我对时间的拥有感渐渐隐退，对夜晚的拥有感也开始松落；通常在晚上，习惯性地吃过比萨饼后，我就会独自躺下；也许是因为生活很孤立，我开始有点依恋纳丁和瑟曼这些人了，即使他们喝醉了，很怪异，也从来不听我在说些什么。

酒吧前面的人行道上传来摩托车停下来的声音。

一个男人走了进来，他的牛仔裤塞在工程师靴子里，身上穿一件马斯登·哈特利牌 T 恤。他很英俊，我猜他也知道这一点。他是瑟曼和纳丁的朋友，我没听清他的名字。他走进来的样子能看出他对自己的形象很自信，目光炯炯，嘴形有点女性化，我被迷住了。他穿着马斯登·哈特利 T 恤，马斯登·哈特利是我最钟爱的品牌。他骑摩托车。这些凡人的行头在我眼中就像一个奇迹。他坐下时，我发现那个 T 恤商标是他用钢笔写上去的，不是丝印的商标。他不过是自己写上的“马斯登·哈特利”。他完全可以想怎么写就怎么写，只是这次写的是马斯登·哈特利而已。

和瑟曼和纳丁比起来，他简直像是理性本身推门而入。他说起话来不会是漫无边际的瞎掰，也不会对着天花板狂拍。瑟曼的举止也开始有点正常了，他和这位朋友就古典音乐谈论了一会，条理倒是很清晰。瑟曼双手在吧台上演奏了一段巴赫的音乐，仿佛吧台就是钢琴一般，他的手指敲出想象中的音符，显得很专注也很精准，这和他整个人都不太像。又喝了几巡酒。他们的朋友问我是不是学艺术的学生。“我来猜一下吧，”他说，“不是库伯学院的就是视觉艺术学院的学生。不过，你要是库伯学院的，你那开明的理智会让你远离像约翰逊·瑟曼这样肮脏的老男人的。”

我说自己刚搬到纽约不久。

“你大学有个心上人，现在入伍了。他也是学美术的。他要利用肖像画的手艺给陆军上校画像。你们鸿雁往来直到你爱上别人为止，你就是为了这个搬来的。”

这些人似乎一见别人就自以为能一眼看穿陌生人的状况，为此洋洋得意，这也比他们试图真正试着了解我更可取。

“我搬来并不是为了要爱上谁。”

不过，这么说了后，我觉得他的话里设了一个圈套。因为我搬来也不是为了不恋爱的。对爱的渴望很普遍，但那并不说明对爱的渴望就令人敬佩。需要爱并不是很体面的事，如此而已。

事实上，我一直爱着克里斯·凯利，他到法国南部找到了尼娜·西蒙，结果她却从长袍的口袋掏出枪向他射击。我们一起参加一个意大利新现实主义的电影课程。他看着莫妮卡·维蒂，那样子恨不得吃下她。我看着莫妮卡·维蒂，恨不得成为她。我开始像她那样剪发，像她那样整理发型，把头发弄得很蓬乱，留着浅浅的刘海，我甚至找到一件绿色的羊毛外套，在《红色沙漠》里她就紧紧抓住那件外套贴着自己的下巴，不过克里斯·凯利似乎从没留意过这些。我在内华达大学的第二学期，他就毕业离开了，到了现在，我心里也仅留下一个印象，一个挥之不去的高大男孩的形象，穿着黑色高领套头衫，一只眼睛上方有个发旋，为了艺术甘冒风险，被子弹击中胳膊，后来搬到了纽约。

几天前，我终于在马尔伯里街的公用电话拨打了他的号码。我路过过道上的两个小女孩时，她们正在互相帮对方做发型，我屏住呼吸走下楼，楼下的中国人在公寓里杀小鸡，楼道里弥漫着温热的血腥味。在电话亭里拨了号，心中很紧张，但是又很开心。有人在外面吆喝道，“巴博，把钥匙扔下来！”那是七月四日的上午，孩子们正在点燃烟幕弹，一圈圈红红绿绿的硫磺火药，颜色鲜亮极了，就像是高浓度的染料慢慢在水中渗开一样。我穿着一双功夫鞋，那是我在运河街花了两美元买来的。鞋的搭扣还没用就脱落了，现在用安全别针固定。一双出汗的脚，穿着一双廉价的棉布鞋，黑色的布面很像克里斯·凯利的衣服。天气异常闷热，一个打开的消防栓喷着水花，孩子们钻进了密集的水花中。电话在呼叫了，一只飞着的大蟑螂落在人行道上。一个女人跟在后面，她的拖鞋一脚踏过去，碾碎了蟑螂。

电话铃还在呼叫。人行道上有一摊烂糟糟的污迹，纤细的触角仍在动，弯过身来寻找自己的生命迹象。第二次响铃了。神秘的克里斯·凯利。第三次响铃。心中默念着我要说的话。街区那边传来一声爆炸声。M-80 烟花在垃圾桶里响了。一串钥匙从一个窗口飞出，钥匙套在圆筒短袜里，落在附近的垃圾堆边，因为罢工，垃圾越积越多。

电话里响起一个声音："对不起。您拨打的号码已停机。"

确实如此：我搬到这里并非不是为了谈恋爱。那天晚上，我站在屋顶看着街区炸成碎片，到处散落着红纸片，潮湿的空气里带着镁的气味。居然没有引发大火，真算得上一个奇迹了。男人们和孩子们在马尔伯里街的中央倒下一箱又一箱的烟火。他们都躲在金属垃圾桶的后面，其中一人点燃一支烟，吸了一口，然后扔进成堆的烟火中，四面八方都炸开了花，一时间花雨、烟幕和闪光大作。这是专门给"小意大利"居民区准备的，他们都待在楼上观看着。他们没有去街上，只是各项活动的组织者。我和邻居们都站在屋顶上，黑沥青晒了一天都开始发黏了。粉色和红色的烟花蹿了上来，在我们上方爆炸，下落，消融在黑暗中。怎么会这样呢，我在纽约唯一的熟人，他的电话号码竟是无用的呢？

我问过吉德莱是否认识一个叫那个名字的艺术家，她答道："我想我是认识的。克里斯。是的。"

我们在拉斐特街上，特拉斯伊咖啡店外的地方。

"太让人意外啦，"我兴奋地说，"他在哪里？你知道他在忙些什么吗？"

她掏出一盒北极牌香烟，扯去上面的铝箔包装纸，随手丢到人行道上。我看着那片铝箔纸飘落在路面上。

“我不知道，”她说，“他经常出来。他在现场。”丢弃的锡纸片被风吹向一边。

“什么现场？”我问道。然后吉德莱变得神秘兮兮的，就像是，如果你不知道，我可不能泄露出去。当时我第一次感觉到，吉德莱说的话都是值得怀疑的，不过当时，我迅速压下了这个念头。

我告诉纳丁和瑟曼的这位朋友，我来自内华达州，他于是就叫我里诺了。他说，这是一个很好的词，像罗马的神或女神的名字。朱诺，或尼禄。里诺。我告诉他进入小镇的路口有座霓虹拱门，上面有四大红色字母，R-E-N-O（里诺）。我拍过一个短片，我说。我放置好三脚架，拍摄停在拱门下的红绿灯前的各式汽车。

“美国精神”，他说，“那也是瑟曼的专长。餐厅咖啡。没冲的厕所。推销员。购物车。他快要成名了。他正在现代艺术博物馆办艺术展呢。”

瑟曼没有听我们说话。他正轻轻咬着纳丁的耳朵。这位朋友说：“他是一个了不起的艺术家。”

“那么你呢？”我问道。

“我给时代生活大厦的大厅钟表调时间。每年要重置两次时间，一次要调成夏令时间，另一次再调回标准时间。他们给我打电话。这是非常专业的工作。如果你推得太使劲，你会把钟表的指针弄弯的。”

这些人有些心照不宣的规则，后来认识的这一类人也同样如此：你不应该问那些很一般的问题。“你是做什么的？”“你是哪里人？”“你从事什么艺术？”虽然我知道他是一名艺术家，但是你不能询问。甚至连“你叫什么名字？”都不能问。你假装已经知道了，或者根本不需要知道。问一个显而易见的问题，即使他们没给你一个同样明显的回答，那也是在提醒他们——可以尽快把你甩掉了。

“我去过一次内华达州，”他说，“去看一个熟人弄的东西，螺旋形防波堤。那位艺术家叫史密森，刚死不久。他是一个朋友，或者算是个朋友吧。事实上，他是一个蠢蛋。是个爱搞科幻作品的蠢货，不过确实很不错——”

我兴奋地说，我也去过那里，我读到他的讣告，知道他是谁，但他似乎并不认为这是一个多么惊人的巧合。

“关于‘真实的西部’，他有一套搞笑的高论，他以为他是比利·艾尔·班斯顿[1]，你知道，一个喜欢作画的计算机迷，他会说，‘你们这些纽约艺术家应该停止思考，你们要去感觉。你们总是弄什么概念和体系。统统都是垃圾。我在外面给摩托车镀铬，你们呢，坐在摩天大楼里读书呢。’史密森是一个天才。我这一代人有两个大艺术家，”他说，“一个是史密森，另外一个就是我的朋友萨米。”

“他做什么呢？”

“什么也不做。他什么都不做。今年他在外边生活。他不进入任何建筑物。现在他在小意大利的一个公园里露营。他一直在布朗克斯区，睡在建筑工地的脚手架上，他们拿枪打他。”

马尔伯里街和普林斯街角我的那个小公园里，除了经常光临的亨利-让和他的竹竿以外，还有一个男人。他有时睡在那里，我以为他是个流浪汉，不过看上去又不太像，这个年轻的亚洲人留着齐肩的长发，浑身上下给人一种太过细致精确的感觉。我问他的朋友萨米是不是亚洲人，他点点头，说是台湾人，我告诉他，我想我见过他的朋友。他说萨米是藏在商船里过来的偷渡者，当时看到他出现的时候，我还以为那是一项行为艺术，他是在完成某项艺术表演呢。萨米只好解释一下这本来很明摆着的事情，他是像数以百万计的其他人一样来到纽约的，是来做美国公民的。人们听罢总会笑一笑，仿佛他的话里包含很深的嘲弄呢。

“我们之间有一种特别的纽带，萨米和我，”那个朋友说道，“我们都在船上漂泊了很久。我们都是从黑船舱转到另一个世界，人人都以为我们在说笑。但实际上恰恰相反。生活在开我们的玩笑。”

---

1 比利·艾尔·班斯顿（Billy Al Bengston，1934— ），美国艺术家、雕塑家，和美国1960年代的摩托亚文化群渊源颇深。

我想象着夜晚的海岸。黑黢黢的海水好像窗帘边。夜间的大海，他和他的朋友萨米都漂泊过的大海。

又过了一会儿，瑟曼和纳丁决定去另一家酒吧。“你去吗?”我问了问这位朋友。我能感到他先犹豫了一下以后才肯定地点了点头。*为什么不呢？又没有更好的事情可做。*他把摩托丢在了酒吧门口，因为瑟曼居然有一辆车。不仅是一辆车，还有一个司机呢——一辆五十年代中期的黑色金属刷面的凯迪拉克埃尔多拉多，司机看起来只有十四岁的样子，穿着一件正式的司机夹克，衣服至少大了几个码，一副白色手套也大了很多。我想到了马尔伯里街上的司机们。我说这就像周日的小意大利，不过没人听见我的话，或是他们根本就不关心。

我们都端着饮料挤进汽车里。纳丁拿起自己的饮料走到酒吧出口，我跟在后面，心里想，对，就这么着。就是这样的方式。瑟曼给我们付了账，我和他们一起坐进了凯迪拉克埃尔多拉多，手里端着重重的平底无脚杯，杯子下面是潮湿的鸡尾酒餐巾。我们缓缓拐弯的时候，杯子里的冰块就当啷当啷直响，我们按着喇叭让行人让路——坐进这辆车，我们就很重要。我坐在这个帅哥的膝盖上，我们的饮料叮当叮当地响着。

“这是我最喜欢的。”那个朋友说道，他从车门的口袋里抽出一本皮革记事簿。“这可是随车来的东西呢：一九五七年的布鲁厄姆的记事簿。还有这个，”他说道，从扶手上的小隔间里拿出一瓶香水，“朗万科隆香水雾化器，琶音香水。这些车型刚上市的时候，你可以在通用汽车经销商那里订购这些东西。瑟曼，这辆车还配了什么东西?”

“我不知道”，瑟曼说，“这是遗赠给布洛瑟姆的车。原先属于冯·道尔夫人。”

已经提到布洛瑟姆好几次了。我没有问她是谁，不管他们提到谁我都不打听。我要研究一下他们的说话方式。不能打断他们的话，不能让他们停下来给我解释东解释西。

这位朋友伸手到扶手处取出一瓶酒，酒瓶套着一个皮套，上面有一个很大的通用标志，他打开后闻了闻。

“苏格兰威士忌，”他说，“这是真正的后加尔文教徒的迷狂。像萨米的罗马尼亚餐馆里的犹太人，吃着盘子外的牛排，桌子上放着一大罐鸡油肉汤。就像要一次吃到饱。”

他把瓶里的酒倒进我们的酒杯。他弯身的时候，我能感觉到他的身体。

“我认为冯·道尔夫人是犹太人，”纳丁说，“瑟曼，她是不是犹太人啊？”

那个朋友说，一个犹太人开凯迪拉克似乎比较合适。“在某种意义上，”他说，“这里只有通用汽车和大众汽车这个轴心。我自己有一辆大众汽车的甲壳虫，这辆车让我们联想到尤金·麦卡锡[1]和戴花的嬉皮士，而不是创造它的希特勒。大众汽车并不会让你联想到希特勒和大屠杀。它只是装着轮子的乳房，一个喷着烟的小小梦想。而凯迪拉克则是另一种梦想了。比较一下二者，你会以为凯迪拉克更代表一种难以言表的惊恐，一种反人性的罪恶。你瞧，这里有布鲁厄姆粉扑。唇膏盒。药片分配器。埃文斯化妆镜。就缺一个蒂芙妮可卡因药瓶和一把 0.44 英寸马格南镀铬手枪了。

“你就继续看吧。”瑟曼说道。

“哈哈，好，不过你不该给 0.44 英寸马格努姆手枪镀铬的，瑟曼。乡下人和不当班的警察喜欢搞那一套。我的意思是，与小排量和低调的大众汽车相比，通用汽车显得更罪恶，更放荡，不过在这些真皮内饰的底下没有大屠杀，也没有劳工营。就是一些棉胎。和这辆靓车相比，棉胎用不了多久就报销了。现如今，只有贫民区的人才会认为开凯迪拉克的都是高端的市郊人，事实上只有贫民区的人才会以市郊、市中心的角度来看问题。你意识到石油危机了吗？照这个油价，

1　尤金·麦卡锡（Eugene McCarthy，1916—2005），美国政治家，来自明尼苏达州的国会议员。1949 年至 1959 年任联邦众议员，1959 年至 1971 年任联邦参议员。他先后 5 次参加美国总统大选，然而未获本党提名。

我连甲壳虫也不开了，”这位朋友说，“我骑我的小哈雷了。”

“我骑摩托的，”我说，“我是说以前经常骑，不过已经卖掉了。”

他看着我。我正侧着坐在他的膝盖上。

“你确实有种野丫头的性感，我只能这么说了。是的。”

好吧，我告诉自己。某些事正在悄然发生。

“什么类型的？”

“什么？”我问。

“你骑的是什么类型的摩托？”

“哦，瓦莱拉摩托。”

“看到了吗？这刚好符合我的大致观点。我恰巧认识他们公司的一个人，虽然他没卷入公司的经营里。我喜欢讥笑他们印刷的那些日历。他们假装瓦莱拉这个名字代表着坚挺的意大利乳头和连控轨道阀门的公司。但实际上，他们利用波兰苦役为纳粹制造杀人机器，也许不是专门为纳粹制造的。严格地说不算是。但是他们使用了X去制造了Y，为了润滑狰狞的现代机器，他们耗费了大量的生命成本。”

“我的车是一九六五年生产的，”我说，“是战后很久的事了。”

“那使得摩托车很无辜了，”他说，“就像你一样。”他的手轻快地触碰了一下我的脸颊。“你现在没车了吗，那辆瓦莱拉？”

“我卖了车好搬过来。”

“用X交换Y了。”

他的手搭在我的腰间，我感到一阵发热，伴随着那温热，另外一些真诚的东西，也一并传递给了我，那传递的信息或意义与他说话的语气大相径庭。

我转向他。

“你想知道一些有趣的事儿吗？”我悄声说道，不想让纳丁和瑟曼听见。

“想。”他悄声答道，他的手从我的腰间移到我的大腿。在这样拥挤的后座，他也确实没别处能放自己的手了。不过我却是那么解读他放在我大腿上的动作的——一个男人的手放在了女人的大腿上，而不是他的手没有别的地方可放了。

“我不记得你的名字了。”我低声说道。

“很有意思。”他小声应道，却并没告诉我他的名字。

我们似乎开了很久了，这个少年司机一直稳当地开着车，好似他一辈子都在训练自己开着庞大的凯迪拉克似的。他一边调整着卡在自己圆蓬式卷发上的梳子，那把梳子就像是插在蛋糕上的一把刀子，一边摆弄他的头发。他戴着的白手套的指尖部分是瘪着的，对于他那双稚嫩的手来说，手套似乎太大了。我们一定是在兜圈子。后来发现我们不过是在二十三街上的切尔西，和我们出发的地方对照起来，我们仅仅向北走了几个街区而已。

我们带着饮料走进一家西班牙人开的酒吧，就在酒店的一楼，里面可谓是五光十色，人声鼎沸，到处都是他们的熟人。一个名叫杜克的男人朝我们跑来，他的衬衣挂满枝形吊灯的玻璃晶片，颜色像根汁汽水一样。他说那些玻璃晶片是厄尔酒店带来的。

“你是厄尔酒店的杜克。”纳丁说道。

“厄尔酒店的杜克。”他应道，晃了一下他佩戴的玻璃晶片。

人们围过来向他们问好。我突然意识到他们可能会甩掉我，我只是他们在一个空荡荡的酒吧里偶遇的陌生人。现在他们如鱼得水，又回到了熟悉的环境。我扫视了一下他们的面孔，心里琢磨着这里是不是能遇见克里斯·凯利的场所。我已不敢确信能认出他了。浅浅的肤色，黑色头发垂在一只眼睛上方。他也许会来这种地方吧。我问瑟曼和纳丁的这位朋友是否认识一个名叫克里斯·凯利的艺术家。“谁？”他的手掌托着耳边问道。我重复了一遍。“噢，是的，”他大声道，“克里斯，当然啦。”

“你认识他？他是里诺来的。我一直在找他。”

“艺术家克里斯，对吧？”

过了好一会我才意识到他在开玩笑。那一瞬间，我觉得他和他的朋友们正在拆散我努力为新生活建立的所有秩序感。但奇怪的是，我同时又觉得只有他和他的朋友能让我的新生活有点眉目。

他领着我们去了一个分隔用餐区。我溜到他的旁边坐下。厄尔酒店的杜克也坐了过来。我们点了一些饮料，那个朋友敲打着自动唱机的遥控操纵台选歌。屋里响起了罗伊·奥比森[1]如丝带般飘柔的歌声。

“我母亲有他的唱片。”我对那个朋友说。

“你母亲很有品位，里诺。那绝美的声线，还有那一头黑发。就像是融化了的乙烯基塑料唱片。”

有人递给杜克一大瓶肥皂水，于是他和纳丁便轮流着抽一口烟，然后再吹起人体器官形状的大大的肥皂泡。肥皂泡里充满奶白色的烟雾，瑟曼为它们拍照时，晶亮的肥皂泡就颤悠悠地飘向地面。隔壁桌子的客人也想要那瓶肥皂水。于是杜克用肺里的气最后吹了一只肥皂泡。晶莹而闪亮的肥皂泡，每个人都注视着它，看着它漂落在桌子的边缘炸成虚无。

“这是你选的歌吗？”屋里响起了一首新歌，瑟曼向他们的朋友问道。

这首歌是布克·提欧和M.G乐队的《绿洋葱》。

“这首歌还是很不错的，”那个朋友说道，“尽管这歌已经在我的脑海里回荡了快十年了。”他转过身对我说起他曾经进过监狱。不是十年，仅仅三十天而已。

我问他是什么原因。他告诉我是因为他曾经偷渡一个女人过了州界，纳丁失声大笑起来。我也笑了一笑，但是不明白她为什么要笑，也不明白这有什么好笑的。

“我违反了曼恩法案，”他继续说道，“动机不纯：什么是动机不纯呢？我坐牢坐了一段时间，后来被释放了，但是我还是老想着这首歌，所以我觉得我坐了很长时间。”

1 罗伊·奥比森（Roy Orbison，1936—1988），也被称为“The Big O”，美国创作歌手。最出名是他标志的墨镜，及个性鲜明强而有力的嗓音，所作歌曲曲式较复杂，富幽郁的情感。

他跟着《绿洋葱》哼着，时不时点点头。

"一开始，情况还没那么糟，《绿洋葱》是一个特别的秘密，就像我藏在袖中的披萨饼刀一样。我抽出一把刀来砍它们，把'绿洋葱'剁碎，而那些狱友们，不是在冲凉水澡，就是在吃甜椒面包，还有些在读女人的来信，那些女人想要一个能管住的丈夫。管得是真紧。那些男人给那些孤独寂寞的女人写回信。他们做着俯卧撑，到了探监日，那些拔掉眉毛的女人就会带着炸鸡来求爱了。"

他帮狱友们给那些女人写过信。"公共休息室里有个标牌写着'给你们爱人写信，只需三十九美分'。你能买到一只信封、一张纸和一枚邮票。那些家伙便会拿着一支铅笔头不停地写啊写，那支铅笔头就像是公共图书馆给你记书目编号的笔一样。他们会问'女阴怎么写？''乳房怎么写？''阴茎的茎是哪个字？'等诸如此类的问题。"

"披萨饼刀是做什么用的？"纳丁问道。

"用来切披萨饼啊，亲爱的纳丁。"他冲着纳丁憨憨地笑了一下。

"从监狱里出来后，我想，好吧，我现在不像我的很多朋友那样了，我知道监狱里面是什么样子。很多人连监狱的外面也没见过。监狱都修在人们看不见的地方。你只知道公路上会有些标牌提醒你不要在某些路段停车载人。而我知道什么是监禁、无聊还有半夜举行的消防演习。扩音器喊着各种指令响彻监狱的院子，就像亚特兰大大街上的清真寺响起召集人们去祷告的晚钟。我知道什么是甜椒面包，什么是鸡蛋粉，什么是暴乱。他们用水管往你身上冲漂白剂和消毒剂，就像冲刷垃圾桶一样。我知道怎么解决性欲需求。"

"噢，宝贝。"厄尔酒店的杜克说道。

"这里面是有些门道的。你以为你怎么着——你懂的，进入女人了。实际上你只是在鼓捣某个替代物。"

"我快要化了，"杜克说，"化成这个隔间里的一摊泥了。我不知道该——"

"我不是故意败你的兴，杜克，"那个朋友说，"以前我不得不进监狱，我不打算再进去了。"

他的胳膊搂着我。自从来到纽约，那条绕开我的河流，终于容纳了我。一直绕开我的河流，一直拒斥我的河流，突然间我就置身其中，就在这张餐桌边，我投入了一个新世界，一切都在飞快地移动，但是这河流再也不绕开我了。我随波荡漾，成为它的一部分，虽然我还无法理解周围人们的暗号和隐语。不闻不问或者无需过问，使得我能和他们在一起，以他们的步调前行。

“当你被释放时，他们在凌晨四点把你扔到皇后广场。油炸圈饼店里不时有人匆匆地进进出出，这家店和监狱食堂有很深的关系。人们喝着咖啡，把油炸圈饼放在油腻的包里，拿包的样子就像拿着炸弹似的，走起路来高视阔步，可是又不知道那样子摆给谁看，现在既没警卫和看守也没有了狱友。他们只是随便在皇后广场闲逛的浪荡子，闲得发狂，自由得无与伦比。就在同一个时间，妇女和小孩则在市中心排队坐大巴去瑞克斯岛的监狱探监。当人们还在酣睡的时候，大巴开到这里释放囚犯，然后再去搭载探监的人们。在空间上，监狱必须要不见踪迹，时间上亦是如此。”

“出来后，”他说，“我特别高兴。监禁后重获的自由和那种单纯的自由不是一回事，那种单纯的自由有时也是自身的某种牢笼。问题是《绿洋葱》。几周过去了，几个月也过去了，那首歌还是萦回不去。日复一日，年复一年，那极具冲击力的节奏永远，我说的是永远永远，在我的脑海中回荡。”

他哼着歌曲。“这首歌会在半夜把我唤醒，就像有人调大了音量，我就躺在黑暗中倾听《绿洋葱》里风琴的即兴演奏，等候着吉他音部加入演奏，加入那澎湃的节奏中，这首绝妙的歌曲在我的脑海中掘出一条运河。太不公平了，因为我已经偿清对社会的债务了。”

《绿洋葱》又播放了一遍，我觉得已经是第三次了，我感觉整个房间都在营造一个恶作剧。那个朋友起劲地哼着歌曲。

“如果你听了整整十年，”我笑着说，心里想如果我公开地笑出来，他也就不会再捉弄我了，“你怎么到现在都还没听厌呢？”

“因为你必须知道你的敌人，”他说，“如果你都不知道你在反抗什么，你如何进行斗争呢？谁是你的敌人？”

我说不知道。

“瞧，没错吧？”

后来我们跳舞了。我的手臂搂着他的脖子，酒吧里很热，他汗水淋漓，马斯登·哈特利T恤贴在他宽宽的肩膀上。我还没有吻他，但我知道我会吻的，他也清楚我知道这一点，就这样一点一点滑向必然，我们都感到很快乐，不知道他的名字又如何？他说的都是假话又如何？

“你很漂亮，”他一边说，一边从我的脸颊拂去头发。

怎么在纽约找到人？我以前从不知道这个办法呢。

“你的脸可以印在蛋糕盒上。”他说。

我笑了笑。

“不行了，你的门牙有道缝。老天。你的蛋糕盒魅力被破坏了。但实际上，它却让另一种味道更浓郁了。”

有些女人不喜欢男人这么和她们说话。她们会说，“你指的是什么味道？”或“去你妈的。”但我不是那些女人，他这么说的时候，我的心里起了涟漪。

后来发现这家酒店就是切尔西。我不知道这是谁的房间，也许是纳丁的，瑟曼给她订的房间。给人的感觉像是瑟曼心情好的时候就会帮助她，如果瑟曼没心情过问她，纳丁大概就是流落街头了。我们都喝着同一瓶顺风威士忌，后来发现纳丁竟然不是瑟曼的太太。瑟曼把电话机拖到走廊接电话，那是他真正的夫人，布洛瑟姆，也或许不过是他这么喊了一声吧，口气很不温柔，闷声闷气地一句“布洛瑟姆，明天上午我给你电话”。他一字一顿的腔调，仿佛是要他的太太记住并重复这句话一般。“明天上午。明天给你电话，喝完山卡咖啡后我就会打的。”纳丁听了这句话后像得了癔病，“山卡！喝完山卡就打电话！”

瑟曼挂掉电话后似乎更加狂野了，好像他在电话里所做的妥协，必须要以布洛瑟姆无法容忍的行为来补偿，不管她现在在哪儿都一样。他放上一张波·迪德利[1]的唱片，音量一直打到头，唱针开始转动的时候，他一把将唱片从唱盘上扯下来，扔到窗外。他换上另一张唱片，里面唱道，“你有了什么心事”，一遍遍重复着。萨克管的声音听上去有点笨拙，但是很性感很勾魂。在那个朋友的建议下，我和瑟曼一起跳舞了。他身上混合着须后水、香烟和护发素的气味。他身上有种做作、不自然的东西，头发梳成完美的波浪形，衣服很合身也很清爽，无论置身什么低俗的环境或是醉得多么不成体统，这身衣服都能维持他的身份，显出他是一个享有某种特权的人物。

你有了什么心事
你看着我的样子

那个朋友在和纳丁跳舞。她的胳膊圈着他的脖子，草莓色的头发垂在他的肩膀上。她的髋部抵着他，他也毫不顾忌地抵着她。

你有了什么心事，宝贝
你看着我的样子

看他们蹭来蹭去，我真想能换一下舞伴。

“哦，看看看，”瑟曼说，“你不要一直盯着她看——”

我觉得他在西装外套里掏什么东西。纳丁和那位朋友如胶似漆地慢慢转换着舞步。

瑟曼从上衣口袋掏出一个沉甸甸的家伙，上面还带着体温呢，我还没弄清那是什么东西，他随即就举起它瞄准那个朋友和纳丁了。他们俩一点也没意识到这些，还在耳鬓厮磨，随着纾缓的歌曲跳舞呢。

---

1 波·迪德利（Bo Diddley，1928—2008），是埃拉斯·欧萨·贝茨的艺名，美国节奏布鲁斯歌手、吉他手和词曲创作者。

我听到吧嗒一声。他举起那个家伙瞄准了他们。我听到一声震耳欲聋的爆炸声。

那个朋友笑了起来，向瑟曼要那把枪，瑟曼就朝他甩了过去。他拧开手枪，取出子弹，很仔细地看了看。

“空包弹。”他说，又还给了瑟曼。瑟曼则装作很野蛮地抓住纳丁的脖子，用枪管上下摩擦着她衣服的前襟。这种举动看上去很愚蠢也很好笑，可纳丁却一丝不苟的，甚至还呻吟了起来，仿佛很受用的样子。

我记得我的表兄斯科特和安迪说过，空包弹也能打死人的。瑟曼把枪放进橱柜，又取出一瓶顺风威士忌。他给我们斟上酒后，用房间里的小电钢琴弹奏了一曲《但愿循环不被打破》。这位朋友带我爬上了楼顶，然后给纽约的天际线做起了配音。“高高的屋巅，好戏正在上演。”他说。“女人们攀援在楼壁上，她们利用滑轮攀附在垂直的建筑前脸，”他说，“她们的装扮像飞天大盗，像女权主义女飞贼。谁知道呢？你可能会成为一员吧，虽说你还年轻，还很甜美。正因为你很甜美，还很年轻。”

“你是谁，是不是什么反动分子啊？”我问道。

“不，”他说，“我只是给你一些建议。但实际上，屋顶有些是去年的把戏了。高登·玛塔–克拉克[1]把整个房子一劈两半。很难击败这个纪录了。现在怎么办，里诺？现在怎么办？”

回到楼下后，瑟曼闯入浴室，纳丁正在小解，不知什么缘故，她不是蹲在马桶上而是蹲在浴缸里。他坐在浴缸边沿看着她，她的超短连衣裙撩了起来。

“你知道我最爱的是什么？”他问。

“是什么？”她问，语气安详而恭敬，整个晚上发生的一切仿佛都像是一种仪式，都在等待着此刻的来临，他终于要告诉她他的真爱为

---

1 高登·玛塔–克拉克（Gordon Matta-Clark，1943—1978），美国艺术家，以其在1970年代完成的以特定空间为对象的艺术作品知名。

何物了。

“我爱疯狂的小女孩。”他抓住她，把她扛在肩膀上，她的内裤还挂在脚踝上。他把她扛进卧室后，把门关上了。

“你知道他们做什么吗？”那个朋友说，“他们用那把枪互相射击。对着裤裆。砰！砰！第二天你的耳膜都能被震裂。”

“那样不危险吗？”我问道。

“那当然。所以他们才那么做的啊。”

枪声响起。纳丁尖声笑起来。房间里的电话开始响个不停。

这位朋友和我静静地坐着，等待着下一枪，或是电话铃停下来，或是别的什么。

“嘿，”他说道，“嘿，里诺。来这儿。”

我早已在他身边了。

我们接吻了，他漂亮的嘴温软地压着我，电话还在不停地响。

我们终于躺在床上时，东河上空的旭日早已在我的公寓洒满金光。我告诉他我不想知道他的名字。我不是很在意。我就这么说了一下。“我甚至不想知道你的名字呢。”

他戴着那顶棕色的博尔萨利诺帽，那是我在附近酒吧发现的。他脱下帽子，放在床垫旁的地板上，然后剥下他自制的马斯登·哈特利T恤，轻轻地把我摁在床上。我的心怦怦地跳开了。

“我也不想知道你的。”他说道，双眼定定地看着我。

他在看什么呢？他看到了什么？

我们之间发生的事感觉很真实。它是真实的：它发生了。那天晚上我所听到的，我所亲历的，他们的荒唐，在某种程度上已经写进他的酒窝、他的傻笑还有他的凝视里了。他很搞怪地把马斯登·哈特利T恤团成一团，远远地抛到房间角落里，仿佛已彻底厌倦了它们。他打量着这个小房间，点着头，一副毫不吃惊的模样。不过他同时也在收集、归档。他又开始打量起来了，我，我的身体，然后再点点头，一切都确认了，明白了，也认可了。虽然不知道彼此的名字，我们两个人紧紧地缠裹在一起，绝不输给其他的恋人。

我一路循着路标而来，一丝不苟：从尼娜·西蒙的歌声开始，然后是摩托车，再然后是马斯登·哈特利T恤。这一整个晚上，先是手枪，然后就是现在：这个男人，待在我的房间，似乎拥有为我开启一切事物的钥匙，我一直以为只要找到克里斯·凯利，他就为我开启世界的大门。我从未找到他。

当我中午醒来时，他已经离开了。一天已过去一半，热到极限，太阳毒辣。疲惫，头痛，迷茫。那顶棕色的博尔萨利诺帽已经不在了，后来我想起来了，是我要他拿走的，是我让他拿走帽子的。

我坐在防火梯上。今天是周日。楼下，那些豪华轿车的司机们待在黑手党的小会所前面，身边是一长串黑色轿车。他们汗水淋漓，看上去很遭罪的样子，而我很羡慕他们，在汽车边等待着必定出现的乘客。多么有目的的一天啊。

我说那顶博尔萨利诺帽子早就是他的了，它已经在公寓里等待他很久了，这些话多丢人啊。我做的事情简直和情痴无异——心中期望情人能和自己命运交缠，就一味地把自己的命运拴在他们身上。但是这一切，所有的一切都烟消云散了，那个叫里诺的我，那个不知姓甚名谁的他，他那两个畸零的朋友，没有他俩，我都无从认识他，更不用提后面的亲密接触了。

我说不想知道他的名字，我不是在说假话。我希望能越过姓名一类的事情，直接进入更深刻的领域。

下雨了。每天都是滂沱大雨，我坐在公寓里，等待着警报响起。开始下雨后，总会有警报响起。雨，然后是警报。它们都急着奔向生活发生的地方，去处置生活以及生活中的突发情况。

你知道我很孤单吗？我站在马尔伯里街上的电话亭里，天空灰蒙蒙的，很沉重，街道肮脏、空寂而荒凉，一个女人的声音再一次告诉我，我拨打的号码无法接通。

不过是一夜的纵情饮宴。第一眼见到他，我就很清楚这一点，正因为如此，我才那么着迷的吧。所谓痴迷就是想要获得什么，同时在内心深处一个不那么明显的角落，你又很清楚，你终将一无所获的吧。

五

瓦莱拉之死

“瓦莱拉死了。”那天夜里，他在笔记本上写下这句话，他的手在颤抖，他的笔也在颤抖。他颤抖着和衣躺下了。

瓦莱拉死了。

躺在这里的人不再是他了。

他感到异常兴奋，浑身颤抖着执起笔，虚弱地为自己记下笔记，宣告了自己的死亡。他一边看着笔记一边品味着各种极速蜕变的画面，昨晚摩托车大游行的情景已是渐行渐远，就如那些难得重温的美梦、那些最为美妙的春梦一般，终究会霁散云开化为乌有的。

从现在起，他想，是树叶在颤抖。不是人，只有树叶。

死亡已经结束，生命已经开始。

在阿里格诺咖啡馆遇到的那伙人里有一个头儿叫隆齐。就算不是正式的头儿，他也是这群人里最好战、最有个性的。像瓦莱拉一样，隆齐出身于一户米兰的富裕家庭，他父亲经营木材、房地产生意，在布雷拉有一套漂亮的大房子，就在瓦莱拉家的别墅附近。像瓦莱拉一样，隆齐逃离了家庭并考上罗马的一所大学。两个年轻人都被叮嘱要努力学习，要争取自己应得的一切，让世界记住他们的姓氏和姓氏背后的权力和威望。隆齐中途退学，他故意污损自己的姓氏以及姓氏所代表的一切。虽然瓦莱拉明白这一点，懂得自己的使命所在——自己一直被灌输、被训练成自我尊大的人，他就想让权力在这一方面好好地出怪献丑，但是他不愿放弃成为工程师的梦想。能赋予人智慧的一切事物都是他研习的科目，隆齐也成为他的科目之一。隆齐说过世袭的财富与地位意味着好逸恶劳和怀旧心态。隆齐厌恶懒惰和怀旧心态，他说他无意于贵族的显赫生活，他不想在阳光下糜烂地生活，就如一头猪在浓稠而温暖的泥浆里打滚一样——整个意大利上层阶级、整个意大利都沉溺在这种泥淖中，生活囿于种种传统、习俗和一成不变的刻板。

隆齐这么说话的时候，瓦莱拉脑海就会浮现出埃及的画面。他久久地伫立在阳台，眺望着地中海波澜不惊的蔚蓝海面，他把脸摩挲着盆栽枣椰树的树叶，感受着被树叶刮擦的那份尖锐。

隆齐和那个小集团仇视观光客，仇视星期天，仇视迟缓懒散。他们渴望速度和变化。瓦莱拉开车很快，所以在摩托车车手中很出名。他对这个两轮机器极具天赋和感觉，拐弯时，他一边带刹车一边身体下倾，脚向外支着稳稳地平衡住摩托车，然后猛拧油门，车身一下就挺直起来，别人还踩着刹车担心摔车时，他轰着油门就驶出了弯道。他还没有自己的车——他已经向家里要钱，但是米兰还没有发电报回来——所以，他总是不得不在阿里格诺咖啡店外的路边等，希望能蹭别人的车骑一下。小集团的成员大多是学生或者退学的学生，其中有些人以自己的车被瓦莱拉骑过而自豪，因为瓦莱拉总是遥遥领先。另一些成员则很恼火，只要看见瓦莱拉在路边就试图避开他。

钱一到手，瓦莱拉就买了自己的第一辆摩托车，蒲伯 V 型双缸，美国制造，比这群人的任何一辆车都要快很多。发动机排量是 999 毫升，管框架车身喷着华丽招摇的火红色金漆。车快得让人恐怖，车子的震动使手和胳膊发麻，车子的悬架和车把以及它的速度并不相称。这家伙野性难驯，让他爱不释手。瓦莱拉成为小集团的正式成员了，当他们轻声说“三号房间”、朝着阿里格诺秘密的后部走去时，他们同样也会告诉瓦莱拉，一声低语，这个小小的姿态让他下定决心像隆齐一样，让自己也充满这个集体的精神或是他所认为的，元气。

“不要在这里说‘元气’这类的词。”当瓦莱拉在他们面前说出这一想法时，隆齐这么对他说道，让他很是难堪。“全都是些废话。古希腊的陈词滥调。瓦莱拉，我们不要盯着历史的下水道不放。”

他们要砸碎捣烂所有过时的传统观念，隆齐说，所有的旧事物。一切旧事物，高雅的事物，任何形式的颓废主义和唯美主义。他们的目标就是打倒沙皇、教皇、国王和教授，也就是隆齐口中的“痛风的宅男腐女”，所有的主流文化以及它们的皮条客、贩子和娼妓。

隆齐说唯一值得爱的就是未来的事物，既然未来是无法预知的——只有白痴和骗子才会预测未来——所以必须现在就体验未来，轰轰烈烈地在当下体验未来。

你无法凭直觉知道未来，隆齐说道，即使是下一刻也无法做到。他谈起一个中世纪的教派，他们相信上帝每时每刻都在改造着世界。这个教派深信，每时每刻，上帝都在彻底地改造一切，滴水不漏，面面俱到。你所能做的就是投入到你自己的生活中，你自己的每一刻。当你觉得悲观像一只讨厌的秃鹰蹲伏在你的肩头时，他说道，我们就驱赶它，用乐观窒息它。我们渴望，而我们的渴望将杀死厄运。我们就这样抓住未来，像占领一间空库房一样占领它，隆齐说，这是爱之举动，纯粹之爱，它不是预言。是希望。

夜晚，这个小集团就集聚在阿里格诺；隆齐、科佩尔蒂尼、卡布里尼、卡西亚、奥普里、帕皮等人读着描绘速度与钢铁的诗篇，导线跟弹药成了他们的蛋奶酥。他们全体召唤着钢铁意志，这食粮仅是这种召唤的一部分，他们的躯体变成了钢铁，变成了机器，他们的精神不再昏昏欲睡，他们摒弃血肉之躯的虚弱，他们变得迅捷而强大。隆齐似乎不是在开玩笑。瓦莱拉却总觉得他在开玩笑。隆齐是个寓言家。他用螺钉和网线做衣服，把冲压过的铁片制成书。小集团的许多成员都画画——梦想制造机和腾云驾雾的人，他们还会排列铅字，就像纸上发生了爆炸一样。瓦莱拉也会作画，由于受过工程师的训练，他很难让自己挣脱宇宙法则而天马行空。他只能画出有现实可能性的东西。真正的机器。

那些晚上，这个小集团在咖啡店拿扩音器播放噪音，这些声音都是在隆齐的公寓里录的：他们用大铁锤敲打铁砧，或者在篱笆剪上装上麦克风咔咔咔地剪。咔嚓，咔嚓，张开再合上，他们告诉在场的人，那是教皇的双脚从脚踝处剪断的声音。国王的手指从指关节处被锯下。上帝一只巨眼的视神经被剪断。隆齐剪教皇的双脚，这让瓦莱拉想起了年轻的玛丽的脚，亚历山大的那个午后，她那晒得黝黑的双脚，穿着一双小帆布鞋，在摩托车后轮上方悠悠荡荡。那头喷着烟的野兽带走了那双纤巧的女性的脚。隆齐模仿截肢的行为勾起了他对玛丽年轻双脚的记忆，瓦莱拉已是隆齐小集团的成员，那些记忆就一直保留在脑海里了。那双脚属于瓦莱拉，这种占有的心态和他开始具有的男子气概和钢铁性格有关联，他已经成为一个具有男子气概和钢铁意志的团体的成员了。他已多年没有想起玛丽了，但这些在阿里格诺咖啡馆度过的癫狂而燥热的夜晚，她的形象却生动地出现了，她容光依旧，坐在摩托车后座上，白色的宽松棉衣随风招展，被非洲烈日晒成黑色的脚晃悠悠地悬着，她和那个陌生男人沿着海堤飞掠而去，就如狂欢节射击馆里的木偶靶标一样滑过巨大的油画布景，他们头顶的天空如同辽阔的蓝色丝质横幅。

隆齐站在咖啡店门前的椅子上，说在未来女人将简化成最核心的部分，简化成男人可随身携带的东西。瓦莱拉想起了玛丽，他要将她简化成一只脚，就像一只兔子的脚，他可以一直把它放在脑海里。与其说是礼物还不如说是一个祭品。她已经不再是丢失的爱情了，而是必须割舍的曾经的爱。这只脚是他的。说得对，隆齐，你懂的，瓦莱拉这么想着。把女人缩减成身体的某个部分。隆齐说了一大堆关于世界大战的题外话，他觉得参战将是一场极好的考验，也将是他们钢铁集团的胜利，他们的终极本色将在战争中展现出来，击败腐烂的奥匈帝国，唤醒沉睡的欧洲——说完这一切后，隆齐又回头谈起女性的最精华部位，原来他说来说去说的就是女人的外阴。这正好说明隆齐怎么会成为小集团的头儿了。他倾向于各种偏执的念头并且还能一一道来。

女人就是能放进口袋的阴户，隆齐说，最适合战争，最适合轻步兵，运输容易，携带方便，而且很安静。你从作战生活中稍作喘息，避开你的战友，全身心地爱她们，而她们依旧一语不发。

实际上，瓦莱拉的帆布背包里装的不是阴户，而是手榴弹、一只防毒面具和一把时常哑火的手枪。

这个小集团全都自愿加入阿迪蒂突击军团[1]，最后都加入摩托车营，参与了先遣部队在伊松佐河沿线的诱敌战。隆齐的腹股沟中枪受了伤，结果刚上前线就被抬了回去。瓦莱拉和科佩尔蒂尼最终加入了同一支骑兵队，后来科佩尔蒂尼撞树摔死了。瓦莱拉依旧骑着蒲伯摩托，他为了上战场特意给车做了改装，焊上了机枪枪架，加上了挡泥板，换了更大的油箱，后边加装了两个侧箱。由于标准版的比安奇500s缺货，他的蒲伯摩托被允许使用，这是件好事，因为改装了气缸后，蒲伯比比安奇快得太多。瓦莱拉发现，要想活下来，速度极其重要。他觉得战争必须机动灵活，可是现实却正相反。大多数士兵们挤在战壕里等候死亡的光临。敢死队的摩托营全速前进，他们拉下手榴弹的引线然后投掷出去，胸口处的白色骷髅图案也发出闪光。敢死队全是骑兵，没有人在战壕作战。尽管如此，一九一七年到一九一八年的短短两年中，小集团的成员就死去一半了。

战争结束后，瓦莱拉和隆齐在前线受的伤也复原了。一天晚上他和隆齐在尼禄渡槽和植物园之间骑着摩托巡航时，一块石头砸中了隆齐，那块石头一定是从尼禄的废墟上滚下的。隆齐的摩托车报销了，手腕粉碎性骨折。后来，隆齐觉得他的摩托被一块老古董砸到是一个明确无疑的信号，他们应该撤出罗马。（尽管他坚持无神论，隆齐却总是寻找一些标志和征兆。瓦莱拉有一次在纳沃纳广场看见隆齐和一个看手相的人坐在一张薄溜溜的牌桌边。隆齐一副热切的模样，一脸的单纯相，期待着那个女人和她那廉价的水晶球能为他透露什么吉

1　阿迪蒂突击军团（Arditi）是一战时期意大利的一支精锐突击队，由意大利词语 ardire 演变而来，意为“勇敢的”。1919 年至 1920 年之间，这个名字也被意大利诗人邓南遮率领、占领阜姆港（Fiume）的支持法西斯主义的冲锋队使用。

兆。瓦莱拉感觉那幅景象很丢人现眼，多年以来，他一直不愿想起那一幕低俗的场景。）

隆齐的车被砸翻后没多久，小集团在阿里格诺咖啡馆开了一次会，大家决定北迁。罗马已经崩溃，成了一抔朽壤秽土，到处都是外来的暴民，成堆的垃圾，还有破烂不堪的贫民窟，自从经济触底，贫民窟就向四面八方蔓延开来。食物短缺严重，失业泛滥，工人罢工猖獗。意大利卷入这场战争后就已经毁灭了。贫民窟的贫民在城市里泛滥，那些破落潦倒的人就像是一具具行尸走肉，他们就像是生活在中世纪，身上穿着褪色的黑衣服，没到二十岁牙齿就掉光了，在油桶里烧一些烂劈柴取暖。在他们看来，这就是公元八百年的光景了。小集团将在米兰建立总部（他们中的大多数都来自米兰）。米兰不是首都，但将是新国家的首都。

向北！隆齐喊道，举着那只打着石膏残损的手。前进！他补充道，前进永远是正确的。前进可能会变成叛徒、小偷、杀人犯，或纵火犯，但永远是正确的。

他是什么意思呢？没有人在乎。他们在欢呼。

他们集体返回了，瓦莱拉也在其中，他暗暗发誓一定要造出比蒲伯还要好的摩托，不管他是谁，那个设计了瓦莱拉摩托的美国人，他的名字在英语里居然是“教皇”的意思，瓦莱拉觉得这太滑稽了，一个美国佬居然叫蒲伯。他，瓦莱拉，将设计出最快、最独特、最优雅的摩托车。他父亲已经承诺，只要原型车很成功，他将提供资助将其投入生产。

瓦莱拉从埃及来到米兰时还是个男孩，米兰还是那个米兰，不过现在，有轨电车和错综复杂的架空电线看起来很漂亮。霓虹灯就像是城市柔软肢体上带电的珠宝，他和这个小集团就是这个肢体的劫掠者。他们呼啸而过，引擎在咆哮，狭窄的街巷两侧有很多高层建筑，摩托车的喇叭声回荡在这些建筑之间。这座城市是他们的，连带城市的一切钢铁和玻璃、汽车交通、起重机、挖掘机和烟囱。隆齐谈到未来的城市将不再参照人，而是参照机器的大小和规模来建造。房屋将被夷为平地来建造赛车和飞机的跑道。速度，隆齐说，终将以直线的形式赋予我们以尊严。我们拒绝迟缓的河流、曲里拐弯的人体以及低廉的房屋设计！隆齐信口雌黄地说什么拉直欧洲的河流，莱茵河、多瑙河和波河。小集团参加了一个赛车俱乐部，俱乐部位于米兰林木繁茂的郊区。他们就和弯道相关的术语争执不休，转弯的时候，感觉摩托车快折成两截了，速度上来后，轰着油门就驶出弯道，全然是一种粗暴却克制的牛刀杀鸡式的身手。这正是瓦莱拉和集团其他成员的不同。瓦莱拉是唯一受过训练的人，是唯一可以把速度概念化的人。唯有他能真正欣赏内燃机经过精细润滑后所释放的威力，因为他深谙发动机的工作原理。瓦莱拉的心力放在了摩托车设计上，他计划在父亲的资助下开设一家工厂。其他人会去跑道赛车，不过已是日见稀落了，因为他们忙于创作飙车的诗歌，忙着作画来表现他们所感受到的速度。没人对创造真正的速度感兴趣：组装发动机，把发动机嵌入车架，给油箱加油，试车。隆齐和其他人忙着涂鸦写诗，让诗歌像开枪一样铿锵有力，瓦莱拉则忙着给摩托车设计真正的枪架呢。他自己再也不愿应征出战了。但是为战争设计这样一个设备，他看到了商机。

瓦莱拉仍旧会想起玛丽坐在那辆怪兽般的摩托上的样子，那辆由慕尼黑希尔德布兰德与沃尔夫穆勒公司制造的简陋的摩托车。他已经没有了当年贲张的欲望了，她那幸运的兔脚成了他帆布背包里的纪念品了。他已经三十二岁，他经历过许多其他女人——大多是有偿服务的，也有白捡来的。对他而言，玛丽已是无足轻重，他心里清楚，无论如何，她不再是他想要的人了，不再青春可人了。也许生了一窝小孩，沉甸甸的奶子全是乳汁。而我只是变得更好了，仍旧是年轻女孩的情人，很快就能等到玛丽的女儿了。女人陷在时间之中。这就是为什么男人能保持年轻。玛丽的女儿，或是别人的女儿。因为男人，瓦莱拉懂得，以不同的速度运动着。他们所需要做的，就是逃脱时间的诡计。挣脱它的控制，重新再来。

六

春风秋雨

那天晚上，我遇见带枪的人们，还把偷来的博尔萨利诺帽送给他们其中一人。这些事发生后的一个月，马文和埃里克在《乡村之音》周报上发布了一则广告，我去应聘了。我本来并没有打算去应聘的。那则广告听上去古里古怪，我大声读给吉德莱听，这会儿她正在特拉斯伊酒吧柜台的后面。

> 五官标准
> 年轻，仪态好，会打扮，
> 对胶卷有基本认识，能服从
> 安排的人，请申请。

“你的皮肤的确很好。”吉德莱说道，用一种品鉴的眼光看着我，弄得我都脸红了。

“但这是什么呢？”

“我猜是某种类型的模特吧。”吉德莱说道。

“你看不会是裸体模特吧？”

“你会介意那个吗？”

“我不知道。”

“好吧，你不该这样，”她说道，“人的一生中，什么稀罕事都可能发生。你无法预测的，最好还是不要太挑了。”

她去接待别人的点单了。

“哦，振作点，”她回来后说，“和你开玩笑的。我不认为他们会让你当裸模。那是一个很规矩的胶片工作室。我听说过它。”

吉德莱说她会帮我打理自己，她想当然地以为我需要这类帮助，这有点屈尊俯就的意味，不过我太需要友谊了，这么一来我们就会自然熟络起来的。她来我的公寓了，随身带着卷发筒、吹风机和一只红色塑料的小手提箱，里面放着各式化妆品。我们在一起的时候，大多是隔着一个柜台，突然间她伏在我跟前，挨得那么近，都能闻到她扑的黄瓜油香水味，这味道都蹭到我身上了，于是我在整个求职的过程中身上都充满了她的气味。她用一把细齿梳子分开我的头发，分别卷上卷发筒，再用一个金属夹固定住。她的塑料梳子齿触碰着我的头皮，有点痒酥酥的，有点性感。不过我觉得，她那么做的时候都忘记了我的存在，一心扑在做头发上了。根本没想到那是谁的头发，或者是为什么要做头发。最后我的头发被弄成了马蜂窝，所有凌乱的头发都被气溶胶喷雾固定在马蜂窝的边沿，就像是披了一层糖衣一样。不清楚为什么到胶片工作室应聘就要搞成马蜂窝的发型，不过吉德莱就是那样。她做起事来很投入，这个时候在她眼里，那些实际的问题简直是胡乱弹琴、不懂规矩。

“你看起来俏丽可人！”吉德莱说，她给我化完妆又最后整理了一下我的发型。听到“俏丽可人”这个词，我仿佛突然看见凯瑟琳·德纳芙鲜艳的雨衣和配搭的小裙子，还想起她在《瑟堡的雨伞》中那忧伤的歌曲和很雅致的愉悦了。

“我俏丽可人！”我说，“哦，非常俏丽！”我跃过小小的公寓，就像法国电影里的小女孩奔向情人那样，还不小心打翻了一只杯子。我停在镜子前，打量着镜子里打扮一新、俏丽可人的我。吉德莱也跑了过来，在我的嘴边画了一个美人痣，又用刷子涂了更多的唇彩，还掏出一个捕鼠梗犬大小的粉扑在我脸上扑粉。

“米粉，”她说道，“只是敷一层粉。”

我的肤色多了一种月光的光泽，双唇也更红艳了。我们俩看着镜子里的我。我的脸——或者是镜子中的脸——已经改变了。确切地说，我并没有变得更漂亮。为了去见那个登广告的人，就弄了这么一大套把戏，这一切让我明白了些东西。我自身的一些东西。我看着自己，仿佛成了另一个人，正打量着自己，这给了我一种失重的感觉，让我的神经亢奋起来。我希望被人观看。我以前从没意识到这一点。我渴望被别人看。被男人看，被陌生人看。吉德莱一定早就知道这一点。

“我的天哪，”她说，“你的下巴沟都出来了——看，真明显。”

我从没发现我有下巴沟，不管是明显的还是不明显的。“这是个预兆。”她说。

“什么的预兆？”

“运气，”她说，“再好不过的运气了。”

我离近看了看。平时圆圆的下巴中间有个压痕。我有下巴沟，这会儿露出来了。也许是扑粉弄出来的吧，不过我认为这和吉德莱有关。她说好的下巴沟是时隐时现的那种，你不会想要一个永久的下巴沟。它带来太多好运。会让有下巴沟的人快乐无边，好运来了躲都躲不开呢。像罗伯特·米彻姆，她说道，驾着一辆黄色雪佛兰跑遍了墨西哥北部，喝光梅斯卡尔酒之后，就开始喝油漆稀释剂，他就是被下巴沟毁掉的。他的沟太深了，她说，太强烈了。我养成识别下巴沟的习惯后，发现吉德莱的下巴沟和我的差不多，只在某些日子出现，光线还要合适才行。她的下巴沟就像一个面团上留下的浅浅指痕。我们成为朋友后的头几个月，我会告诉她她的下巴沟显出来了，餐台后面放着铬合金三明治压板，她就会俯过身去照一下，确认一下我的信息，然后会跑出来买彩票或者玩一圈单人纸牌。如果当班快结束了，她会扒拉上一件黑紫色的套头外衣，那件衣服就放在她的工作柜里，在手腕和脖颈处抹上几圈黄瓜香水，再冲着腋窝喷几下人体除臭剂，取道直奔卡莱尔住宅区。我估计吉德莱喜欢和商人交游。“严格来讲，我不这么认为。”她说道，手伸进胸罩调整着每个乳房。她的一对乳房的确漂亮。她也很漂亮，绿色的大眼睛和温润柔软的嘴，虽然因为失眠脸上经常显出褶痕，不断地抽烟也让她的牙齿留下了烟渍，她的手指也一样，右手的食指和中指都有尼古丁的黄色污迹。

“这就像他们没在电影里说出的话那样。我和他们睡觉，他们给我钱、礼物，或者补贴一下房租。电影本该是玛丽莲主演的，你知道吗？玛丽莲·梦露而不是奥黛丽·赫本，在蒂凡尼珠宝店的橱窗边，奥黛丽很明显不想一下又一下地吃那块糕点。玛丽莲喜欢糕点，我也一样，她更适合那个角色，但是太迟了。奥黛丽·赫本是人们的偶像，都是别人封的，我们做不了主。”

“你需要钱吗？”我问。

“是的，我需要钱。我意思是，不，不需要。这个事不能只用钱来看。我说不清为什么要这样。是一种冲动吧。”

大约就在同一个时候，我去看一部比利时寡妇变身为妓女的电影。我在电影中寻找吉德莱那种不时的冲动迹象，不过这部电影充满幽闭恐惧症气息的家庭生活，那个妇女的家井井有条，但是很压抑，那就是她的活动范围。给儿子擦皮鞋。用咖啡过滤器准备咖啡。拿走东西，把它们放好。打开橱柜。关上橱柜。除尘、抛光、嚓嚓嚓，嚓嚓嚓。她用一把硬刷子不停刷儿子的黑皮鞋，日复一日，年复一年，每天都是如此，无论他是去哪儿参加技术学院的职业培训——全在一些大都市，位于灰色地带的另一边，每天天不亮就出门，天快黑的时候才回家。只有把鞋擦亮，全家才能走出这一切。那种状况可能和吉德莱很相似，和钱没有直接或纯粹的关系。束缚住女人的困境，或是她想逃离的困境（她永远逃脱不了），和妇女、欧洲和犹太人交织在一起，其中的关系并非一目了然，但都在电影中被呈现：历史、仇恨、爱清洁以及生存的代价；生存下来了，但还在水火之中——嚓嚓嚓，嚓嚓嚓，她擦着皮鞋。她儿子出门游荡后，隐私的感觉就更强了，公寓成了女人的工作间。她走进卧室，把破旧的小毛巾铺在她的床单上，准备接待客人了。她的两个现实之间只隔着一层薄薄的毛巾布，单薄得犹如一个端庄的姿态和可悲的姿态之间的区别一样。向这个男孩解释，他几乎是成年人了，这些钱是怎么来的，这些钱挣得很辛苦，比利时银行里并没有什么神秘的款项。她很抱歉没有，但更重要的是，没有。

所以，我的头发就成了马蜂窝，脸上敷着米粉。吉德莱抓着我，拉着我走到公寓的大门。

“快走快走！”她大声喊道，“趁着下巴沟还在，快走！”

马文和埃里克都戴着电焊工那般的眼镜，度数很高，镜片都发绿了，他们笑的时候都发出很重的鼻息声。他们经营一个（胶片）加工工作室——鲍厄里胶片工作室。他们跟我介绍了工作的大致情况，主要是帮助客户、接听电话、补充库存。他们领着我走到一堆衣服前，那些衣服就是我通常认为的运动装，通常都是放在百货商店的第二和第三层出售的。我不是很清楚运动装是什么，运动员并不穿这种衣服。马文和埃里克给我的衣服都是针织服，上面有很大的金色纽扣。有一种泳衣，面料似乎是防潮防湿的。还有看起来更像是军乐队领队穿的紧身上衣，黑色天鹅绒，还有荷叶边。塑料蛋托里有一条咖啡色的连裤袜。他们留下我一人。我穿上那条连裤袜和那件黑色天鹅绒上衣，那是唯一一件合身的衣服，其他衣服对我都太小，肩膀太窄，袖子太短。我躺在白色乙烯基长沙发上，埃里克走了进来，把一盆盆栽植物放在沙发后面。

“向下看。好，向上看。向左。然后向右。侧身坐，但脸向前。头稍稍向我的手偏一偏，看这儿，眼睛要看着相机。好。很好。”

我要被人看了，被不认识我的人看。我要被人看了，但是没人知道我是谁。

每个胶片的片头都有一个所谓的中国女孩。第一个胶片不是中国人。没有一个胶片是。没人知道她们为什么被称作中国女孩，她们只是白种人皮肤的彩印参考，是为实验室技术人员准备的，他们在对各种照片——各色人种的照片和不同照明条件下的照片——进行颜色修正的时候，需要一张人脸作参照。如果胶片里的窗帘看起来像网球的黄绿色，而不是某种浅色泽的黄色，这对观众没什么区别，并没有一个本初的窗帘需要真实地去还原。肤色就不同了，肤色必须看起来接近肤色。这是有标准的，参照的标准就是：中国女孩。窗帘可以是酸性光亮的，但是人脸不行。如果人脸看上去不对头，我们就会怀疑一切。有些中国女孩在微笑。大多数会盯着相机，她们外在的表情后面有一丝紧绷绷的困惑神情。谁能想到我是一个模特呢？我就是一个，肤模。

我自己的脸正羞涩地微笑着（谁会想到我是一个模特呢？）。很多在美国和加拿大流通的胶片上都出现了我的面孔。电影放映师知道自己在做什么，正确加载胶片，卷过片头，观众就不会看到我了。如果他们真看到我，我的脸也会一闪而过，只能留下一个残影，就像你盯着电灯泡看之后，会有各种颜色在你的视网膜上抖动。也许对人的无意识有某种作用，如果你相信那一套的话。吉德莱经常声称潜意识的力量。她说她在第二大道杂货店买东西的时候，一个声音会通过广播系统悄声说："不要偷东西。不要顺手牵羊……"声音非常低，低到人听不见。我不清楚既然听不到，吉德莱是如何听见的，除非她就是一个商店扒手，就如狗哨子是吹给狗听的，那个声音就是对她说的。

大多数人都不知道中国女孩的存在。实验室的技术人员知道，放映员知道。他们有最中意的，令他们痴迷的面孔。哪怕自己的面孔只是一闪而过，我就很开心了，不过我知道技术人员会仔细看胶片中的画面的，这让我很喜欢。我既是又不是为他们摆拍的。胶片的片头会被人收集和交换，就像人们交换棒球画片一样。马文和埃里克喜欢容光焕发的模样。"隔壁家女孩的问题是，"马文说，"最近的柯达彩色胶片实际上就是邻家女孩。她的名字叫劳伦，我们在罗彻斯特一起长大的。"这些女孩大多是胶片实验室里的秘书，并不是美得让你都想把她们的照片贴在墙上的那种。不过长相一般的中国女孩也同样经常被交换的。吸引力和速度有一定的关系：通过放映机播放的时候，她们的画像一闪而过，你的大脑必须立即重建她们的影像。"被作为异物而加以抑制的东西，"埃里克说，"几乎总是值得一看的。"它们的平凡也构成了自身吸引力的一部分：真实却高不可攀的女人，人们不会留下任何印象。什么线索都没留下，仅对柯达彩条有点印象，而彩条不构成任何线索。

在鲍厄里胶片工作室的头几周，一个废物容器里的硝酸纤维素胶片两次自燃。马文说，硝酸纤维素胶片老化后就变成一个易燃的粘性果冻，然后会固化成晶体，再然后就化为粉末了。从果冻到晶体再到尘埃。马文曾短暂受雇于好莱坞圣塔莫尼卡大道上的特艺彩色胶片公司。有时他的工作就是清理大量易燃的存档用的胶片，那些都是胶片工作室曾经加工和发布的胶片。它们都是些参考样本，马文说，为工作室保存他们过去产品中彩印的正确密度和色彩。一整天，马文和另外两个男人忙着从胶卷盒中取出胶片，用切肉刀肢解电影卷，然后扔进工作室后面一只巨大的垃圾桶里。为了个人收藏，马文曾刀下救出一些东西。一部长达一千英尺的预告片，埃德加·G. 乌默执导的《边城侠盗》，是原片的拷贝。还有一些吸入式胶片，它们的材质和普通胶片不一样，按照马文的说法，更“厚一点”，不过仍然很柔软。他还搞到一卷“剪下的片段”——就是被剪下来再拷贝出来，表示空白的那部分。

和马文还有埃里克一起工作，我学会了很多关于胶片的知识，他们让我处理我自己的短片，基本上是免费的，所以我就带去了十六毫米的短片，那是我用从内华达大学电影系借来的宝来克斯拍摄的，大多都是我从马尔伯里街的太平梯拍摄的场景，短片没有多么好，但是也捕捉到一些东西。我对星期天早上的司机进行了全景式扫描，一个接着一个，黑色的豪华轿车和身着白衣的司机，他们的脸在镜头里看不出什么，就是那种呆滞的耐心，仿佛没什么事能让他们好奇了，也的确如此。他们那样死等着，是出于忠心吗？或者是因为胆小？或是报酬很高？是傲慢、驯服抑或是厌倦？谁知道他们为什么要等呢，我想，我能理解，我也有等待的潜力。期待来自外部的改变，专注于等待改变的光临，而不是出去寻找。我的摄像机慢慢地扫过他们的脸，他们笔直地站着，向公众隐秘地炫耀，假装他们用于等待的时间毫无价值，一个天大的谎言。他们不在乎这个谎言。他们在上班，他们一整天站在太阳下，他们已被支付报酬了，时间的价值已经无所谓了。

看到短片里他们耐心的面孔，我又想起瑟曼和纳丁那位不知名姓的朋友了，他趁我还睡着就开溜，留下我一个人消受酒后的头痛和凄冷。

马文和埃里克借给我一台放映机，我在公寓的墙上播放我拍的短片给吉德莱看。她很喜欢。她说当司机也许更好呢，像他们那样等待，作为一种表演。可是谁是观众呢？我琢磨着。

“没有观众，”她说道，“你应该融入到环境里。拍摄，你就永远融入不进去。你永远也不会了解你的题材。”

这就是她个人的方法，我开始明白了。吉德莱是个女招待，但是也在扮演着女招待的角色：在餐馆工作的女孩，一边用湿抹布一小圈一小圈地抹着柜台，一边瞄着窗外。生活，吉德莱说，要像对待艺术一样去经营。从前她经常溜到沃霍尔工厂，那时候她很酷，都不会搭理我呢，更别提从墙上的洞口招待我用餐了。天花板油腻腻的，还有手写的菜牌（“奶酪汉堡和薯条一点二五美元”），驼背的男人和女人在塑料隔间里拱在一起。“没有人，”那家工厂的人们打量着光顾鲁迪酒吧的客人，相互品评着，“没有人，不用麻烦了。”沃霍尔的一个电影向吉德莱提供了一个角色，让她扮演一个睡在床上的女孩。“我怎么准备？”她问他，他耸耸肩，说或者多睡睡，或者少睡睡，让自己很疲倦就可以了。她的生活发生改变的那一天，她想着买一些适合角色的蕾丝睡衣，打算在新泽西的霍博肯逛逛旧货商店。吉德莱走进一家铬合金老餐厅喝咖啡。时值冬季，天寒地冻。她开始和服务员搭话。吉德莱告诉我，那个女招待有些蹊跷。她戴着眼镜，表情严肃，像是受过教育的新英格兰人。她不像是一个会在霍博肯餐厅工作的人。

“所以我就缠着她，”吉德莱告诉我，“她承认自己其实不是女招待，是一个社会学学者，正尝试以最低工资的工作生活一年。她要收集数据来考察这样的生活有多艰难，她要了解并揭露美国丑陋的一面。”所以这就像一场表演一样，吉德莱对那个女人说。你装扮成一个女招待。吉德莱本人就是一个表演者，这正是她尤感兴趣的地方。那个女人坚称不是，这是社会学，我对表演没兴趣。我深入生活是为了研究这个世界。

“但那就是表演，”吉德莱对我说，“她看不到这一点，但是我能看到。她就是在表演，装扮成女招待，但她不是真正的女招待。她忙完一桌再去忙另一桌，用夹子把点菜单夹在一个小金属转轮上，厨师再把菜单转过去，松饼和肉汁好了就大声招呼一下，手臂内侧能码上一摞脏盘子，我到现在都没学会呢。后来发生的事我都解释不清呢。那天我的心情有点怪怪的，我太孤单了。当时是二月。天空白惨惨的。树是光秃秃的。餐厅里很暖和，这种忙忙碌碌的生活，对我来说，很新鲜。我看着那个社会学学者捋平身上的围裙，把一支铅笔插入头发里，和厨师会心地递了个笑容，那个厨师以她的工号招呼她，‘四十三’。她来给我添咖啡的时候，我说，‘我想在这里工作。还有空缺吗？’她说马上就会招人了，她的研究即将完成，一周内就会回去了。我有一个奇怪的感觉，就像是我坐在木桶里漂下瀑布一样。我在附近租了一套单间公寓，公寓里有一张橱式折叠床。公寓的下面是一家古旧的修鞋店。一整夜，霓虹灯的灯光在我的窗口闪烁。起初我以为我会恨霓虹灯，但是我开始喜欢它了，它给我所谓的生活投上了悲剧的色彩，我扮演着女招待的生活，霓虹灯刺进我的房间，它让我觉得自己生活在一部电影里，一个孤独的女人在一家餐厅工作，销蚀着自己的生命。我就是那个女人！但是整件事情是打引号的。我留着蓬松的发型，就像南方的白人妇女回应民权运动的时候，她们的发型绾得越来越高，打着光可鉴人的发蜡。虽然没有明确要求，我也穿着工作服。其他女人只是穿着黑裤子和一件围裙，但是我买了一件白色小圆领的粉红色工作服。我想我显得很入戏，很有反讽的意味。那个社会学家在那里的工作已经结束了，不过她仍会不时地过来一下，坐在桌边，做一些后续的访谈工作。她不想和我说话，因为我是一个城里的潮人，担心我会搞砸了她的数据。她假装看不见我，因为我不是真实的。”

“但问题是，我变得很真实了。”吉德莱告诉我，“一点一点。我装扮的生活扎了根。我很孤单，工作既低微又辛苦。我一下班就想喝个大醉，所以我总是头很痛，精神萎靡。原以为当个女招待就是一件工作服，或是厨师叫你‘二十六’是件有趣的事情，结果并非如此。我甚至想，如果我和那个厨师上床，他还会叫我‘二十六’吗？够搞笑的吧？实在是有创意。我真和他上床了，然后他就令人倒胃口地喊我帕特丽夏了，帕特丽夏是我胸牌上的名字。第二天上午，我不得不每隔五分钟就去和他打照面，去端做好的饭菜。

“一年后我搬回纽约。每个人都问我去哪儿了。安迪认为这件事很有趣，或许他仅是这么说说而已，也可能他只是在取笑我。安迪喜欢没有服务员的自动贩卖式餐馆，只有清晰的显示窗口，肉糕啦馅饼啦，投入硬币窗口就能缓缓打开。他再没让我演电影了，我已经改变了。我也失去了兴趣，不再想和那群工厂的人交游了。我告诉自己我比她们更极端，她们是一些无需工作的上层阶级的傲慢的母狗。她们从来都不必冒险，她总能回到派克大街的父母家，有那么一两个人敢从派克大道上父母家的阳台上往下跳，但是说真的，任何人都能做到那一点。”

纽约越来越寒冷。十月的一个晚上——实际上那天是我的生日，我和吉德莱去了肉类加工区的一个酒吧。人行道上到处散落着百吉饼，空气中弥漫着强烈的腐臭的动物气味。我们过街时，要跨过一摊又一摊羔羊的血污，这边的人行道有更多的百吉饼。吉德莱开始像踢冰球一样踢着它们，我也跟着踢了起来。我们来到了甘斯沃尔特街，动物的尸体在这里被皮带轮输送进肉类加工厂。在第九大道的拐角处，吉德莱领着我走进一家酒吧，这是一个下等酒吧，里面的男人大概就在肉类加工厂工作，我心里琢磨着，我们为什么要来这里呢？吉德莱打开钱包，打算用一张假币买酒水。那些假币是她在唐人街弄来的，钞票比真币略大一些，面额为一万美元。保安走过来跟她说话。她坚持说自己的钱没有问题，那天是我的生日，她又吵嚷了几句，保安就把我们赶了出去。

为什么她会是我唯一的朋友呢？这个女人如此孤单，很令人费解。我从没有通过她认识过第二个人，她认为我应该去给黑手党开车而不该再去拍短片呢。

吉德莱正在考虑着下一个行动，另一种生活，一场新的表演。她计划去上殡葬学校，她告诉我。她去见一位验尸员问问情况，然后就来我的公寓。她兴致勃勃地出现了，身上散发着甲醛的臭味。我和她保持着距离，问她情况如何。

“真是难以言表呢，”她说，“我感觉我已发生了改变。就像是，我的大脑是一件毛衣。摘开了一个松散的线头，你一下一下地扯着，扯到最后，毛衣散了，只剩下一堆蓬松的毛线。你可以用那堆毛线去做些什么，但不再是那件毛衣了。这就是目前的状况。”

冬天早早地来了。十一月，公寓楼前面的消防栓漏出的水凝固成一道晶莹的冰凌。一直露宿在外的萨米也不见了。亨利-让也不再穿着凉鞋扛着带条纹的竹竿坐在公园里了，偶尔能看到他穿着破破烂烂的水手短大衣匆匆而过。有一次我看见他快速钻进莫特街的一幢建筑，那栋建筑有一些卖廉价品的杂货店，我也在那儿购物。意大利的孩子们穿上了蓬松的夹克衫，往手掌呵着气取暖。我在纽约已经四个月了。我有了工作，拍摄短片，跟着马文和埃里克学会了很多东西，但是很寂寞，我吃着巧克力棒糖当作晚饭，外套一直扣到脖颈，我的暖气片坏了，庞先生一直没回我的电话。

有一天，马文说有一个家伙在打听我。我心里猜可能是那位不知名的朋友。马文看到我脸上的喜悦神情，眼珠子滚了一圈。马文和埃里克都有点近乎中性。他们不想要女朋友。卡壳的柯达彩色胶片、吸入式胶片、剪下的片段，却会让他们兴奋不已。

“他想见见你。”马文一边检查着不完美的彩印，一边心烦意乱地说道。

“他怎么知道我是谁的呢？”

“片头里的女孩，难道你不认为她既是胶片的一部分、也是电影故事的一部分吗？她出现在胶片的空白处，帮着建立和维持一个正确的外观标准，女性的外貌。这是值得思考的同一个问题的不同侧面。”

“你还没回答我的问题呢，马文？”

没有回答。我出去了，我的午休时间到了。

“他看到你进来了，”我回来后，马文说，“那个家伙叫桑德罗·瓦莱拉。艺术家。意大利人。住在附近。”

不是那个不知名的男人。但我肯定知道瓦莱拉这个名字，我原来的摩托车就是这个牌子。那个不知名姓的男人说起他认识某个瓦莱拉。我不知道桑德罗·瓦莱拉是谁，我问了吉德莱，她说：“哦，我靠。他很有名。你去埃尔文·弗雷姆画廊，那儿刚好有他的展出。”

我去了画廊。进去的时候，柜台后的女人很生硬地朝我低下头，眼光越过黑色的圆形镜框向我打量了一下，那副眼镜看上去就像一副手铐。桑德罗·瓦莱拉的艺术作品是些体积很大的铝制箱子，铝箱的上面开着口，里面是空的，光明锃亮，光可鉴人，棱角看上去都不太分明了。我对此略懂一二，知道这是简约主义，艺术品意在成为自身，在一间房间里，而非代表一些抽象或虚幻的事物。这些箱子是在康涅狄格州的一家工厂制造的。后来等我认识了桑德罗，我明白即使这些作品已被生产商打上商标，它们也和生产流水线没什么关系。利平科特工厂都是手工焊接艺术家的作品，而且非常精细。画廊里的两个工作人员戴着白色的棉手套正在挪动其中一个铝箱子。手套让我想起了开凯迪拉克的那个少年司机，他操纵着那个巨大的方向盘，对于他那稚嫩的小手而言，那副手套太大了。不同之处在于，这个地方温暖、安静又明亮，还有柜台后那个势利的女人，宁静而矜持。老旧的木地板发出咯吱咯吱的声响。四个艺术品的铝箱子犹如水银一般闪闪发亮。戴手套并非是要遵循老式的服务礼仪。它们是为了保护研磨铝合金不被沾上指纹，一旦沾上人手上的油腻，艺术品精美的光泽将无法还原。工作人员戴的手套很合手。他们搬起其中一个箱子，移动了几英寸，又放下，退后几步，打量着它。

我告诉吉德莱我去看了展览，并且知道了桑德罗是位举足轻重的艺术家，他的作品很微妙，像数学一般精确，很气派而且很贵重。每件展品都可出售，画廊里的气氛让我感觉自己就像一个格格不入的闯入者一样，吉德莱听了后又责备了我一番。我不明白为什么一个成年的知名艺术家要找一个默默无闻的年轻人呢。“嗯，让我们想想。为什么一个成年人要找一个年轻的女人？一个不像他那样功成名就的人？天哪，真是一个谜！哦，我靠，你太有才了，”吉德莱说，“他是个男人。算得上成年男人了，而你很年轻。”

“你是说他是喜欢年轻女人的那种男人？”

“宝贝，所有的男人都是，”她说，“所有男人都是那种人。”

至少按照吉德莱的说法，我有着普遍的吸引力呢，我本该为此深感自豪的，可是她当我太幼稚，什么都不懂，这让我很是恼火。吉德莱察觉到了这一点，好像是要缓和一下她居高临下的态度，又接着说，桑德罗是个很性感的中年男人。我认识桑德罗并开始和他约会之后，我选择遗忘吉德莱的那套理论。像所有陷入爱河的人一样，我认为我和桑德罗之间的互相吸引是独一无二、与众不同的，不能用类型和偏好来说明。有一次，我问桑德罗是否偏爱年轻的女人，他说他偏爱的是我——当他看到我从鲍厄里胶片工作室进出的时候，我看上去如此率真可爱，他感到无法抗拒。“不能抗拒什么呢？”我问道。“在别人得到你之前成为你的男友。”他答道。这话让我有些不快，但我让它过去了。谈起我们的恋爱时，他仿佛经历过一个选择过程。或许这就是我们之间的不同吧。我从未把爱情当做一个选择。“我想我要爱这个人或那个人。”如果没有一种非此不办的决绝，那就不是爱情。但是桑德罗说起来就像是他在大街上看到我，随即便选了我一样。

那天画廊里戴着手铐形状的眼镜的女人是格洛丽亚·卡斯特莱。后来我通过桑德罗正式结识了她，我提起曾看到她在埃尔文·弗雷姆画廊工作，她傲慢地说那天肯定不是在埃尔文·弗雷姆画廊工作。她只是给他帮帮忙而已，她偶尔也会这样帮帮桑德罗的，她说，“当他需要的时候”。桑德罗冷冷地瞥了她一眼。他们的交流对我而言是隐晦的，但是我不想做过多的解读，只是想到她对桑德罗有种比较私密的感情，也像是那种大姐一般的感情吧，她嫁给了桑德罗的一个老友斯坦利。但是话说回来，也可能并不是姐弟一般的关系，但是我知道她对我而言不是一个威胁，如果认为她是一个威胁，那就错了。就是正式开始同桑德罗约会后，我也不担心格洛丽亚；开始约会六个月后，我搬进桑德罗的家，我仍然没有担心，他在门口留了一个箱子让格洛丽亚拿走，里面是些私人物品——一条围巾和几本书。我不愿去猜测他们之间的友谊。如果他们之间存在某些复杂的关系，那么当我住进来的时候，桑德罗也已结束了那种关系。她进来拿箱子时，瞪着我的神情好像我们是两只狭路相逢的雄猫，彼此对峙着。在某种程度上，我取代了她。我不太明白具体是怎么一回事，但我不需要去弄明白。我在和桑德罗交往，而且我们的关系既非隐秘，也非不正当，更不复杂。无论什么时候看到格洛丽亚，我都微笑以对，希望自己不会被她抓伤或咬伤。

征得我的同意后，马文把我的电话号码给了桑德罗。他打来电话，我们见了面。他很迷人，这一点出乎意料，他身上有一种特别的沉静，让人感觉他既近在身边又远在天边，一双眼睛淡漠无情又带着吸引力。

第一次约会，我们走过唐人街，停下来买了莲蓉包。“很精致。”他说道，并让我咬了一口他的莲蓉包。那是我们两个人身体靠得最近的时候，那个下午我们俩一直并肩走着，双方都刻意不碰到对方。莲蓉香气宜人，口味也不错。后来，我走遍唐人街的各式面包店，再也没能体味到那种滋味。

那一切都不可能再现了。十一月那个湿冷的日子，我们吃着莲蓉包，天空一边出着太阳，一边下着雨。我们漫步的时候，天空投下奇特的玫红色光线，让四周的一切显得更加鲜亮了，商贩箱子里的水果和蔬菜，绿油油的青菜，芒果整齐地装在箱子里，个个都很光洁的样子，显出余晖的红色，网兜里的榴莲果硕大而多刺，还有晕染着鱼血的碎冰碴。

漫步的时候，他一直凝视着我，我向他瞧过去的时候，他依旧凝视着我。

雨最后胜出，天色一片阴沉，他带我进了一家中国影院。

电影叮呤当啷地开演着，是一部老式的戏剧，忽而铜钹齐鸣，忽而苦大仇深，偶尔一声锣响，或是弦乐的纠葛缠绵，剪不清理还乱。桑德罗全神贯入地看着，暴风雨一般的戏剧语言，我们听不懂，他却似乎很入迷的样子。影片有字幕，但是字母是一种亚洲文字。电影院几乎是空荡荡的，我们还是没有碰对方。我的胳膊搁在膝盖上，没有放在扶手上，这样就不会碰到他的胳膊。但是桑德罗的胳膊伸了过来，手放在我的膝盖上，他仍旧目不转睛地看着屏幕。他就那种样子，手放在我的膝盖上，我感觉像有电流传遍全身。那种感觉以前几乎从没有发生过，除了和那个不知名姓的朋友——就是我把博尔萨利诺帽给他的那个人。这次有些不同。他不是和我玩游戏，不会和我玩猫捉老鼠欲擒故纵的把戏，现在我明白了，瑟曼和纳丁的那位朋友和我玩的就是这种把戏。我曾经太过天真地抱有憧憬，以至于看不清真相。真是明摆着的事情，我就是那种会不止一次拨打停机号码的人。

电影还在继续的时候，桑德罗向我靠过来，小声对我说："我们能交个朋友么？"

我小声对他说我对友情是有要求的。

"我很高兴，"他说，"有些标准是应该的。是什么标准呢？"

"真诚。"我回答道。

他叹了口气，攥紧我的手，又放回我的膝盖上。

我们继续看电影的时候，他开始解我裙子上的纽扣。一次解开一个，慢慢地、有条不紊地、毫不犹疑。他解纽扣很在行，没有笨手笨脚，那也是为什么我没勇气阻止他的原因之一。"喂，你干什么呢。"没勇气阻止他的另一个原因，是我不想阻止他。我们这一排没有其他人，后面一排也没有。我的裙子解开了，他脱下外套，铺在我的膝头，很绅士，很细心。他的手顺着盖住我的外套溜了进来，顺着解开的裙子往里伸。他温暖的手掌紧紧压着我的内衣，我看看他，他目视前方，面部表情似乎正专注地看着这部中国电影，剧中说着广东话，也可能是普通话，谁能说得准呢？我也试图着看屏幕，可是他那温暖的手掌，还有被他的外套保护起来的那种感觉弄得我很分心。他的牛仔外套，里面衬着羊毛，那陌生的气味和感觉似乎向我呈现出一个世界，一个我希望进入的世界。他聚精会神地看着电影，也许是假装很专心吧。他一次也没朝我这儿看过，手指就爬进了我的内裤。就这样，我们都睁着眼看电影，他的手指似乎并非完全出于情色，我感到其中的一丝忧伤，甚至是一点严肃的意味。我背靠在座位上，试图放松自己，不要紧张，也不要过于敏感。我注视着屏幕上的圆状铜锣，一张又一张像米粉一般白的面庞，涂着红腊的嘴唇，苍白的肤色，脸颊涂着大红的胭脂，就像是被人掐了或是被扇了或是被烫着了一样。桑德罗的手指在我的身体里不停摆弄的时候，我就看着屏幕上这些金色、红色以及白色的画面。

我的身体开始紧张，他的手指也感应到了，他放慢了节奏，配合着我。

之后，他扣上我的裙子，把外套往上拎，盖住我的胸部和肩膀，似乎是想让上衣起一点正经作用。戏剧还在一闪一闪地演着，我们两人都假装沉浸在看不懂的剧情里。

金色和红色的画面开始交错模糊，多谢这个人，这个眼睛像狼的人，他的自信和技术，还有他那件有骑士风度的外套的味道。似乎没有比那天更浪漫的事情了，一部中国电影和外套下面进行的手工活远远超过其他种种的求爱方略了。

必须是在冬天，外套也必须是桑德罗的。手是他的。声音也是他的。看完电影后，我们往西边散步，雨已经止了，他领路。我愿意被人领着。他带我去看这座城市，我就去看。他很善于领路，我后来明白，他就是不明说具体去哪儿。就像我们是在随意漫步，他不是随意的，我们不是。

我们到了甘斯沃尔特大街，我和吉德莱曾在这儿踢过百吉饼。街的尽头有一座凸式码头，码头上有一间波纹金属建造的房子。桑德罗拉了拉那扇锁着的门，然后我们绕到码头一边散步了，桑德罗向我解释艺术家高登·玛塔·克拉克如何在房子上切开口子的。克拉克切开了地板、四壁和天花板，天上一轮半月照着河流，把这个地方变成一种水光接天的大教堂。他说玛塔·克拉克很聪明，每样事情都做得很完美，后来有人想弄到摄影许可证，结果让警方知道了情况。

“这种事做得很完美有什么意义呢？”我问道。

“他没有虚张声势，”桑德罗说，“也不曾强行闯入，带上一大帮人，搞突袭。”玛塔·克拉克先是悄悄地围上这间屋子，非常严谨，几个星期后他才潜入住宅，更换门锁，然后再暗地里把装备、电锯、切割机、滑轮组和绳索搬到房子里，进行切割。他早就摸清了这里的情况，码头附近什么时候会有保安，房子什么时候会被使用。据他所知，这房子的唯一用途就是为男人之间的性行为提供场所。

“如果我们能进去，”桑德罗说，“就能看到那些不正当的用途了。”

天气寒冷，灯光昏暗。我想去个暖和点的地方，他居然以为我想进那个房子，很让我不快。我看到，对于桑德罗来说，什么事情都很容易。我一下就感觉到了。他能找到自己喜欢的女孩，然后就能搞到手。我依恋他，依恋他非凡的魅力、他的相貌、他的知识，所以如果我不依附他，那只是我自己受损而已。

我们沿着西街漫步，从侧面观察着这座建筑，河水拍打着柱子，水花四溢。

桑罗跟我说，玛塔·克拉克擅自切割那间房屋，警察一直想抓住他，他就跑出国，去了米兰。他在那儿找到一家新近关闭的瓦莱拉工厂，然后在厂房上锯了几个口子，在里面搞了次非法的展出。他叫来一群小孩占据了工厂。桑德罗笑着告诉我这些事。

“你不在乎吗？”我问，“他在侵占属于你的东西呢。”

“属于我的吗？”他答，“更像是我属于它呢。我认为工厂很了不起。”他接着说，“对我来说，这就是它的全部意义了。我认为它很了不起。”

我们沿着水边往前走，顶着寒风，偶尔会有一只啤酒瓶滚过我们身边，活像一个逃亡者。桑德罗弯腰捡起一张被雨水浸湿的纸，是从杂志上撕下的一页，上面有一对夫妻野餐的图片，是某种产品的广告，看不出是什么广告了。他说他会把它送给他的朋友罗尼，一路上，桑德罗就用手指夹着那张纸，漫不经心地甩来甩去想让它风干。桑德罗喜欢在人行道上捡些图片和写有字迹的纸张。有些他会给别人，最好的会留给自己。有一次他在运河街捡到一张纸，是一封措辞笨拙的信件，写信的人母语不是英语，大意是什么东西卖了个好价钱，给瑞士的姐姐电汇款项等等。那封信的署名是阿尔佩托·贾科梅蒂[1]。

我们看到一条拖船正拖着一艘大型货柜船前行。我发现波浪中有什么东西，那东西随着货柜船摇荡的尾波浮浮沉沉。那个在水中簸动的东西是人。一个男人。

"有人在这儿游泳吗？"我问道。

"我感觉不像是游泳。"桑德罗回答。

桑德罗僵直地举起胳膊招手，想引起那个男人注意。"那人不会游泳。"他说道。

那个男子只能勉强把头露出水面。只是他的脸刚刚浮出，船的尾波就会淹没他的脸。

"看上去他快淹死了。"

桑德罗脱下外套。那件体贴入微的外套，那天再次被脱了下来。现在别无选择，只好尽力去搭救他了。"去打911。"他说。

我一路跑过去，好歹找到一个没有损坏的公用电话，然后拨了号。接线员告诉我要报出街道地址她才能派出人员。地址是哈德逊河，我说，甘斯沃尔特街和西街的交叉口。一个男人快要淹死了。她需要街道地址。我重复了一遍。她准是已向什么人报警了，我已听到

1 阿尔佩托·贾科梅蒂（Alberto Giacometti，1901—1966），瑞士雕塑家、油画家、素描家和诗人，以其现实主义和神秘主义的雕塑闻名。

警笛声，声音越来越大。我回到码头时，消防员已经到那儿了。无线电的声音，还有厚实的外套和靴子发出的声响。卡车咔哒咔哒阀门松动的空转声。

“有人落水了吗？”其中一人问我，他的口音有些呆板，有很重的鼻音，是斯塔顿岛的人，那人从下到上打量着我。

桑德罗已经把那个人弄到岸边了。他找到一截电线套在那个人身上，但是怎么也拉不上来。那人身上裹了一层又一层的衣服，起码有四百磅的分量。我和消防员赶到时，桑德罗正拉着套在那人腰部的电线，尽力让他浮起来。消防员们拥上去接管了抢救工作。那个男人抬头看着我们，脸上写满疑惑和痛苦，我明白是我们打断了他的计划。他正在努力结束自己的生命。他望着我们，无可奈何地活着，身上裹着襁褓一般的湿衣服。他准是裹了十二件外套。我们大概要经历过濒死体验才能明白自己是否想活下去的。这个人的表情说明他是不愿活下去的，不过他也不得不如此经历一番才能明白这一点。

消防员找来一根合用的绳索，固定在他身上，一点一点地把他拎了上来。他浑身往下倒着河水，有点像电视里的警匪片，人们在码头的尽头用绞车绞起一辆水淋淋的小汽车。

我拿起桑德罗的夹克。

“我们走吧。”我说道。

和桑德罗的第一次约会发生了两件事：看中国电影时古怪而疏远的亲昵，一个快要淹死的男子。这两件事就像两根铁棒一样交叉成X，把我俩牢牢地拴在一起。桑德罗一路把我送到家，吻了吻我的额头，说他会一直站在公寓楼外的马尔伯里街上，直到再次见到我为止。

“你只需在窗口给个信号就成，”他说，“挥挥手或胳膊。”

我上了楼，洗了个澡让自己暖和起来，望着窗外的光线渐渐变成冬季黄昏灰蒙蒙的一片。庞先生终于修好了暖气片，暖气片发出乒乒乓乓的声响，还嘘嘘地喷出蒸汽。蒸汽给了我一种很奇特的安全感和舒适感，还有那种完全未知的震颤，那就是爱，凡此种种以及嘎嘎作响的暖气阀充盈着我的房间。（后来我告诉吉德莱自己坠入爱河时，她的反应是："哦，上帝，为你感到遗憾，爱情很恐怖。它会毁了一切正常的事情，除了爱情本身。它让你疯狂，而且毫无来由，它太令人失望了。但还是祝你好运。"）我还躺在浴缸里就打开排水阀了，我一直有这个习惯，水位下降时会拖住身体，往下拖曳，同时身体恢复了原来的质感、重力和密度。水位越来越低，身体越来越沉重。最后，水放尽了，只剩下铅一样重的骨骼。

热水澡让皮肤红红的，人也困倦了。我看了看窗外。两个小孩斜倚在一辆车上——一个意大利男孩和一个波多黎各女孩，那个女孩和我住同一栋楼，是那个常在过道中练习舞蹈的女孩。她穿着旱冰鞋，她和男孩说话时，从一边滑到另一边，动作很灵活。桑德罗已经走了。我并没期望他会整晚站在那儿，然而二十二岁的年龄让我抱有不切实际的幻想，看到他真的已经回家，我还是怅惘了一番。

所谓年轻，就是你和那些造就你的一切事物，有着更紧密的联系。我们第二次约会时，桑德罗和我这么说。我们来到我家附近的一家意大利餐厅，他装作不会说意大利语，他点餐的语调有些像约翰·韦恩。桑德罗模仿美国人的说话方式时，总是用这种腔调。对他来说，我们说起话来都像约翰·韦恩。

他想知道些我的事情，并不仅仅是那些普通的事情，诸如里诺小镇的那些事儿：给牛仔竞技者献上丝带啦；和斯科特与安迪一起长大啦；博比舅舅把我们三个孩子——一个八岁，一个九岁，另一个十岁——丢在车子后座上，给我们一些可乐和樱桃香烟玩，然后他就一路狂飙，用他的话就是，狠狠地踹一下这个老掉牙的车子。桑德罗喜欢这些故事，在我家附近的意大利餐厅的那晚，他还从我这里得知了另外一些事情，都是我从未和别人说起过的事。还是孩子的时候，我会想些什么；还有我孤僻性格的方方面面，青春期之前，也就是在我看上去很像"女孩"之前，我是什么样子；在我变成"成人"前，我又是如何。对于童年发生的事情，我们似乎有一些相同的想法。童年时，我们不得不活在自己的标签下面，你的名字，你的脸庞，你的嗓音，诸如此类的外在的现实。直到你固化下来，成为一个相对于他人和自我的一种存在。在五六七岁的时候，我告诉他，有时我会感到震惊，感到我自己困在了自己的身体之中，会突然觉得自己被锁进了一个身份、困在自己的身体里，就像是我的躯体是一种恐怖的错误。我自己的嗓音和胳膊、自己的名字，好像都是错的。仿佛我是一组散落的节点，被生拼硬凑成一个形象，我生活在噩梦之中，被强迫着从这受到限制和不真实的“我”中看世界。我确定不了自己占有一个地方，一副躯体，桑德罗说，这种念头是有道理的，这是孩童的一种本能，是在质疑自我的种种人为局限。

我试着向他传递一个几乎无法言喻的创痛，在我们里诺的小房子里，我站在妈妈的院子里，无法相信我就是我。他听懂了。或是，他想要理解。差不多也是在那个年纪，我将几截短线放进瓶子里。每个新年，我就从瓶子取出一截线，让它随风而去。如果我朝它飘走的方向看，就会给自己带来霉运。我告诉桑德罗自己过去如何一连坐上几个小时，盯着厨房的炉子，专心地看着燃炉的把手。在某个瞬间，我感觉到我能用意念打开炉火。我能做到这点。我就要这么做了，终于用意念打开炉火，等着电炉丝冒出橘红色的光亮，这时我会问一下自己，你准备好了吗？你准备好将你的整个世界搞得翻天覆地了吗？（当你知道自己可以用意念打开炉子时，谁知道会发生什么呢？）我没有准备好。我总是在关键时刻退缩了。我告诉桑德罗从学校到我家有条捷径，还有那个我看到的男人。他站在灌木丛里，灌木丛的下边到他的及腰处是空荡荡的，因此他的脸就隐在枝叶后面，但是能看到他腰以下的地方。他正在手淫。这个灌木丛荒谬的几何形状让我们都笑了，但是他又接着说：“那个杂种对你做那种事，我真想把他揍一顿。”

我告诉他我是怎样一路跑回家的，就像后面有人在追我，我有生命危险一样。但事实上并没有这种危险。

“不对。”桑德罗说，“你是处于危险中的。绝对是。人是要告别天真的，这个没有问题。但是要在你准备好的时候才行。”他说，“以自己的方式。”

告诉桑德罗这些事后，作为女人的我和作为孩子的我，两者之间的间隔就被打破了。桑德罗看到了两个我，也同样爱着每一个我。他明白，这两者是不一样的，并不是一种事物转变成另一种事物，也不是一个孩子转变成女人。在你遭遇这些事情之前，你保持着你的自我，一直是那个认为一截绳子将决定一年运势的人；某些事情发生后，你就变成另一个人。你就进入另一个阶段，你将不再质疑自己是否被关进一个躯壳。你接纳了那个形象，那个身份，希望别人能认可这一切，希望别人会爱上它，爱上你。

我们是最后离开餐厅的顾客。在小意大利区的节日灯光下，桑德罗送我回家，小小的磨砂灯泡在寒冷的空气中发着白光。我邀请他上去。

我无需明晰地成为某件事物。甚至他的触摸也传递出这个信息。这几乎部分地恢复了我失去的天真。

一整夜，桑德罗有力的臂弯都在搂着我。我稍稍动一下，他就会把我搂回去。他睡觉的时候，手臂会像动物的爪子那样抓紧我，后来我把他的这种姿势看作是盲目的、下意识的一种确认姿态：身体。近在咫尺的身体。但在我们相识的头几个月里，我认为那是在向我呼唤。

第三次约会时，桑德罗说他想请我过去看看他住的地方。

“那里会有什么呢？”我问，心想他大概会说晚餐吧。

“正义。”他半是戏谑半是认真答道，那是他独有的口吻。“我那儿有正义。”

那是一个寒冷的冬日。我到达时，他有个客人在。一个正要告别的朋友，他坐在桑德罗翻建库房里的沙发上，随手翻阅着一本艺术画册。他穿着一件厚呢短大衣和围巾，他的头发颜色在冬季的光线下显得更深了，也可能是他该洗头发了，除此之外，他看上去没有任何变化。和以前一模一样。

下雨了，大雨像飞镖一样打在翻建库房的窗户上。雨越下越大，哗哗的雨水声也越来越响，像音乐中的渐强音，也像是苍天倾倒下的玻璃珠一样，令人难以置信。窗外的天空乌云密布，灰蒙蒙的一片，雨云背后似乎隐藏着一种淡黄色的光线，白天里突然阴沉起来的天空，就会有这种奇特的黄油般的光色。时间戏剧般地凝结了，凝结成纯粹的此刻。

“我最好的朋友。”桑德罗介绍我们认识。

他的这个朋友站了起来。

那种奇怪的光线，还有玻璃珠子一般的滂沱大雨，让我觉得，眼前的这个人，是以两种不同的方式同时出现的。再次——终于。同时还是，第一次。他的微笑很坦率，很淳朴。如果含有心照不宣的意味，那也是这样的：我的朋友喜欢你。仅此而已。

我不想知道你的名字，那天晚上我对他这么说过，他是纳丁和瑟曼的朋友，那群带着枪的一伙人，他是其中一员。

但是现在，我知道了他的名字：罗尼·方丹。

七

小女奴

我四岁那年，罗尼和桑德罗正打着手电照着一个年轻女孩的面庞。

她是一个雕刻在大理石上的希腊女奴，手里举着一只鸽子，移向自己的嘴唇，仿佛是要亲吻那只小鸟。桑德罗和罗尼夜复一夜地研究着那个女孩，在手电筒发出的定向光束中，他们追寻着她那已被时间柔化的线条。他们都是大都会艺术博物馆的夜间警卫，十八岁，他们的夜晚都是在充满回声、幽暗的艺术馆中漫游度过的。他们一边寻觅，一边交谈着。这个女奴是他们共同关照和着迷的对象，标志着他们一生的友谊和对话的开始。

我们一起去看她，出租车在倾盆大雨中行进，每个商店的雨篷都像瀑布一样。我们跑过一个又一个水洼，沿着第五大街飞驰，大都会艺术博物馆的阶梯上空无一人，人们拿着滴着水的雨伞，挤在充满回声的大厅里。这是我们第一次三人行。奇怪的是，竟没有一丝尴尬。我确信罗尼没和桑德罗说起我们的一夜情。我也什么都没说。在桑德罗的翻修库房里，罗尼那纯净的微笑已经表明，那样的事情不会再发生了。我们的举止行为就像是在桑德罗介绍我们相识之前，我们从未见过面；或是，无论我们见过还是没见过，都已经和现在毫无关系了。

这赋予过去一种意义，成为一个我无法解开的谜团。如果过去的事毫无意义的话，为何不能承认呢？为何要把它抹去呢？

我们簇拥在她的前方，从桑德罗那里我已经对这个女奴有很多了解了。这是一尊全身大理石浮雕。她那双古老的厚脚板穿着典型的希腊凉鞋，身上披的衣服固定在肩膀一侧。罗尼和桑德罗轮流谈论着她，语调很严肃，似乎是刻意配合着展厅里昏暗的灯光，这座浮雕的展厅很少有人光顾。让他们心旌摇荡的是她嘴角和手中的鸽子散发的逼真气息，鸽子向着她的唇扬起小小的鸟喙。

桑德罗指着鸟和她嘴唇之间小小的凹槽。

“这是浮雕唯一的三维体。那么其他部分呢？浮雕的二维平面把她和我们分隔开。她不拥有我们的空间。她来自另一个世界，一个永远沉寂的世界。只有那个可能的吻和我们在同一个空间。”

这是生命之吻，他说，是焕发着活力、永恒的吻。我看着浮雕，希望能感觉到这个女奴的生命气息，她虽然已经死去，却以一种非同寻常的方式，深深地吸引着这两个男人，也深深地吸引着我。

罗尼说他爱着她，因为她是如此……摩登。他说，她阻碍了她所创造的幻想。她在这两者之间徘徊顾恋，凡世间值得顾恋的一切亦复如此。亦真亦幻，互为表里。

我凝视着她的嘴唇和手中鸟之间的私密空间。我看着她挂在脖子上的绳圈，那是最普通不过的装饰品了。她所有的一切都那么朴实无华。我唯一能想到的词语就是“这是一个年轻的奴隶”。

后来，我和桑德罗说起这一点，他告诉我不要为她感到难过。想一想历史上所有不为人知的奴隶吧，他说道。这个女奴已经成就了不朽。她越过了不可思议的时间鸿沟。我们现在就在谈论她，他说道，这本身就是一种罕见而特殊的解放。

我花了很多时间与他们一起观看艺术品。“我的导师们”，吉德莱不屑地形容。罗尼和桑德罗跳起坐上特拉斯伊咖啡馆的高脚凳时，吉德莱就会说“你的导师们”在这儿呢。大概是受我的影响吧，特拉斯伊也成了他们常来的地方了。

吉德莱对待他们很是漫不经心。他们每次只点相同的东西，汉堡和咖啡，每次她都是最后来招呼他们，而且服务很差劲。吉德莱对他们很怠慢，这又是一件我错误理解的事情。我把这件事归结到她对艺术领域的一般态度上了，在她眼里，艺术就是人们创造艺术品，出售它们换取金钱、名声和公众的认同。用吉德莱的话来说，人们高估了成功。“谁都可以取得成功，”她说道，“不以功名为意才更有趣呢。”

我开始结识桑德罗、罗尼以及他们的朋友们，他们恰好是吉德莱认为妥协得最多的成功艺术家。我记得她的标准规矩。并不是说我接纳了它们，而是把它当作一种声音而已。一个女人的声音，在她眼中，显露野心、成名成家还有自杀是三种最为懦弱的行为。

吉德莱是我第一个朋友，也是纽约对我有影响的人。不过当桑德罗在普林斯街介绍我认识海伦·海伦贝格的时候，也就是我动身去里诺接瓦莱拉摩托车之前，吉德莱的声音就像头上的树叶一样安静。我要创作艺术，而且要在画廊展出。我搬到纽约来的目的就是这个。

正是通过这场谈话，我才最终打定主意去盐滩的。但是对于道路、速度和大地，桑德罗都有着自己的见解。他年轻的时候曾写过一份提议，要为贯穿意大利南北的太阳高速公路创造大量的画作，并在沿线展放。让这些现实的工业设施也为无功利的艺术做些贡献吧。这条高速公路是由瓦莱拉公司投资赞助、政府主持修建的。桑德罗有一张照片，是一九五六年他父亲和意大利总理站在一起庆祝公路竣工的照片。公路的名字——太阳高速公路，听起来带有一种法西斯意味的憧憬与希望。桑德罗说，和“太阳相关的”一切，都是法西斯的标志。“修建这条连接米兰到博洛尼亚、佛罗伦萨、罗马和那不勒斯的高速公路，”他说，“意味着我的家族参与摧毁了意大利，但是它让我家挣足了钱。”桑德罗说高速公路让我们时刻准备着告别一个地方，告别真正的生活。高速公路取代了生活，剩下的只是路标和地名。白色底板上写着的黑色字母。米兰。一切都化为乌有，桑德罗说，只剩一个空壳般的地名。

“这里也没什么两样”，我说，“你总不能谴责所有的公路吧。”

他认可了这一点，但是他又说道，人们认为美国已被高速公路同化和毁灭了，不过愚昧与粗俗的千篇一律正是美国的独特性。

“这是你的命。”他笑着说，眼里泛着冷光。

“你是什么命呢？”我问道。

“当然是做一个美国公民啊。”

总体而言，桑德罗是鼓励我追求的事情的，那就是在大地上做些与速度、运动有关的事。但是当罗尼向他提议，让他利用自己的关系给我弄一辆瓦莱拉摩托车时，他的满腔热情立刻消失了。

去博纳维尔盐滩的唯一可行方法就是骑一辆真正称得上快的车，罗尼说：“她一定要看上去是在给工厂试车才行。”

桑德罗对罗尼感到很恼火。我心里倒是默默希望罗尼能再劝劝他。我想到博纳维尔盐滩大干一番，我真的很需要一辆车。但是我既没有钱自己买，也不想自己问桑德罗要。我不知道罗尼这么为我说话是出于旧爱呢，还是只是想让桑德罗下不了台阶呢。是一种竞争吗？罗尼的墙上钉满了瓦莱拉摩托车的挂历，他是在开玩笑，一群乳房高耸的女孩跨在铮明瓦亮的摩托上，他工作室的整面后墙贴满了这种充满肉欲的装饰图片。他声称这是在向桑德罗致意，但同时也是一种嘲笑吧，只要是桑德罗刻意想忘却的，他就故意都抖落出来。也可能这些东西就是他的真爱，桑德罗只是无法理解这种直来直去而又无言的表达方式吧。这实际上并不是一种诘难，而是其他什么吧，也许朋友熟视无睹的一些生活侧面，他却感到充满无限魅力——桑德罗在餐馆点意大利菜时，甚至会故意发错音呢。曾经有两次，别人问他是哪儿的口音，我亲耳听见他自称是罗马尼亚人。他认为意大利是一潭死水。他声称自己几乎和意大利毫无瓜葛了。

我告诉他，我很喜爱佛罗伦萨，自己大三那年就是在那里度过的。他说，当然了，对一个美国女性来说还可以。你做个意大利女人试试。那里充斥着肮脏的、罪恶的文化。一个男人要是强奸了你而又愿意娶你的话，控诉就终止了。强奸在那里甚至不算是犯罪，只是个道德问题而已。他读了一些关于这个国家金融灾难的报道，有一些直接与瓦莱拉公司相关。他解读的方式很像我舅舅和两个表兄阅读他们反对的棒球队的资料一样，他们盼着球队输球，尽挑一些关于球队的丑闻、受伤和糟糕球技的报道看。对于桑德罗而言，那就是意大利申请国际货币基金组织的贷款、通货膨胀和失业。石油危机让瓦莱拉公司遭受格外的重创。停工。怠工。自发罢工。桑德罗说，轮胎公司的管理者是他的哥哥罗伯托，和其他龌龊的商人一样，罗伯托也让他感到陌生。

意大利太褊狭了，桑德罗说，对于像他这样的人，还有他的出身背景，意大利太封闭、太过于熟悉，几乎是天数已定。他在纽约待了已快二十年，这么久的时间，他的"意大利味儿"似乎仅仅让他显得像个特别的纽约人；或是，他更是一位略带些口音的纽约艺术家，而非一个意大利人了。他的英语很地道，朋友也大多是美国人。桑德罗尽快离开了意大利，仅凭自己的姓氏他就能获得源源不断的钱财资助，他拒绝了，而是和罗尼一起在大都会艺术博物馆工作。罗尼的姓氏没有什么财富效应，因为他出身于工薪阶层，和家人关系已经很疏远了，他自小就和家人分开，其中的缘故比较神秘，这是一个不能随意触碰的话题。很明显，他曾经在船上工作过，但他从来不提这件事。我问过桑德罗，他也是刻意为朋友遮掩，轻轻地摇摇头，顾左右而言他。

他和罗尼都渴望着把自己重塑成一个没有出处、没有"匹克威克"[1]标志的人。而另一方面，对他们而言，我则是一个地地道道的里诺人。我是他们所向往的女孩子，我也应该努力使自己的出身变得有趣些。而不是像史密森一样，骗别人说自己是"来自西海岸的真

1 匹克威克（Pickwick）是狄更斯代表作品《匹克威克外传》（1836）中的主人公，全书透过天真善良、不谙世事的匹克威克与三位朋友外出旅行途中的一连串遭遇，描写了当时英国的社会生活与风俗民情。书中，匹克威克与骗子金格尔进行了一次又一次的较量。

正的艺术家”，骑着镀铬的摩托车，拒绝思考。我应该具备缜密的观念。我听到他们开玩笑似的讨论着我，仿佛我不在场，是为了取悦我似的。“那个女孩。”桑德罗说。“你是说里诺？”罗尼答道，仿佛在直接嘲讽我们曾经的相识：你瞧，我还记着曾经的事，那是多么微不足道。现在如何啦，里诺？

为时一周的赛季，他们开着各式各样的汽车和摩托飞驰在盐滩，那是在九月。

六月的一个早晨，我醒来时，听到桑德罗正用意大利语在打电话，语速飞快。他正在为我安排一辆瓦莱拉摩托车。

“你应当谢谢你的朋友罗尼。”桑德罗说道。

八

光

我摔车了，黑暗如厚毡毯似的将我围裹起来。我的一生都在等着此刻的降临，我心中想。等待着这黑暗，等待着这一片死寂。

但是接下来出现了最不可思议、匪夷所思的景象。

我看到了发着光的黄色球体。它们正以一种精巧的队列移动着，沿着山的表面环行而下。薄暮微微，白雪皑皑的林间空地上披上了一层晚霞的红晕。林间空地两边的长青树木，一簇簇，一丛丛，排成锐角三角形队列向着山巅挺进。一道道光亮越过山峰向山脚蜿蜒蛇行，从露天滑雪道的一边滑到另一边。裸岩把滑雪道一劈为二时，光束就变成了两道，豆大的亮斑变成了两道流光，接着又成了三道，有的转向一丛林木的一侧，有的则流向另一侧。道道光线交错辉映，就像一道缓缓流动的瀑布，那从容不迫、不急不缓的样子就像是一群艺术家正在表演什么节目。

夜幕将至，最后的一缕薄光盘桓在嶙峋的山巅。从山坡处倾泻而下的光亮愈发明亮，晚霞消失了，积雪的颜色变成月光的淡蓝色。

我意识到，他们都是滑雪的人。这些灯光是装在滑雪杆上的，他们是一支从山峰下来的搜救队。

那些如守夜人般簇拥在一起的树木中间的空地也已是漆黑一片。

如果雪突然从高处向低处滑落，那么一阶一阶下落所形成的重力足以杀死一个人。

现在天黑了。云雾升腾，遮住了月光，大山里湿气氤氲。我听见了雪地车的嘟嘟声。它们从雾霭中出现了，滚动的履带，一双金黄色的眼睛，一排排地在山路上爬行。夜间工作者们在劳作着。陡峭的缆绳上系着缆椅，它们的剪影映在半空中，呈现出原物的几何形状，一个接一个滑过去，钢索上依然还有人在。

我记得，有一只滑雪手套在我冻僵的脸颊上来回摩擦着。摩擦的声音很响，可是我却感觉不到摩擦。然后我被抬上了担架，我的滑雪服上盖上了救生毛毯。他们要带着我下一个大雪丘。巡逻员用雪犁推着雪丘的顶部，让担架在沟槽中前行。他开道的时候，我闭上了双眼。一路上，停停走走，走走停停。

我幻觉成另一次被救时的场景了。巡逻员带我下坡的时候，我能感觉到运动，我躺在平底雪橇上，在压实的雪地上颠簸滑行着。但是我们滑行的时候，我听到身边的人开始解开皮带，我们似乎停下来了。我听到了一声很响的撕裂声，还有剪刀剪断厚布的声音。滑行已经停下了，但我不知道是什么时候停下的。或许已经停下很久了吧。

“可能没断吧。”有人说道。

我身上很痛，眼睛闭着。但是砰地一声响让我恢复了正常的意识。

我听见了引擎的尖啸声。

“嘿。”

一只手轻轻地推我的肩膀。

“嘿，你能听到我吗？你出了车祸。”

能看到上方有一些人脸对着我，背后的光线很耀眼。

我的左脚踝一阵一阵地疼，不过手指和脚趾还都能活动。两个人把我挪过油迹线，挪出了跑道。赛场的工作人员捡起车体散落的玻璃纤维。漂亮的青绿色整流罩。看到它们在盐滩上摔成碎片齑粉，一下变成了垃圾，让我感到很羞愧。

那阵狂风，他们摇着头说，你不能那样和风对着干的。时速高达八十英里。

看着他们把摩托车的玻璃纤维摞在一起，放进一辆敞篷小货车上，现在看上去就像是被人踏碎的甲壳虫，我的内心充满自责。

赛场技术人员的无线电不停地通讯着。一辆救护车从起跑处响着警笛向我们呼啸而来。

“我没事，”我说，“只是擦破点皮。”哪怕随便诊查一下，我也得付很多钱，一旦进了救护车就太迟了。

“我们需要让医生检查你一下，”其中一人说，“这是例行程序。”

“我是和瓦莱拉赛组一起的。”

这似乎并不全是谎言，而且谎言的那一部分很快就变成真实的了，因为一个小时后我就到了瓦莱拉大型拖车里。我后背支着枕头躺着，其中一名技师从计时员的小屋取回了我的背包。

“你有感觉吗?”赛车队的医生托尼诺问道，他正用手指轻轻敲着我的趾肚，就像是在悄悄地发送莫尔斯电报电码一般。他将一个冰袋贴着我的脚踝，轻轻地左右移动着我的脚。瓦莱拉的机械师们已经索回了摩托车和一堆被撞毁的零部件，好像他们的工作之一就是收拾我摔车后的残局。也可能是我怎么着激起他们的骑士精神了吧。*女孩*，他们不停地说道，*女孩*。

“我需要回到摔车的地方。”我从取回的背包中拉出相机，对托尼诺说。

“别傻了。你受了伤。你的扭伤很严重，”他说道，“你必须被吊起来才行。”

我解释说自己是到这里拍照的。我先是和托尼诺，随后和瓦莱拉车队的其他人都强调了这一点。不仅仅因为没有他们的帮助我就无法过去拍照，也是因为这样一来我就感觉不那么像是一个骗子了。事实上，我根本就不大懂陆上速度测试，摔车事故已经证明了这一点。我曾有过一辆摩托车，保养车子的时候，除非是更换火花塞这么简单的工作，我总是依赖斯科特和安迪的帮助。我不懂的东西太多，经验也太少。对于他们来讲，摩托车就是自己的生活，我只能说，我并不是真正的摩托车手，我只是一个搞艺术的人。我是把它当作一项艺术活动来拍摄摩托行驶胎痕的。我向斯特雷奇介绍自己的时候正相反，那时我只说是喜爱摩托车，别的都没说。

托尼诺很同情我，他说服一名技师骑一辆小型摩托带我过去，那辆摩托是维修区的代步车。我背着照相机，横坐在摩托车上向跑道骑过去。因为我的摔车事故，那条长程跑道仍旧关闭着。我一瘸一拐地从跑道起始处开拍。我看到计时协会的人员时感到很羞愧，还记得他们宁静安详地告诉我阵风的信息，结果我还是没能听从警告，照样出了问题。但是我依然对着他们拍了照片。我不能空着手回去。瓦莱拉的技师带着我沿着油迹线一路骑过去。前方有一辆卡车，后面拖着一台金属打磨机，大概是去修复我摔车弄坏的路面的。到达事故现场时，我看到了自己所经历的场景。那看上去似乎是铺天盖地一般的纯白的东西不过是一层薄薄的盐层。冲击力撕开了盐层，下面的泥土显露了出来。这一切被我拍摄了下来，那就像是对我摔车的罗夏墨迹测验[1]。

连续五个晚上我都睡在瓦莱拉拖车里，我睡在厨房边休息区的长沙发上。托尼诺会来看看我，瓦莱拉车队的厨师用纸盘给我端来意大利面条；我呢，则和他们练习我的意大利语。我曾在国外学习一年，是在佛罗伦萨。我不太好意思和桑德罗说意大利语。（桑德罗对意大利根本没兴趣，我的意大利语也不可能给他任何惊喜。）我说话的样子、还有所使用的习语俚语等，都让托尼诺觉得有趣。他想知道我是从哪儿学会的佛罗伦萨意大利语。告诉他佛罗伦萨的事情时，当初的一切又浮现在心头。我经常厮混的那群摩托车手，他们的衣着模仿着伦敦的摇滚歌手，多年不洗的牛仔服和大背头，女孩们用液体眼线笔和梳成鸟窝般的头发。我设法认识的意大利人，都和我从小在里诺一起长大的人们没太大不同。我和其他的美国人相处不太好，她们都是来学习艺术史的，大多来自美国东海岸。她们的文化对我来说很陌生，她们都很有钱，似乎是专门到佛罗伦萨来买皮草的。我们都住在当地人的家里，不知怎地，她们都被安排进一些老宅院里，那些人家都有女仆，子女们的房间都很高大宽敞，现在都出门读大学去了。我

1 罗夏墨迹测验（Rorschach test），是一种测知患者人格结构的测验，由瑞士精神病学家赫曼·罗夏创立。

被安排住进一个衣帽间，这户家庭在火车站附近有一爿水果摊。每天早上我去卫生间，那里都是白蒙蒙的一片，弥漫着男主人吸的臭烟。晚餐时，女主人端上小份的油炸兔肉，狐疑地看着我，担心我会再多要一份。女主人上床后，男主人也喝醉了，就想和我聊聊女人漂亮的屁股蛋。我开始避免和他们共进晚餐，而是去火车站附近的一家台球房吃些炸薯条再喝点散装啤酒，那间台球房叫作“蓝色天使”，前面通常会停放着一些英国摩托车。我就开始和他们还有他们的女朋友混在一起，我注册的交换项目的课程也不去了。我们会一起去逛卡辛那跳蚤市场；到酒吧喝酒，那些酒吧似乎和“蓝色天使”一模一样；或者去他们的公寓，在那里我们抽印度大麻，听面孔和莫特·胡珀乐队的唱片。我没有学习多少马萨乔[1]和弗拉·安杰利科[2]，不过到离开时，我的意大利语已经很好了。

我会说意大利语这件事，在托尼诺看来太不可思议了。他喊来每一个人，让他们前来见识一下。我一下子变成了某种吉祥物——尽管这只是托尼诺、机械师和车队经理的看法，迪迪·邦波纳托甚至反对让我搬进来呢。迪迪·邦波纳托看来既虚荣又急躁，但当年我去弗利普·法默位于拉斯维加斯悬崖上的预制住宅，当时他若是打开了门，谁能知道他看起来是什么人呢。

“谁的女朋友？”他们第一次把我带回营地时，我听见迪迪这么打听道。“是家里的兄弟之一，”车队经理答道，“他住在纽约。”

“从没听说过他，”迪迪说道，“我们这儿不是孤儿院。”但是车队经理自己做了决定，我可以留下来。

迪迪和我互相避开对方，这样很好。也许我不喜欢他的程度和他一样呢。主要的问题是，他不是弗利普·法默，没有坦诚的美国式微笑，没有洁白的牙齿，没有华丽的紫色签名。我还年轻的时候，弗利

---

1 马萨乔（Masaccio，1401—1428），意大利文艺复兴时期第一位伟大的画家，他的壁画是人文主义第一个最早的里程碑，他也是第一位使用透视法的画家

2 弗拉·安杰利科（Fra Angelico，1395—1455），文艺复兴时期的欧洲艺术家。他是多明我修道会虔诚的成员，只画宗教题材，故被称为“安杰利科兄弟”或者“弗拉·安杰利科”。

普·法默能够吸引我的东西，他一概都没有。

迪迪不但不是弗利普·法默；同样糟糕的是，他还很矮，个子矮的男人很少有喜欢我的。我相对比较高，这一点似乎让我很吃亏，曾经有一个矮个子男人对我说，我让他重温了年轻时的噩梦，在学校里个子高的女生总是拿他取笑，我觉得他是想让我为此道歉，为了他青少年时期所遭受的创痛。我没有理睬他，而且从此基本上，如果不是彻底的话，对矮个子男人不抱希望了，有时甚至是先入为见地讨厌他们，尽管我自己很少承认这一点。

每天早上，我从拖车的窗口看着迪迪戴上驾驶手套，然后做手指扩展运动，张开再攥紧，仿佛在用十个手指传递什么神秘信息。做完手指伸展后，一个队员会递给他一小管特浓咖啡。他戴着鹿皮手套，用拇指和食指夹着，一仰头就喝了下去。他满脸褶子，两颊深陷，两片薄嘴唇有点发蓝，眼睛像葡萄干，这使他看起来像是个坏脾气，而且还有点笨。不是每个人都是大美人，按照传统的标准，我自己就算不上很漂亮。但是迪迪的长相有一点特别的悲剧：他的头发有光泽，也很浓密，梳成月牙面包状，像是一片一片的羽毛。他那一头迷人的头发一下把他的粗野相貌烘托了出来，就像是那些长了一头秀发的狗一样。电视上看过这样的广告，你从后面看见一男一女驾驶一辆敞篷汽车飞驶，驾驶员还有他的伙伴，——她的一头金发在风中飞舞——开着一辆大排量的折篷汽车飞驰在宽阔的高速公路上，一个典型的美国式自由画面，诸如此类。镜头向前移动成平行状态。结果证明，那位乘客不是女人，而是生着一头柔发的某个品种的狗。和迪迪一个品种。喝完他的浓咖啡后，他会把头发向前甩一甩，再用手指重新打理一下，虽然戴上头盔后头发还是要弄乱的，可那又有什么关系呢。他要是能不那么虚荣，不那么刻意打扮自己的话，效果会更好，就用他那张脸做招牌或武器即可：*我很丑但我是个名角，我驾驶的汽车是火箭发动机驱动的。吾乃迪迪·邦波纳托是也。*

整整两天，迪迪和队员们测试着这辆火箭发动机的赛车，“意大利之魂”。有一个转向的问题，他们采纳了一个奇特的掌控方法，解决了这个问题：时速在二百英里时，向右拐弯时，要向右打方向盘。时速超过二百英里时，向右拐弯时，方向盘要向左打。时速超过三百英里时，要重新向右打方向盘，赛车才能向右拐。

迪迪出赛的时刻终于到了。我躺在瓦莱拉公司的遮阳篷下，一条腿还吊着。周末来看各式车辆的人们大多还没走，他们等候在盐滩上等着目睹这一刻。这既是一次不公开的活动——盐滩正式关闭了，也是一个重大活动，迪迪·邦波纳托享受了特别待遇，他要打破自己的时间纪录，为陆上速度再建世界纪录。上午晚些时候，天气宜人，云彩被风吹向了“悬浮山脉”，云影就像是一辆辆没有重量的巨大车辆。暴雨很快就要来临，大概就是下周三或周四的样子。赛季即将结束，盐滩将浸满雨水而成为盐浆，不能再进行速度测试了。

迪迪戴上鹿皮手套。他操演了一番手指体操，向挤在围绳后的观众挥手致意。他喝了一管咖啡。抚弄了一下头发。戴上头盔，弯身钻进“意大利之魂”，驾驶舱是铬合金的，白色与蓝绿相间的颜色，和我摔毁的那辆摩托车是一种颜色，透着银光的蓝绿色。

他的技师正要合上水滴形座舱盖时，车队经理啪的一声关上车门匆匆跑出拖车，双手举着做出 X 手势。“停下！”他喊道，“停下！停下来！”

迪迪在“意大利之魂”狭小的空间里转过身来，朝着经理的方向挤吧了几下葡萄干眼睛，经理正听着步话机向他走过来。

“我们出了个问题。”经理说道。

“问题出在哪儿？”迪迪大声问。“罢工，”经理说，“在米兰。”

经理叫每个人都到放着工作台的遮阳篷下。迪迪俯身趴在方向盘上，皱着眉头，好像不耐烦本身就可以发动汽车在盐滩奔驰一般，工会正在进行合约谈判，并投票通过罢工的决定，车队成员都是工会的忠实成员，所以他们认为有义务也进行罢工。

米兰的机械师们正在进行一场合法罢工，所以盐滩上的机械师们也决定进行合法罢工，这是一种没有罢工的罢工，托尼诺向我解释道。他们仍能得到报酬，没有被解雇或替换的风险。只是在完成工作中的每一个操作步骤时，他们会绝对依据工会和公司的规定，他们的工会和操作程序都是意大利式的，非常官僚刻板；如果按照规章完成每项任务将耗费大量时间，这与平时的工作方式很不同。

迪迪不是工会成员，也不是公司员工，他只是一位著名的赛车手，他与公司有一份独立的合同，因此他非常愤怒。

"你能赛车的，"经理向他保证，"但是我们为了赶时间和提高效率忽略了一些程序。但实际上，我们不该忽略这些程序的。"

首先，急救箱应该配备完整才可以进行下一步的工作。已经派人到镇上买碘和镊子了，急救箱缺少这两样东西。去买这两件东西的时候，其他人就坐在盐滩上的遮阳篷下等着，他们一点也不焦急，无论如何他们也不愿无视公司的章程或忽视安全。他们坐着抽烟。有人把摩卡咖啡壶放在丁烷炉灶上。

急救箱好歹补全了，他们准备给"意大利之魂"做安全检查。但随后发现他们忽略了另一个程序规则：从"意大利之魂"卸下的每一个螺丝必须贴上标签，标签不可以手写；标签必须用奥利维蒂牌打字机打出来，字体必须是加拉蒙字体的小写字母，他们既没有奥利维蒂牌打字机，也没有标签，因此不可以从"意大利之魂"卸掉任何螺丝。关于这个难题，他们展开了持久而广泛的讨论。车队经理说，他感觉可以手工打印这些标签，只要很整洁就可以了。"我们的手就好比机器一样。"他说道。可是他们没有标签，因此大家要想出个制作标签的办法来才行。

迪迪坐在他拖车的帐篷下，鹿皮手套在他的口袋处耷拉着，他的头发不像羽毛那般蓬松了，赛车服的拉链一直拉开到腰部，两只袖子系在腰间。他的眼睛似乎变得越来越小，也越来越暗淡，更像葡萄干了。他的嘴唇更加薄、更加苍白，就像做好的薄煎饼的边缘一般，白天慢慢变成黄昏，他似乎变得更丑陋了。他无法出赛，无法创纪录，无法成为风头十足的（虽然还是很矮又很丑）迪迪·邦波纳托。

第二天没什么不同，长日漫漫，人们争论着如何阐释员工守则和章程，冗长的讨论之余就是喝摩卡咖啡，吞云吐雾地吸烟。车队经理填写着各种表格，以前他们从来不把那些表格当回事，现在则坐在瓦莱拉遮阳篷下等着，一等就是几个小时，然后派人拿到镇上去作公证，回来后发现忘记取回护照了，然后再折返，然后就突然到了公司法定的休息时间了，其中一人准备下午喝的浓咖啡，其他人都停下工作休息去了。

早上和晚上，托尼诺用冰袋冷敷我的脚踝，为我清理包扎摔伤的地方，一大片擦伤已经结痂了，非常痒。他问起桑德罗，说他不知道还有另外一个兄弟呢。

“你认识罗伯托吗？”我问道。

“他不是我们能认识的，”托尼诺笑着说，“罗伯托是公司的招牌。是总裁。”

拖车窗口的外面，技师们正在讨论某个新问题。

有个技师进城去，我拜托他给桑德罗捎个信，告诉他现在的情况。那个技师拨通了翻修库房的电话，一个女人接了电话，说桑德罗不在。一个女人？我猜一定是什么语言障碍，或者，他拨错了号码。也可能是桑德罗的画廊来人给艺术品拍照或准备装运什么的，以前也有过这种事情。

“桑德罗·瓦莱拉和你说过公司的情况吗？”托尼诺问道。

“没认真说过，”我答道，“他是一个艺术家，他没参与公司的事务。”

“那他很走运吧，”托尼诺说，“公司和工人正在对抗呢。”

托尼诺提及的对抗，我仅有所耳闻。他不大提及这类事情。去年春天，一位他认识的意大利艺术家在西百老汇办了个展出。那位艺术家来自米兰，展出的主题是工厂运动和“红色旅”[1]。展出的名称为 *S.p.A.*——这是个双关语，桑德罗解释道。在意大利语当中，这个首字母缩写的意思是股份公司，但字面意思是“行动协会。”这个艺

1 红色旅（Red Brigades），意大利一极左派秘密恐怖组织。

术家创作了巨幅的铅笔描摹画，描摹了刊载在报纸上的三个“红色旅”受害者和另一个红色旅成员的相片。玛格丽塔·卡戈尔，她在与警察枪战的时候被打死，瘫倒在地上，身上穿着紧身牛仔裤，身边放着一只女用挎包，嘴角流着鲜血。桑德罗面对这些东西时，似乎很不高兴。新闻稿中提到，意大利“红色旅”是好战分子，发端于米兰郊外工业区的瓦莱拉工厂。桑德罗扯下新闻稿。“耸人听闻的垃圾。”他说道。

我向托尼诺询问“红色旅”的事情，他说：“仅仅是个团体组织。最冒尖的一个。现在有很多团体组织。采取某个行动后，人们就汇聚在一起，要给参加行动的人一个名号，随后就解体了，消失了。你根本不知道谁属于哪一个组织，他们自己也不知道。直到采取了某个行动，这个组织作出声明，他们才知道自己隶属某个组织。”

发生罢工后的第二天晚上，有消息传来，意大利本部机修工人的合法罢工已经结束。

翌日早晨，迪迪早早现身了，人很精神，整装待发。他伸出一条腿一连做了几个前弓腿，然后换上另一条腿，又来了几个前弓腿。他撑开十指，攥紧，再伸开。他一上一下的跳着滑步，就像一个职业拳手一样。

他已经准备好登基，成为迪迪·邦波纳托，陆上速度的世界冠军，他要打破自己的世界纪录，然后——

等等，发生什么了？

从装着设备和工具的拖车里，六个技师和车队经理慢慢吞吞地出来了，仿佛被太阳蒸烤的盐滩变作了胶体，他们举步维艰地走向工作台，“意大利之魂”就停在工作台上做保养检查呢。车队经理异常缓慢地拿起一把电钻。

迪迪朝他们喊道：“你们在干什么，这又是怎么了，别闹了！”。

车队经理转向迪迪，慢慢抬起手。他取下太阳镜，慢腾腾地放下手，用手绢把两个镜片都彻底擦了一遍。然后再戴上眼镜。

“我正为你的出赛做准备呢。”车队经理答道。他说话的语速也是非常，非常缓慢。

他和其他的人在遮阳篷下来回走着，慢慢地捡起工具和仪表。他们每说一句话都要停顿很久。

迪迪大吼了一声，我也只能这么来形容了。他一脚踢向他的拖车，好像还弄伤了脚趾（他开车用的赛鞋和弗利普·法默的一样，是软皮制的，不是为了防护而是要保持敏感的）。

为了和米兰的瓦莱拉工人们保持一致，车队正在进行怠工式罢工。那些工人们不再一板一眼、生搬硬套地执行工作手册了，现在是磨蹭时间，每一个任务都磨磨蹭蹭地去做，每一个动作、每一句话都要停顿好一会儿。看着这一切，看着公司里的员工，我感觉离桑德罗更近了一些，同时也感觉更远了一些。我一直没给他打电话。

那天晚上，我躺在拖车里坐卧两用的长椅上，听着风声，觉得自己就像是一个偷渡者。

看过“红色旅”受害者的画像后，我们就离开了西百老汇街上的画廊。路上，桑德罗开始和我说起他的一个阿根廷朋友M，我也曾短暂地和他有过几面之缘。听到桑德罗平静而严肃的语气，我立即感觉到他要告诉我一些情况，关于他自己，他的家庭，那些画像，在罗马和米兰横尸街头的人们，与警察枪战中被杀死的女人。桑德罗很护着M，很同情他为自己的父亲而承受的重负，因为他爸爸是阿根廷臭名昭著的新建军事独裁政府的一员。

“知道他爸爸是那个军人集团的一分子时，人们总是对M很好奇。”桑德罗说。他那么尊重朋友的隐私，在谈及他们一家时，他都不愿说出M的真实姓名。“他们几乎是在大肆张扬。你知道他父亲是独裁统治集团的一员，对吧？每个人都很激动，因为他们离暗杀小组比较远。他们不在乎M究竟和那有什么关系。因为他和腐败和谋杀有关联，所以就想知道他，即使M为了摆脱那一切搬到了纽约。他摆脱了自己的家庭和已经污损的姓氏，远远离开了它魔掌所及的地方。”

桑德罗告诉我，M像躲避瘟疫一般避开打听他父亲的人，在某种程度上，凡是对阿根廷或拉丁美洲政治有兴趣的人都是他规避的对象。桑德罗说，哪怕有丝毫左翼倾向的人或物都会吓跑M。然而M自己是一个马克思主义者，也是一个同性恋，他恨自己的父亲和他所属的文化。但他不想为此向任何人谢罪。

“这些人想接近他，主要是因为新奇，那个以虐待和谋杀而臭名昭著的军政府的亲信，他的一个儿子居然活跃在纽约艺术界。”桑德罗说道。他父亲肮脏的权力让他承受着复杂而沉重的心理包袱，M认为自己有权利保持缄默，关于那一切，他不愿与任何人讨论、解释或者道歉。我们走上普林斯街，打算到鲁迪酒吧喝一杯，M只能是自己父亲的儿子，难道那还不够吗？桑德罗说：“他无须向旁观者，或是向那些自诩有道德愤慨的人士解释自己的背景。”

M和桑德罗在这些事情上有着非常特殊的关系。M父亲的敌人是左派游击队，他们烧毁了布宜诺斯艾利斯郊外的瓦莱拉工厂。桑德罗和M两个人因为这件事大声笑了起来，我和M见过两次，这是其中一次发生的事。作为瓦莱拉家族的一员，桑德罗很少感到轻松有趣，这是我发现的几次例外之一。

第二天早上，怠工结束了。终于可以出赛了。

但是迪迪却没有从拖车里出来，原先每个早晨他都会舒展一下肢体，准备开上“意大利之魂”创造世界纪录。快到中午的时候，他终于现身了，穿着日常便服，头发也没梳，油腻腻的，一脸烦闷的表情。漫长的等待似乎已经摧毁或消磨了迪迪的精神。但几个小时后，赛车就准备就绪了，他重又恢复了迪迪之火，穿上赛车服，赛了两趟，以时速七百二十一英里创造了新纪录。

罢工拖延了四天时间，此时已没有观众了。在场的只有六名技师、托尼诺、我和一些记者。举办了一场正式的酒会，记者招待会，迪迪随后被接往盐湖城的机场，启程前往欧洲为瓦莱拉轮胎做巡游宣传。那天晚上，机械师们高声宴饮，相互拥抱的时候，他已经离开了这场仓促举办的酒会。

技师们庆贺的时候，我就靠在沙发上躺着。我的脚踝扭伤了，不能跳舞，但因为我是唯一的女人，他们就兜起我，摇摆着我，和每个人都跳了舞，然后再小心翼翼地把我放回长沙发上。我们只有一个调频广播，收听着“金曲集锦四十首”中的一曲《意乱情迷》，歌中唱道，一个女人的褐色眼睛变成蓝色，我以为就是女歌手被人抛弃了，她宣布她将会把自己的眼睛变成第三者的蓝色。“我要让我的褐色眼睛变为蓝色。”把替换我的人再替换回去。那天晚上，我意识到歌词不是我要将，而是不要让我的眼睛变为蓝色，这下意思就改变了。这首歌曲的愚蠢程度真是超出了我的预想。

瓦莱拉的技师们和托尼诺，还有缺席的迪迪互相敬酒，说美国人可以做一个漂亮的屁股。也有人说迪迪可以做一个漂亮的屁股，然后他们不再喧闹，开始谈论政治了，我猜。我上床睡觉后，他们还待在外面。我听到打开香槟瓶塞的砰砰声，他们又打开了一两瓶香槟，压低嗓门说话，然后就安静了。风呼啸着吹过盐滩，帆布帐篷劈啪作响，时不时会传来一声低微的金属相撞的声响。

第二天早上，车队经理进来跟我说话。我希望搭他们的车到盐湖城，然后从那里飞回纽约。他说当然可以，然后又说想请我帮一个大忙。真是一个大忙。从本身来看，这是一件了不起的事情，但同时也是一种荣耀，他希望我认真考虑后再做决定。

“我们想让你驾驶‘意大利之魂’。”他说。

“可是为什么呢？我几乎都不能走路呢。”

“你仅需右脚踩油门和刹车就可以了。迪迪需要占着盐滩跑道，这样美国人就不能进来破他的纪录了；有一个俄亥俄州的车队正在过来。我们需要准备几天，训练你，等你跑完赛车后，就要下雨了。这样跑道就能关闭一年。女子纪录很容易，目前是每小时二百九十英里。那对于‘意大利之魂’来说太小意思啦。开到三百零五英里，你会觉得是在滑行，然后你就踩刹车，就这么简单。”

我一向羡慕对未来有明确意识的人，他们制定计划，然后就遵照执行。桑德罗就是这样的人。他有梦想和一系列实现梦想的步骤。对于桑德罗，未来就是一个地方，一个他能够抵达的地方。罗尼·方丹也是如此。罗尼的目标比桑德罗的更反常些，有点秘而不宣的意思，不过他做事滴水不漏，一切都经过周密的谋划。我既不像桑德罗也不像罗尼。对我而言，偶然背后有着绝对的逻辑。我崇奉偶然，远胜于实际的逻辑，那种逻辑依赖可靠的材料、理性和事实。借助着语言、欲望或原理，任何事情都能被论证为真，也同样可以被论证为伪。偶然对事物的塑造远非言语、欲望或原理可比拟。偶然轰然涌入，就像一阵狂风。

从零到二百，向右打方向盘右转。

从二百到三百，向左打方向盘右转。

超过三百，向右打方向盘右转。

九

这是牛奶

瓦莱拉正在学习它的全部。不是那种你喝的牛奶。在巴西的这片丛林中根本就没有奶牛，只是偶尔会看到令人生厌的海牛，他以前在照片上看见过，它们会在泥泞的河岸噗通噗通露出身来。他们从树木上提取这种牛奶，这种液体凝固后就成为橡胶。

他懂得，在亚马逊规则是不同的。必须等待更长时间。树龄达到十五岁之后才可以采胶，不然橡胶树就被损坏了。第二次世界大战之前，大部分橡胶都产自亚洲。在亚洲，采胶时间可以提前一年，甚至可以在橡胶树还很稚嫩，也就是树龄在八九岁的时候就直接进入服务期，就像是非常年轻的女孩一样，她们也经受得起。但最大的不同是，你在亚洲种植橡胶树、收获橡胶，这是种植业，是工业化种植。在亚马逊，你是在荒野中培植橡胶树。丛林就像一支常备军，是一种储备。你可以召唤出一个产品，使它不再是绿色、无用和充满敌意的自然之物。瓦莱拉喜欢这个想法，征服自然，让自然提供服务。

需要做到精美的安排才可以。就像无需任何钉子、托梁、螺丝、甚至胶水就造出一只木箱。就像拼图玩具，各部分都被设计成能互相卡锁、互相固定的样子。割胶工人的工资都是赊欠的。他们为了得到工资就必须坚持工作。从橡胶生产，到河运至港口的各个环节，所有不可或缺的中间商费用也是赊欠的。整个关系都是债务和债权的关系，没有任何的现金支出。“信用”的词源是信条[1]，也就是信服。信条。我相信。现在没有隆齐牵绊，他可以随意引用拉丁语寻求事物根

1 原文中说“信用”（credit）的词源是“信条”（credo）。

源。事物的根源举足轻重。信条。印第安人要在丛林里免费工作。

收获，熏橡胶，运至欧洲，赚很多钱。一大笔钱。这就是瓦莱拉一九四二年扩展到轮胎行业时的计划。

“熏橡胶？为了赚钱吗？”六岁的罗伯托问他道。

“不，小家伙，不是烤橡胶，是熏橡胶，就像熏奶酪或肉一样，是为了保存。”

烟熏橡胶：他们在巨大的室外火堆上熏制橡胶，将其放在巨大的铲子上。他们脸上盖着破布，不仅盖着鼻子和嘴巴，而是盖着整个脸部，以保护他们的眼睛。他们能看得见，他雇来的工头向瓦莱拉保证道。他们只能透过粗布的缝隙勉强看得见。他想象着这些蒙着脸的木乃伊围着火堆转来转去，不时撞到彼此。他们戴着灰色布片的面罩，把橡胶加工成巨大的球体，这些球形物被称为饼干。意大利脆饼。每个重达一百磅。这是工头规定的重量单位。这个重量非常好，很舒适，沉甸甸的，是能用头顶着的最大的重量。如果定在一百五十磅，工头说道，他们就顶不动了。印第安人头上顶着一百磅，他们很受苦，但他们能撑住。不是不可能——就是这个意思。他明白这就是工头的主要技能，能够看到人类的限度，刚刚在限度之内。“在限度之内，刚刚好。”是最佳定量，也是最大利润单位。头上顶着一百磅的熏饼干，巨大的熏橡胶饼，快要压破头，但是能撑住。男人们把熏橡胶饼搬上船，航行一千英里到河口处的沿海港口，贝伦港在贝伦，为了查看质量，会用斧头把橡胶饼劈成两半。就像劈开脑袋一样。颜色越黑，质量也就越低。黑色橡胶就是不太纯。“就像所有的黑东西一样。”工头起劲地笑着说道，仿佛是想让瓦莱拉也跟着笑一笑。但是瓦莱拉没有笑。

它们能让我发财了，瓦莱拉这么想着。在埃及度过童年的瓦莱拉比较习惯黑肤色的人。仇恨黑肤色的人很愚昧。在这个问题上他和隆齐有分歧。一九三五年，隆齐参与入侵阿比西尼亚，他要“把黑人摔倒在地”。隆齐说起话来像个传教士，仿佛他忘了那对小集团而言至关重要的精神：不要征募。无需征募。只要行动，那些想和你一样行事的人就会加入进来。靠武力，你将一无所获。你就去摔吧，瓦莱拉心中琢磨着。你的整个营队将会骑着我的摩托车。隆齐在阿比西尼亚战斗的那一年，瓦莱拉设计的一千毫升排量的摩托车在布雷西亚至贝加莫之间的高速公路上创下陆上速度的世界纪录。那辆摩托车的简化版，一种街车，在米兰郊外的工厂投入生产。

他和隆齐关系不再密切了，但他们拥有一种共同的青春的觉悟，那是瓦莱拉永志不忘的，那就是有活力的生活就是充满变化、充满速度，就像一场猛烈的抽搐一般。一成不变就是一种麻木，就如俗人所以为的，世界就如他们熟知的那样亘古不变。洗衣房的洗衣袋和洗衣涡流。墙上的蓝色手印。时间戴着面具，它隐藏着自己，他和隆齐以及小集团的其他成员将撕下时间的面具。这是他们的命运。生活意味着大变动，在绝大部分人的眼中，那是异常的、可怕的，但是他们并不这么认为。他们拥抱可怕的时间，就像古代埃及人眼中的体积一样，他们把一切都描绘成平面的形态，两个维度，因为体积具有一种可怖的未知性。是的，的确有一种可怖性，瓦莱拉认同埃及人的见解，可那正是他想拥有时间的原因。

当隆齐俯身看着埃塞俄比亚地图、和英国人作战、用战争诗颂扬元首时，瓦莱拉正忙着自己的商务。摩托车，踏板摩托车，三轮汽车，现在是橡胶行业。橡胶主要来自马来西亚，后来到处都是骑着自行车的日本人。日本人骑着自行车发起了令人难以置信的攻击。意大利的业务陷入停顿。瓦莱拉那时并没有经营橡胶业。那场事变把他引入了橡胶业，一九四一年十二月，日本人占领马来西亚后，橡胶出现了短缺。一个月后瓦莱拉到了巴西。

他在圣保罗的酒店大堂等待了很久，那些男人晚了几个小时才到，身上穿着奶油色亚麻布服装。他和那些穿亚麻服装的男人坐在柳条椅里，椅背的柳条鼓了出来，就像是巨大的涂鸦翅膀。旁边有一个巨大的笼子，笼子里蹲伏着一只伞鸟，它一直展着翅膀，又丑又狰狞。瓦莱拉知道，一次好的商业交易需要耐心，需要等待，仿佛你拥有全世界的时间，你的柳条涂鸦翅膀吱呀作响，你清楚自己讨厌伞鸟——讨厌它不需要理由，你坐在黏湿气候大堂里，用巴西北部的地图扇着风。地方太大了。大得不成体统。瓦莱拉对此不大明白。无论如何，好买卖和地图没什么关系。关键是要盯着别人的眼睛，要让他们明白他们和你一样属于少数的精英阶层。

工业部长说能找到足够的劳力收割橡胶。巴西已经加入同盟国，即将派人参战，或者假装去参战。工业部长说，让这些人相信收获橡胶比去打仗要好很多。除非你不想说服他们，他说，让印第安人入伍比让一条蛇吸烟还难。一条吸烟的蛇，瓦莱拉很喜欢这个意象，一个长圆形腔管吸着另一个长圆形管状物。它短暂地分散了他的注意力，直到他意识到工业部长是什么意思。一条蛇是不会抽烟的。一个印第安人会待在家里收割橡胶的。他刚刚太死抠字眼了，就像罗伯托以为熏橡胶就是熏橡胶呢，真是有其父必有其子。

在南美，他们显然是最后一批知道车轮的人，然而又是首次发现橡胶的民族，这两个相连的事实让瓦莱拉感到诗意盎然，这里的人最先发现了橡胶，但又是最后知道车轮的。这种愚昧给他的工作披上一层光环，他把进步带到巴西，带给了最后知道轮子的地球人。

印第安人发现橡胶后做了什么呢？他们发明了一种游戏，波塔波，这个游戏的读音说明了它是什么：两名球员来回拍打着的球。

他们把橡胶用作火把，释放出不祥而油腻的黑烟。他们把布浸入橡胶做出防水布。防水鞋。他们用脚做鞋模，直接伸脚就能做出定制的胶套鞋。瓦莱拉有些开心地说道，真正合适的尺寸就应该是定制的。一个尺码适合所有的人是后来发生的事，是机器大生产带来的。他不想让他们生产轮胎。他们只是收割生橡胶，把橡胶塑成大饼，然后就运往瑞士，为了摆脱墨索里尼的干扰。瓦莱拉在瑞士开办了一家公司，他越来越觉得墨索里尼是个笨蛋和流氓。

如果能卖出足够的轮胎，他就能一心扑在摩托车上了，摩托的利润空间比不上轮胎。特别是现在，墨索里尼征用了瓦莱拉的全部产品用于军事目的，他所有的工厂只是为德国军队生产替换零件，他们总是扯坏离合器。

他办完事情回到米兰，他很想见到小儿子桑德罗。桑德罗快要三岁了。罗伯托被送到瑞士就读寄宿学校，奥尔芭因此很孤独，她就诳着他又生了一个小孩。他实际上已是老人了，他告诉自己小儿子不是嫡子。不过他在巴西玩着波塔波时，他很想念那个小家伙，想念他娇憨的小脸蛋。凭直觉就能断定，他是自己的孩子。他只是觉得，自己老迈的年纪已经打破了和孩子的直接关系。他可能隔了一层，更像是伯祖父、教父。他妻子想要个孩子，他没有反对。谁曾经说过，决定就是游移不定的具体化？他记不清了，不过这件事还真是如此呢。

在“波塔波”的这几年短暂而紧张。其间，盟军的炸弹把他的摩托车厂夷为平地，而他的橡胶业务却在蓬勃发展。全家搬到贝拉吉奥附近山上的别墅去了。更安全了，虽然这个地区到处都是粗野的德国人，他们大呼小叫，空气中弥漫着德国香肠的气味。只是一个时间问题，一切即将改变。墨索里尼就住在他们的北边，住在加尔达湖的菲尔特瑞奈利别墅，他显然非常沮丧地在那儿无所事事，打打斯科波内纸牌，从取景器里看着湖面，在电台广播里语无伦次地谴责意大利工业家，说他们的自私自利正在摧毁着意大利。我们即将看到是谁毁了意大利，瓦莱拉听着收音机，心里这么想。

隆齐也到了贝拉吉奥，他受了伤。他在湖边的酒店里疗养。他和瓦莱拉同年，五十七岁，仍然愚蠢地参加东线战场的山地部队。

瓦莱拉和奥尔芭前往斯普兰迪德大酒店看望他。隆齐的腿被炸掉了，他在断腿根敷着冰块，但是伤口感染了，冰块一直慢慢地冒着瘆人的气泡，气泡发着亮光，就像是身体的黏液一样。每个气鼓鼓的气泡胀大着，然后噗地一声炸开，在这个密闭的酒店房间散出一阵腐烂和死亡的气味，瓦莱拉很后悔把奥尔芭带来了。他轻轻推了推她，她就站在了门口。

“那没什么了不起。”隆齐指着断腿根说道，就像是指着一条需要被射杀的残废的狗。他戴着山地部队的帽子，帽子上的羽毛歪在一边，就像一根弯曲的围篱桩一样。“真正的问题是，我的心仍然很人类，这就是我的难题所在。我想把它挖出来。如果没有腿我也能活下去，为什么不可以除掉这只扑通扑通乱跳的心脏呢？我的心脏和她的一样糟糕，”他指着奥尔芭说，“你带来一个可恶的漂亮女人。难道你什么都不懂吗，瓦莱拉？为了性爱打扮妖媚的女人，我不想看。我要为自己的快乐战斗。你不要跟我炫耀了。”

脓毒也一定进入了隆齐的大脑。一场可怖的冒险，为了什么呢？瓦莱拉想不明白。陆战不会有任何前景，挥舞着手枪和匕首互相厮杀，切断铁丝网，流着血在泥里痛苦地滚来滚去。墨索里尼在电台里提到某种秘密武器：德国人将要揭开它的面纱，不管那是什么武器，他们都将得救。如果他们输了，墨索里尼宣布，正义最终得以声张。将会有一场大审判，他说。墨索里尼确信盟军将在麦迪逊广场花园审判他，世界将在那时知道真相，将会像他一样看待事物。真相将在麦迪逊广场花园，墨索里尼说，得以彰显。

在哪里？瓦莱拉纳闷。“奥尔芭，麦迪逊广场花园在哪里？”

她说可能在英国。听起来像是英国的。

瓦莱拉秘密进行的“波塔波”行业，墨索里尼是无法干扰的，尤金·多尔曼向他保证。多尔曼是德国联络官，墨索里尼企图愚笨地公有化意大利的工业，多尔曼则帮助瓦莱拉在瑞士开办企业，这是他努力挫败墨索里尼的计划之一。事实上，瓦莱拉的“波塔波”行业是他的重大举措。他经常开车穿过山区进入瑞士监管事务。做这件事的时候，他会穿上军官制服，以防被人截停。黑色皮帽，配有金质法西斯束棒，身穿沉甸甸的、缀有领章和肩章的国家安全志愿民兵（MVSN）羊毛外套。这些行头既能保暖，也让行动具有官方的派头。

一个没有月亮的晚上，他从瑞士边境沿着曲折的弯道驱车驶向贝拉吉奥，他看到科莫湖上亮起某种人工照明，有些泛红的亮光，令人触目惊心，亮如白昼。那是曳光弹。

几天后，墨索里尼被处决，挂在米兰洛雷托广场的埃索加油站的大梁上。他身边是他的情人和小集团的其他成员。他们全被倒挂在加油站的大梁上，就像帕尔玛火腿一样。

人群开始殴打尸体。报纸上的照片可以看到满面尘垢的人群，他们都被饥饿折磨得瘦骨嶙峋，双眼闪着僵呆的亮光。这些暴民抓住他们的尸体，撕裂他们的衣服，把尸体从大梁上拖了下来。尸体愚钝呆滞，衣服被扯去了，赤裸的身体看上去很奇怪，有些不像人类，也不像动物的尸体，看不到一丝一毫的尊严，白惨惨的肉体被刺过来捅过去，往外溢着黏液。一些尸体被绑在摩托车后面——瓦莱拉摩托车！——人群身后的加油泵上的埃索招牌，圆圆的，像棒棒糖一样光亮，尸体被拖过布宜诺斯艾利斯大道，就像是几袋沙子。

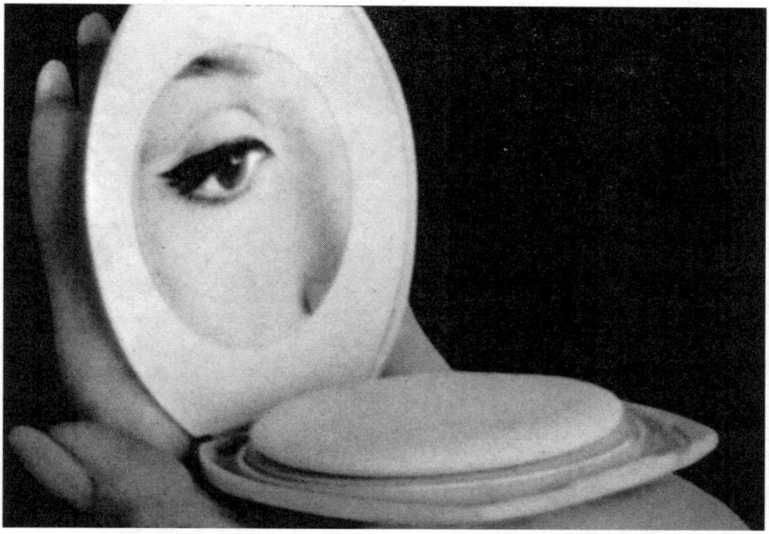

十

面孔

I.

我成功了。我创造了纪录。

难以置信地，我成了世界上速度最快的女人，时速达到三百零八点五零六英里。一九七六年的正式纪录，直到第二年才被打破。

《盐湖城论坛报》发表了一篇文章。《公路与跑道》的记者采访了我，他当时在现场采访迪迪·邦波纳托。意大利广播电视公司的记者也采访了我。

然而，对我来说，这也是结束的开始，是某种结束，虽然我当时并没有意识到这一点。

我凯旋而归，回到纽约。以时速一百四十英里的高速摔车，还能基本上安然无恙，主要归功于我的头盔和皮革赛车服。除了一些扭伤和擦伤，这场事故让我暗自感到骄傲。我被允许驾驶“意大利之魂”。我坐进驾驶舱，里面还有迪迪·邦波纳托淡淡的须后水气味。我呼吸着他的须后水的香味，心里假想着那是弗利普·法默留下的，或者我就是弗利普·法默本人。速度令我感觉很好，虽然我曾为之恐惧：高速行驶才符合方向盘、里程表、油门踏板的设计意图。坐在“意大利之魂”里，我认识了世界。

我知道那种感觉。作为它的车手。看着机械师身穿连衣裤，脸上满是欢快的神色，越过明晃晃的盐滩，向方向盘后面的我奔来。

秋天到了，整个城市洋溢着一种希望和新鲜活泼的感觉。天空呈现出生动、泡泡纱一般的蓝色。回来后的第一天，从马文和埃里克的鲍厄里制片工作室下班后，我在树阴下漫步，大大的树叶很松软，有些树叶的边缘染上了金黄或红宝石的色斑。光线投下鲜明的阴影，不再是那种夏季模糊的轮廓了。秋天让一切清晰可辨，万物重获某种引力，而之前这引力曾为骄阳和弥漫的湿气所驱逐。九月底的空气清新可人。我想起里诺人行道上碾碎的马栗子，那种穿上灯芯绒布料新衣的感觉。当然，我将讲述一个了不起的故事，头上那些镶上金边的树叶透出的希望，很可能就是我的希望。

我放下手中冲洗的胶卷，到第五大街南段的某个地方给马文跑腿，然后去见桑德罗。纽约大学的学生们在没有水的公园喷泉周围闲逛，他们已经穿上了各式秋装，男生的毛衣都很鲜亮，橘色、褐色和绿色。女生身着褶裥样式的全棉拉绒布外套，穿着厚底羊皮鞋或是牛津浅帮波鞋。蕾丝边长筒袜，还有斜挎过胸部的手工制作的皮包。还有一些人戴着法式圆扁帽。阵阵清爽的风吹拂着蜡豆般枯黄的树叶，落叶在空中不急不缓，悠然飘落。一切都令人满怀希望，即使是法式圆扁帽也能让人觉得很不错。

“你有没有注意到，四分之三的中国女孩都有寡妇尖？”那天下午，马文让我举着比色图表，他打亮灯光给我照相时这么问我。我的主要工作是接待客户和跑腿打杂，不过一年有两次，他们需要不同的感光乳剂和密度的胶卷拍出的照片。

“我是指那种很明显的，”他说道，“不过你——你没有寡妇尖。”

的确如此。不知是什么原因，她们中很多人有寡妇尖。我没有寡妇尖。

我喜欢这种娇小的全棉拉绒布外套，是四十年代的怀旧款式，不过我很快就要有瓦莱拉摩托了，那辆车正在里诺的一家经销商那里接受修理，然后就会被托运到纽约，费用都算在桑德罗身上。（我在乎吗？不在乎。对他来说，那点钱根本不算钱。）大概需要几个月的时间才能修好，他们得从意大利订购零件和车架，由于车子是一九七七年的型号，还没上市，但最终我会拿到它的，到那时，这种精致的棉夹克就毫无用处了。我需要皮衣。不仅仅是皮革，而是要紧身皮革。自从摔车后，我就明白它的用处了，午夜过后，身着皮衣的年轻人就会拥进鲁德酒吧，他们的皮衣不是我需要的。我在盐滩穿的皮衣太大，当我在地上又滚又滑的时候，皮衣松垂的地方的皮肤都被刮掉了。结的痂刚刚开始脱落，露出了粉红的皮肤，还没完全长好。腿部和臀部的瘀伤已经好了，皮肤下死去的组织呈现黑色的条纹状，开始向下移动，就像咖啡渣一样聚集在脚踝处。我不知道身体的方法是这么原始。这些条纹非常痒。桑德罗喜欢它们。他说，它们看起来就像莫里斯·路易斯泼在画布上的彩漆。我听见他向人们讲述我的博纳维尔之旅、摔车事故和驾驶迪迪的喷气式赛车。我们谁都没提起这个事实——要不是罗尼的嘲弄，桑德罗绝不会促成这次旅行。

我回来的那天晚上，桑德罗说："我和海伦要做个展出，我和你说过吗？"他很开心地笑着。

"真的吗？"

"我和欧文合作太久了。我认为是该改变一下了。实际上，我的作品已经不给他了。到了这个阶段，他已经不能继续推进我的事业了。"

我感觉他只是在重复海伦的论调。我看出她多么有说服力了。我们都在厨房里，虽然我已经住进来五个月，但总觉得那是桑德罗的厨房，他已经在这儿住几年了，他放东西的方式很特别很讲究，里面的东西都是他的，我感觉自己更像个客人，对屋内的环境感觉很陌生。我们开始约会六个月时，我那间公寓的热水器坏了，没人修理。"为什么待在那里呢，我这儿又有暖气又有热水？"桑德罗说道，很快我就算和他同居了，然后问题就变成了为什么还要给我的公寓付房租呢，按道理没必要啊，我那个地方到处都是蟑螂而且没有热水。为什么不搬去和他住呢？没什么好争辩的。桑德罗的住处从来没给我家的感觉，但比我的住所好太多了。

他和我谈到转到海伦画廊的时候，我不经意地看到餐具柜里的两只脏酒杯和几只空酒瓶。我出去了两个星期，我估计他有朋友来玩了，罗尼或斯坦利，也许是莫顿·费尔德曼。我刚一进门，他就瞟着酒杯和空酒瓶，说他极度想念我。当时我就明白了，海伦来过。

“我很高兴有这个变动，”他说道，“我认为这个变动很大胆。很重要。”他邀请海伦到翻建库房喝酒这件事，我要是显得很妒忌，他就会摆出一副睿智的长者派头，说什么年轻人就是爱嫉妒。他就是这么说别人的，他把嫉妒当成一种恼人的行为，像他这样的成年人是不齿为之的。

回来两三天后，我开始冲洗胶卷。桑德罗把一间巨大宽敞的房间分出一部分，让我用作自己的工作间。我把照片摊在长桌上，照片里并无壮观的景象。它们仅仅是一次经历的碎片，白茫茫的盐滩上仅留下了几处似有似无的斑点而已。

罗尼也过来看了看照片。他说我应该让摩托车保持它被撞坏时的样子。把车推到画廊，放在中央位置，墙上挂上跑道的照片。

可我宁愿要能骑的摩托车，我说。他说，那就看我怎么决定了。我认同他的观点，仅仅是照片的话，就像过眼云烟一样。不过现在我又开始前行了，这是摔车事故带来的，也就是我和瓦莱拉车队建立的奇妙新关系。他们通过桑德罗和我联系，邀请我来年春天到意大利蒙扎拍一组迪迪和我的照片，场景就设在米兰郊外的著名赛车场。蒙扎之行后，还有一次为轮胎公司的宣传巡游。我觉得这种安排远远超出我的期待，想当年我仅仅希望能给弗利普·法默拍张照片。现在我没有任何限制，他们说我可以拍片，也可以拍自己的照片。

让他的家族企业资助我去意大利，桑德罗感觉这个提议很荒谬。不仅如此，而且我最终会沦为日历女郎，他说道，羞辱啊。公司居然会要求他的女友做这种事情，真够可笑的。

“可日历女郎不会驾驶赛车。”我说。这就不是一回事。我的确开得够快。他勉强认可这一点，此言不假，可是给他的家族企业搞宣传还是太过分了。我努力让自己显得比较随意。可是我不愿放弃去意大利并且和瓦莱拉车队旅行的机会，不过我不想操之过急。我只是心里明白我一定会去，总希望他最终能像我一样看待这件事。

我踏上了陆上速度赛车的道路，仿佛我的一生——从少女时期和斯科特与安迪的玩耍到早期采访弗利普·法默的努力——所有的一切都为我做了必要的训练。

只不过我自己并不是真正的赛车手。弗利普和迪迪是真正的车手，他们都很有天分。事实上，参加宣传巡游可能正如桑德罗所言，让我更像是个日历女郎。但如果我是一个真正的赛车手，那将不再是艺术了。那将是运动了。在我看来，这两者的交融才真正是我的自画像，是对我的生活的表达，而这正是桑德罗期待的。用吉德莱的话来说，只要态度认真，那就是生活的艺术化。

“还有，大部分中国女孩，”我刚回来上班的那天下午，马文一边调整圆形的银色反射板，一边说，“她们不骑摩托车。她们的画像不会让人联想到创痛。她们不会青一块紫一块地抛头露面。”

他和埃里克很生我的气。

“你这样青一块紫一块，太招眼了。”埃里克插进来说道。

“你不应该让人想到真实的生活。你应该是一个手持颜色表笑吟吟、超凡脱俗的女人。”

“是啊。不能太招眼。要友好，标致。诸如此类的。”

马文和埃里克让我去做头发，化妆，试穿各式服装，仿佛我们在小小的工作室内拍的照片，都将让我在好莱坞大放光彩似的，但实际上，不管我的形象如何，都没什么要紧。从技术上来讲，他们可以利用任何一张脸。他们所需要的就是一种自然的肤色，能和颜色表做比对就可以了，任何活着的女人都可胜任这个角色。不过胶片行业的传统做法是，让长相比较好的年轻女性充当这个角色，为片头摆拍，实验室技术人员可据此做颜色修正。我不只是举着颜色图表。我深情地把它握在手里，就像那是电视节目抢答题的答案一样。我会尝试性地露出友善的笑容，仿佛我和观看片头的人之间，有着某种亲密的可能，虽然不那么明晰，而且可能性也极小。

“留得自由在不怕没柴烧。”

这句话还留在鲁迪酒吧女厕所的墙上。还有：“国王万岁。”

“谁？”

“法国国王。”

“哪个法国国王？”

“赤橙黄绿青蓝紫。”

“狗日的欠我 $$$。”

另一面墙上：“寻找敌人。高挑。苗条。无情。不乏幽默感。”

那么，我们如何找到彼此呢？有人用大写字母匆匆写在下面。

我重新回到吉德莱和桑德罗身边，他们两人除了都认识我之外，毫无共同之处，他们一定是正襟危坐地等我回去。感觉有人拍了一下我的肩膀，我转过身。是罗尼。他戴着一副镜面飞行员眼镜。他笑了笑，我看到他的前牙有个豁口。

“你的牙怎么了？”

他没搭理这个问题，非常罗尼的做派。

“罗尼，你戴上眼镜看起来就像纽伦堡的被告，”桑德罗一边向女招待招手，一边说，“请上四瓶斯力伏维茨酒。你的牙怎么了？”

“我骑机械牛弄的。哦，该死。索尔来了。”

“你去德克萨斯州，”吉德莱说，“他们真在那儿做这个吗？骑机械牛？”

罗尼没搭理她。他和桑德罗对吉德莱都没啥好脾气，吉德莱似乎对他们也没啥耐心，不过他们对她的坏脾气更厉害一些。

“别说牛不牛了，”桑德罗说，“哈哈。讲一讲旅行吧。”

罗尼到阿瑟港看艺术家索尔·欧培乐，刚回来。

“是场灾难。我不该去的。但是有天晚上，他给我打电话，听上去很绝望的样子。凌晨三点。他说他有多恨阿瑟港，抱怨个没完没

了。说什么家务事让他脱不开身，哭天抢地地说他想宠物兔子，离开纽约时他把兔子交给纽约的一个助理照顾。他翻来覆去地说个没完。‘索尔，’我说，‘你是想让我把兔子弄来，再带给你吗？你想让我这样做吗？’‘天哪，罗尼，’他说，‘我不想给你添麻烦。但说实在的，你要是能帮这个忙，我太感激不尽了。你可以开我的捷豹过来。’我想，为什么不呢？”

“噢喔。”桑德罗说。

“当天晚上我就出发了。我以前从没开过E型捷豹，我不得不停下来买双不同的鞋，因为该死的运动鞋不是太大就是太宽松或太什么了，就是没办法操控又紧又小的小捷豹踏板。有两次，因为踩不到刹车，我差点开出公路了。那辆车的踏板挨得太近，按它的设计，一个人只能穿意大利的鹿皮鞋才能开。你知道，只有真正柔软的羊皮皮鞋才行。那种几乎没有鞋跟的软皮皮鞋，就一层薄削的皮革，那样你就能精微地感觉油门和离合了。专业的舞蹈鞋最好。我找不到合适的鞋，能将就用的也没有。我在马里兰州的一处卡车停车场。他们有戴墨镜的螃蟹钥匙链。防暴枪。一包一包的筒形短袜，谁都知道那是给卡车司机准备的，开车自慰的时候不会弄得一塌糊涂。他们就是没有意大利鞋。我买了一双女式卧室拖鞋，迪尔佛姆牌，十三码。我拔上鞋后跟，非常合脚。我开着欧培乐的E型车在八十五号洲际公路上飞奔，他的兔子就放在后排座位上，我穿着迪尔佛姆，还真没把车开到路下边呢。我觉得就像是马里奥·安德列蒂一样。我知道里诺创纪录了，把意大利人全部迷倒，但是请别忘了罗尼穿越德克萨斯州的死亡之旅。这些渣子。就像那两个驾驶蒙特卡洛改装车的人，他们想超我的车，这两个疯子。后来我差点撞到一只犰狳。我通宵开着车。傍晚的时候抵达阿瑟港。顺便说一句，那个地方很糟糕。又大又矮的精炼厂，空气中混杂着轮胎烧焦的气味。蛇悬挂在树上，我猜它们是想凉快凉快。还有死蛇，像牛肉干一样，黏在路面上。通往他家的石子路上，有一只巨大的蜥蜴正在路中央吃法式长面包，就是那种杂货店出售的非常廉价的蓬蓬松松的法国面包。令人作呕，这只蜥蜴撕裂面包皮，大嚼大咽着。我停下车，欧培乐从工作室一瘸一拐地迎了出来，我想他的腿准是没睡醒或什么的。他叫唤着这些兔子，就像它们知道自己的名字，而且很高兴他们又团聚了一样。我就纳闷了，我这么快就赶来了，难道他就没感觉吗？他至少也该提一下吧？他的捷豹，我都快开爆表了。我都是在胡椒博士的瓶子里小便的。尿满了，我就往薯片袋里尿。我都是违禁开车的。一夜都没睡。在卡车停车场我连筒形短袜都没买呢。”

“令人敬佩的自制力。”桑德罗说道。

“这一切就是为了帮索尔一个忙。我的意思是，你想帮他一个忙。他打开车门，歪倒在后面，然后就哼哼开了。哀号。尖着嗓门。”

“哦，不。”桑德罗说道，他的手蒙住脸，假装做好面对灾难的样子。

“是的，你是对的，那些该死的兔子死了。”

“你忘记照看它们了。”

“我的任务是运输。而且我也没听到后面有什么抱怨声。不过，我关上了车窗，一路上卡车多极了，尤其是在十号公路。我不清楚是咋回事。它们就是……死掉了。”

“所以你就戴上墨镜了对吧？”桑德罗说道，“你的良心有愧。你给它们喂水了吗，罗尼？”

“没有，我没给它们水。听着，如果他想要一个夜班护士那他应该叫上她。他给我打电话。我就来了，到了这个可怕的胳肢窝一般的海湾，然后他居然还不理我。他不愿从他的住所出来。让一些黑人伪娘在他的地产上忙里忙外的，喂喂鸡啦，端端他的茶盘啦。他们看起就像橄榄球运动员。就像穿着睡袍的德克萨斯州当地的高中球员。就像一群鸡婆和雷人的南瓜雕刻一样。他们不给我上茶。因为我弄死了索尔的兔子，他们就给我脸色看。我想补一觉，天一亮就走。把他的车还回去，就当整个事情从没发生过吧。我住在客人住的小屋里，一整夜都听着鸟叽叽咕咕地叫个没完。显然这是那种叫灶巢鸟的鸟儿的交配季节。整夜我就听见提-挈，提-挈，提-挈。提-挈，提-挈，提-

挈。我幻想着让警长开上警车把这些灶巢鸟抓走。早上起床后，我把靴子里的蝎子磕出去，打开小屋的门，一只公鸡在盯着我看。我都能看出它在想什么：长得和我一样高呢。很高的一只鸡。它朝我扑了过来，为了保护自己，我只能从身边的木材堆上抄起一件家伙，冲它抡了过去。我不得不孤注一掷，加倍下注。事情不会好起来的。索尔穿着睡衣出来了。一句话也不说。拿起死公鸡就开始拔毛。然后他点燃烧烤用的木炭。一切都有条不紊，仿佛整件事都是规划好的，我杀了鸡，我们吃掉它，这就是我们所做的。我杀鸡，他烧烤，我们大吃一顿。他似乎不生我的气了。整件事感觉就像橡皮筋一样。"

桑德罗脸上漾出了笑容。罗尼让他快乐了起来。他喜欢这些趣闻。它们是罗尼艺术天才的一部分，虽然桑德罗并不总是认可罗尼的艺术，他觉得它们有时太单薄，嘲弄的意味太强，都是些他收集的杂志图片，还有他重新设计的标语，流行语，广告，都有点像是噱头。罗尼曾轻巧地宣称，自己要为每一个在世的人拍张照片，这件事倒是最让桑德罗欣赏了。桑德罗说，这是罗尼最好的一件艺术行为，已经很有诗意了：这种姿态，无人能进行反驳。能否实现并不重要。正是因为无法实现，所以才无比高明。

"我来问你一点事情，"桑德罗说道，"你的靴子里有多少蝎子啊？"

"就一只。喝醉了。摇摇摆摆地走回灌木丛睡觉去啦。"

轮到我说说自己的旅行了。我跳过了一节，就是那个男人说我要是裹在尸袋里就不好看了。他是想羞辱我，我不能让他在我的朋友面前再羞辱我一次。我还跳过受邀春天去意大利的那节。我告诉他们斯特雷奇的事，还有风把我吹向一侧，以及如何又驾驶了"意大利之魂"的经过。

"敬斯特雷奇一杯，"罗尼举起斯力伏维茨酒说道，"可怜的家伙也许现在正等着你呢。他会等待很多年的。他会告诉每一个人，那个女孩途经小镇——"

"好啦，好啦。"桑德罗说道。

罗尼冲他笑了一笑。“嫉妒啊，难道无药可救了吗？”他唱道，“要是桑德罗和斯特雷奇来一个伐木比赛该多么刺激啊，或者垛草堆比赛。非常合适的决斗方式。”

“我们不要谈斯特雷奇了。”桑德罗说道。

我没曾想到，一个住在汽车旅馆里的人竟会让桑德罗嫉妒。我有点触动。

吉德莱从没去过其他地方。只去过康尼岛。“但是感觉非常遥远，”她说道，“F线地铁开啊开，那种远在天边的感觉太强烈了。你最终到达康尼岛了，心想，我永远离开家乡了。我一去就是好几天。就像去欧洲度了一个小长假。”

“那个地方就像一场噩梦，”罗尼说道，“跟欧洲就是两码事。去一次就够糟的了。”

“去一次还是不错的，”桑德罗说，“甚至一年一次也能接受。”

我们刚认识不久，桑德罗在冬天带我去过那里。所有的游乐项目都关闭了。篱笆后面的看家狗冲着我们狂吠，那些孤零零的狗很凶。我们走到白雪覆盖的海滩。一轮满月挂在天空，海浪把一堆堆的白雪推到岸边。我们沿着布莱顿海滩大道走了很久，进了一家俄罗斯餐厅。服务员放下一瓶冰在一块冰里的伏特加。桑德罗点了鱼子酱、奶油沙拉和牛排，仿佛我们是在度新婚之夜。餐厅里灯光很暗，有一面旋转的小型球面反射镜，一个身着无尾礼服的保加利亚人演奏着电子琴。舞池中有一些俄罗斯人。他们跳舞的样子仿佛正歇斯底里地走向毁灭，男人们围着身着针织连衣短裙的女人们旋转，她们看上去就像有了八个月的身孕。后来，他们回到自己的桌边，轮流把伏特加灌进彼此的喉咙。桑德罗和我很晚才跌跌撞撞地出去，冬天的伏特加，还有头发里的雪花，让我们恍恍惚惚，失去知觉。桑德罗说他爱我。他吻去我睫毛上的雪花，他的温暖包围着我，我相信了他。

“不是一个噩梦，罗尼，”吉德莱说道，“康尼岛的问题是你必须带着目的去才可以。我想赢得一些东西。吃热狗比赛。赢得一个大大的紫色毛绒熊猫。等真的赢到了，我就在木板路上来回拖着它走，直到它脏得像是在荷兰隧道里捡来的。你必须要坐上过山车，赢得一个又丑又大的奖品，天天吃内森的热狗，否则你将永远不懂康尼岛。”

“嗯，我想那是我福浅了。”罗尼心不在焉地说道。我看得出他希望她能闭上嘴巴。罗尼和她的分歧并不是在细枝末节。吉德莱的现实生活和康尼岛没有太大的不同。这就是区别所在。她说起话来一副嘲讽的模样，但康尼岛可能是她唯一能消遣得起的欧洲了，而罗尼和桑德罗却没有这些限制。因为桑德罗是瓦莱拉家族的人，而罗尼靠的是个人奋斗，他算得上是个孤儿了，但他知道如何让富人们感觉自在。也就是说，让他们感到有点不安，让他们不那么自信满满。结果呢，为了不被罗尼看不起，他们愿意花大价钱购买他的艺术品，甚至还想赢得他的认可和友谊，或者只是他们一厢情愿的友谊而已。

“索尔。”索尔从我们隔间过去时，罗尼说道。大名鼎鼎的索尔·欧培乐。我从未见过他本人。他那样的艺术家不是你能在鲁迪酒吧遇见的，你会在杂志上看到他，旁边登载着他在楠塔基特岛、希腊和伊斯基亚岛上的住宅的图片和介绍文字。他身材高大，看上去很强健，不过他已经很老了，皮肤像橡胶一样光滑，黝黑的肤色，和那些在佛罗里达过冬的人一样。他的衣服的颜色很清爽，就像冰冻果子露一样，这也和生活在佛罗里达州的人一样。

罗尼站起身，向他伸出手，可是索尔没接这一茬。他看着罗尼，目光明亮，犀利，显出很受伤的神情。他滞重地喘着气。

“离我远点。”他说道。他转过身，朝酒吧的里面走过去。

“罗尼，”吉德莱说，“我以为你们吃了一只鸡。都和好过了呢。他看起来真的很生气。”

“是啊，嗯，你知道吗，吉德莱？那部分的故事是我编出来的。”

“为什么呢？”她问道。

“因为人们喜欢快乐的结局。”

我们把吉德莱丢在酒吧，前往罗尼的工作室，他希望我们到斯坦利和格洛丽亚·卡斯特莱家吃饭前，拐到他那儿坐一坐。罗尼住在布鲁姆和伍斯特街上一家幸运饼干厂的楼上。拐上他那条街时，我看见白夫人在我们前面。白夫人并不总是白色的，只是偶尔，到了晚上就总是白的了。白色的假发，白色的妆容，白色的棉质手套。布鲁姆街几乎没有灯光，但她却很显眼。

“她是一座灯塔。”我们开过去后，罗尼说道。

有一次我和吉德莱跟着她走进一家杂货店。她买了牛奶、白面包、一罐玉米粥和两罐蛋黄酱。全是白色的产品。我们等在她身后时，吉德莱凑到她跟前。“哦，我的上帝。猜她用的是什么香水？”吉德莱悄声轻声问我。是白色香肩。

“这个展出将命名为《空间》。”罗尼一边打开工作室的门锁，一边说。他要带我们看看他的新作。他拍摄了自己有着布着黑白斑点的烤箱内壁，然后放大照片，将它命名为“银河（详图）”。照片看起来很像外太空，但是知道它们不过是他的黑漆漆的烤箱内壁以及其中的一些模糊的光斑，这让我想起的不是宇宙，而是西尔维亚·普拉斯。桑德罗很爱她的诗，这让我很开心，喜爱西尔维亚·普拉斯的人一定不乏女儿情。

“这是什么？”

桑德罗看着一张女人的快照，那个女人凝视着镜头，年轻的金发女人，一眼就能看出她为拍照者深深着迷。

“这不是展出的内容。”

“就是让你看一看的。”桑德罗说道。

“让我看的话。就是人们常说的，五官标致了。”

我转身不看那张照片。那个女人肯定抓不住他的。我很不喜欢他对待情人的方式——虽然我说不清是因为同情那些女孩呢，还是因为自己也曾被他抛弃过。

“她是我的预约女友，”罗尼说道，“一个预约购物计划。她是我的储备，我只需分期付款就可以了。其实，我今晚就要见她的。”

“你不是要去吃晚餐吗？”桑德罗问道。

“我要去的。过后再去见她。”

“晚饭后。”桑德罗说道。

“有什么问题呢？我稍后去见她。先忙完其他的再说。”

他站在桑德罗旁边，像桑德罗一样歪着头，仿佛桑德罗的角度能让他重新或更深入地审视一番似的。

“我不知道，”罗尼说，“是不是真爱。我开始觉得是真的了。因为我在努力克服她惹人不快的方方面面。”

桑德罗笑了。“如果这是爱，罗尼，你就不会意识到你在那么做了。”他答道，把我拉向他身边。

“我一直都能意识到，”罗尼说，“所以现在还没有结果。”

我尽量不去看那女孩的照片，她盯着我们，实际是盯着罗尼，渴望得到他的怜惜。桑德罗温暖的手掌放在我的肩头。我是多么幸运，但我还是不想面对被预约的女孩那张满怀希望的脸庞。

罗尼和女人的关系有点像罗尼和他的衣服。这是桑德罗的理论。罗尼在海伦·海伦贝格画廊举办了首场展出，展品全部出手后，桑德罗以为他会辞去大都会艺术博物馆的工作。桑德罗早就辞了。当然，他不像罗尼，他根本不需要那份微薄的薪水。因为罗尼的缘故，桑德罗才在那个地方干了很久，为了和他一起从事研究。两个夜间保安想弄清楚艺术史的嬗变，以及他们未来要做什么。罗尼继续留下工作，海伦支付给他的大量现金被他花光了。他包了一辆切克出租车，在鲁迪酒吧预付了一年的牛排晚餐，还有一年的工作室租金。他说你永远不知道什么时候你会从一个混蛋大腕又混成一个乞儿。他坐上私家出租车到了运河街，买了一百条李维斯 501 版缩水至合身的牛仔裤、五百件白色 T 恤、五百件内衣和袜子，说他永远不洗衣服了。

我第一次听说这件事的时候，仿佛看到罗尼把他自制的马斯登·哈特利 T 恤团成团，甩到我在马尔伯里街的单间公寓的角落。不过我被挪到桑德罗这里了。我们是一个项目，一组计划。他是我未来的一部分了。然而在那个漫长的夜晚，罗尼深深地迷住了我，那却是很难抹去的。现在我能看明白那是怎样的一出戏，以及他团起 T 恤仿佛再也不要了的那种姿态。实际上，他还是要取回那件 T 恤的，他趁着我还在睡觉就偷偷溜走了，连声再见都没有说。

就像一场连续剧一样，桑德罗说道，那些衣服，还有那些女孩。几乎千篇一律地向前发展。不过在我看来，那更像是不停地逃跑。桑德罗自己只有两条牛仔裤。一切都很简单而且秩序井然。一双工作靴。一件高档的夹克。一套设备（铝和有机玻璃）。一个女朋友。

罗尼给我们看的下一幅照片是《时代周刊》封面的翻拍，一个女人坐在餐桌边，拉下弹力裤的腰露出屁股，屁股上有一大块瘀伤的痕迹，就像一片云彩飘过厨房的天花板，云影遮住了她的一部分身体。

“陨石，”罗尼说道，“唯一被击中的人类。”

女人的表情很平静，带着一种又惊愕又满足的神情。好像她被选中、拥有这非比寻常的命运，其中有一些隐秘的逻辑。她的头上是一个烤箱架大小的破洞，一缕阳光直插进来，就像上帝一拳打将过来。

桑德罗说了些什么事才是重要的事，云云。罗尼反驳他，评论这个住单层房屋的家庭，这就是这件事的宗旨所在。把一本杂志称作《时代周刊》也引起他们一番谈论。刊名所蕴含的沉重，无限被分割成人类的整数，死亡的整数。这些随机事件，根据罗尼的说法，只是填充时间床垫的稻草。我把它抖落出来。我在思考那个女人，以及这件事是如何发生的。早晨，她的丈夫，也许是一个承包商，戴上安全帽和一副深黄色的山羊皮的大号手套出门了。她穿着棉睡袍，准备送孩子们去上学，她站在门口看着他们登上县里面的校车，挥着手看着校车拖着一股黑色的柴油烟驶离，然后松了一口气。时间是她的了。做什么呢？在餐桌边吸烟，也许是和过来玩的邻居一起吸烟。她没有去整理床铺，或是洗一大堆脏衣服，甚至也懒得去打扫沙发垫间的食物碎屑和其他杂物，她就是和邻居坐在一起喝着咖啡。有时候，一个人会讲故事，关于她丈夫前一晚的某些话，或者某些没有说出的话，其他人就听着。有时候，她们就只是坐着。其中一人打开收音机，她们就听听音乐，或者新闻，但是她们并不关心实际的新闻，反正只要收音机一直响着就行，她们无需听清收音机具体都播报了些什么：生活就是活着。你只要知道生活还在流动即可，无需成为其中的一部分。她们的日子就是如此，女人和她的邻居（红颜知己）。家庭主妇的工作有点含糊不清，那一长串不算紧要的家务事，可以很容易就能取消的。如果她能浪费时间，无所事事，占着时间，感受时间的流逝，不让时间开阔、空灵的虚空被杂事杂物填满，这个女人就会觉得时间完全是自己的了。穿着睡袍吸烟，和女邻居有一搭没一搭地说说话，打开电视，关掉声音后，电视机就像一只热带鱼缸或点燃的壁炉：一个流光溢彩的长方形盒子，它把外面的生活带进屋内。生活成功地被带进来了，她就无牵无挂地坐着，盯着铃声大作的电话机，一动也不动。想打个盹，就去沙发上打个盹，因为无所事事也很累人的。五点的时候，还是精疲力竭，她把洋葱放在热锅里，糊弄一下丈夫。“闻起来不错。”他说道，脱下头上的安全帽。

就在某个同样普通的日子，她和女邻居坐在早餐桌边。砰！一个沉重的启示从天而降，又重又厚。它穿过天花板，砸中她的大腿，然后咔嗒一声摔到地板上。一块坑坑洼洼的金属块。

“不。”她说。那个女邻居走过去想摸摸那个东西。她觉得那个东西可能会很烫。不管怎么着，她知道那个东西一定来自太空。我们最好打电话，喊个人过来。找个……气象专家来。

有多大几率？

基本没有任何几率，概率几乎为零，但它却发生了，发生在她身上。新闻就是和你毫无关联的意思。你可以关上广播播报的中度警情，你知道那个逃犯不会潜伏在你家附近的灌木丛里，也不会偷窥你洗澡。新闻从来不会真正地和任何人有关。陨星来了，而电台播音员却无法预测到。这个东西包含了全世界的神秘，它从深不可测的空间坠落下来，在她身上留下一大片瘀伤，那就是证据（如果能一直保留就好了！）。这么稀罕的事情发生在她的身上，她有理由认为那决非偶然，流星划破太空，进入地球大气层，击穿她家的屋顶，再砸到她，你可以说那是偶然，但她没理由也这么想。

《时代周刊》来拍摄的那个上午，女邻居化着浓妆也来了，她渴望能和记者交谈一下。

“对不起，”这个女人说道，“但这是我的事情。”她把朋友关在了门外。

II.

我们到斯坦利和格洛丽亚·卡斯特莱家时，人们还在端着出汗的酒杯四处转悠，一边轻声交谈。室内播放着忧郁而优雅的曲调，是埃里克·萨蒂的《玄秘曲》，这种音乐正是到卡斯特莱家赴宴的客人的格调。如果音乐所表现的生活和他们的实际生活并不一致的话，那也是他们憧憬的生活，并从中汲取灵感。格洛丽亚走过来拥抱我一下，她扎着头带，戴着黑色的、像手铐一样的眼镜，穿着宽松长袍。很多女人惧怕格洛丽亚，我先前也是如此，现在不那么惧怕了。我感到她渐渐明白我是桑德罗生活的一部分了，别无选择，只得接受我。

她身后的许愿蜡烛忽闪忽闪，让翻建库房显得很奇特、神秘。所有的物件表面都摆着精致的小花——我到近处仔细看后，是些草本植物，三叶草和蒲公英，间杂着臭椿的枝叶，栽培在透明的小花瓶中，和宽宽的旧地板、斑驳的高大天花板形成反差。翻建库房曾经属于画家马克·罗斯科——一旦一个人知道这个背景，这间库房便平添了几许绝望而明睿的光环。这比到艺术博物馆欣赏罗斯科还要好。这是那一切的残余影像：悲伤的《玄秘曲》，裹着头带的格洛丽亚看上去像猫一样狡黠犀利，她成了斯坦利的神秘牺牲品，至于是为了谁，为了什么，我是永远都不会明白的。

这条长长的金属桌是斯坦利焊接的，上面放着各种各样的工业半成品：二十世纪初期的电灯泡，古董胶木电话机，一台奥利维蒂打字机，那是桑德罗送给他的，桑德罗和他家很熟，还有一把火帽击发式手枪，也是桑德罗的礼物，但是一种开玩笑式的礼物。那是仿制十九世纪早期的柯尔特左轮手枪，是瓦莱拉公司为意大利式西部片生产的。斯坦利很害怕这样东西，希望桑德罗这次回家就把这支火帽击发式手枪带回去。

“这位是博德默尔·莫德尔。”格洛丽亚说道，领着我走到一个削肩佝背的男人面前。他穿着一件皱巴巴的夹克，他昨晚准保是团着夹克做枕头睡的。“晚餐你们就坐一起吧。”他的赤褐色胡子缀在下巴颏，就像山坡塌方了一样。他个子不高，却有某种粗糙的男子气。他朝我点点头，一双忧郁的眼睛很明亮，他把一绺稀疏的头发拢到耳后。

“莫**德**尔，”他说道，“重音在第二音节。”

但是和他见过面后，整个晚上也没听到人们那样发音；他们都读成“**莫**德尔。”格洛丽亚称我为“摩托车赛手，”这让我很是赧颜，不仅因为我并不是赛车手，而且这个身份也让我显得乳臭未干、轻佻，和房间里萨蒂和罗斯科的格调格格不入。

“是嘛，那好啊，”博德默尔点着头说，“那很酷。”

他呷了一口酒，放杯子的时候，不小心用力过猛了，红色的酒液溅了出来，洒在他的手和袖口上。

罗尼走过来和博德默尔打招呼——他们似乎互相认识。我跑去给格洛丽亚帮忙。尽管她持女权主义主张，看上去又很知性——一身宽松长袍，戴粗大的非洲珠宝，我总能感觉到格洛丽亚实际上认为女宾都该到厨房帮忙的。不过格洛丽亚在第六大街的一家印度餐馆订了饭菜，所以我们没多少事可做。她和我忙着把唐杜里烤鸡、各种酱汁和配菜从纸盒包装移到陶瓷碗，这时她告诉我博德默尔是个狗娘养的。

“他看起来不错啊。”我说道。

“我的意思是‘狗娘养的’[1]，”她说，“他们是街头的政治帮派。六十年代末。他们四处乱转，拿着玩具枪伪装成刺客。我想就是他们‘杀死’了迪迪埃·德·洛里迪耶，迪迪埃今晚也要来的。那该很有趣的。最终他们收起玩具枪，刺伤了一个房东。这些事够恐怖的，要不是因为他爸杰克·莫德尔，是斯坦利的朋友，我们什么都还不知道呢。他爸是库伯联盟学院艺术系的楼管，斯坦利在那儿教书。两个人走得很近。斯坦利很讨厌那些学者，说是在库伯只能和他交往。莫德

1　格洛丽亚提到 Motherfuckers 是帮派的名字，文中的主人公开始误认为是人身攻击。

尔是个斯塔顿岛来的蓝领，天天就指着伏特加和香烟活。最黑暗的时期还真不是那个‘狗娘养的’时期的勾当，而是在放弃了强硬的无政府主义后，他开始去搞什么纸浆雕塑。博德默尔刺伤房东以后就中了邪，认为艺术可以让自己和一些……东西，什么‘圣灵降临’保持联系。他没有固定的住所——他是个在逃犯，我们就知道这些。斯坦利让他在这儿放艺术作品和一个铺盖卷，给了他一个小小的工作空间，我们都想熬过这个阶段——作为超越的艺术的狗屁阶段。他每天发疯般地弄这些丑陋的具象雕塑，逼着我们听他胡扯八道，什么女人身体，什么大地母亲，艺术“分开她的阴唇”什么的。真是作孽啊，他爹整日像个牲口一样提着拖把干活，就指望他能弄个高中毕业证，也许能当个警察什么的。结果他却辍学了，还有那些低级的艺术趣味。”

格洛丽亚说话的时候很有一套，她能让我跟随她的话，还赞同她。她一边舀着各种全是黄褐色的调味酱，一边说低级艺术不可能拯救自己，整个就是无药可救。我一径点头认同。海伦·海伦贝格刚刚进门，她在厨房门口探了一下头，给格洛丽亚一个飞吻。她在厨房里左看看右瞧瞧，从我旁边擦身而过，仿佛我是雇来给格洛丽亚当下手的，然后就溜出去和男人们聊天去了。

格洛丽亚继续叨咕着博德默尔和低级艺术，我一边点头认可，一边暗自希望自己搞的是高级艺术。我显然没搞什么纸浆雕塑，也不宣扬什么分开阴唇的怪论。而且从根本上来说，我是安全无虞的：我还没走太远。我可以等，等看到我所从事的工作有益无害，等看到我的事情完全正确，再进行下去。下一步就是这个瓦莱拉计划了。这是个艺术与生活参半的项目，我感到，这项工作一定会为我带来点什么的。

格洛丽亚还在絮叨，说什么哪怕是开枪打人也比搞艺术来得安全，至少一个人的品位不会严重下滑。她说想想那个年代嬉皮士那么恐怖，“狗娘养的”那帮人的行为还是挺好玩的。“狗娘养的”不过是关于愤怒、吸毒和性，跟嬉皮士那爱众生的专横相比，简直是让人舒心得不得了。

我们都在餐桌就位后，桑德罗过来吻了吻我，说了声“嗨”。他坐在桌子的另一端，挨着迪迪埃·德·洛里迪耶，就是那位“狗娘养的”帮派的受害者。我不介意离他这么远，有时候不管我和谁坐在一起，桑德罗都会和那个人聊聊天。“某某某说你不大说话呢。”仿佛我对桑德罗有义务，必须更自信一些，要招呼好他的朋友。某某某说个不停，我就这么回答道。桑德罗则会笑着说，他们都是说个不停。你不打断他们，他们就会说个不停。他们很习惯被别人打断。谁最着急说，谁就说呗。我没那么着急。我急切地听别人说。桑德罗说，在这种聚会里，我是一只绿眼的小猫咪。一只研究老鼠的猫，他说道。我说才不是，我更像是狗窝里的猫，快吓得半死了。“你有啥好怕的，”他说，“你永远能说点什么有趣的东西，你只是不肯说而已。除了我能懂你，就还有，”他说道，“罗尼了。”听到这句话，浑身一阵战栗。我希望罗尼是真的很懂我。

我们坐在一张偌大的户外用野餐桌边吃饭，餐桌桌面上有一些刀刻的语句，显得很古旧。“吉劳埃到此一游”。“吃我的肉”。“操”。“日”。刻凿的地方用晶亮的黑漆漆过。卡斯特莱一家是在华人街的旧货商铺买下这张桌子的，格洛丽亚很自豪地说，那儿什么都有卖，除了烟雾警报器——不然他们就该倒闭了。

博德默尔转向我。“你和他一起来的？”他冲着桑德罗的方向做了个手势。

我说是。

“你是做什么的，今年十八了？”

“不，”我笑着答道，“二十三。”

他看着桑德罗，正准备再说些什么，格洛丽亚就说起买桌子的事来——他们怎么找到人重新打磨，又重新上漆，又是绳索又是滑轮，好歹竖着给弄进了电梯井。博德默尔埋头拨弄着唐杜里烤鸡，他的胡须沾上了调味酱。

“他妈的，别讲桌子了。”斯坦利说道。

他和格洛丽亚低声吼着互不相让。他们正吵嘴时，格洛丽亚起身，走向餐具柜，我吓坏了，担心她去拿桑德罗的火帽击发式手枪，用枪指着斯坦利。结果她只是取了一片茶巾和一碗水，放在博德默尔跟前让他清理胡须。

桑德罗举起酒杯，说他想敬个酒。他在桌子对面温情地凝视着我，他一笑酒窝就出现了，我想他大概是要向我敬酒，祝贺我的盐滩之旅。

"我提议给海伦敬酒，"他说，"给未来敬酒，我们的未来。希望我们的未来很久远。"

给海伦敬酒时，我明白了，她优雅的希腊气质就像格洛丽亚严肃的那股劲头一样，都不会给我造成什么伤害。最重要的，是要耐心，不要树敌。我甚至会想办法跟海伦做朋友，我心里这么琢磨着。

觥筹交错渐渐平息，人们三三两两地开始聊天。博德默尔和我面面相觑。每次我以为我们该说话了，他都只是笑笑，要么怔怔的，要么很恍惚，再热切地点点头，却什么都不说。我听到罗尼在跟人说，如果你不确定你看的图像里相机的焦点应该在哪，一般而言，你应该把它对到交叉处。一个叫约翰·道格的人在和海伦聊他的艺术，他激动得不行，根本没办法把他那推销的调调降下来。艺术界是盛行一定的张扬作派。不过约翰·道格过于心急火燎的，像是在吆喝了。

"马列维奇，[1]"他大声说，"之后就是罗伯特·莱曼了，莱曼也搞这些，不过比马列维奇的更学术，更简便——从绘画笔法中删减出来的宗教。小小的试验画布，上面是白色，就像绷带绑在空空如也的地方一样。白色叠白色。现在我做的事情，是制造白色电影。只有光。纯粹的光，而且最有意思的是——"

他似乎没有注意到，海伦的脸已经一片茫然，好像早已不知道神游到何方了，但是为了他的自我推销不得不留下一个被动的面具。约翰·道格喋喋不休，想引起她的兴趣。这不管用。但是我很佩服他对

---

1 卡西米尔·塞文洛维奇·马列维奇（Kasimier Severinovich Malevich，1878—1935），俄国画家，至上主义艺术奠基人。

自己的作品那么自信，知道自己的作品很好，可以拿给她看。他只需要给别人看看自己的作品，好像那就是唯一的绊脚石，而不是制作艺术的问题，亦不是信仰艺术的问题。

“他们搞白色绘画，我搞白色电影。我一直很注意保护展示作品的条件，但是我现在慢慢想把我的作品展示给更多的人看。说实在的，我很想给你看看。我忙得要命但我能抽出时间。我能把胶片带到画廊。没有投影仪？没关系，我能带一台过去。噢噢，我知道了。要不带到你家。我不介意去你家拜访。明天怎么样？”

“我过去经常画画，”斯坦利自顾自地说，“但是我不得不放弃了。我脱离了绘画这一行。”

“的确，这些作品背后都蕴含着足够强大的思想，”约翰·道格一面说着，一面从海伦茫然的脸上寻找信号，“但是你只要感觉到这个思想就可以了，你不需要看见它们。最主要应该知道一点，那就是我使用光线。我的意思是我处理光线。这是一种描绘光的办法——是别的画面打上的光，或是最原本的光。就好像幸福，既是一种经历，又是别的东西的残留影像。最原本的幸福——”

“我曾经试着继续，”斯坦利说，“继续通过素描跟画画和手有点瓜葛。我试过画画，最后却只能画乳房。我用光了自己所有的好画纸，一整盒光面打印纸，可是每天都是一样的东西。乳房。只有乳房。”

迪迪埃在和桑德罗说话，他说话时，一面吃饭一面吸烟，吞云吐雾。往面包上抹黄油时，他便把手上的烟噙到嘴里，他旁边有一盒蓝盒的高卢牌香烟，烟灰飞舞，混进他的米饭、咖喱和肉。

“你放弃了倒是最好。”格洛丽亚对斯坦利说。

“但是有时候我真想哭。”

“我的电影不涉及怎么把人们聚在一起的，”约翰·道格告诉海伦，“它们把人们分成两拨，赞成和反对。”

我转向博德默尔。我说格洛丽亚提起他和某个有趣的运动有关联。

他看着格洛丽亚，她会嘲弄那个运动，但是那是个实实在在的运动。他是个“狗娘养的”，不过按他前妻的话来说，他也是个狗娘养的。

我试图想消除他的疑虑，说格洛丽亚没说什么难听的，结果他挥挥手让我别说了，好像意思是没关系，没什么可难受的。

“我们占领的下东边，”他说，“那地方现在不行了。要是你那会知道就好了。但是你太年轻了。”

“下东边现在都是人，”我说，“那边现在什么样的人都有。”

他冲着我微微笑着，就好像说我还真是天真得可爱。

“我说的，”他说，“是暴动。他妈的，现在那边一点暴动都没有了。这是武装斗争，而且那些警察，”——他说“警察”时，带着强硬扁平的纽约腔，好似在用他声音砍断那个词一样——“来的时候带着油箱，还有更卑劣的手段，叛徒，海洛因。”

“真的？”我问。

“没错。”他说，有人甚至怀疑缉毒警察故意带来了性病。“我们每个人都有花柳病。这让我们名声很不好。尽管我们就是想臭名远扬。”

他们和警察作斗争，他说。把商人赶走，为那个街区的人们提供食物，过一种感觉很自由的生活，“虽然我们生活在极权国家。”他用扁平的语调说，这让我越来越喜欢，这比他在卡斯特莱家吃饭时显得更硬朗、更机警。

“说起来也有必要解释一下，”他说，“我的意思是给那些不在那里的人解释。她跟你说过我们在宝石泉的桌子底下运枪的事情没？”他朝着格洛丽亚扬扬下巴。“我们搬过这些黑色的旗帜。我们那会儿到处都藏着弹簧小折刀。没有腋下手枪套——那是一项不成文的规定。腋下手枪套一点都不酷。也没有臀部手枪套，没有。这太像NRA迷[1]了，那种风格。我们都穿着同样的手工秘鲁式牛仔靴。圣马

1 NRA，全国步枪射击运动会。

可广场有个家伙卖的靴子很便宜，你把枪塞到靴筒里。那靴子真他妈漂亮。我真希望我现在有双那样的靴子。”

“他们为什么叫你们‘狗娘养的’呢?”

“因为我们讨厌女人，”他说，“你以为我在开玩笑呢。运动时女人一点地位都没有，除非她们想给我们做顿饭，拖个地，或者脱衣服。有人曾经试图变革我们的思想，说我们不是沙文主义者。别信。我们有不少垃圾事情得去处理。但是我们也是理想主义者。我们设想的未来是人们都在大街上唱歌跳舞，做爱自慰。毫无羞耻。没什么隐瞒的。人人都睡在一张大床上，男人，女人，女儿，狗。”

“谁想做那样的事情?”当天晚上，我和桑德罗说男人自慰的细节听上去尤其可悲时，他这么说。但是他说他很佩服博德默尔，说“狗娘养的”真是了不起。他说他第一次遇见博德默尔时，一点儿也不知道那些事情。他记得那时斯坦利经常去找那个酗酒的楼管，那个斯塔顿岛来的凶巴巴的老家伙，他儿子古里古怪的，染着红头发，也不像是个斯坦利会经常来往的人，辍了学，是个寄生虫。博德默尔去应卡斯特莱家的门时穿着他的袜子，还有那种很廉价的队服，就是那种你买了很多条香烟时附赠的、转手就送人的那种。桑德罗说卡斯特莱一家让博德默尔喝他们的好酒，也准许他在公寓里横行霸道。但是他给他们的房子带来了某种生活气息，要不是来了个逃犯帮他们分神，卡斯特莱两口子可能早把对方杀死了。

席上一阵大笑。罗尼在讲他去阿瑟港的故事。斯坦利说罗尼害死了索尔·欧培乐的兔子，真是不应该，但是那只公鸡，好像它本来就想死，所以罗尼也没全做错。

“你最多能想的，”斯坦利说，“是有人能有胆量也有技术，用一块截面为两英寸乘以四英寸的木材杀死你。”

“那需要什么技术?”迪迪埃问。

斯坦利听了这话，当下捧腹大笑。他笑得前仰后合的，最后笑出了眼泪，他抹着眼角的泪水，倏地，他真的开始哭了，他把脸埋到双手中，席间静静的，斯坦利一边抽泣着，他的身体一边颤抖着。

“得了吧，斯坦利，”格洛丽亚说，“你这样眼泪都不值钱了。就你现在这样。”

她看了一圈桌子旁边的人，可能在寻找一些安慰。*看见这个爱哭鬼了吧？我得忍着他！*然而，她也很可能是在说，*你最好别觉得这个很好笑*。他们就是那样的。事情很严肃，也很戏剧化，你不知道这是开玩笑还是真的。桑德罗说他们的忧郁简直是太精确了，是斯坦利设置的残局。这个时候，斯坦利为了继续他的艺术生涯，只需要做一件事情，就是从一个工厂里订购各种颜色的霓虹灯管，他的助手则按照他很久之前创造的算法来安排灯管，这样好像让他从自己的艺术作品中抽身。他很富有，也有名声，但他却促成了自己的荒废。艺术创造了自身。桑德罗说斯坦利的作品害得他自己过时了，就像这个后工业时代抢了工人的饭碗，而这个真理让艺术更加伟大。

卡斯特莱一家是在东汉普顿消夏的，尽管很明显，斯坦利压根都没在海滩转转。白天他总是在睡觉，晚上就一边喝酒，一边用一台盘式录音机录独白。

罗尼问他能不能听一听录音磁带。我们默不作声地吃饭，一面听着斯坦利的声音。

“没有衣服，裸体失去了环境。”磁带一边转着，一边传出了这句话，一个轮子跟着另一个轮子转。

“但是为了给身体一部分环境……裸女腰部的裤带，裸男的蝶形领结……你懂我的意思。配件剥夺了裸体的尊严。践踏了裸体的尊严。我知道有个男人，一个丈夫，他老婆喜欢《*花花小姐*》日历。她每年都要买一本，然后钉在他们公寓里她的地盘上。每个月的主题都不一样。

“一个医生，裸体的，戴着听诊器和白大褂。一个伐木工人，穿着红翼靴，戴着一只安全帽，两条腿之间挂着一个偌大的鸡巴。他老婆总不忘把日历翻到最新的一个月，就好像前面那个月的图案还不够折磨这个和她共处一室的可怜人似的，这丈夫也不知道一切是为什么，快痛苦死了。有一天，丈夫觉得他受够了。他把日历取下来，用剪刀把所有的生殖器都剪掉。他把日历重新挂到墙上，小心翼翼地翻到正确的那个月，那个模特的生殖器，之前那么硕大、健康，现在空了一块，凹进去了，从底下看是墙的顶峰，就好像这个赤裸的模特自己忘了把他的阴茎和睾丸放进去了，或者他自己把它们给丢到什么地方了，要不就是他取下来用来打赌了，或者卖钱了，反正是什么不正当的安排，所以不得不接受后果，只能摆出一副没有裤裆的姿势。妻子什么都没说，但是从她那假装一切正常的样子，她丈夫知道他给她造成困扰了。这让他开心了一阵子。但是她丈夫发现这还不够。日历不过代表了他老婆脑子里的幻想——毫无疑问，这些幻想源源不断，永无休止，他不可能用剪刀把它们剪掉，所以他剪断了他老婆的私人按摩师的电线——她是这么称呼它的，但是我们通常叫做震动按摩器的东西。震动按摩器。哎呀我跑题了，本来是说部分裸体的，这才是我准备讨论的。我不是第一个指出它庸俗的本质的。狄德罗曾经讲过要是给米洛的维纳斯穿上长袜会是什么后果。这让我想到另一个问题，跟这有关的，她缺胳膊这件事——这显然构成了她的魅力。要是给米洛的维纳斯装上胳膊，那真是俗透了。她身上缺的胳膊，恰恰是不可多得的特质，而不是缺失。作为一个概念，实在是有些奇特。我以前认识一个男人，他跟他老婆调情，她扮演一个被截肢的人。她会在他的帮助下用绷带把小腿绑在大腿后边，然后穿着及膝裙拄着拐杖走来走去。她用那只能用的腿单脚跳着，人们以为她遭遇了什么恐怖的事故，把另一只腿弄残了，或是生了什么病。他们会去没人认识他们的小镇度过这些'情欲周末'。他们会在地图上挑个地方，然后到达的时候扮演着各自的角色，一个无欲无求的被截肢者，在温情的看管人的帮助下，走进一家汽车旅馆。他们先办理入住，再去找一家饭店，饭店的老板娘、服务生以及其他顾客会小心翼翼地投以慰藉的目光。他们点菜的时候，会佯装当天是个很特别的日子，比如说周年纪念日。你们知道我在说什么。家具又沉又大，仿殖民地时期式样的照明，难看死了，不是太亮就是太暗。这种地方的红酒是某种勃艮第葡萄酒，装在饮料瓶里，由那些小镇的蠢货端上来，他们被经理训练过，会在你点菜时夸你。点得真好，先生。而当他们吃着排骨，喝着勃艮第，渐渐融进这低端的氛围中时，丈夫偷偷摸摸地在桌子底下抚摸着他老婆的假腿，她不真实的假腿，她佯装的假腿。两三瓶勃艮第葡萄酒后，就可以酒后乱性，毫无禁忌了。他们就会回到旅馆。男人现在醉醺醺的，精神很好，可以开始真正的活计了，他对他的残疾老婆还是那么耐心细致，搀扶着她走到房间，抱着她跨过门槛，就像她是一个娃娃新娘，被空运到一个充满新鲜和期待的地盘。怀里的妻子轻盈的身体，不知怎的正是她轻盈的顺从的重量。他会把她温柔地放到床上。缓缓地脱掉她的衣服，他的动作满是关切，每个停顿都颇有意味。眼神交流，甚至呼吸。对她膝盖处的假腿更是给予额外的关心，它的表面圆圆的，但是也有浅浅的部位，像一块非常光滑的岩石，那只膝盖。接着碰到膝盖底下冰冷的床，那种空虚。复杂的震颤——我自己只能去想象。'门外汉靠边站'是男人给他们的游戏起的名字，这是高水平的性幻想和交媾。她少了一条腿，这个点子成了他们俩共享的空间；这事实上类似一种宗教，他们不想放弃。在一个个淫荡的小周末的最后，他们回到家时，她便把隐藏的腿放出来，松绑，这样她的假腿又变回正常的了。一看到她前面的腿，他俩真是痛不堪言。那条真正的腿不管放在哪里，都感觉不对劲。它把他们浪漫周末的回忆清除得一干二净。那老婆呢，伸着两条健康的腿，回家的一路上都会止不住地抽泣。这让她丈夫很郁闷，你能想象到。他自己也很想找个办法来解决他们的问题。所以他们开始打听。他们请教了各个诊所的各科大夫。没人想帮他们。有一两个专业的医生甚至威胁他们说要叫警察，他暗示说那个男人可能会被逮捕。这又是另一码事了，又是一个话题了。但是，简言之，为什么非要阻止这两个半自由的人去掉他们自己的东西，而且这东西也是他们双双赞成去掉的，为何公益公德要依赖于此呢？她自己对她的腿都不感兴趣了，我们又有什么兴趣呢？因为我必须承认，我也是属于想让她保留腿的那部分人，尽管这好像是滥用控制权，也像是给这两个人无公害的性满足强加的要求——就像我说的，这两个人是半自由的。我上次见过这个男人后，就跟他失去联系了，原因是什么你待会就知道了，不管怎么说吧，我最后一次听他说，他和他老婆终于在尤卡坦州找到一个什么大夫，那个大夫愿意做这个手术，很显然，那里有个社区提供康复和基本生活的条件。他们计划搬家。那个男人给我写信说，'我们的梦想很快就要实现了。'好了，现在到了我要说的重点了。重点就是每个人都有不同的梦想。重点就是你以为你的梦想放之四海而皆准，这实在是个重大的错误。这非但不是放之四海皆准的，而且也没理由以为别人会觉得你的梦想很好，别人有可能觉得你的梦想很恶心呢。"

稍微停顿了一下，斯坦利的录音从机器里传出来，他开始唱歌了。

啊，在金塔纳罗州，美梦成真。
在那里我们会切掉困扰你的部分。
我们会把它取走，你会感觉心旷怡神。
啊，在金塔纳罗州，
美梦成真。

斯坦利站起身来，按了快进。他的声音变成尖利的发条声，直到他松开手指，这声音方才颤抖着降到了平常说话的速度。

"最重要的事情是，现在是买方市场，"他的声音从机器中传出来，"再然后呢，如果你想卖东西的话，这是个极好的时机，因为现在也是卖方市场。"

"家。我们说'家'，而不是'房子'，你永远不会听到一个专业代理商说'房子'。房子是人们死在床垫上的地方，是管子冻裂爆炸的地方，是白蚁从水龙头掉出来的地方，是有人用电话簿在壁炉里生一点火的地方，是银行重新收回的地方，是精神病占上风的地方。家不一样。不要小看家这个字的力量。念一念。'家。'就像'叛乱分子'和'暴徒'一样。叛乱分子是个神采奕奕的人，穿着紧身李维斯仔裤，漂亮的脸蛋带着讥讽的神色。萨尔·米涅奥式的潮湿的梦。暴徒呢，汗毛浓密，皮肤黝黑，是个掉到湖里就会沉底的角色。家是被人维护的地方。被呵护。家这个字有种卤肉的味道，也像卤肉一样，总是热乎乎的。一个专业的房地产经纪人总是说‘家’。从来不说‘房子’。总是说‘地窖’，从来不说‘地下室’。地下室是猫在旧圣诞装扮衣服上拉屎的地方，是人们酗酒致死的地方，是孩子们直接学会性骚扰的地方。但是地窖。地窖是储存根菜和红酒的地方。地窖意味着更贴近地球，它与黑暗和腐朽无关，与四季的仪式有关。我们说‘秋日’，不说‘秋天’。我们说‘这个地区的叶子在秋日真是绚烂极了’。我们说‘真是绚烂极了’，顺便说一句，我们说‘草坪’，不说‘草地’。是‘腋下’不是‘胳肢窝’。你会和一个潜在顾客说‘胳肢窝’吗？一说‘草地’，你的顾客就会想到生锈的手推割草机、跖疣，是人被桌锯锯掉了大拇指和几个手指的地方。一间工具室，里面有水污了的色情书刊，还有用过的发动机油，被人拿漏斗接到一个软壶里，那些软壶有磨损痕迹，和机油一样又稠又黑。我说的不是《花花公子》或者《是》这种杂志，比这些还直白。外行。画刊的特写是一些已婚夫妇，他们肌肉松弛，身上青一块紫一块，有打过天花疫苗的印记，他们在娱乐活动室或者活动棚做着相同的事情，就跟放着这些杂志的棚子里发生的毫无二致。你得千万小心用词。你要考虑你的任务，一想到钱，你的双手就开始颤抖了，同时，你的客户一听到‘草地’，就会想到他自己用脚把黏糊糊的外行色情书刊踢出去，脚底下潮乎乎的，看不见的地方到处是生了虫子的土豆。回头再说，是‘草坪’。‘草坪’就意味着平整的草地，意味着经常检查，情况很好，健康无虞，意味着美国。你知道我说的美国的意思，顺便提一句，说‘绝境’，不说‘死路’。如果我连这个就得解释，那你永远别妄想通过考试了。我们说‘晚宴’。从来不说‘晚饭’。‘晚宴’是指中产阶级，半宗教性质……基督……基督精神。‘晚宴’是一个按键门铃，那个矩形按钮里面，是微微闪烁的橘色灯光。门铃是为如约而来的客人设置的。人们端着热菜，上面盖着方格布——那块布，不消说，一定是用去污剂清洗的。那些用又脏又旧的洗碗布的人是不会去按门铃的。没有人蓄胡子。没有人愤懑不满。只有和主人价值观相同的人们，‘感谢您邀请我们来你们温馨的家赴晚宴。’说‘晚宴’。说‘家’。说‘草坪’。别害怕，就像祈祷一样，多重复几次，习惯了就好了，这些词就会开始——”

斯坦利把卡带式录音机关掉。

“没错，没错。”迪迪埃冲着斯坦利直点头，一面把烟蒂在他的食物里掐灭。他重找了一支烟，点着，在席上吞云吐雾，但是他把烟雾从自己面前拨开，好像这东西是别人点着的，很不健康。他继续冲着斯坦利点头，烟雾从他燃着的香烟尾部喷出来，螺旋而上。每个人都静悄悄的，等着迪迪埃做一番评价。

斯坦利瞪着他，好像他们离得很远似的。“你为何看上去这么开心，迪迪埃？”

“因为我喜欢听你絮絮叨叨说的那些话。而且我知道你要说啥。”

“我要说啥，迪迪埃？因为我自己都不知道。”

“语言的力量与空洞。但是它们却控制着我们。是唯一的范畴。语言是存在的房子。存在的家，弄错了，不好意思。”

“这不是我要说的，呃，我也不知道我要说什么，唯一要说的大概是上了五十岁的男人一说话就停不下来了。这是病，我的意思是这是真正的传染病，我想通过录音的办法把我这个毛病治掉，把话都说出来，说到连自己都觉得恶心，就像锡克式中心戒烟法一样。但是你既然提起来了，迪迪埃，你知道我对语言是什么看法吗？我觉得它是个虚假的范畴，还有别的东西，一种真正存在的真理，但是语言把我们挡住了让我们看不到。所以我觉得我们应该拷打语言，别让它再瞎胡闹了，让它告诉我们真理到底是什么。我们应该拷打语言，得到真理。”

格洛丽亚突然长吁一口气，意思是他又说错了。

我感觉桑德罗在看我。我经常能感觉到。我回过头，正好遇到他的目光。他的嘴唇微微撇着，颇有兴味。“我们应该拷打语言，得到真理。”那天晚上，他轻声地说了好几次，更确切地说，他用他轻如羽毛的口音说的时候，都快凌晨了，我躺在他旁边，感觉到他在我光溜溜的肩膀上温暖的呼吸，他的手臂环抱着我。让我们拷打它。

人们开始三三两两地聊天了。格洛丽亚端上甜点。迪迪埃把他的烟放在杏仁饼干盘沿上，他一边把烟灰和饼干渣拨开，一边坚持说弗洛伊德说得很对，语言是通往无意识的唯一道路。斯坦利辩驳说语言是给人们隐藏思想用的，你能用语言做的，只是把它们翻个个，就像炮击时的家具一样。

桑德罗起身去迎接表妹塔莉娅，我从来没见过她，他一直在等她晚些时候到来。格洛丽亚把她带进来，她和桑德罗互相拥抱。

见到他们的那一瞬间，见到她黑色的眸子亮亮地看着桑德罗的那一瞬间，我就知道塔莉娅·瓦莱拉会从我这里拿走什么。博德默尔也在盯着他们看，我觉得心烦意乱，觉得他是不是也跟我想的一样。他历经坎坷，肯定能看出来，但是这次就是替我看出来的。

桑德罗把他的表妹带到桌子这边。她的头发短短的，剪得参差不齐，好像自己剪的一样，但是她天生丽质，发型并不影响什么。她嗓音沙哑，手指甲底下脏兮兮的。她穿着一件黑色的短背心，一条空手道裤子。她可能想显得帅气、冷漠，但是出来的却是别的效果，可能是精致——某种匠心独具吧。

我本该起身跟她说话，结果我坐在那里一动不动，盯着博德默尔死死地看，他又在讲下东边的事情了。他说他以为肯定和以前一样，碎石堆，空屋子，乱涂乱画，毒品贩子，艺术家，结果一切都大变样。他们把一切都动员起来了。他说，甚至乞丐都是他们自己的骨干分子——WFF，即“酒鬼寻自由”——有个存武器的秘窖，是阿赖张罗的——此人是队里的同志，博德默尔总是提到他。按照博德默尔说的，他和博德默尔是迷失的孩子。他们是清醒的，他说，而大部分美国人是沉睡的。而且那些清醒的人是沉睡者的梦魇。“我们是他们的梦魇。”他说。

“现在人人都说，理智点呗。我们从来不迎合什么理智的狗屎。‘那些让和平的革命变得不可能的人，使得暴力革命变得不可避免’——这是约翰·他妈的·肯尼迪说的。这个乡巴佬屁事没做，不过那句话倒是没错。再说了，”博德默尔说，“他有个俊老婆。我现在仍然认为城市暴动是唯一的办法，但是不是在纽约。不是现在。”

还有一些很重要的话题得解决，他说，我点点头，很想听听是什么，但是却不太清楚我们在讨论什么，解决那些问题是为了什么。

“很多人以为城市是堕落的虚无，”博德默尔说，“没有潜力的虚无。它现在已经死了，我的意思是此时此刻。但是总有一天，布朗克斯区的人们会醒过来的，布鲁克林的兄弟姐妹们会出来的，我已经迫不及待了。”

桑德罗的表妹坐在罗尼旁边，问他他是做什么的。

“你见过城里的那些标志吗，绿色的黄色的，字是红色的，他们唤作布林皮的？”他问她。

“没，”她嬉笑着说，“估计我没留心。”

“好吧，那它对于你来说意义就不大了。但那是我的家族——我们制造全纽约市最好吃的三明治。你可能是瓦莱拉，但是我们——对，我们是布林皮。我的名字实际上是罗尼·布林皮，但是我改了。因为我们有个三明治帝国，我不想永远都是三明治男。我告诉你是因为你还没邀请我们去你那儿做客——不管你住哪儿。”

“伦敦。”她说。

“是啊，我们现在还没把生意做到伦敦。现在我们并没扩大。我们现在主要做附件。就像瓦莱拉不光有轮胎一样，我们也做其他生意，实际上规模做得很大。你知道在第三世界国家到处都能见到的格子塑料洗衣袋吗？劣质的格子袋，从非洲的这头到那头，亚洲，整个拉丁美洲，每个小镇都能见到。长方形的洗衣袋，带着拉链。就是第三世界的吉普赛人总拖着的那种袋子，就靠吃袋子里的东西过日子，你知道吗？人们把这袋子用手推车从廉租房运到洗衣店，见过没？嗯，我们就是制造那些的，所有都是。做这种半处理的商品利润很高。”

“你开玩笑呢。”她说。

“没错。我是说没错，我是在开玩笑呢。我们没这些布林皮三明治店。我们也生产那些袋子，但是谁要是这么做，铁定暴利。我们姓方丹。我们什么都没有。但是我长大成人的时候并不姓方丹。我那会实际上是在苦海边上呢。”

“年轻的时候谁不是那样呢。”她说。

“不，我的意思是我真的在海边。在船上。”

迪迪埃·德·洛里迪耶已经站起来了，因为迪迪埃正在细细地看斯坦利收集的小玩意，这些东西放在小桌子上，在房间里排成一排排的。迪迪埃在那只火帽击发式手枪面前立住了。

“拿出来，”桑德罗说，“没什么好害怕的。你得开枪打到别人眼睛上才能真正伤到人。”

迪迪埃拿到手里，冲朝着枪筒往下看。

“你们那帮人里面其他人现在怎么样了？”我问博德默尔，“他们还在活动吗？”

“还有些残兵，”他说，“残兵败将。阿赖住在新墨西哥，变成了偏执狂了，什么都做不了，只能扔罐子。他真是乐此不疲地制造罐子。这家伙现在变成反对公共饮用水氟化处理的斗士了。另一个是守卫天使。那些人是彻底的变态。他们给国家权力机构当志愿者。”博德默尔一面说一面瞧着桑德罗——桑德罗在给迪迪埃解释火帽击发式手枪怎么用。

“你男朋友喜欢枪。”博德默尔说。

“这是他父亲的，”我说，“他家里以前生产那种枪。所以就很自然了。”

“没错。很自然。”

“他平常不用。它不会塞在他靴子口的。”

“不过我敢打赌，他是那种很享受那种感觉的人。”博德默尔说。

他仰靠在椅子的后腿上，看着我。那个椅子嘎吱嘎吱地响，我很担心他会把椅子弄坏，那样的话会在格洛丽亚和斯坦利柔软的松木地板上凿下印子。

“而且我觉得你可能是……我说了你别介意啊。”他说。

“我可能是什么？”

“我猜你可能是喜欢那种类型的小妹。”

他的椅子还在嘎吱嘎吱地响。我很确定，他的重量都压在椅子后腿了，椅子肯定会坏的。

“你喜欢把手枪放到靴子里的人，”他低声说，“不是么？”

实际上我见过桑德罗把枪放到靴子里。我没跟博德默尔承认这点。那时我们在华盛顿特区，桑德罗在柯克兰美术馆有展览。华盛顿特区有些武器禁令，桑德罗配着枪参加自己展出的开幕式，他用这种方式默默地表达抗议。

他对手枪的兴趣从来没让我觉得困扰。在我整个成长期间，身边都一直没少过手枪。我的叔叔和表哥们，都有猎枪。里诺的主街是鳞次栉比的当铺，我知道当铺就像锻铁炉似的，能把东西变成钱。这些东西里头，就数枪能最快变成钱了。我们家里要是有人去世了，最大的遗产问题就是谁能把枪拿走。亲戚们会以情感为理由，说他们该拿哪把枪。“你爸的镀镍勃朗宁自动步枪对我来说太有意义了，”我父亲去世以后，安迪这么说，“是我用过的第一把枪。”他比我还要熟悉我父亲，因为安迪比我大，而我三岁时我父亲就走了，去厄瓜多尔给什么人的暴富项目建小木屋去了。那个项目没赚钱，他就又跑去从事其他的暴富项目。我不认识他，我也不想要他的枪。我把它们给了安迪。结果没几天，那些枪就出现在市里一家当铺橱窗里了。

“咔—咔”。我们都看着桑德罗给迪迪埃演示怎样把旋转弹膛拉出来，怎样把火帽击发式手枪上面的火门卸下来，怎样装子弹。

“先装好黑色火药，”桑德罗说，“然后你把子弹球塞到弹膛。”

迪迪埃问这么个老古董有什么好迷恋的。

有个枪眼，桑德罗说。谁都能有一把。偷偷带着它。

“别人不会认为这是枪，”他说，“但这就是枪。而且子弹发得很准。”

博德默尔再不说什么了，但是我觉得我该解释一下桑德罗为什么对枪感兴趣。

“他的作品就是那些既是自身，同时又是其他事物的东西，”我说，“一把枪可以是一种思想，一种威胁，或者一个什么东西。桑德罗可能会这么说，想象的，象征的，或者真实的，或者兼而有之。”

“哦，当然了，”博德默尔说，“我的意思是，这听上去还不错。只是你不能举着枪然后开火。”

迪迪埃现在就在我们后边，像个西部快枪手一样练着快速拔枪，他注视着博德默尔身后的墙上悬挂的镜子。

“一把枪要么象征性地被使用，要么真正被使用。”博德默尔盯着迪迪埃说。迪迪埃出神地练着出手拔枪，全神贯注地瞧着镜子里的自己。“威胁只对那些什么都不想失去的人管用。”

迪迪埃哈哈大笑。“噢，没错，”他转身朝着博德默尔说，“可难道不是你那小团伙里有人冲我打空包弹？那算不算歇斯底里的威胁？”

“那是……就那样发生了。你并不在我们的目标名单上。”

“可目的是啥？难道不是威胁？显然你并不想杀我。不然你就该用真子弹了。”

“喂喂，伙计。我听说的是你当时昏倒了。这对于你这么个神秘的家伙来说，也算是一种死亡了。”

“一种死亡——真能胡扯，”迪迪埃说，“你们这些家伙就是一群沉迷于象征的扭捏鬼。不好意思。如果我记得没错的话，安东尼奥尼[1]曾经想把你放到他的青年文化电影里头，就是那部配着平克·弗洛伊德[2]原声带的电影。要不就是我弄错了，把你和其他随时可以上电影的暴徒混淆了？”

1 米开朗基罗·安东尼奥尼（Michelangelo Antonioni，1912—2007），意大利新现实主义电影导演。
2 平克·弗洛伊德（Pink Floyd），英国摇滚乐队。

此时，每个人都在竖着耳朵听。

博德默尔笑笑。“没错。是我们。但是我们把他拒绝了。”

“《扎布里斯基角》?”约翰·道格在桌子那头说。“如果他再拍什么片子的话，你可以把我的名字给他。”

“而且你们这些家伙不是在联合国前面静坐示威？你们脸上裹着绷带，假装你们是一个排枪队的幸存者，在越南丛林里被一个美国炮兵不小心用凝固汽油弹炸了。”

“我们那时是在把战争带回来。如果不上演我们自己的抗议是不是更好？”

“可就是这样！你们‘上演’了你们的抗议——就像你说的一样。我现在想起来更多事情了。我是听一个当时在场的人说的。你们都把绷带从脸上扯下去，因为这和抗议行动很协调，一下一下地扯，很慢很慢。”迪迪埃用双手打比划，就像从自己脸上扯绷带似的。

“你身边到处都是眼线。在那里看你揭开绷带时血淋淋的伤，少数几个幸存者，他们跳到河里，脸颊上、手臂上、肋骨上，到处都是凝结成胶的汽油，还有一股烧焦的鱼味——”

“听你说的，好像你当时在一样，迪迪埃。”罗尼说。

“不，罗尼。我只是觉得把真正的暴力和演戏区分开很重要。所以你们都在，都尖叫着，‘看看我们！看看我们的脸！绷带掉了。太吓人了：没有一个人的脸被灼伤。你们没去过越南。没有一个人去过。这就是个骗人的把戏。’”

“这不是一个骗人的把戏，”博德默尔马上说，“这是剧院。真正的剧院。就像布莱希特。”

“布莱希特跟这有什么关系？我觉得这跟布莱希特没关系——”

“那些观看的人？他们想看我们烧灼的脸。而且如果我们给他们看烧灼的脸，他们可能会别过脸，一副畏缩的样子，但是看到我们被烧灼了，他们心里很满足，这就是故事的结局。我们破坏了他们的期望，让他们很失望：看客们都以为我们肯定毁容了，他们被诱骗进想要观看的罪恶中。那么问题来了：暴力会在什么地方呈现自身呢？把应该遮挡的面具扒开，我们就是这样在表达观点。想用面具挡住的东西既不可能被挡住，也不可能被看见：它无处不在。”

“巴拉——巴拉——巴拉，”迪迪埃说，“我的建议是放弃街道剧院，下到雷达站下面。去地下。意大利不是那样做的吗，桑德罗？”

“我没关心这个，迪迪埃，”桑德罗说，“而且我也不清楚你是什么意思。是有过青年运动。在户外。”

“别装傻了，桑德罗，”迪迪埃说，“我说的不是学生。我说的是工厂暴徒。”

“‘红色旅’，”博德默尔说，“我们从来都不可能那样。我们的游行跟严苛精确和自我牺牲无关。不管怎么说吧，那些人是列宁主义者。我们更像自由派。”

“饶舌的莫什·布巴雷夫的信徒。”迪迪埃说。

“你想说什么就说吧，迪迪埃。”

博德默尔说：“他是二十世纪六十年代提议从理论转向行动的主要思想家。很多人那时候都读他的书。”

“关于布巴雷夫那家伙，我有个好玩的故事，”罗尼说，“有个什么组织在寻找指导。一个著名的组织。他们有个人质，不知道该怎么处理，想听听他的高见。这是布巴雷夫日记里提到的。这个团伙出现在他家，缠着他不走。他们带了酒和一个美女，整整待了一个下午。他们喝着酒，美女摇着屁股乱转。可是到了他们该走的时候，布巴雷夫很伤心——他们把那个俏姑娘带走了，但是至少他们把酒留下来了。关于这些人，他就说了一句话：他们带走了姑娘，但是留下了美酒。这是共生解放军[1]，带着帕蒂·赫斯特。”

“你从什么时候开始读莫什·布巴雷夫的？”迪迪埃问罗尼。

“从来都没读过，迪迪埃。其实是有人跟我讲过那个故事。我不知道这是真的假的。”

---

1 共生解放军，20世纪70年代美国的一个激进恐怖组织，始于旧金山，以城市游击队形式进行活动，曾绑架报业巨头赫斯特的孙女帕蒂·赫斯特。

“也可能是真的，”博德默尔说，“不过我跟你们说，布巴雷夫不是一个牧师。他是个教授，很可能不会有很多被洗脑的小孩去他教工宿舍找他。最好别看他们的个人行为，就说艾伦·金斯堡吧，那个体面的诗人，曾经经历过一个重大时刻。但是当你们真正知道他的时候，会发现他完全是个骗子。他在我们那块晃来晃去。有一天晚上，这个有钱的小孩带着一万美元现金来到宝石泉。他想在汤普金斯广场公园把这些钱都烧掉，让这部分资金从整个系统中消失。他想方设法说服我和阿赖，让我们去看他烧钱。

“我们结伴走到公园，以为他肯定不可能真烧，但是我们肯定得怂恿这种极端的行为。所以我们就喊，烧了它，快烧。艾伦·金斯堡当天晚上正好也在公园。有人告诉他那小孩准备烧那一大笔钱，金斯堡穿着他松松垮垮的古鲁大师们会穿的棉衫，飞快地跑过去，用犹太拉比的语调，急急忙忙地劝那些小孩把钱给他算了。最后，那个小孩决定不烧了。他把钱给了我和阿赖。”

“所以最后呢？”迪迪埃问他，“你们这些家伙搞到一万块。信徒。真牛。”

“一万块对于我们来说没什么的。我们有稳定的财源。”

“从哪来的？”

“不能说。但绝对很稳定，也很大方。我们在所有的镇上都有能取钱的账户，每次取个一万两万三万的。我们把不少钱都散出去了。我们开枪和钱一丁点关系都没有。事情变得激烈了，就有人离开了，去索诺拉沙漠，活在马背上。”

“就像真正的万宝路人一样。”迪迪埃说。

博德默尔笑笑。“哪里。我们不像那些能干的人一样贩毒。没那么浪漫。我们中间有一对夫妻两个都差点因为体温太低而死。还有一个差点被短尾猫抓死。我们还被狼袭击过。火蚁。恙螨。我们害过疥疮。脓疱病。香港型流感。妄想症。差点饿死。这把我的婚姻都毁了，我和纳丁结束了。”

“纳丁？”我问。

我后来再也没见过她了——自从跟她、瑟曼还有罗尼在一起的那晚之后。

“是我的前妻，”博德默尔说，“罗尼认识她。迪迪埃认识她。”

迪迪埃清清嗓子。“我只见过她一次。碰面而已。”

“道格认识她。”

我们都转过去看约翰·道格，他正在跟大家道别，准备离开。他走到迪迪埃跟前，给他递了个商业名片——他这是准备在结束之前建立他的人脉，但是太晚了。“我并不反对和艺术作家合作，”他对迪迪埃说，“如果你想跟我合作项目的话。我的意思是给我的作品写评论。”

“我猜他俩可能有关系，”约翰·道格走了以后，博德默尔说，“很好。应该很久了。发生太多事情了。”

那天晚上，纳丁实际上给我讲过她生活中的所有故事，现在，她的声音又回来了。高昂，温柔。她的声音；她的双腿；她的长发，紫红亚麻色，像发酵啤酒。她抱怨的前夫就是博德默尔。告诉她革命以后每周只需工作两三个小时的博德默尔。有了机器人和自动化技术，只需要那么多时间。“我不知道不需要工作算不算革命，”她当时和我说，“但是这样更好。当你出卖你的肉体时，你自己就是你的职业。你是你自己，你因为你自己而得到薪酬。”或者她当时就是类似的想法，她那时候仍然多多少少被她丈夫那个团伙的观点洗脑了。他和他的朋友们说“妓女和孩子”是世界上唯一有理由闲晃荡的人。孩子们是因为他们要忙着当孩子，妓女是因为她们的身体就是劳动的地方。劳动即是她们的身体。一个做本分事的男人是庸才，她丈夫这么说。可鄙。尽管他曾经也希望变得可鄙，也希望能毫无作为地活着。纳丁告诉我这不算她生命里很糟糕的时光。她喜欢在好莱坞大道散步，那边有个横幅，上面写着，“在好莱坞山上醒来”——一个托管公寓的广告。她会抬头看看，心下想着，哇，没错——那就是我做的事情！但是在好莱坞山上醒来？只是听起来很好罢了，她说。她都快死了。“我被掴了一巴掌，”她说，“被人猛击了一拳。被猛摇了半天。被挂在101号高速公路上的阳台上，可是瞧瞧。”她朝我凑过来，再没别的什么了，只有直白的、放大的漂亮。“我现在可还是……这么……漂亮呢。我们就别装了。我不用假装谦虚。我还有别的问题。我还是挺漂亮，就算被雪茄灼伤了也不打紧。被强奸过。我一不小心还吸过通厕剂呢。但是最麻烦的事情是我还是。这么。漂亮呢。究竟是怎样？怎么可能呢？”

她很漂亮，没错。赤褐色的眸子大大的，像红点鲑一样斑斑点点，金红色的头发团在她白皙的脸庞两边。但是我已经看出来了，就在我碰见她的那天晚上，我发觉她的美丽正在慢慢弃她而去，就像美貌会消失在所有女人身上一样。时光会在她们的脸庞上留下一些重要的信息，而时光就是信息。它把一些什么东西带走了。但是它的流转，它的损害，我们每个人都有。如果没有了它，那什么都没有了。

III.

离开卡斯特莱家的翻建库房时，我们全都醉意蒙胧，仿佛我们一伙人——罗尼、迪迪埃、博德默尔、桑德罗、他表妹和我——头上顶着沉重的毯子或地毯，每人都分担一点压力。在货梯上时，我们都开始语言迟缓，左右摇摆，互相磕碰来磕碰去。时间延展着，像太妃糖一样，夜晚像个什么地方，我们一起跌将过去，有点像健身房，场地很宽敞。不然，我们怎么会凌晨一点去时代广场？我不知道为什么，也不知道这是谁的主意，只感觉夜晚很宽敞，需要我们去填补。

我们分成两拨人，爬进出租车，然后到四十二街会合，剧院的入口处红色灯光四溢，像果汁似的漏了出来。联合化工公司大楼的一侧是个巨大的温度计，不时地从红色变成紫色，煞是诡异。下面是一头北极熊摇晃着冰天雪地的地球。

我们这一拨人——罗尼、博德默尔和我——站在剧院遮檐下宽宽的粉色地毯上，这条地毯一直滚到人行道，像舌头一样，营造出一点半室内，甚至家庭的氛围。入口处两端贴着海报，黑色背景下是张女人的脸和袒露的肩膀，《绿门背后》。城里到处都是这个，电影广告。她看上去像个裸体宇航员，飘浮在空中，太感官了，像根呼吸管。很直白的表情，看看我吧，一切都可献给你。“我曾经是个好女孩”。这是必须的，必须在不久前还是好女孩。那个演员为某个肥皂品牌做过广告，是种洗衣皂片，超级柔润，可以呵护婴孩娇嫩的臀部。

你的形象必须符合角色，才能匹配这种壮观的堕落。我从未符合自己的角色。我的两颗门牙有道缝，据罗尼说那破坏了我糕饼盒式的魅力。或用桑德罗的话来说，那让我显得很淘气。从没想过自己会有调皮相，可是别人总这么说我。有的女人长着一双斗鸡眼，在她们身上，我能看到这种情况，违反一种对称意味着在判断力或道德方面违反另一种对称。女演员凯伦·布莱克就有只眼睛不怎么对焦。《好色客》杂志上的女性漫画像就长着斗鸡眼，和凯伦·布莱克的一样。大脑可以下班休息，但身体是敞开的。那部电影里，凯伦·布莱克的情人一家出生高贵，可怜的她在家庭晚餐上提了一个致命的问题，有番茄酱吗？最后，他们加油时，那个男人去洗手间，她就等在那儿。一辆运原木的卡车开到加油泵和洗手间之间。那个男人走出洗手间时，那辆运原木的卡车就停在那儿，挡住了她的视线。他走向卡车司机。他和司机讲话的时候，我们只听到高速公路的车流声和卡车怠速空转的声音。卡车启动了，低档爬上坡道，进入高速公路。女人坐在男人的汽车里等啊等。钻出车，四处打量，再接着等。演职员表。

“XXX 片。”一个男人对我们说道。他的手指着另一个入口处，女人像蟒蛇一样向上和向后伸展身体的大幅照片。为什么蛇总是那样扬起身体？随时随刻，预备攻击。

“这又是超级色情片，”那人喊道，“XXX。”

“XXX 不是分级，”罗尼说道，“他们自己这么分级的。想让影片听上去好看些。”

博德默尔晃到别处去了，他从拐角处向我们走来，灯光照耀着他高贵的身影和缠结的胡须。他看上去就像迷失在赌场的宙斯。

一辆出租车停了下来，桑德罗、他表妹和迪迪埃走下车。我瞄了博德默尔一眼，他注意到表妹的美貌。他颇有兴趣地观察着她，同时也很警觉。那副表情是曾经玩弄过美妇的表情，现在依然还很欣赏美色，不过不想再和她们有交集了。

她一蹦一跳地过来了，一点都不孤高，原想她会很孤高的。我们在卡斯特莱家时几乎没说话。

“来啊！谁打算进去啊？”她问道。“我想看场演出。”她转向罗尼。

“这个不对我的胃口。”罗尼说道。

“对你胃口是什么呢？”她问道。

“不好说，”罗尼答道。

“为什么呢？”她的黑眼睛冲着他瞅了瞅。他似乎没有发觉。“因为我爱看的都没市场。”

“那就不会很糟糕，”她说道，“糟糕的事情才会有市场。”

“也许你是对的。”他看着她，仿佛在重新打量她，没料到她说出一句可能是很聪明的话。

我想到在罗尼工作室看到的那张女孩的照片，那个备胎女孩。她也许此刻正在等着他呢，在市中心的某个地方。不时看看时间，擦擦口红，全神贯注，思心似箭。女人满怀期待时会做的种种事情，她该是一样都不会缺。

桑德罗在数遮檐上的灯泡。他从不等待别人，他只是存在着，为人处世仅凭个人兴趣。他说，时代广场都是由柔软的菱形构成的，这是经验的一部分，是现代冲压技术在这里的复制，表现为形形色色的招牌和遮篷，所有矩形的角都被抹去了棱角，都成了流线型，这表明一种态度。

“他们称之为时代广场，很搞笑，”桑德罗说道，“意大利有一本叫 *LeOre* 的裸体杂志，LeOre 就是时代的意思。”

“实际上是有道理的，”罗尼说道，“色情作品就是混日子的一种方式，你决定时间和方式。没什么偶然。钟点活。日常习惯。控制。它和性是相反的。性是纯粹的自由，尽管充满恐怖。你永远不知道何时会和谁上床，真上床的时候，其特征就是诧异：真就发生了。至于何时脱身则毫无悬念。早就安排好的活动。下午三点。午夜。早晨淋浴。你知道那些所谓的情趣用品？这些产品就是保证增强敏感，增加乐趣，只是些延时涂剂，让你多撑一些时间。它们能加时。它们就是这作用。”

桑德罗和罗尼猜想着人们会不会像影迷那样迷恋色情作品，他们猜想着二十五美分这个硬币单位，因为这里的一切都是二十五美分。二十五美分就可以通过二十五美分硬币大小的开孔窥视。罗尼说，这种西洋景就是基于基督降临期日历的。这是一种基督教传统，这种观看方式——打开面朝耶路撒冷的窗户，十二月的每一天，窥视一下耶稣降临的马槽。桑德罗笑了起来，仿佛是笑罗尼满脑子的邪念，不过，也好像他真的很高兴。

“从这个洞里你能看到一切。”罗尼说道。

“那么我是基督复临论者，”迪迪埃回答，“我坚信这种不拖泥带水的观看方式，聚焦部位。转喻。谁有二十五美分硬币吗？”

换钱的小贩听见了，穿着零钱褡裢朝迪迪埃走来。

“基督复临论者，”罗尼装作惊异的样子说道，“是不是意味你相信世界末日……已是迫在眉睫？”

桑德罗曾告诉我，罗尼一直很忌恨迪迪埃，迪迪埃曾经对罗尼的作品作了很负面的评论，所以就结下了嫌隙。

“没什么是迫在眉睫的。”迪迪埃说道，他递给小贩五美元的钞票，兜着手等小贩给他等值的二十五美分硬币。“此刻吗？迫在眉睫。等一下。哦，天哪。此刻，过去了。时间不过是快乐的一个功能，你刚才已很粗浅地指出了这一点。时间，听好了，就是对时间的体验。”

迪迪埃的夹克口袋沉甸甸地装着二十五美分硬币，他转向塔莉娅·瓦莱拉。“你来不来？”他问道，语气很坚决，仿佛她有义务和他一起去，好像就他一个人愿意带着她。

“不。”她瞟了一眼罗尼，答道。

迪迪埃耸耸肩，踏上粉红舌头一般的地毯，走进剧院。

不知怎么着，大家后来决定离开迪迪埃，一起去鲁迪酒吧。我们进了另一辆出租车。塔莉娅刚要坐到罗尼腿上时，他俯下身帮她打开了折叠座椅。她真要是坐在罗尼腿上，也不是说我就很介意。但我肯定会留意这一茬的，我也曾坐在罗尼腿上，那在我心中激起的涟漪，罗尼本人该是无从知晓了。那么多的夜晚，那么多的女人和他调情，最终坐上他的膝盖。罗尼总是情人不断，但是从没有女朋友，他没有亲吻，没有倾诉。仅就这一点，我就对他还有一丝情意。没什么理由会比其他理由更有道理，无法就是一种品质。

驶向市区的过程中，罗尼一直和塔莉娅窃窃私语，他假装说着意大利语，在每个词后面添上意大利后缀，叽里呱啦地来回说："我们坐出租车去吧，在鲁迪酒吧，意大利出租车，多么讽刺——"

博德默尔坐在前排，桑德罗正和他说我如何在盐滩摔了摩托车，又如何驾驶他的家族资助的极速赛车的事，我听出他故意把整件事说成稀奇古怪的天方夜谭，我本想分辩几句的。这件事上，我们的见解有分歧。博德默尔转过身来，不无调侃地看着我，他的眼神虽不算淫荡，却也流露出几分性趣。这件事的一些细节引起他的好奇心，就是这么回事吧。女人和机器之间的趣闻轶事：两者的结合让男人很好奇。他们似乎认为机器只该和男人有关系。桑德罗向他讲述故事时，博德默尔显出的表情对我而言本该是很滑稽的。不过我的注意力都放在了罗尼和塔莉娅身上，看他怎么和她调笑。意大利出租车，多么讽刺。他指着"泰龙食品"绿黄相间的招牌说道："快看！咱们自家人！"她的笑声就像起了碳化作用，穿透了他装模作样的真诚。

鲁迪酒吧人满为患。一波波的客人像浪一样拥进来，他们高声喧哗，无论他们来自何处，他们都把那里的活力和能量带了过来。这里汇聚了形形色色的人群，仿佛气象预报系统一样。塔莉娅遇见两个朋友，两个女孩——我也不时见过她们的身影，在艺术开幕式上，或是看见她们坐在博尔吉亚咖啡馆或是涂鸦酒吧或是在劫匪俱乐部见到她们——劫匪俱乐部是家深夜俱乐部，你得大声喊门或砸门才成。她们俩都没塔莉娅漂亮，合情合理。她必须是漂亮的那一位。她无需拱让，没必要装出女人样——她那沙哑的嗓音，空手道的裤子以及表示自己不是外人的那种心照不宣的笑声。

吉德莱朝我们走来，我意识到自我们傍晚离开后，她就一直泡在酒吧里。她浑身亮晶晶的，像是受了潮的什么东西，一块被别人含过的糖。走近以后，我知道那是金葱粉，她的脸上和胳膊上都粘了不少。肯定是别人身上蹭下来的。她拥抱了我，弄得我浑身都是黄瓜油。像往常一样，时间越晚，她喝得越多，黄瓜油抹得也越多，那气味浓得发腻。即使她走开，那气味都散不开，我的衣服上也沾上了这种气味，好像都滞留在脑海里，像某首歌会在脑海里萦回不去一样。

吉德莱拥抱我后，拿起手里的酒，把剩下的都浇到桑德罗的头上了。我吓了一跳，但奇怪的是，桑德罗不以为意。他只是从吧台拿了鸡尾酒餐巾纸揩去了酒液。我觉得都是我的错，结交了这么古怪的朋友，但是桑德罗没有小题大做。“她喝醉了。”我说道，眼看着她拥抱了我们每一个人。罗尼是下一个。然后朝博德默尔走过去，她似乎没注意到我们先前并不认识他。她伸手搂住他的脖子。他也不介意。他们一下一下亲着嘴。他们紧紧搂着对方，仿佛是在肯尼迪国际机场久别重逢一般。

我们都在跳舞。桑德罗一手揽着我的腰，一手搭在我的肩上，领着我跳。《他打了我（感觉就像一个吻）》是鲁迪酒吧点唱机的保留曲目。

如果他不在乎我
我就无法惹他生气
但是他打了我，我却很高兴。

我对下滑步和旋转的反应太慢，只是觉得想跟着唱首歌，以前没听过的，听完后就鹦鹉学舌式地唱。我不在乎。桑德罗很擅长跳舞：这是他为人兄长的部分义务，老师嘛。

亨利-让兜着跳舞的人群绕来绕去，手里高高地举着他的竹竿，以免打到人。只要苏荷区有人聚集，鲁迪酒吧，或是翻建库房，或是艺术开幕式，亨利-让准保不请自来。罗尼称他为“感觉机器人”，就像卓别林一样。桑德罗说他一点也不像卓别林。

我们头顶上方烟雾缭绕，映着红光，混合着六十年代早期少女组合的明快清脆的歌声，一并升向天花板，就像轻歌曼舞的情人一般。鲁迪并不总是打开红灯，柔和的彩色霓虹灯管悬挂在墙壁上，它们排列成离合诗的样子，那是斯坦利的设计。直到一年前，只要酒吧开业，就会一直红光溢壁，后来这种霓虹灯泡停产了，必须到华盛顿州的玻璃作坊人工吹制才行。现在鲁迪只在特定场合才会接亮霓虹灯，至于何时才是特定场合，人们就不得而知了。“那要看街上的气氛如何，”鲁迪说道，“反正我知道。”

博德默尔和吉德莱跳着舞。

“我不喜欢你的胡子！”她大声说道，音量盖过了音乐。“为什么？”他大声地喊回去。

“因为那不是你，”她说，“你从来都没有胡子——”

博德默尔咧着嘴笑了。“我从来都是有胡子的，妹妹。”

“你应该刮掉胡子，”她说道，“返回原先的样子，你。”她抓住他皱巴巴的夹克翻领，亲昵地推搡他。

“我会剃掉的。”他说道，因为感到有趣，他脸上笑开了花，他搂着她的腰，不让她再推搡了。“就去剃，明天。”

开始播放更多的老歌了。“黑人女子组合马夫赖特斯”。“女性情结组合”。这些少女组合总是让我记起桑德罗，他轻快而细心的舞步，大度地包容了我笨拙的舞步。他是在瑞士的私立学校学会跳舞的，学校有正规的交际舞课程，每个男孩都有机会和舞蹈教师练习，那是位智利的女教师，桑德罗对她魂牵梦萦了许多年。他试图通过学校联系她，但她消失了。“也许她只是去做别的事情了，”当他说起她的事情时，我说，“这并不是真的消失。而是在生活。”桑德罗记得所有舞步。人们说蒙德里安曾经很擅长跳舞。伊夫·克莱因也是。这是很不错的，艺术家会跳舞。我们是成为优秀的舞蹈家呢还是优秀的艺术家，是在空间中放松身体呢还是放松物质，那就要看天意和机缘了。桑德罗曾有过一位导师，是位年迈的老画家，桑德罗曾前往新墨西哥州拜会她。她住在一个流线形设计的拖车里，作画则在一间没有供电也不隔热的外屋。破晓之前就起床，一直工作到傍晚，吃罐头食品，一个人睡觉。她告诉桑德罗，这种最重要的作息安排得益于她和妹妹的一次夏夜漫步，她们一起徜徉在空旷的德克萨斯州，只有一颗孤星高悬长空。那时她们正是豆蔻年华。那时汽车还没有被发明出来，第一次世界大战尚未发生。“妹妹有一把枪，她不停地向空中抛瓶子然后射击，”她告诉桑德罗，“我们走在孤星高挂的苍茫暮色中。”既有运气的因素，也有射击精准的因素。偶尔会打个正着。我妹妹有把枪。

点唱机关上了，一支叫做“苏维埃”的乐队测试他们的设备，萨克斯喷泄出东倒西歪的乐声，击镲的声音横扫房间。吉德莱和博德默尔退到一处昏暗的隔间，他们似乎续上了什么亲故，而吉德莱实际上是认错人了。

我们在酒吧喝了最后一杯。桑德罗和我刚准备离开，他就和罗尼起了争执。罗尼提起去意大利的事。他说我应该去蒙扎，桑德罗不该这么老顽固。“你反对这件事，”他对桑德罗说道，“我知道。是你的家族。但问题是，她是世界上最快的丫头，桑德罗。你在拖累她。”他轻描淡写地说道，语调调侃而不无醉意。桑德罗听了很是不快。

“谢谢，罗尼，”桑德罗说道，“我一生都在摆脱瓦莱拉，结果我最好的朋友和我的女人都反对我，都成了瓦莱拉的代言人。你俩为啥不顺便卖我一套轮胎呢？”

我感觉很糟糕。可是我想去意大利，但还没勇气推进这件事。罗尼在为我争取机会。

可是，为什么呢？我不太明白。是什么动机呢？然后我明白了，他在劝桑德罗，劝他和我应该离开纽约，我心里想着，你不会想念我吗，罗尼？

心里乱糟糟的，我又喝了一轮，桑德罗和我争论着瓦莱拉和意大利。“为什么你就不能在这儿做些什么呢？用心弄弄你的相片，”他说道，“博纳维尔的相片。”

我想完成这件事，我答道。去蒙扎是博纳维尔的一部分，是同一件任务。

罗尼后来和塔莉娅跑到旁边的隔间去了，还有那两个姿容略输的同伙。我们看着他们，暂时停止讨论。在罗尼的鼓动下，三个女孩开始抽自己的耳光。他们围着桌子转，大声笑着，每个女孩打自己的耳光。一开始只是轻轻地拍打脸颊或是用手掌根击打前额。她们每打一下自己，就爆出一场笑声。当轮到塔莉娅时，她攥着拳头捶向自己的脸颊。她拳头特别大，像一只小狗，长着一对特别大的爪子。

桑德罗走了过去，和她理论起来。

“别那么较真，桑德罗，”她说道，“不过是游戏而已。”

“你准保弄个熊猫眼。”桑德罗说道。

她不在乎。罗尼拿着相机拍照。她凝视着镜头，很率真的样子。

我又想到罗尼的备胎女友。她也许洗了澡，不再等待，已经睡下了吧？也许又抹了一圈口红，出去找罗尼，却没找对地方？

啪啪的闪光声。塔莉娅在相机前摆着姿势。她的眼睛肿了，皮肤紧绷，就像是抛光后的水果。她的眉毛上方有一道伤口，可能是她戴的银戒指划的，套在手腕的金属带闪着光泽，映衬着黝黑的皮肤。我能看出她神情中的骄傲，她似乎认为伤口和肿胀的眼睛向罗尼和他的相机展现了她的内在品质，深刻而深远。

“太棒了。”罗尼说道。咔嚓-咔嚓。啪啪-啪啪。“无与伦比。”

“他拒绝长大。”我们离开时，桑德罗说道。

他是拒绝长大吗，还是其他什么呢？

不管怎样，罗尼像个混蛋似的，没惹上任何麻烦事，桑德罗和我在街上却被抢劫了。

WALL ST.
IS
WAR ST.

十一

我们的方式

大雨。空屋。暴乱。我们终又重逢。

一九六六年末，运动开始的那一年，他们的方式是全副武装。全副武装，时刻准备和头头还有他的猪猡们打仗。他们是下东街的匪徒，有理论，有号召，解放具有战略意义的人们和地区，把纽约市的某个街区整个变成殖民地——变成临时住处、施粥所和军火库。

他们准备征用一切需要的物品。他们的方式即是用一切必要的方式去战斗。他们的方式很危险。心醉神迷。暴怒。偶尔神志恍惚，但是随时都准备撂下大麻拿起枪。《拿下这座城市，从暴乱到革命》——这是布巴雷夫的专著。从暴乱到革命——这是他们的箭头。他们在寻找愿意拉弓射箭的人，随时准备射箭的人。击锤，开火。你若是不相信子弹你就已经死翘翘了。他们的方式，即是对准猪猡的脸开枪，决不胆怯。警察部门从结构上就是坏的——布巴雷夫就是这么阐述的。他们进一步论证了这个分析，即：猪猡是混蛋，他们是我们的敌人，也是我们兄弟的敌人。

他们的方式即是了结一个糟糕的警察系统——这个系统里，行动并非梦想的同胞姐妹。他们的方式即是毫不胆怯。时刻准备着，在美国资本主义及其战争中，从在它渐渐衰退的影响中，在它的奴隶制度中，维护崭新而全面的自由。

在一场暴乱中肉体和肉体间的瓜葛，这比暴乱本身更有趣。布巴雷夫如是说。

大雨。空屋。暴乱。我们终又重逢。

一九六七年，在第十街的空屋，印了些传单，阿赖·“狗娘养的”

在传单中宣称，在美国，生活是无法满足的要求。我们在这儿是为了生活，阿赖这么说。对我们的生活提出要求，而不是请求满足生活的需求。我们在这儿是为了满足我们自己，为了满足生活的要求。

在“狗娘养的”那些人中，那举足轻重的五年时间里——一九六六年到一九七七年——发生了很多次行动，有的成了历史故事，有的则除了参与者以外无人知晓，接下来讲述的就是少部分被删减的精华。

从运河街军用剩余物资处征用了制服，用来满足他们对革命着装的要求：黑色的李维斯牛仔裤，黑色的T恤。每样都拿一整架子，因为这是从批发商运来的。

占据着第十街的空屋子——这后来变成了他们著名的指挥中心。那是一九六六年末的最后几天，他们为邻居办了一场新年盛宴，埋了一整只猪，是他们从屠宰区偷来的。地点在汤普金斯广场公园儿童操场的沙地上，附近最遭人恨的邻人的肖像，走样的猪猡。“烤猪啰！烤猪啰！”“狗娘养的”的核心成员从那天起学了一课，他们的大阵营正在扩张：下东区那边来的孩子们，他们吃不饱，吸溜着鼻涕，黑棕色的皮肤，生活中逃脱不了虱子，逃脱不了悲惨，他们没有享受像样的童年，是参加斗争的现成战士。作为佛罗里达州迈阿密贫民区的逃难者，阿赖很明白他们是谁，他们做什么。但是他没有征用他们，是他们自己加入的。轻风一阵似的玩耍，轻风一阵似的生活，他们保卫“狗娘养的”大院的环形防线。猪猡们害怕那些孩子，那些失无可失的孩子。一九六八年五月，他们捣毁一段段人行道（就像阿赖一样，他给他们提供丁字镐，他在巴黎的新闻短片镜头里见过这样的事情）。那个夏天，孩子们朝着猪猡们扔过混凝土和大卵石——猪猡们正骑着哈雷戴维森猪行车，朝A大道走呢，其中一个人被撞到了，这是个粗壮高大的家伙，穿着短袖和擦亮的及膝长筒靴。那年晚些时候，趁两个伞降医生在休斯顿街取中式食品时，孩子们偷了一辆马达还在空转的救护车。孩子们直接把这辆偷来的车送到“狗娘养的”那边去。“狗娘养的”们涂了黑色喷漆，挂了新牌照，抹去了最容易辨识的标志。这变成了他们公车，用处便是从鲍厄里街的杂物店取东西，那些东西就存在人行道上，他们声称这是他们自己在第十街的商店，名字叫做“免费”，里面的一切他们都免费送人。

抢劫了德兰西街一家化学银行。培根银行，他们这么是这么称呼它的。隔壁熟食店热气腾腾的培根油弥漫了地毯，弥漫了空气，弥漫了墙壁，弥漫了一切。培根银行闻起来从来都不像培根。挺容易的：两把 P38 手枪，两个人头上套的连裤袜（他们的脸呈现出模糊的紧张劲儿，这倒催着出纳员满足他们的要求，还得快点），一张写着要求的便条。他们这次抢劫根本没上新闻，这也是“狗娘养的”学的一课，很有用，那就是：每天都有抢银行的。抢银行一点都不难。你可以确信的是，每个营业时间，纽约市都有什么银行遭劫，而且你永远也不会听说，不会知道，除非抢银行的是你本人。银行不会通告这些抢劫的。要是人人都知道了，他们都不工作了，都去抢银行了。

把从底特律来的摇滚乐队狠狠地揍了一顿。这个乐队名字叫“傀儡”。把他们打得屁滚尿流，因为他们不够强硬，而且还有个极端的名声——尽管他们根本不配这个名头。傀儡乐队在第二大道的一家摇滚俱乐部演出，他们刚刚结束演出，就有传言说他们马上就要挤到豪华汽车里，前往麦克斯的堪萨斯城去和达官显贵共进晚餐。人们都被激怒了，他们把歌手和他的乐队伙伴们从汽车上拽下来，逼着他们回到俱乐部。“狗娘养的”负责痛打歌手，然后往他的缎子料裤子里撒尿。他侧着躺在地上时还穿着那条裤子，痛苦地呻吟着，跟他在舞台上的呻吟和嚎叫全然不同。在舞台上他试图给那些小姑娘们兜售他的假心假意——那些小姑娘中包括爱萌和纳丁——她们分别是阿赖和博德默尔的女人。阿赖和博德默尔在歌手的身上用尿流画十字，博德默尔知道那种兄弟般的协约最后没什么好结果。但是一直到最后，他都身处其中。他准备好迎接最坏的结果了。

用火焰炸弹炸了托姆·麦克安鞋店，就在这家店要在圣马可广场开业的一周之前，还一不小心烧毁了隔壁的社区活动中心，那里嗜酒者互诫协会聚会的地方。没有发表任何道歉。不管怎么说，他们讨厌嗜酒者互诫协会。要怪就怪火焰，阿赖说。“狗娘养的”惹是生非。有时候他们惹的事情反而害了他们自己。

和贫民窟房东莫里索要他那只小惠比特犬的赎金，给他留了一张字条，索要八千美元，让他们把钱放在麦时利酒吧的掌柜那儿。听着莫里你个狗日的，字条是这么写的，如果你想看看这个蠢蝎子把钱吐出来的话。莫里在汤普金斯广场公园周围的街区持有大量的股份，包括他们自己在第十街的大公寓楼。“狗娘养的”决定利用这个楼满足他们的要求之前，这个楼就一直空着供膳宿用。有谣言传来说莫里正准备收回这个楼，把他们赶出去。他没给他的迷你惠比特犬交赎金，而是去叫警察，警察让他去找动物避难所，结果他没给那个狗办宠物许可证。其时，“狗娘养的”慢慢开始喜欢这只小惠比特犬，以前喊它狗杂种，现在给它重新起了个名字，唤作博南诺，这是根据意大利无政府主义者阿尔弗雷多·博南诺的名字起的，他那时候正在意大利的哪个监狱坐牢呢。博德默尔从来没读过他的东西，但是知道他的名字还是有某种分量的，因为博南诺曾经企图火烧梵蒂冈宫。博南诺，这个小惠比特犬，能跳得特别远，让人都难以置信，它是个跳远运动员，也是个咬人的东西。“狗娘养的”训练它跨过火栏，攻击那些猪猡们。

有极少数几次行动，不过还停留在设想阶段，但只是极少数而已。比方说，那天他们准备在游客面前晃荡他们的生殖器。他们去了自由女神像，准备实行计划。当天是情人节，外面冰冷冰冷的，但是不要紧，几百个家庭在排队，等着走进这个偌大的女人。“狗娘养的”拉开拉链，结果发现他们自己萎缩得快没有了。那么冰天雪地的早晨，使出他们的武器没多大意义。于是，他们半自发地朝自由岛的雪堆撒尿，画出了一个重要的运动信息。博德默尔画的是N，准备画E的时候没料了。幸好有人随身带了啤酒，他们一个传一个，猛喝几口，才完成那个信息：NEVERWORK——永不工作。

砸坏了一辆停在第十街的凯迪拉克布洛海姆。博德默尔把那辆车认成瑟曼·约翰逊的，这个混账的南方绅士和纳丁睡过。尽管那场运动不赞成夫妻制，这还是惹得博德默尔很不爽，因为瑟曼似乎并不欣赏纳丁，他只是在一次施虐的权力炫耀中利用她而已。第十街的树影反射在停着的卡迪拉克车的挡风玻璃上，好似叶片状的丝网。接着，波尔莫尔用一把大锤把车玻璃砸个粉碎。砸那个挡风玻璃简直太爽了——尽管他后来才发现，那辆车不是瑟曼·约翰逊的。

他们仅仅杀过一个人。那个拿着铝制棒球棒冲来的贫民窟房东莫里，不算。那是战争，当另一方也遭受伤亡时，这就不算谋杀了。他们唯一蓄意杀害的人叫退莱特，是附近的一个海洛因销售商。一个十六岁的女孩因使用过量毒品而死后，他们去了退莱特在克林顿街的住所。阿赖已经失去了两个哥哥，一个可以上床的女朋友，在“狗娘养的”那些人里，他最不能容忍商人，最不能容忍商人们对革命势头的负面影响。“当你获得的只有落魄与苦难时，当这些就是所谓的生活时，”阿赖说，“你已经堕落了。感觉良好，但是和死亡太像了。”当博德默尔和阿赖去克林顿街时，半路上有一排人。这些吸毒者赫赫地吸着鼻涕，跟在大萧条时期等面包的人们似的等待着，时不时用他们脏兮兮的绒面革夹克衫袖口擦擦鼻涕。用一个电影名字说你们正合适，博德默尔想着，绒面革上的鼻涕。他和阿赖穿过那排人，上楼，用一把P38打死了退莱特，这枪是“狗娘养的”的半官方武器。回来下楼，完了。没有任何后果，因为看来没人关心退莱特是死是活。

抢劫了第七大道的一家化学银行，博德默尔为那次行动准备的准军事服装没多少东西，不过就是一个滑雪帽和一个黑色的缎面游泳裤。隐姓埋名，他后来想起来了，这就是他决定穿游泳裤的原因。这游泳裤是他从曼迪逊大道的一家活希源商店偶然抢来的。那件游泳裤很合身，博德默尔渐渐习惯了它的弹性面料，习惯到他都很少不穿它。甚至是从来都穿着。那件游泳裤已经变成了他神圣的内衣，它贴身包裹着他的臀部，这让他觉得……紧绷绷的。太适合抢劫了，他这么想着，一边在车里脱了衣服。

收留了贝尔维尤的逃俘，这些穿着病号服的姊妹们是不会在精神收容所康复的。还有第四大道邮局旁边寄养家庭逃出来的人。给这些女孩和妇女们衣服、床、食物，向她们指明获得制度外的狂喜的途径。所有人都度过了一段欢乐的时光。在一场暴乱中肉体之间的瓜葛，比暴乱本身更有趣。

从“金色女儿会社”收留了一批犹太人，比如胡安，他没有胳膊，T 恤的袖子空荡荡地飘来飘去。“金色女儿会社”给那些孩子们分发了毒品二甲基色胺（也就是 DMT）的白烟，作为通往上帝的高速公路。

在“金色女儿会社”的头头让爱萌染上疱疹之后，突袭“金色女儿会社”。爱萌才十四岁。会社在一个公寓里。博德默尔自己在第十街空房子的住所和马路一样高，地板很脏，有六只马恩岛猫，没拴绳子，给他的头发染上一股永恒的猫骚味。会社公寓也很邋遢，不过不太一样。那个头头是个粗野的大胖子，正在加热吸食的精炼可卡因，他的白袍子垂下去敞开着，脸庞几乎全被乱糟糟的络腮胡子遮住了，这个头头濡湿红润的嘴唇衔着一个玻璃烟斗。博德默尔看了他一眼，差点没吐出来。两个十几岁的男孩躺在地板上，抱怨着四处弥漫的烟气，他们上方窗台的那只鸽子，翅膀里进了揿钉，都使劲扑闪着翅膀把钉子扇出去。阿赖和博德默尔抓住他长袍的后领。把他那套加热精炼可卡因的工具打翻。浇了煤油，然后点了根火柴。把那两个神思恍惚、正在抱怨的男孩带回总部，用橘汁来治疗他们吸食毒品引起的恍惚状态。阿赖和博德默尔在尽己所能，对付社会上的品行不端。毒品贩子，骗子，传教者，猪猡们。他们尽己所能，关心别人。用力量去关心。称之为全副武装的爱。阿赖就是这样的。

把垃圾带往林肯中心。“给垃圾带的垃圾”，这是这场行动的名字，发生在六九年夏天一场垃圾工大罢工的第九天。当他们用汽车后座载着一袋袋垃圾，运往北部百老汇大街时，博德默尔心里想着他们正在把杰奎琳·肯尼迪的皮革靴筒送到林肯中心的喷泉，还有她的短衬裤。

他们把他们的垃圾袋倒到喷泉里，给杰奎琳的内裤里塞满咖啡渣、啤酒瓶、压坏的酸牛奶纸盒，各种各样臭气冲天的脏东西。博德默尔还想了想自己会不会觉得抱歉，但是他马上就觉得杰奎琳肯定会喜欢的。每个娘们都喜欢她的衬裤被塞满。你说说有哪个娘们——

博德默尔没和任何一个“狗娘养的”说自己对这个行动的秘密想法，他把垃圾直接塞到杰奎琳的高级裤裆里，垃圾被紧身织布卡着，就像他自己穿着活希源游泳裤感觉被卡住一样。他一会得把自己锁到盥洗室里，使劲自慰。杰奎琳让他这么兴奋，他都在想他是不是真的很放荡，但是他不去想这事，全神贯注地想象着她的内裤猛地拉下去，把他的生殖器对准她那毛茸茸的、棕褐色的阴部。噢，老天。她的阴部被晒黑了吗？是不是因为杰奎琳就是一个同性恋图标，所以他才那么放荡？这问题来得真不是时候，他发现正当他想象着大大的、粉色的、印花布遮着的臀部时，他高潮了。“狗娘养的”的下一次大型行动很快就来了，因为他必须参加一些很爷们的事情，所以他们用刀子砍了第二大道的一位音乐会承办人。那个承办人不肯让他们用他的俱乐部举办社区活动。“这是为了让杰里操加西亚的。”博德默尔说，阿赖在一边用他的刀尖刺到承办人的肋骨底下。

抢了一百二十五街的化学银行，戴着假发。博德默尔的假发是黑色的，还带着刘海（这是给你的，杰奎琳）。再在费尔威零售店挥霍一空。回到下东边，把吃的发给人们。给人们发了一周的食物。追赶着瘾君子，追赶着酒鬼，追赶着双眼凹陷的十几岁少女，多明我会的孩子们和黑孩子们，他们就要以唷吼牌巧克力和花生胶糖为生了，“狗娘养的”们传递着装着纸烟、菜豆、烤鸡肉和色拉的纸盘子。纽约人口普查上登记的所有种族的家庭都来到第十街上他们的地址，他们吃着“狗娘养的”煮熟供应的视频，喝着“狗娘养的”调好的盛到迪克西杯里的饮料，而“狗娘养的”不图任何回报。他们甚至还给嬉皮士们提供食物，这些人是不关心政治的享乐主义者，“狗娘养的”多多少少有点讨厌他们。但是“狗娘养的”不拒绝任何饥饿的人。你的饥饿是你的尊严是你的付款，他们一边说一边分发一盘盘食物和一杯杯新鲜饮料。甜菜、胡萝卜、菠萝、麦草。食物。风度。爱。尊严。享受吧。享受吧。享受吧。

强攻威赛卡饭店，在第二大道和第九大道上那家乌克兰饭店，东西卖得死贵。厨房和饭店之间没区别了，顾客和乞丐没区别了，服务员和小偷没区别了。那些和“狗娘养的”在一起的女人们（也可以这么说：没有女人属于“狗娘养的”。女人们是行动的姊妹，做梦吧。她们是用来上床的，看门的，做饭的，唠叨的。）把一盘盘热腾腾的食物端出来，每个人都吃得津津有味。在这以后，他们更厉害了，强攻了四季酒店，想吃什么吃什么，想喝什么喝什么，临走前图找个乐子，还把总管用灭火器里面的东西狠狠地揍了一顿。吃，阿赖这个有一半波多黎各血统的人总喜欢这么说，凭力气吃饭[1]。凭力气吃饭。

---

1 该句原文是西班牙语。Comiendo，comiendo a la fuerza 是“吃，凭力气吃饭”的意思。

召来一群安保蠢鹅，或者说一些蠢鹅就那样胡乱蹲着，那是胡安负责训练和看管的。他一边还得照应博南诺那只小惠比特（胡安喜欢动物，他要不是没胳膊，没家，没人管他，受苦受累，被折磨被欺负，只能留在D大道等死，博德默尔觉得他本来会成为一个兽医的）。这些蠢鹅对着他们大吼大叫，谁要是未经同意来到他们的地盘，他们就要咬谁，这也给他们带来了新鲜与活力。这些鹅会到处留下黑乎乎油腻腻的稀屎，每个人都得小心别踩上。

召集“地狱天使”——当一场紧急袭击的消息传来之时。这场袭击由第九区的芬克总管领导，纠集了其他区域的增援力量。“天使”能满足他们的要求——大部分时候能。他们堵上第十街和B大道之间的拐角，然后从里面发射莫洛托夫燃烧弹。警察带着防暴武器、警棍、各种各样的金属球到来，大部分是橡胶子弹、豆弹小袋、臭蛋、超声大炮、闪光弹，还有手榴弹和催泪瓦斯——“天使”们把一堆燃烧着的轮胎堆得高高的，好对付催泪弹的威力。“狗娘养的”坚守阵地，猪猡们不得不重新部署，寻找新战术来把他们赶走。障碍很少但是很不幸：喝醉了，被囚禁在离住处很近的地方，其中一个“天使”在博德默尔妻子纳丁身上采取了暴力行动。博德默尔明白，纳丁流泪的缘由，从她的脸颊是看不到的。我的双手都被绑起来了，博德默尔皱着眉说，因为他和纳丁都看着他的双手。他能做什么？没什么。几乎做不了什么。实际上，什么也做不了。就算她知道使她流泪的原因很多很多。无休无止，无穷无尽，却找不到它们的痕迹。

雨中。空屋。暴乱。我们终又重逢。

制定终结计划，有六十八项指控针对他们两人——博德默尔·莫德尔和阿赖·“狗娘养的”。（其在官方警察档案的真实名字是海克特·瓦拉德兹，直到逮捕令送达之前，谁也不知道他叫这个名字。阿赖说你应该从你的名字里听不到自己的痕迹，什么都听不到，只听到叫唤这个名字的声音。）

到了流放的时候了，流浪，阿赖说，博德默尔也同意；但是具体到流浪是什么，流浪和斗争、和革命有什么关系，他们意见相左。对于阿赖而言，斗争是一项历史进程，有特点的阶段和时期，决裂、稳定和胜利，最后都带来一个彻底没有阶级区分的社会。博德默尔更像一个神秘而敏锐的花花公子。而对于博德默尔，唯有等待——那就是你为未来准备的方式，等待大变革来临，那时你就知道了。它会炸掉你的脸，但是也很可能炸掉的是敌人的脸。

阿赖说城市不再是暴动者获取生活意义的根据地了。那是一九七一年，不光他和博德默尔被大力侦查，工厂也关了。工人们在离开城市；而城市，用阿赖的话来说，唯有工人、工厂以及阶级关系的再生产。是时候隐退到墨西哥北部空旷荒凉的山区了。

博德默尔和他一起走，带上纳丁，但只是为了躲警察。博德默尔仍然相信城市，他觉得城市是唯一存在爱与暴力的地方。谁去流放谁就会被流放，急匆匆地离开时，他这么告诉自己。那个离开的陌生人不是带着这个可以栖居的城市吗？我把它带在我身上，他想，我到时候会把它和我自己还回来的。到了正确的时刻。历史，布巴雷夫说，在城市发生。不在别的地方。

与此同时，他们之间有六十八项指控，是时候离开了。

跟他们受尽艰辛待了六个月后，纳丁把他甩了，搭车去了洛杉矶。博德默尔运气挺好，找了法律援助。回到纽约，跟地区检察官工作了一段时间。重新部署，等待决裂，他知道快了。

不管有没有他，它都会到来的。

十二

希尔斯模特范儿

这只是我们的一个平常的夜晚。在苏荷区，人们每晚都会遇到抢劫，街道黑咕隆咚、空荡荡的——没路灯，没开着的店面，只有一些废弃的码头。

我们没精打采地走着。桑德罗很恼火，罗尼挑逗塔莉娅自己捶自己的脸，塔莉娅居然乖乖就范。还让他冒火的是，我和他宣布我要去蒙扎。那会儿我们在大街上，已经出了鲁迪酒吧了。我喝得醉醺醺的，酒意愈沁愈深。

“我准备去了，”我说，“人家邀请我了，这不关你的事。这是我的事。”

“很好，”他说，“好得很。指不定下次演出，你就能给他们秀你的奶头了。”

“好得很。”我说。

“这是瓦莱拉公司能做到的最好的事情，”他说，“事实上，这更好，因为这是人的范畴。女人的范畴。不过无所谓了。”

我们在黑暗中走着。谁都不肯轻易妥协，空气里一蓬蓬浓重的静默。他想让我放弃旅行，可是就这么无视我开过“意大利之魂”，不公平。这可不是小事，这简直不可思议。可是我却被逼着去选择，就现在，要么选择一个真正的机会，要么选择桑德罗。我越想越恼火，这时，抢劫犯从门道出现了。

他把刀举在面前，好像这刀子烫手似的，朝我们挥过来，一下一下戳着。他要我们的钱包。

桑德罗开始掏钱包，在他裤子后边的口袋里，结果却掏出那把手枪来。

“把刀子扔了。”

那个抢劫犯没扔。

“你不会朝我开枪的，”他冲着桑德罗说，“这人他妈的是干啥的——”

他朝桑德罗走来。桑德罗扳回枪机，开火了。

一股烟升起来。那把刀子滚到路边了。那抢劫犯尖叫着，抓着自己的手，全身压在手上。他蹲着，抬头看看桑德罗，他一直紧紧握着自己的手。

“你个狗娘养的！竟然开枪！你敢给我开枪！”

连我也能感觉到那抢劫犯的恐惧。

我说我去拨911，给那个家伙叫个救护车。这地方距离我们的阁楼不过一个街区了。“你最好和他一起等着。”我说。

“没问题。”桑德罗说着，一边耸耸肩，显得我在大惊小怪瞎嘱咐，就像糖纸掉地上了我叫他捡起来似的。

我等着电话接通，周六的晚上，911一直占线。纽约的突发状况太多了，我等了十分钟。

“你看到那个持枪歹徒了吗？”接线员问我。

“持枪歹徒？”

“那个朝受害者开枪的人。”她说。

受害者？

“喂？您得做个记录才行——”

我把电话挂了。随便煮了意大利面，水开了，这时我听到救护车来了。

我一直等着桑德罗。他没回来。我不知道该做什么。我吃了意大利面，喝了一杯温热的白葡萄酒，因为我们只有这些；时间已经很晚，我们又灌了自己很多酒；而且我饿了，得再吃一顿。救护车来了，又走了，这时候什么声音也没有。我想我还是出去一会儿好了。街上一个人都没有，黑漆漆，寂沉沉的，好像我们从来没遭劫似的。

我走到休斯顿街，时不时有的士呼啸而过。又回来了，等吧。

我坐在客厅的长椅上。其实是一个胶合板的台子，是桑德罗以前做的。窗户开着，城市睡着了，透过开着的窗户，我听着这座沉睡的城市轻柔的声音。没有任何车辆轧过街上松动的卵石的声音。我打开电视。凌晨三点场的电影正好开始。一个婴孩躺在一个女人的怀里。这个女人睡得脸都浮肿了，头发乱糟糟的，枕头凹陷进去一块。这个场景非常熟悉，但我记不起来了。这时，镜头切换到沙发上一个更俏丽的女人。她挺身坐着，瘦削，金发，带着野草似的活力，看着窗外的一台推土机，这推土机正推着煤渣。我想起来了，我和桑德罗在影院看过这部电影。这个更俏丽的女人抛夫弃子，就要和一个大惊小怪、神经兮兮的男人开始一系列仓促的冒险了。这部电影并不是要展现一个焦煤镇严酷的生活——尽管桑德罗这么认为，他认为电影说的是工业里的人性。它讲述的是一个女人，讲述的是在乎和不在乎。它讲述的是那种不在乎。

煤可以加工成各种形状，我们看完电影后，桑德罗对我解释过。一串名字，比如方块、加煤机、炸弹、栗子。桑德罗喜欢了解这类东西。他和罗尼都这样，尽管桑德罗拥有工厂，而罗尼在工厂上班——桑德罗这么打趣过。或者至少罗尼这么说过，他说他在纺织厂干过活。可有时候他又说他只在船上工作过。而他讲起那在纺织厂工作的事又跟真的似的。我思忖，他要是真没在那上过班，那至少，有别人在那工作过，别人经历过罗尼说的那些事情。“我们在染料房后头撒尿，”他说，“因为有些老酒鬼藏在洗手间里，游游荡荡等着你掏出你年轻的鸡巴来。”罗尼的工作是搅染缸。和他一起搭班的是个小孩，又高又瘦，脖子上的甲状腺肿有网球那么大。有一周，罗尼说的，这个脖子上有甲状腺肿块的孩子没来，罗尼自己一个人搅染缸。第二周，这孩子回来了，原先甲状腺肿着的地方成了一块大大的绷带。罗尼说他们在染坊的地下室有个秘密的诊所，这样一来，没人能为工人补偿金提起诉讼了。“我的手被卷到滚轧机的时候，”他说，“这些伙计把我推到底下，不管我死活，只留了个大男人做护士，他净让我吃快餐和吗啡。"

"他说的是真的?"我问桑德罗。"他可不简单,"桑德罗说,"你得仔细听。他有的话千真万确,但是没什么用。他有时候胡编乱造,倒是有点意思。他在告诉你点什么。"

电影里的女人去了法庭,她告诉法官她不好,没有她她的孩子过得更好。她的脸平静、煞白:一个人悄无声息地毁了她的生活。她太漂亮了,因而无须周折,直抵虚荣。

我还有别的问题,纳丁说。

影片里的女人已经够漂亮了,她不得不直面生活。她不得不毁掉她自己,而且因着她的美貌,她完全有资本这么做。

她试图从一家血汗工厂取出她剩余的薪酬。

小甜甜,我能为你做点啥呢?轮班经理戴着厚厚的眼镜,一双果冻似的大眼珠子在她身上扫来扫去。

在他身后,画面中间,是打卡机。罗尼和桑德罗的朋友萨米曾有一年每天二十四小时都需要一小时一小时地打卡。桑德罗说这是本世纪最伟大的艺术品之一——另一项是罗尼的计划,他号称准备给每个大活人拍张照片。萨米在外面生活过一年,这比开一辆陆行车可耗神多了,也艰难多了。不过这都意味着你围绕一项活动来塑造生活,并且称之为表演。那么,我又有什么理由不去蒙扎呢?

外面的垃圾车一阵响动。罗尼大概又在那个年轻女孩家里,他的备胎。不是他之前信誓旦旦说的,几个小时之前就该在她那里;而是现在,夜晚的最后时刻,拿走她所付出的。

电影里的女人在酒吧里喝酒。她一头的卷发棒,箍着雪纺头巾,好似油布罩着木材堆。卷发棒的凹陷,希望的空间:也许会喜从天降吧。

桑德罗没有任何音信。我得看看电影,不让自己在等待时睡着。

一个男人给那女人买了一杯啤酒。她用小口优雅地抿着,满头的卷发棒,倒不为什么特别场合做准备。烫发的时刻好像都带着几分宗教色彩,这种等待的过程比结果还要至关重要。烫发的时刻,就是虽然活在当下，却相信未来总有那么一个场合需要这个发型。

可紧接着，她却穿上她那邋里邋遢的内衣，穿上其他衣服，去追一个从汽车旅馆出来的旅行销售员，也不要卷发棒了，都丢得远远的。

喂！喂，等等！

我开始回想起这部电影了。我一边看着，一边记起这些场景的细节了。我开始预想。不是台词——尽管我能记得几句台词，而是这个女人脸上的表情。

她凝视着百货公司模特，就像他们有一些本质的、人性的东西，是自己身上所缺乏的。模特们都被精心放置，好显得自然些；她们不是朝这儿看就是朝那儿看，却永远不朝我们看。这是希尔斯模特范儿的一部分。我母亲曾经在里诺市区的希尔斯做过一阵子橱窗布景员助理。人家给她一本小册子，上面有一排注意事项，最重要的就是“无目光接触”规则。一旦模特和顾客进行眼神交流，她们就会把美梦打碎——这梦境是顾客的情感投射。模特的任务就是把更完美的我们卖给我们自己，价格是十九美元九十九美分。

那个女人注视着模特们，想获得指引。她细细地看着他们瓷漆的妆容，一个小坤包挂在模特僵直的手臂上，一根杆子从后边支撑着每一个真人大小的模特，那根杆子消失在她宽裤子后面的线缝中剪的洞里。她们每个人的屁股上都支了一根杆子，似乎在说女人脸上一夜之间的衰老。那怎么样。

当丹尼斯先生，那个神经兮兮的男人，把新的浅黄色的裤子扔到车窗时，她脸上的表情：孩子似的失落。

你跟我在一起，就别穿宽裤子了。别穿宽裤子！

扔掉她的口红。

让你看上去很不上档次。

你跟我在一起，别弄卷发棒。你就不能搞个帽子戴戴？

你什么都不要，你将来什么都不会有，他跟她说。你现在什么都没有，你什么都不是。你不如死了算了。

当他们准备去抢劫银行的时候，什么都出问题了。这就像可怜的蒂姆·方丹。蒂姆·方丹抢完银行以后，在一个拥挤的公交站等车时，钱袋里伪装成墨水瓶的炸弹爆炸了。他怎么不喊个出租车呢？我百思不得其解。（实在想不通。）“因为那是我弟，”罗尼说，“他要是有那会打车的脑子，他就能有别的法子挣他吸毒的钱了。”罗尼说，他弟弟抢银行之前在布什维克[1]贩卖过海洛因，这生意难做得要命，傻瓜才肯干，一天得十六个小时，仅有的报酬就是早晚各注射一次毒品。罗尼啐道：“他们累得跟狗一样，整天在街道转悠，他们以为他们逃过了政府的控制。我就跟我弟说，你一小时才挣十二美分。”“你挣多少呢，罗尼？”桑德罗打趣道。罗尼说：“我不拿报酬，我是个艺术家，我就不是体制里的人。”“你弟也不是，”桑德罗说，“所以你得给他一小时的那十二美分加点别的东西，一些附加值。”

我见过蒂姆·方丹。我脑子里想过身为罗尼的弟弟他会长什么样，没被逮住之前蒂姆好几年都以抢劫银行和装甲车为生。我猜他留个像罗尼那样的连鬓胡子，像罗尼一样气宇轩昂的，从来不洗的油腻腻的李维斯仔裤，摩托车靴子。话语里的讥讽。太阳镜搁在头上，那一丁点优雅的气质几乎有些女性化，因为罗尼的嘴唇很好看，换句话说，我脑子里想的其实是罗尼。蒂姆·方丹一点也不像罗尼。他说话咕咕哝哝的，走路拖拖拉拉，老瞅着地板。他穿着一件发僵的工作服，一点也不合身，看上去新得不像样，我后来才知道刑满释放的人通常都是这么穿。理了个狰狞的劳改头。一撇八字胡，遮住了麻点子和疤痕印。鼓鼓囊囊的大块肌肉，看着瘆人得很，就如劳改营健身房鼓捣出来的大块肌肉。他感觉都是上坡路，走完十二个陡峭的台阶，再继续走十二个。我见他那次，他都没怎么看我，老是瞧着他那双手，指垫硬邦邦的，表皮磨得发亮。“那个混球十八岁时用酸液把指纹给腐蚀掉了，”罗尼冷冷地说，“好像这样一来，别人就不能迅速把

1 布什维克（Bushwick）位于布鲁克林区，19世纪是玻璃制造业和啤酒酿造业的工业小镇。经过近百年的蜕变后，逐渐取代威廉士堡成为新锐艺术家的新驻点。

罪犯认出来了。”

电影的最后，废弃的采砂场，清晨。那女人在一辆轿车里醒来，一个战士拉开裤子拉链，正往女人身上压。她逃掉了，趿拉着她的白凉鞋就跑到树林里了，这是丹尼斯先生从伍尔沃斯停车场一辆车的行李箱借到的露根鞋。她穿正合适。她一路狂奔，穿过刺藤，身体被刮伤了，疯疯癫癫的样子；衣服一半还穿着，一半被撕碎了；跑着跑着她一头栽在地上，嚎啕大哭。

夜，公路小旅馆。有人把一根没点的烟别到她耳朵后边。有人给她一个热狗。她嚼完了，带着顺从和感激。她的啤酒杯一次次被斟满。

酒吧的音乐，小提琴在助兴演出，而人们大声嚷嚷，抽烟喝酒，他们的声音围攻着那个女人。

你什么都不要，你将来什么也不会有。你现在什么都没有，你什么都不是。

她长长的手指夹着香烟。她脸如雪盘，很美丽。暗暗的光泽。

我现在可还是……这么……漂亮呢。纳丁凑到我跟前，等我来肯定她的话。摄像头对准那个女人，她望着桌子。

就这样。电影终了。

似乎就在这时，我听到楼里的电梯正顺着链子往顶层爬。

电梯辘辘作响，吱吱呀呀慢吞吞地停到一楼。我关掉电视，起身。

桑德罗坐在黑暗中，坐在一进门大厅中央的椅子上。我去找电灯开关。

“不用，”他开口了，“别管它，过来吧。”

他把头埋到我身上。我顿时一阵怜惜。最该做的事情，我想，莫过于跟他分担这一错误带来的精神压力。可当我抚摸他的头发时，当他温暖的身体抵着我时，我只觉得他的事情离我很遥远。就为了保护八美元，一张五金店收据上胡乱划写的电话号码——钱包里就这些，我后来看到了。号码是特拉斯伊的。外卖订单，很可能。他打中了一个人的手，就为了保护八美元和一个我能背下来的号码。

他拉我起来，把我抱到床上。那个房间里有张我们平时不怎么用的床。一张床，一把单人椅，此外没别的家具了。桑德罗喜欢在每个房间都放张床，独立式的，不靠墙。甚至在楼下，那块地方专门用来展示他已完成的作品，他朋友的作品——斯坦利·卡斯特莱、索尔·欧培乐、约翰·张伯伦还有罗尼的——一小部分作品，每个开着门的房间都摆张床。温馨的港湾。要不是这些，那房子就太空荡荡了——甚至连墙角一台掉银漆的旧蒸汽散热器，都让人觉得很有家的感觉。只有桑德罗用过这些床。他喜欢有个平的地方用来躺着想事，用来感受室内的空间，用来仰天看高高的、图案重复的印花锡纸，一边听着卡车经过底下街道时卵石橐橐的闷响。这种素朴让桑德罗的房间颇似一个干净的机械加工车间。这房间里的每样东西都沾着一些微小的残留物，油乎乎的——比如石墨片，比如你擦窗沿时或穿浅色裤子往椅子上坐时想揩掉的黑污渍。桑德罗的阁楼从来都不会像一个正常的家一样那么干净。机器润滑油，溶剂，织造加工的副产品，鬼影一样黑乌乌的，地板都被这些东西染脏了。这个楼原先是个服装厂。桑德罗买下这楼那会儿，格洛丽亚·卡索尔是他的助手——这是他们“漫长情史”的一部分，格洛丽亚喜欢暗示这点，这时桑德罗就不以为然地看着她。每块地板的夹缝都塞满了大头针，格洛丽亚的任务就是跪在地板上，拿个手柄磁铁，把它们一个个取出来。这足足用了她一周时间，她的后背还因此疼了好几个月，但是她说她慢慢喜欢上了这个活计，把散乱的大头针收集起来。“我晚上一闭上眼睛，”她说，“就看到大头针从裂口里、缝隙里被一只超强吸铁石给引逗出来，大头针一个紧挨着一个，像一排纸娃娃。”桑德罗包揽了粗暴的活计，把几十台工业烫衣板打开，投掷到楼前一个打开的垃圾桶里。废旧机器每天都不断在堆积，可每天晚上，这垃圾堆成的小山又神奇般地变小了，因为晚上有来捡垃圾的，他们爬到垃圾桶里，把东西拿走。

我们躺在大厅的床上。凌晨五点，街上静悄悄的，只传来一只篮球发出嘭嘭嘭的、偶尔撞到篮板的声音。我总是会想象一个人孤零零在那玩一只篮球，运球，投到没有网的篮圈，再捡回来。哪个人睡不着，便跑出来怏怏地投篮。很可能是两个人，或三人，或整个球队在黑暗中滑步，运球，传球，投篮。可不管什么时候，只要我听到那个小球场回荡着篮球的声音，我就觉得这是一个球员的声音。

桑德罗盯着我，似乎在确定我们是一个战壕的。我也盯着他，却不能肯定是什么战壕。看起来，给他传递“我懂他”的信息非常重要。亲密关系不就是如此吗？但只是因为理论上来说你应该懂，你也想去懂，就设想你懂对方，也把这一信息传达给对方，事实上你心里并不这么想，如何是好呢？然后他开始脱我的内衣，而我并不需要懂什么。在那个偌大的敞开的房间，我东想西想，思绪游离不定，这时桑德罗来了——他的呼吸扑到我的大腿，那种感觉总让我觉得有些羞耻，就好像我是个拘谨的少女。我隐约觉着，我要是顺从他，就意味着我赞成他的暴力行为，而我并不赞成。可话说回来，这不过就是很简单的性而已，无关赞成，亦无关谅解，我已经想好了，我不会配合他的。太累了，太晚了，我不想。桑德罗从来不会考虑双方的感受。性不是价值交换，他说。这是一个实惠的礼物。我放松下来，又开始任凭思绪游离。我在回想电影中的那个女人，她煞白的脸。小口抿着她装在烈酒杯里的啤酒。我的神志有些恍惚，游离于这一切，游离于桑德罗的嘴唇——那不对称的嘴唇意图是发生关系，游离于一个男人的脸庞、舌头之外，注意力集中在一个女人的两腿之间，还有行为的结束。没有感激，没有亲密，只是结束。

那个女人在卷发的时候，小口抿着她的啤酒，准备好去迷失自己了。她会这样做的。她一点不胆怯。

天色渐明，透过窗户照亮了房间。格兰德街上的卡车撞到路边巨大的钢板上，开始了他们轰轰隆隆的一天。

桑德罗刚才和那个抢劫犯一起等着，他告诉我，一个十四岁的孩子——一只手被炸得粉碎。我沉默了。他把我的沉默当成是一种控诉。一个小伙子拿一把刀在威胁我们，他说。我们怎么能知道他不会伤害我们？我们没法知道。唯一能确定的东西就是那手枪——因为桑德罗给迪迪埃展示来着，所以那枪已经上膛了。

救护车呼啸而至时，桑德罗已经离开现场了。他从休斯顿走到艾伦，又走到艾伦购物中心——我们所说的南北人行通道，走到德兰西。经过拉特纳餐馆，里面坐得满满的，都是吃夜宵的人。他走到威廉斯堡桥，拾阶而上，开始过桥。他能看到东河对岸制糖厂黄色的霓虹灯，海军船坞的卤素安全灯，海军船坞南边的变电站，黑色的烟囱闪着红光。他已经忘了那个场景该有多震撼了。穿过画满涂鸦的过道时，他摸摸口袋里的手枪，寻思着他会不会又遭一次抢劫。当然不会一晚上碰到两次抢劫了。完全不可能有这样的概率，应该是不可能的，因为已经发生过一次了。他看到下一个混凝土桥墩那里闪着一群黑影，马上觉得抢劫与概率毫无关系，与已经发生的事情毫无关系。他不想再用那把枪了。他转身，下台阶，闲晃到中国城，经过还没开门的鱼肉果蔬市场前面洒过水的人行道。他在赫斯特街找到一家面包房，里面灯还亮着，窗户蒙上一层白色的水汽，浓厚的水汽汇成小溪顺着玻璃上流下来，工人们正在从大大的面包盘里拿面包，装到陈列架上。他轻叩玻璃，跟他们说了说买了块莲蓉包。面包刚刚出锅，他说那股子香喷喷的热乎劲儿，将他带回到我身边。什么都不重要了，他只想回家见到我。

“然后就见到你了，”他说，“穿着你的棉内衣，炫。你的大长腿，炫。”

海伦·海伦贝格早上打来电话，她给桑德罗找了个律师。

她怎么这么快就知道发生什么事情了？我问道。

桑德罗摸着自己的脑袋，就好像被技术性细节和这事故的创伤弄得很崩溃，然后说：“我回家时给她打了个电话。不过这有什么啊？这整个事情都混混沌沌的。乱得一团糟，简直就是一场灾难。我真被自己搞疯了。”

他把脸埋到手中，我忙着安慰他，一边告诉自己不要对海伦起疑心。

那个律师告诉桑德罗他必须做出选择，要么去警局，一五一十告诉他们事件的经过；要么不去，什么也不做。

“可是，如果我去警局的话，会怎样？”桑德罗问他。

那个律师解释说，桑德罗想错了。没什么好担心的。他们很可能想把他塑造成一个英雄。治安英雄寻找抢劫犯，夜里把抢劫犯制服了。

我们在第二大道第九街上那家我们总爱去的乌克兰餐馆时，桑德罗把这一切都讲给我听。然后，我们从第五大街往东走，朝着汤普金斯广场公园漫步。这是一个美丽的秋日，静谧的清晨，叶子渐红的橡树，别人家的壁炉飘来柴烟的味道。

我们离店面门口的小型礼拜会很近，那礼拜会神叨叨的，分发免费的 DMT[1] 剂量，这个教会旨在帮助希望接近上帝的人群。罗尼曾经给我指过——门上画着丑陋的褐色曼陀罗，一个你要是不知道就压根找不到的地方。他曾经去过一次，为了体验一下——不是上帝，只是 DMT。他说那个牧师很“公平”，意思就是他给每个人和他自己同样的剂量。罗尼接过了他的那一份，速溶，坚硬。他飘向天花板。他想下来，但是太晚了，牧师和教徒都在底下慷慨陈词，冲他喊了一通关于耶稣和真正的内心之光的话。太吓人了，他说，真的让人一点都不舒服，但是他只能在天花板等着。“如果那是上帝的话，”罗尼说，“那他一定是疯子。”

桑德罗和我穿过那个小小的 DMT 教堂前丑陋的曼陀罗。一群嬉皮士在废弃的停车场里，倚着铁链栏杆坐着，一边喝着啤酒，是足量四十盎司的酒瓶。

打伤别人手的冲动。在靴子里藏一把枪。这是什么？我感觉这事跟我无关。就像我飘到了天花板，卸掉了一个男性自我的负担。我会一直上升，并且毫不怯懦。

---

1 DMT，二甲基色胺，色胺类致幻剂，药性强。

“所以这就是我们即将做的事情，对吗？”桑德罗在说话，而我并不在听他说话。

“我们一回去，就给他们打电话。因为他们是意大利人，你得提前好几个月做准备，还得对付一大堆官僚玩意儿。”

我应该着手计划那项和瓦莱拉车队的宣传巡游计划，而他会跟着我一起。

我很开心。我心里从来没有真正想过不去，但是桑德罗的支持让这一切变得更简单了——尽管他这个支持来得很突然，是因为他自己，还有抢劫的事儿，而跟我并没什么关系。

“你可以保护我哦，”他打趣道，“对付意大利。我躲在你后边，抓着你，给你惹生气。”

桑德罗二月在海伦的画廊有个展览，想着等展览一结束就动身。和瓦莱拉车队的旅行应该从三月开始。我们可以把他母亲在乡下的房子当作一个基地。我去蒙扎，接着去意大利北部的其他跑场，然后可能再去法国和德国转转。我会制作一个关于这场旅行、关于我遭遇速度的影片。

“你可以和迪迪·邦波纳托调情咯。”桑德罗窃笑着说，卖弄似地拨弄了一下头发。

第二天上班时，我试图和马文提起这个事情。我满心希望他会肯定地说，我可以请假，回来以后还能继续在那儿上班，但是马文一听到“意大利”，就开始讲故事了。

“一九六七年的夏天，”他说，“我一位朋友在一家准备发行《蔑视》的电影公司工作。他会意大利语和法语，所以他被分派去准备字幕。打印就绪后，这位朋友邀请我去观看首映式。字幕里头有一些很好玩的错误。奥德赛总是打成可恨的[1]。后来这个朋友还做过戈达尔的

1 此处说的错误是将 Odyssey 打成 odious（可憎的）。段末说的错误是将 Hegel（黑格尔）打成 Helga（海尔格）。

其他影片，他制作的字幕里还有更多的错误。我觉得最好玩的是《中国姑娘》里边的一个错误。黑格尔变成了海尔格。”

“马文，我想去意大利，”我说，“很可能三四个月，要足够和瓦莱拉车队一起旅行。我希望能做成一部电影。”

“片名字幕跑到空白片段也是常有的事情。”马文继续说。

他听到我说话了吗？他是不是在按照什么编码回答问题？

“只有那女孩的几个画面被修成底片，作为校准工具。你，或者其他人，一点点偶然出现的字幕。海尔格。”

艾瑞克吃完午饭回来时，我告诉他我希望春天能去意大利。他说可以，我只要夏至前能回来，我就可以保留这份工作。

和桑德罗、瓦莱拉车队一起去意大利——比我学生时期在佛罗伦萨的旅行可炫多了。我那会儿没钱，只能住在水果店里刚能容一个人的小储藏间。马文给了我十六毫米胶片，折扣特别低，几乎算白送了。蒙扎会有一场“意大利之魂”的展演，他们会让我来开车。我有个拍电影的点子，就是在近处从下往上拍，用放大的视角拍摄弗利普·法尔默。一点点凑近他的脸庞，扫过他的身体，他的防火服，他的手臂环抱着头盔。镜头固定在那个静止的画面，那个煞白、纯净的笑脸。然后画面中加入我自己。瓦莱拉车队。我的骑行手套。我的头盔。

“他喜欢让我打他屁股。”当我问起吉德莱她和博德默尔之前情况如何时，她这么说。

我们和平常一样在鲁迪酒吧小聚，也算是桑德罗和我离开前的告别会。是冬天了，路边缀满脏兮兮的雪。

“太难想象了，”我说，“你这么瘦小。”

“不是狠狠地打。就是字面上的打。乒乒乓乓地拍。”

“哦。”

“他喊我妈妈。”她说。

“当然。”

鲁迪酒吧的女士盥洗间里有了新的涂鸦：

“谁谈论爱情，谁就在毁坏爱情。”

有人把“爱情”划掉，写上“罗尼·方丹”。

“谁谈论罗尼·方丹，谁就在毁坏罗尼·方丹。”

众人酩酊大醉的夜晚，那个女士盥洗间经常是男女通用。我在想这些东西是不是罗尼写的。给自己的信息。

我们谈论博德默尔时，罗尼出现了，他溜进小房间。“喔，耶，还是进行时吗？”

吉德莱说，罗尼竟然感兴趣，她可真荣幸。是的，还是进行时。

“我才没那么感兴趣呢，”罗尼说，“我只是想知道你会不会拽他的胡子。显然是布朗库希，当他和佩吉·古根海姆睡觉时——我看睡了不止一次，他不让她碰他的胡子。禁令。别的地方随便碰。身体的任何部位或者头发。但是胡子不行。”

但是博德默尔的胡子没了，我看见他穿过拥挤的人群朝我们走来。他那几绺鬈鬈的头发也不见了。他把头发剪短了，胡子刮得干干净净的。很难理解他现在的相貌，因为从他光滑的面庞、修剪整齐的头发，我只能看出他和吉德莱一定有什么妥协，头发剪掉，好交换别的什么，毫无限制的性？也许吧。我看不出是这个男人自己想弄个新造型。

吉德莱举杯敬酒，她滔滔不绝地说，想想我穿着赛车服在跑道飞驰都觉得棒极了，太刺激了。而且，她说，在意大利过一段生活，那可是很必要的，这是一个疯丫头成年的一部分，象征着完成学业。她这会儿一副老大姐的样子，我就像个小跟班，她经常这样。事实上她比我可能大个十来岁。我还是学生时，在意大利待了几乎整整一年，但是我没跟吉德莱提这个。她知道这事，至少我告诉过她。她说我应该考虑把我沙棕色的头发染染，意大利的女人都把头发染成棕红色。在那儿别的可都不算时髦，除了染红的头发。染色的头发和肥裤腿宽松女裤，她说。我们得给你找点宽松的裤子。

说着说着，她说她的确从来没去过意大利。“但是我可以想象它，”

她说道，“那地方的老女人们用一把硬刷子和一桶肥皂水刷石头台阶，一个寡妇穿着丧服。在美国可没这样的。刷台阶。穿丧服。”

天色已晚，鲁迪酒吧烟雾弥漫。这个小房间的人三三两两凑在一起。罗尼挨着索尔·欧培乐坐着，欧培乐已经完全原谅罗尼杀他兔子的事了。罗尼瞅着索尔的双手。“索尔，”他说，“你没指纹哎。”索尔看看自己的手，苍老、硕大又结实，那双手看上去就像能捏碎石头似的。他仔细瞧着他光滑的指肚，耸耸肩。他说他用他的双手。来画画。工作久了，指纹就掉了，他说。

罗尼说他从来不知道这事能这么简单。

“你说啥，简单？”索尔说，“我在工作室干了四十八年。你觉得简单？”

“我是说除掉——”

我直到三十七岁才有了第一次个人展览！简单。见鬼去吧。”索尔说。

桑德罗在吧台又叫了一些酒。博德默尔挨着吉德莱，吉德莱和我说话时，他就带着惊奇的神色看着我们，一语不发。他好像感觉不需要去赢得她的心，使她迷上他。他就那么直愣愣地盯着她，好像他已经在想待会他和她要做什么了。我抬起头，桑德罗又拿着酒出来了。在他身后，屋子的中间，一个女孩孤零零地站在那儿看着我们这个小房间。年轻，苍白，纤瘦，浅黄色的头发，大脸盘，大大的头，像个孩子。她望着罗尼，罗尼正和索尔·欧培乐说话，没抬头看，也没注意到她。这是他的备胎。

“你这旅行太让我激动了。”吉德莱继续说。她盯着桑德罗递给她的梅子白兰地，在她手里转着。

“我猜该有八十多岁的异装癖，还是狂热的天主教徒，他们会请你喝茶的，”她说，“你会去的，穿着你的宽松裤子。我们得在义卖会上给你买一些。”她抿了一口酒，又盯着玻璃杯看。“那些老异装癖会有稀奇古怪的家具，里面塞满马鬃，到处铺着蕾丝桌巾遮住霉斑。”

她认识一个意大利异装癖，她说，那个女人玩象棋，玩世纪之交的德国歌剧唱片。她告诉吉德莱自己每天晚上梦见罗马主教，主教穿着白得发晕的白色，飘在云间。吉德莱问哪个主教，主教？是保罗六世？那个异装癖很气愤，说不是，当然不是！不是不是罗马教廷那个。就是主教，一身白衣，她告诉吉德莱，给她重筑幻梦。美丽的主教，飘在云间。吉德莱想那真伟大啊。“她的幻想并没被实际的权力所干扰，”她说，“就是男人在空中飘。”

他那个备胎站在房间中央，面朝着我们。

我想了一下是不是应该和罗尼说点什么。我决定不说了。若是她想提醒他她来了，她自己就可以。但是她眯起眼睛看着他，带着她的忧伤直直地看着他。

罗尼没看到，还在那儿和索尔寻开心。

她转身走了。我望着她往外走——带着她的忧伤。

十三

树叶的颤抖

也一样能预测未来，瓦莱拉雇佣的那个巴西工头这么说。那个工头说你预测不了。你不能全凭猜测就能知道哪些树液采集工人会完成工作量，哪些人完成不了，哪些人会死。

黄热病，那个老板说，他们死于黄热病。

有个橡胶工，头上有一处 .22 子弹口径的洞：

黄热病，册子上写了。

另外一个人背上有个洞：

黄热病。

第三个人的脖子上勾着个冰镐，因为那老板的劣质前装枪，给拆散了，上面写着：黄热病。

老板手上那把瓦莱拉公司的手枪可以打五十发子弹，打完就坏了。他给圣保罗的公司联系人写了封信，告诉他们这设备有问题，结果却被告知没法维修。

让这些印第安人感到紧张是很重要的，所以老板得想办法。印第安人需要威胁。他们需要害怕。他们可能会逃跑；或者给橡胶强盗贩卖橡胶，这些强盗在营地周围游来荡去，老板就得损失一部分利润了。你能听到这些强盗的声音，他们在丛林中噼噼啪啪，窸窸窣窣。老板的工作就是让这些印第安人排成一排。他的工具是那些廉价的前装枪，或者给覆盖尸体面部的布巾上泼满水，假装那人是淹死的，还有各种各样对这些印第安苦工未来生活的保证。他们被带到亚马逊丛林，欠了一笔钱。他们在公司商店赊欠了一些东西，欠了一笔钱。明令禁止他们不许从事维持生计的活动。不能摘巴西果。不能砍庄稼

（谁要是被抓到在耕作：黄热病）。

这种生活，这些橡胶工的生活，奔跑，大汗，疲惫，等待。奔跑，奔跑，大汗，疲惫。你慢慢等待，而老板来检查你的树根是不是干净，树干切口对不对（不能太浅也不能太深，这样才不会损坏树上柔软的部分，也就是形成层，而且不能是圆形的——反之，你应该在树干上做一个半螺旋的切口，从右下方到左上方，捏着乳胶管在树干里找凿好的暗沟）。要是老板忙的话，你放下装着胶乳的桶，在一边等着。如果你带着装满胶乳的桶跑，还不小心洒出来一些，那就叫做仓皇逃散。如果你提着胶乳桶往山坡上跑，而且因为“你跑得踉踉跄跄的”，泼出来一些，那叫做“仓皇逃散”。从你桶里泼出去的分量和一天的工作量，跟桶本身的重量和限度不相匹配，那些泼出去的就算被浪费掉了。这不是完全损失归零的问题，而是变成负数的问题。你不知道一个人的负数能低到什么地步，低到根部以下，直到你找到这种生活，或者它找到了你。

提着那些重重的桶，随时可能溢出去的桶，很容易溢出去，走到负责磅秤的人那里，需要走一个小时。你一天要去称两次，中午一次，傍晚一次。中午，一整天，一天的生活，一种现实，已经度过了。必须得摸黑起床，白昼来临之前，匆匆忙忙准备好在丛林吃的午饭，跑到树根，尽快割开。越是接近黎明时分，产胶量越高，因为树在清晨分泌树胶的效率最高。你得知道该去找哪棵树（不能连续两天割同一棵树），你从这棵树跑到另外一棵，把树根割开，每棵树都开始流出胶乳时，你该跑回清早割开的第一棵树了，你在天还没亮的时候只用手摸一摸，凭感觉割开的那棵树，你现在回去收获成果了，把它从树底的杯子倒进你的桶里，把树根擦干净，再跑到下一棵树前。这就是全部，从一棵树曲折跑到另一棵树，浑身是汗水和丛林的湿气，感觉你的脑袋都像在氨水的迷雾中，眩晕，昏迷，你的脊柱痛得钻心，你的肌肉扭得像破抹布一样。

那个把你的桶放到秤上的人跟你作对，好像他天生就该这么自然而然地恨你，哪怕你桶里的胶乳满一点，路上洒得少一点，也不会改变什么。他被不错的报酬、轻松的金钱引诱而来。别人给了他很多许诺：体面的房子、电力供应、热腾腾的饭。你提着他的水——容易溢出来，但是不用像称乳胶那样被称量，只是用眼睛打量下，所以水洒了以后后果没那么严重。他没那么穷，跟你比起来一点都不穷，你忍受着炎热疼痛疲乏，在帆布帐篷底下的脏地板上都睡不了多久，一下雨就只能吃凉的，因为做饭都在露天的地方。他在那儿就是为了看管你。那是他的工作，而这一切都是你的错误。他恨恨地皱着眉头，称一称你的乳胶桶，然后在小册子上写个数字。一桶又一桶，你没有任何报酬。你得到的只是他那本小册子上的一个数字。如果那个数字低于份额，那么你没有任何工分；如果你桶里的胶乳够份额了，那么你打平了，你就有了另外一个数字，这样可以有工分，正负相抵。最后给你一把走味的木薯面粉，你必须带着自己的包，或者把面粉塞到你口袋，或者，如果你既没有包也没有口袋的话，你把手捧成碗状，捧着面粉赶紧往帐篷跑，像个饥肠辘辘的饿死鬼一样，身后还洒下一串面粉印。如果你桶里的胶乳超出份额了，你不仅有面粉，而且据说工作完成以后你会得到点什么。传言说那个小册子根本就是个谎言。这样结账付款的话，工作是不会完成的。有人说，我们烧了它吧。但是那样的话你一点报酬都没有了。

你和其他人走了四个月，就到了这么一个人间地狱——老板知道这个。你在贝伦被招募以后，就一路走来。他们把枪对准你，所以你根本不可能逃跑。但是你试过。老板和那个称重量的人站在一起，走神了，从他的水壶里喝水，试着不去看那排提着桶等的人们。他坐在一块锯开的圆木上。他的前装枪挂在他肩上的绳子上。他闭上眼睛擦拭着枪。那个称重量的人正在小册子上写东西。丛林的水汽把纸弄潮湿了，每一笔他都不得不慢慢地写。铅笔不喜欢潮湿，或者纸张不喜欢潮湿。你，几乎排在队伍的末尾，把桶放下，潜进树林里，偏离了通往磅秤的小路。离开了队伍，就像铅笔离开了纸不愿意写字一样。

然后你一直跑，一直透过桫椤绿莹莹的流苏朝上看。气喘吁吁，上气不接下气，嗓子发凉，你一边跑着，绿色的流苏一边拍打着你。

怎么会这样，你逃跑的时候脑海里的念头是——上帝怎么会同时爱着你、老板和磅秤的那个人呢？怎么可能呢？你光脚跑，直跑得脚都发麻。跑得轻些，才能没声音，这是很重要的，但是你都感觉不到你的脚。好像你在两个橡胶弹力球上跳跃似的——从你的村子来到丛林深处已经四个月了。你都感觉不到自己光着脚跑路。弹力球。麻木地工作，轻轻提腿走路，因为丛林里会有噼噼啪啪、窸窸窣窣的回声。声音传播得很清晰，而且在林木间飘荡一段距离后会更加响亮，就像礼拜日人们在卡车上放着大喇叭喊人们去教堂。这是你住的村子的生活，现在看来那种生活也不赖：干旱，上帝，不熟的水果让人胃疼。在那里也无所事事，但是至少有时间。现在你一点都没时间，你在奔跑。在林间穿梭。树林茂密、繁盛、厚重，把太阳都遮住了，但是它们自己却在探着太阳。如果你不小心踩在树枝上，那些树就会泄露你的秘密。噼噼啪啪，你的声音通过丛林传到老板耳朵里。这些挡着阳光又探着阳光的树，不属于上帝。它们笔直地伸向天空，任何部分都与天堂地狱无涉。这些树就在那里，而且如果你逃跑的时候一旦踩到干树枝上，它们就会传递你的秘密。不是因为它们希望你被抓到，而是因为声音，因为声音传播的方式。它们不属于上帝，它们是上帝的儿子被钉着的木头。就这么简单。它们不会像你一样历经磨难，思索着上帝会不会同时爱着你和你的老板，同时爱着你和掌秤的人；思索着上帝有没有恨的能力，如果他有爱的能力的话。如果他不能恨的话，那么就像牧师说的，好吧，然后。他也不能爱。如果他现在能提供什么帮助呢？他和树一样善（一点帮助都没有）。

逃跑原理：如果你晚上奔跑白天睡觉的话，那么你大概可以跑到河边，给自己造个小木筏。或者你事先毫无打算，仅仅凭着渺茫的机会，等老板转身的那一个瞬间。

大部分逃跑的人都被抓回来了。没被抓回来的则孤零零地死了，死在动物群里，只有这些不属于上帝的大树看着他们。如果世界是一个整体，那么它的整体性也不能给人丝毫安慰。有的人遭受痛苦。另一些人则不。上帝的和谐是什么？是你被一把枪对准了，而老板拿着枪对准你——根据和谐法则，你们两个人不能同时拥有枪。

绿莹莹的桫椤在眼前时隐时现，枝条剐蹭着你。你的双脚发麻，绊了一跤，你摔倒了，你爬起来了，你继续奔跑。

十四

暴力的规则

暮色渐渐笼罩了这座乡间别墅，我们围着室外的壁炉坐在矮椅上。柴烟袅袅，熏得粉雾蒙蒙。俯瞰远处，科莫湖银光粼粼。男士衣衫楚楚，西装笔挺，一脸谄媚相，是典型的意大利游民，他很可能就是罗尼开着索尔·欧培乐的E型捷豹车拉一车死兔子去德克萨斯的时候，心里最羡慕的那种样子。

在场的有博尔扎诺伯爵，他嗓子粗重沙哑，个子矮小，圆圆的肚子紧贴着他那簇新的绿色T恤，左下方有字母花纹，就在脾脏那块。他是桑德罗母亲的老朋友。我的另一侧是个叫鲁奇的男人，他是位工业设计师，从一副大大的方眼镜后边觑着我，像极了费里尼电影里的角色。最后是桑德罗的哥哥，罗伯托，就如桑德罗事先提醒我的一样，他不怎么友善。罗伯托住在一个新建有玻璃幕墙的房子里，沿着这座家族大宅往下走便是。桑德罗和我两天前去拜访过他，就在我们到贝拉吉奥的那天下午。我们沿着小路走下去，逼仄的小路两边绿草如茵，灌木丛丛，蝉鸣阵阵。桑德罗拉着我的手，我只觉得头晕，感觉怪异，一部分因为时差，但是就是这种感觉让我对这个温柔、奢华的地方敞开自己，这里的一切都经过了那么一番精心的布置。

罗伯托迎接我们的时候穿着他的周末休闲服，新款牛仔和双排扣上衣。他的言行举止就和他的衣服一样，僵硬，充满防备意味。当我们介绍我从雷诺特许经销商那拿到瓦莱拉摩托车时，颇有些尴尬，我试图向他表达感谢。一开始，他似乎都不知道我说的是什么，过一会儿他记起来了，说："可你把它给撞坏了。"我还没来得及搭腔，他就扭过去和桑德罗说别的事情了。之后，桑德罗想替他向我道歉，他解释说罗伯托现在遇到的问题比较棘手。瓦莱拉厂里正发生巨大的动乱，尽管罗伯托和工会已经谈好了，但是那些工人们现在反对他们自己的工会，无论如何还是在罢工。对他们有好处，我暗暗地琢磨，就算这样，他哥哥也不该那么粗鲁。

河岸渐渐变暗，小小的橘色灯星星点点，湖边的山丘影影绰绰，皆倒映在水中。乡村别墅在一处陡坡的最顶端，从贝拉吉奥湖滨人行道区域开车仅仅十五分钟——此处并行停放着兰博基尼，女士都穿着皮草，从瓦伦纳来的豪华渡轮经过波光粼粼的水面。沿着滨湖区，洁白如新的餐布，冰冷的起泡酒，奢华低调的名门贵族都举目远眺。仅仅是这从湖滨到瓦莱拉别墅的十五分钟，就让我们离开了另外一个世界——路过的马和牛慵懒地吃着草，手写的标识给农场制作的蜂蜜和酸奶打着广告，道路上缀着黑莓和幼小的栗树。

这个意大利与我以前在佛罗伦萨待的两个学期体验的意大利迥然不同，当时我常常和意大利骑自行车的人在火车站附近的酒吧晃悠。瓦莱拉别墅美轮美奂，让人不由得觉得它更像乌菲兹美术馆的画作，这与佛罗伦萨逼仄、吵闹的街道截然不同。这个别墅位于贝拉吉奥高高的荒野，但是它的庭园却坐落在一处平坦广阔的岬角处，可以远眺到科莫湖。这个庭园布置井然，装饰皆是几何线条和古典图案。铁大门两边立着高大秀颀的柏树，树顶尖尖的，像一座座方尖碑。那条通向别墅的漫长幽僻的车行道两旁，点缀着更多的柏树、古典雕像——小仙女和森林之神；罗马遗址残片之类的；还有一些大瓮，瓮上雕刻着难懂的拉丁短语。在山顶的平地，绿草如茵，四周围绕着多色杜鹃花花坛。各式天井和凉亭都盖着葡萄和野玫瑰的棚架，底下则是大理石家具和安着条纹坐垫的秋千。桑德罗说这些都是他母亲设计的，他父亲去世后，她母亲把古典雕像、残片、大瓮带到这里。老瓦莱拉讨厌这些玩意儿。

和风轻拂过松林，远处是那片湖水。随着枝条的摆动，娇嫩的绿松果一上一下跳跃着。在众人和我围着的火炉上方，是一座潘神吹着长笛的塑像。他的某些姿势，他将笛子放到嘴边的姿势，仿佛他在把胶水弄湿，抹在曲线花纹处封封口似的。

“你当然应该知道鲁奇的大名了，”他一边把我介绍给别人，一边说，“他是意大利最有名的工业设计师。”

“是的，我应该——”

“你如果没听说过他，那么你该好好想想，在艺术学校里他们到底教了你什么。”罗伯托说。

“那么，你是从西部来的喽。”鲁奇和我说，从他的眼镜片里能看到火光的跳动，他的语气比罗伯托和善一些，不过我并没从中感觉到他有维护我的意思。“我有几个朋友出国了，去了好莱坞，”他说，“我打算一年能去个一次来着。一个奇特的地方，但是却又有独特的魔力。我在贝莱尔酒店洗过泥浴哩。”

我所知道的好莱坞，就是马文用切肉刀把派拉蒙的电影胶片损毁，纳丁从旧冰箱里吸氟利昂。去过那个工业城市的一个冒牌麦当劳似乎没什么好说的。我说我是从雷诺来的，内华达州。

“也就是真正的西部，”鲁奇说，“骑马牛仔。流浪汉。离婚女人。有那么点诗意的尊严。”

“你去过雷诺吗？”

“没，没。”他连声说，好像我误会他了似的。“我看过《格格不入的人》。我还有本鲍勃·艾弗里出的摄影集，精彩极了。你知道这书吗？”

博尔扎诺伯爵转向鲁奇，告诉他我热衷汽车竞赛。还说我准备和迪迪·邦波纳托合作做点事情。听到博尔扎诺伯爵和鲁奇谈论宣传巡游，说得就像愚蠢的新奇玩意似的，透着一股子媚俗劲。

“喔，你在呢。”桑德罗的母亲来了，在微暗的灯光中朝我们走来。

她的声音比我想象的更友善，更温柔。我跟她打交道至今，还没这么温柔过呢。我意识到她在看着博尔扎诺伯爵。那个“你”其实是他，那份温柔也是因为他。下午她在贝拉吉奥的一家美容沙龙，我能看出来她的头发扎得有点紧。她穿着一件长长的织锦外衣，像从土耳其集市淘来的。她的麻底布鞋的鞋带呈十字系在她的脚踝处，似乎系上绒带，她那肿胀、布满斑点的老腿就能稍微好看点似的。她坐下来，摸摸她那紧贴头皮、宛若蒙古羊羊毛的鬈发。显然，她年轻时肯定挺漂亮，她的眼睛是麝香葡萄似的亚麻金色，很是迷人。她现在七十多岁了，脸色像濡湿的面粉，病态，惨白，只有鼻子有一点奇怪的黑色阴影——薄薄的皮肤底下泛着暗影，仿佛她的鼻子分离出了她一生享用的琼浆玉液中的毒素似的。她的法国斗牛犬——戈尔贡佐拉，蹦蹦跳跳地跟着她，扑通一屁股坐在她脚边舔着自己的肚子，这个狗的身子蜷成蛋杯的样子，跟小毛狗一样呜呜咽咽的，它的需要不是那么容易就能满足，它需要食物，需要陪伴——似乎大狗都是这样。实际上这是戈尔贡佐拉二代了，这是我在逗狗时博尔扎尼伯爵告诉我的。戈尔贡佐拉一代呢，博尔扎尼伯爵说，埋在游泳池旁边，在自家的祖坟里。

桑德罗带我去看过他父亲的墓碑。**T. P. 瓦莱拉，阿尔蒂托，福图利斯塔，帕德，马利托**。他于一九五八年去世，就在他一直梦想的工程——太阳高速公路——刚刚启动后。他历经两次战争，是法西斯党的成员，在灾难的年代之后一跃成为战后的大赢家。不知是否真情使然，他就埋在戈尔贡佐拉一代旁边。第二天早上我们去游泳池时我看到戈尔贡佐拉一代的墓碑了，是粉色的大理石，跟 T. P. 瓦莱拉的墓碑一样高大华丽。

火炉周围的所有人举杯祝酒，博尔扎尼称赞这是上等的特伦蒂诺红酒。他这句话倒招来瓦莱拉夫人一声哀叹，说现在要找到特伦蒂诺酒可不容易，现在形势都不对了，周围的人要么不知道这个，要么不知道最好的内比奥罗，比方说巴巴莱斯克和巴罗罗。她说的话我大部分都能听懂，但是她语速很快，话音不时被草地那边悬铃木底下乒乒乓乓的声音打断，是桑德罗在和那个年老的美国小说家打乒乓球比赛，上了年纪的小说家是那天早上到的。“切瑟尔·琼斯，”他说，然后把手伸出来，“但是你可以叫我谢瓦利埃。”桑德罗的母亲用手在嘴唇处围成喇叭状，他俩都嘻嘻地笑了。我真的可以称呼他谢瓦利埃?

我已经习惯不作任何表态了，我不确定自己会不会成为他们取笑的对象。

我能听到那位老小说家气喘吁吁的，他上蹿下跳，追着击打那只小球。桑德罗准备在乒乓球比赛上打败他，而切瑟尔·琼斯打定主意不会让桑德罗轻松获胜。我打乒乓球比桑德罗强。至少我打败过他。但是我现在得在这儿讨论特伦蒂诺红酒，这个东西我一点都不了解，而桑德罗却打着我的比赛。

“她看上去很美。”瓦莱拉太太一边上下打量我，一遍说。

“是的，她是很美。”鲁奇说着，一边扫了我一眼。并不是色迷迷的，而是和她一样，在盘算我穿着什么。这些人很关心服饰和外表。我明白这是米兰的老一套了，这的确没错。但在我看来近乎喜剧，女人在瓢泼的雨里穿着平底鞋、紧身裙，骑着自行车，还举着硕大的黑色雨伞。佛罗伦萨也差不多，不过米兰的女人更像纽约——硬朗，职业，看起来很有能力。在佛罗伦萨，她们穿得也很好，但是所有女人都穿得差不多，同样的风格，只有细微之处有点不一样，我都感觉她们只有一两套服装，每天就穿这一两套。我们在米兰沿着布宜诺斯艾利斯大街溜达时，桑德罗在一个商店橱窗停下，指着一件粉米色的丝绒裙。他说这件衣服和我的发色很搭，然后开始把我的头发小心翼翼地从颈上拨开。他看看我，看看裙子。“你为什么不试试这件呢？”他说。这个商店一看就很昂贵，路易莎·斯帕格诺利。我在想，不知道他那一下会不会觉得女人很难懂，会不会觉得她们想要的和她们以为她们想要的难以捉摸。我是说这件衣服很漂亮，但是住在乡间穿这件衣服又似乎太正式了。他跟我说过那么多关于那乡村的事情，草地，泥泞的溪流，远足。他说她母亲喜欢每个人赴宴时都盛装出席。这的确是老派的规矩，他也承认，但是或许我应该试穿一下。在纽约，桑德罗从来不理会关于一个人该穿什么的条条框框。问题是我们现在不在纽约。我们走进店里。一个售货员找了一件尺码合身的。那件衣服看上去很漂亮，只有非常昂贵的布料经过恰到好处的剪裁，才能看着那么可爱。它也的确好看，粉米色衬得我那金褐色的头发有点蜜黄，和裙子的颜色很接近。然后我穿上裙子，是件半袖衫，袖口嵌着小小的绒扣子。

“您看着也很美。”我不清楚我是不是应该回应桑德罗母亲的赞美——她提到我时用的是第三人称，不过我还是和她搭话了。

“我？”她一脸讶异。“我都没怎么准备。我平时就这么穿。你倒是很当回事，我能看出来。”

“这条裙子是桑德罗送我的礼物。”

她转向博尔扎诺伯爵。“但是当然了，这是桑德罗的礼物，”她和他说，“他带她出门前最后一刻装扮了一番。”她又忘记了，我会意大利语——尽管她似乎真的是忘记了，会趁桑德罗不在的时候，说些不中听的话。

她这么不留情面，我止不住开始淌眼泪了。维护庭院的人在给我们的火炉添柴。我盯着他，盯着他的双手，木柴，火焰，还有火炉上面的石板里凿的奇怪短语：FACUTARDEAT。“意思是使之燃烧。”那位年老的小说家后来告诉我。木柴着火时，发出劈劈啪啪的声音。我凝望着火焰，告诉自己什么都不要说，也不要生气。那个管家一言不发地用铁制拨火棍把木柴排好，然后他转身看着我。我避开他的眼神，但是能感觉到他在盯着我看。我们在这别墅待了两天了，这两天我好几次都发现他盯着桑德罗和我看，目光一点都不友善。他盯着我看时，有些什么东西——可能是一种紧张的神情吧，让我觉得很紧张。别墅里的所有人都好像对我们怀着一种集体的敌意。起初，我以为这是因为他们恨桑德罗的母亲。但是事实正好相反。我们不配享有和别墅女主人一样的优待——他们对她忠心耿耿。在某种程度上，我们是吃白食的，特别是我，一个并非名门之后的美国人。他们本打算把我视同瓦莱拉家族的人来对待，可这时他们发现我根本不是。

厨师端来一块砧板，上面摆着各式各样的奶酪，狭长绵软的三角形，东倒西歪的。你是用奶酪切刀把你切的奶酪抹在饼干上，还是把奶酪先放到小碟子里，然后用别的小刀抹开？我整天都没吃东西，因为桑德罗和我去远足了，走的时候忘了带厨师准备的野炊午餐，但是我害怕如果我吃东西的方法不对，厨师会责备我。在博尔扎诺伯爵的鼓励下，我取了一些奶酪。我用普通餐刀把它抹在饼干上。我想起罗尼以前说的话，他说有钱人可不遵循什么规矩。只有奋斗的人才那样，罗尼说。死守规则，意味着根本不入流。听起来也有道理。尽管也有一些追随他们但是不臣服于他们的办法，但这需要一种神秘的本领，而你必须来自那个阶层，才能拥有那种特殊的本领。就像我现在穿着那件路易莎·斯帕格诺利的裙子一样。就算它很漂亮，剪裁也那么讨人喜欢：可穿上这件衣服，就意味着臣服。“你倒是很当回事。”而罗伯托、鲁奇、博尔扎诺伯爵穿着他们华丽的衣服时，并不显得拘谨做作，而是很自然大方。那这件衣服和我到底有什么关系呢？一丁点关系都没有，可是这些人的衣服却和他们有千丝万缕的联系。

瓦莱拉夫人问我住我们的房间行不行。

“行，当然了。”我回答道。这个问题，她已经问了两三次了。

“你在埃托雷·瓦莱拉的公司，”她说，“桑德罗的祖父。”

我说是的，桑德罗跟我解释过。

“这是由埃及国王富阿德委派的，”她继续说道，就好像我没开口似的，“为了嘉奖埃托雷对苏伊士运河的贡献。”富阿德国王低声说，她突然也压低了嗓子轻声说，“因为他脖子上有个洞，曾被一颗子弹射中。我丈夫对这个记得很清楚，从他还是个小男孩时就记得了。国王低声说话的样子。”

他们曾经一起回过亚历山大，她和桑德罗的父亲T. P. 瓦莱拉。但是瓦莱拉夫人现在唯一记得的，她说，就是卢克索的坟墓和神殿的尿骚味特别呛人。他们在那儿是去拜访她丈夫的母亲，艾特雷的妻子。战争结束时，国王被废黜了，他们从意大利逃亡以示抗议，跑回埃及定居了。“她是个君主派，”瓦莱拉夫人说，“现在我也不能说她的看法看上去不合理了，尽管从劳斯莱斯车窗里大喊‘国王万岁’现在也成功不了啦。那会儿那么乱糟糟的。事实上我丈夫挣了很多钱，可是你又不能买很多东西。我们喝着冷玉米粥，我婆婆在她的非洲院子里躺着，黑人围着她，帮她打着手电筒。这也是我丈夫喜欢讲的埃及故事，电灯是给雇不起人的家庭用的。你要是雇得起，那就会雇佣黑人打着手电筒，不是灯，不是电的。”

说完埃及以后，又说到了其他的一些亲戚，T. P. 瓦莱拉的一个叔叔曾经把一只狗熊当宠物养。一天下午，这只狗熊恶狠狠地把他打伤了，害得这个叔叔染上了吗啡，最后死了。还有一个什么亲戚，在卢尔德的湿瓷砖上滑倒了，掉到一个硫磺浴池，池子当时恰好是热沸的。还有一个死在卡普里岛上，有野餐的人把一只火腿罐头盒从高高的悬崖上扔到海滩，而不是通过一个之字形铁轨把东西传下去。还有一个堂兄去了撒哈拉以南的非洲，被舌蝇叮了，臀部还得了象皮病。他得买有巨大裤裆的特制裤子，桑德罗的母亲说，而且他睡觉的时候，床的一侧还安着平台扩展器，好支撑他的臀部。

讲起这些时，她丝毫没有讽刺的意味，但是她肯定知道这很好笑。我朝她吟吟一笑。

她冷冰冰地看着我。“你觉得好笑仅仅是因为你是美国人，”她说，“那儿的人们死因不外乎就是年龄大了，或者出车祸了。”她转身朝着博尔扎诺伯爵。“他们那儿没有历史。他们根本不知道历史是什么！”

我又盯着火看了，似乎一边自我催眠，一边让她的话随风消散。使之燃烧。我能听到草坪底下几乎黑漆漆的地方，小小的乒乓球被拍过来拍过去。低处的湖水四周莹莹发光。月亮，皎洁，圆满，正从天井那边的橄榄树丛缓缓升起，虬枝盘绕的小树间隔开来，好似黑暗的舞台上的舞者，一个个摆好姿势，等待音乐开始。

那天早上，桑德罗提议去远足时，我高兴得一蹦三尺高。白天能离开这个别墅，简直太好了。守在这围墙之内，我倍感烦闷——围墙古老陈旧，阴森森的，足足有六英尺高。这堵围墙建于十七世纪，在当时是为了防范外敌入侵。有的君王曾经在那住过，那乐趣之所在——枝枝蔓蔓、巍然耸立的松树，它们的枝条拂掠着茂密的青草地，它们硕大的各色松果，洋槐满枝繁华，小小的白色钟状花冠飘打着桑德罗和我的卧房窗户，翠绿的叶子贴在玻璃上，宛如剪贴画一般——这一切的美景，都给我一种残忍的感觉，让我联想到被墙隔在外面的人，还有被墙困在里面的人——他们在厨房、洗衣棚、仆人的小石屋里。作为客人，你在那儿无需为自己做任何事。抵达的第一天早上，我们等着女仆，她用银托盘端着咖啡，还带了一篮子难嚼的粗磨粉面包，我猜可能就是在这座宅子烤的，很可能是在哪个复杂的户外炉子烤的，遵循的可能是农民们千百年来习惯的办法。早餐厅阳光很好，布置得也很精美，可我就是不能像桑德罗一样放松。他自如地翻着《意大利晚邮报》，就好像在自己家里等穿着制服的仆人给自己端咖啡是件很正常的事情——不仅要端过来，还要倒好。桑德罗似乎不能——或者不愿意——承认这个地方有多么不同。仆人在倒咖啡，你装得好像这都很正常似的，我在琢磨桑德罗。但是他不过在那翻翻报纸，他的姿态像是在示范我也应该视而不见——对这些改变、对他在这个陌生的地方淡定从容的样子。在这里很特别的是，你经常听不见人声，却知道到处都有人：他们看着你吃饭，等着你放下杯子的那一刹那，好立刻出现，续满茶杯。附近总会有人，要么是奇怪的管家，要么是哪个女仆，哪个厨子，或者其他的佣人，总在静悄悄地走来走去。有一个佣人，是个女人，她戴着硕大的淡紫色卷发假发，这假发跟个恶作剧似的。据我观察，她唯一的目的就是从花园里剪花，在各处稍作布置，而后便围着这些插花团团转，清理掉落的花瓣，换掉枯萎的花朵。她和其他佣人在屋子里任意穿行，毫无顾忌，从不考虑这屋子里有没有人。他们不敲门，来了也不说一声；相反，他们穿着佣人专用的灯芯绒拖鞋，一点声响都没有，他们行动起来像隐身人似的，只是掸去灰尘，或者换掉枯萎的花而已，而他们自己好像并没有介入旁人的隐私空间。我问过桑德罗这个，在那个戴淡紫色假发的女人在我洗澡时闯入浴室之后。她已经开始往柜子里放肥皂和纸巾了，却没抬头看我一下。“他们习惯有人了，”他说，“他们是家仆。这没什么大不了的。”后来我才意识到，对于桑德罗来说，他们是不算什么，因为他没有意识到他们的在场是一种评判。只有我才会这样，至于原因，他母亲后来大概也说了，是阶层问题，我来自错误的阶层，我的地位太过卑微了，所以仆人觉得他们没必要注意我，不管他们在摆花还是在熨床单，那么这就是我的问题，不是她或者她的佣人的问题，也许她是对的吧。这是我的问题。最没让我不知所措的，是那个管家。他只管忙他的，什么也不说，登上梯子修建柏树四周环绕的紫藤植物或烟熏蜂巢。他怒气冲冲地注视着我们，而其他人连瞟都不瞟我们一眼。他会盯着我看，一脸怪相，我实在捉摸不透。若不是他长得帅，我很可能也会盯着他看。他呢，说直白一点，就是他的长相让我没那么紧张，也使得我们每次穿过小道时我都会看别处。

今天早上，也是我们来别墅的第二天，桑德罗还在睡懒觉，我一个人去吃早餐。瓦莱拉夫人正在桌子旁边用餐，我要转身已经太迟了。我们一语不发地喝着浓咖啡——或者说，这个状态正是我希望保持的。这时，她问我是不是准备嫁给她儿子。她说，因为她没听说要办婚礼。

“我们还不准备结婚，没打算。”

“那你们的打算是什么？”她问道，“我的意思是，你们今后不在一起的时候。如果他没有跟你求婚，那这就是临时的。一个临时的安排。”

“我没有任何打算。”我说。

有一种年纪大的女人，她们假装自己很年老体弱、逆来顺受；但事实上，多年的风霜把她锤炼得坚强、恶毒，但是瓦莱拉夫人不是这种类型。她根本都不假装自己是个软弱的老人。

我们出去远足时，桑德罗和我躺在阳光斑驳的野洋甘菊地，注视着被枝杈分割的天空。最后我们纠缠在一起，他脱掉牛仔裤，我的裤子也褪到膝盖处了。这种急促正是他喜欢的，而且诸如野地这样的各种公共场所做爱，都是桑德罗最热衷的。这样才更刺激，更直接。不过这次是我的主意，是我暗示的。那间别墅让人太压抑了，而且他母亲让我觉得自己太渺小了，我真不想和桑德罗在那堵围墙里面上床。今天吃早餐时她那么冒犯我，我回到房间以后，桑德罗抓住我，我说不行，然后把他推开。我脑子里还回荡着他母亲的声音，好像屈从他的话，就默认了她所认为的我随时可以被抛弃的状态了。在这儿，我觉得稍微自由点，而且很可能，我觉得跟她儿子在林中空地缠绵，就能保护我自己，保持我的独立性，而不受她的评判所影响。我先望着天空，一缕青烟在栗树平行阴影的上空铺展开来，随后看着桑德罗，从他的脸上我读出了歉意。

他从我头发中拣出被压坏的小洋甘菊花瓣，我们继续远足。他指着灌木丛里一处杂草丛生的地方，有只狼在那睡过。我们停下来，一起看着凹下去的地方，那是狼的床。看着一只野生动物睡觉的地方，看着一个动物寻找舒适温柔的地方，真有几分暖意。我心里生出一丝羡慕，我羡慕那只狼，羡慕它的自给自足、独来独往。我们从林子里出来，爬到小山坡，山坡下是桑德罗出生时种下的柠檬树。他哈哈大笑，说这个地区真是荒唐，到了冬天，每棵树都会被用粗麻布包起来。他搂着我，我们从小山坡俯视着柠檬树茎叶。当桑德罗在同样的时间里经历生活时，它们也在生根发芽。*这也是我*，我似乎感觉到他这样说，*你得知道这样也是我*。我转身靠着他。*我爱这样的你*。就算他母亲恐吓我，试图威胁我，就算他们的房子一点都不招人喜爱——如果你愿意把这个有三十间屋子的地方称为房子的话。在林子里，他把羊绒围巾围在我脖子上给我取暖，我顿时觉得一切都会好的。我和桑德罗在一起。虽然他在介绍我的时候，他妈妈不自然地笑着，似乎我让她很失望；虽然桑德罗告诉她我会意大利语的时候，她不过一笑，仍然和我说英语——抑或是她认为的英语，而实际上是一种听起来更像德语的奇怪的杂交语言。但是这些都不重要。再过一周，他母亲就会回到米兰，我们就是这个别墅的主人了。很快，我会去蒙扎。桑德罗说他也想去，只有这一次，他会跟着我，而不是我跟着他。同时，他也会把我和这个古怪的地方连接起来，而且很可能我们什么时候会一起嘲笑它呢。

*嘲笑他母亲？*我那时该有多蠢。

我们沿路回去的时候，看见了别墅高高的石墙，无花的藤蔓缠着石墙，好似蛇腹形铁丝网。自从我来到这儿，我头一次觉得轻松愉快。桑德罗建议我们走花园门，不走正门。我们穿过管家的小石屋，牵着手在橄榄树林里游荡，桑德罗在这个充满形形色色的房间、仆人和规矩的世界里充当我的保护人。他一面把我防护在这个世界之外，一面又把我引向这个世界。

餐厅里冷飕飕的，甚至比外面还冷。后来我才意识到，那些巨富之人有种特别的刻薄之处。桑德罗的母亲并不是图省钱。这里房间的温度都只有五十五华氏度，她就是喜欢温度低点，营造一种不那么友好的环境——甚至是略显敌意，尽管谈论了半天懂得（或者是懂得如何去弄懂）纯正内比奥罗酒的精英人士越来越少了，但是我们喝的红酒还是盒子散装的那种。早饭时端上来的面包，晚饭还能看到，早饭那会儿已经都不新鲜了，而且硬邦邦的，到了晚饭时吃起来都硌牙。我想起了罗尼关于面包的理论。罗尼觉得特别好玩的是，现在在纽约的食品店只能买到全麦面包了。倒不是罗尼去食品店逛了，而是苏荷区开了家店，他在过道转了转，就为了给他这一番论述提供材料。他说，人们一致认为全麦面包比白面包更好，在过去的几个世纪里，白面包可是上层人吃的呢——真是讽刺。“哪件事情不是这样，”他说，“风雅总是先循着某种路线，再倒回来循着另一种路线。”这样一来，字面意义上的精致面粉，变成超级精致的白面包——轻，软，和曾经只有国王和皇后才吃得上的那种一样，现在满大街都是，谁都能买。所以富人只得再倒退回去，吃粗制的全麦面包——这种面包是他们曾经留给农民吃的。现在没有哪个受教育的人临死时吃着白面包了，甚至中产阶级也不会这样。桑德罗总是被罗尼的这些夸夸其谈逗乐，但是现在在这个别墅，所有的规矩对他来说都很正常。他吃着不新鲜的棕面包，不置一词。

最后，来了一个仆人，他在餐厅壁炉里生了一处火，这个房间暖和起来了，但是一股熏人的浓烟在桌子上方缭绕着。我们一边吃晚饭，那团白烟袅袅飘荡，越来越浓，令人窒息。在我们上方的天花板上，则是一幅科莫湖的湿壁画。湖上是一圈基督教主教，也许是东正教主教，都穿着洁白的薄纱长袍。当这些教会修士踏水而行时，他们的袍步垂下来，似叶蔓一般。都是些没用的主教，和那种孤独的异装癖主教并无二致，纯真无邪的善。或者说，前者是后者的翻版：他们不像是能给任何人帮助——他们得小心不被淹死，这已经够他们操心了。一个仆人过来帮我们续杯时，坐在我左边的那个老小说家切瑟尔·琼斯朝我凑过来，说他从前是个酒鬼，但是已经戒酒了。他的呼吸都散发着酒味。他和我坐在一个巨大的枝状大烛台后边，正好挡得我看不见桑德罗。我向那位老小说家问起他的书。他朝我挤挤眼睛，好像我冒犯了他似的。“你想聊聊最近的那一部，是不是？我本来起的书名叫《一个娼妓的鞋底》——不是她的灵魂，是她的鞋底。[1]最后他们给改成什么了？《娃娃脸夫人》，老天。你要是想看《娃娃脸夫人》的那些愚蠢评论，我们可以看看。”

我说我只是好奇他写的是哪类事情。

“噢，有什么不可以的呢，可以啊。”他意识到我并不是一个居心叵测的评论家，瞬间变得热心起来，“有一个小图书馆。我可以派人把它们送到你房间。那些是你应该先开始读的一部分，不管怎么说。”

在那只巨大的枝形烛台那边，他们继续讨论着悲剧式的或者悲喜剧式的死亡，不是一个在埃及的亲戚，而是一个意大利工厂主或者他的后代。此人没有继续囤积财富，而是把家财用于出版亲苏文学，用于支援企图推翻政府的地下组织。他的名字叫费尔特里——和那个著名的连锁书店名字一样[2]。当我在佛罗伦萨时，对这些事情有印象，但是我不知道费尔特里触电身亡——博尔扎尼伯爵解释说，费尔特里蓄意破坏米兰的电力供应。人们发现他时，他死在一个电缆塔底下，此事发生于五年前。我觉得这些人已经对这件事谈论太多了，因为这桩意外的神秘气氛，他们并不准备结束这个话题。他的死到底是偶然事

1　英文的灵魂（soul）与鞋底（sole）谐音，故琼斯在这里对主人公强调。
2　这里提到的书店是 Feltrinelli，是罗马著名的书店。

故，还是自杀，抑或是被人谋杀，都不太明晰。罗伯托说他怎么死的并不重要，费尔特里的死标志着共产党的惨败，而对于那些认为党派青年不该在激进事业上大出血的人，却是一场胜利。

“他是个二傻子，尽管他出版了帕斯捷克纳克的书，”切瑟尔·琼斯说，“二傻子。他把他的正极导线和负极导线弄混了。”

桑德罗说这纯属一派胡言，费尔特里不傻。这一切是一场可怖的悲剧。

“你想怎么说都行，”罗伯托说，“我觉得他是个小丑。你觉得他是个悲剧。不管怎么说他都已经死了——这个事情既不悲剧，也不滑稽，它就那么发生了。他自讨苦吃，也就这么着了。看在上帝的份上，他到底在电缆塔上做什么？”

“他分不清正极负极。”那位年老的小说家说，一边把两只手放在一起，好似举着两根导线，然后又像触电一样浑身乱抖。

“所以这不重要，”桑德罗和罗伯托说，“不管他是死于事故还是死于谋杀。”

罗伯托耸耸肩。“他是个大问题。对于生意是，对于意大利是，对整个内政部，更不用说中央情报局了。多少人想让他死。结果他自己就死了。不管怎么说，吉安贾可蒙·费尔特里死了，谁为他伤心？”

“罗伯托，八千人参加了他的葬礼，”桑德罗说，“这件事上了《纽约邮报》。他的死没有任何作用。如果他是被人谋杀的，无论谁杀了他，那些人都得，至少是部分地，为从此之后的暴力负责。”

“之后的暴力行为你还知道什么，桑德罗？”罗伯托说，“你就在纽约做金属盒子了，参加鸡尾酒舞会，或者随便什么，而妈妈和我在这通电话，操心最近一轮的蓄意破坏，最新的工人罢工，最近可能被杀害的监管。你能意识到有这些问题吗？”

“我说的是为事业牺牲的殉难者。他们让人同情。但是你没错，我没有接到过那些电话。我继承着我的遗产，却毫无回报。我从来没否认过这一点。我想我只说自己知道的。”

“那是什么话题，桑德罗？”他母亲问。

“金属盒子，妈妈。”

“我还以为你要说美国姑娘呢，”她瞧都不瞧我，“到现在为止，我们见过几个了？”

切瑟尔·琼斯又把两只手放在一块，神叨叨地抖着。我想气气这个老女人，我确信她知道这一点。她的反应是，既害怕我的愤怒，又在道德上防卫着这般粗鲁的侵犯。我从来没问过桑德罗的前女友们。他以前引逗过我这个事情，想知道我为什么不问，这倒让我觉得不问是明智之举。至少可以确定，我不问他他反而有点糊涂了，因为他想让我心生嫉妒，我却让他连个下手的地方都没有。

桑德罗叫她别这么粗鲁，接着两人就吵起来了，说话飞快，我跟不上。要不就是因为我，要不就是因为桑德罗没尽到责任。

切瑟尔·琼斯向我欠过身来。“别放心上。她是……我能怎么说呢？我喜欢她。实际上是很喜欢她。但是夜深人静时，仆人都歇息时呢？她会打开冰箱，弯着腰一个一个数火腿片，确认仆人没多取。她备受折磨，上帝保佑。不管怎么说，我能欣赏你。我能看出来你是个好人。”他一边用肘推我，一边吃吃地笑着。“顺便告诉你，我去过里诺。我可不是去看操蛋的鲍勃·艾弗里的书，就这事鲁奇天天说个没完没了的。我是去罗斯山滑雪的。”

“我们滑雪队就在那训练的，”我以为桑德罗肯定已经告诉他我做过滑雪运动员了，“这地方我熟悉得很。”

“我自己滑过一点雪，”他说，“一点不专业。算个半专业俱乐部吧。名字叫纳斯塔。事实上竞争很激烈。我在什么地方获过一枚铜牌，奖牌在一只装着绶带和其他小玩意儿的盒子里叮叮当当的——那些都是我钻研各种兴趣爱好得来的。我确实还记得障碍滑雪道的某种感觉。它的移动。在膝盖上，就这样子，瞧。臀部也有点像这样。他在椅子上前前后后旋转，两手紧握，好似他在抓着滑雪杆。”

“女人学起滑雪可真是困难，”他说，“她们对滑雪的物理过程没概念。不过她们能凭感觉去学。我以前是个还不错的教练，半犁式接平行式转弯高手。尽管我最后一个妻子登顶的时候，我们在加姆尼克斯谷[1]。‘夏姆——尼——克斯，’那个傻瓜一直这么叫，‘夏姆——尼——克斯。’我们坐缆车上山，在山顶，我们准备好了，靴子系紧了，滑雪板捆牢了，结果她僵住了，呆若木鸡。”

桑德罗和母亲这会儿吵完了。切瑟尔·琼斯引起了每个人的注意。意识到这点后，他清清嗓子，讲演风格又变了，变得更具威严，好像他本来就有义务把他这些深奥难解、超凡脱俗的知识传授出去，好让我们长见识。

“问题是，滑雪更适合男人。部分原因是，这项运动是其他事业的伟大象征。譬如头脑的事业。马丁·海德格尔是个滑雪运动员，你知道么？托特瑙贝尔格的那个小屋，他写东西的地方，就挨着运送滑雪运动员的升降椅。据说他在弗莱堡上课时，直接在斜坡上讲课，穿着风雪大衣和鳄鱼皮靴，给那些思考存在的人讲存在。我年轻时有个很好的写作老师，他也是个了不起的滑雪运动员。我永远都忘不了他给我上的第一节课。在新罕布什尔的汉诺威，隆冬时节。‘你们的作业，’他说，‘你们每个男孩，去喝一箱啤酒，再从悬崖上滑下去。’他想让我们去感知恐惧。不是对寒冷和速度的恐惧，而是对自身天赋的恐惧。只是……做你必须做的事情。你将要做的事情。对我自己的学生，我——”

“你跟那个杂种怎么什么都不说？”当晚，桑德罗在被子里开玩笑似的把手伸过来，用他的冰手猛地抓住我。刚才房间里有只很大的飞蛾，他已经成功地给赶到窗户外面去了。他倒不在乎飞蛾，他是替我赶的。在这儿，只有我一个美国女孩，他穿着内衣绕着我们的房间追飞蛾时，我一直提醒着自己。只有我一个。

“老天，你可是个比赛选手。”他搂着我，在羽绒被里瑟瑟发抖。

1 加穆尼克斯谷（Chamonix）：法国东部的一个山谷，位于布兰克山脚。为一重要的冬季运动胜地，也是1924年冬季奥运会的举办地。

“而他在给你布道最基本的。‘绶带和奖章，钻研各种兴趣爱好得来的。’真是白痴！”

桑德罗不懂我为什么听着这个老男人夸夸其谈，就好像我从来没滑过雪似的。问题是我的经历和切瑟尔·琼斯没一点关系。这也不会引起他一点点兴趣。他不是把滑雪作为聊天的话题，而是要作演讲，教导别人。我一眼就看出来了，他是那种人——一旦自吹自擂时被旁人打断，就会无聊至死。我可不想浪费我的时间精力逼他听我说话，他肯定哈欠连天，心不在焉，左耳朵进右耳朵出。而且不管怎么说，切瑟尔·琼斯近二十年可能都没滑过雪，因为半犁式接平行式转弯是早前流行的技术。我能说什么，说我们现在是双板平行转弯？靴子用的是搭扣不是系带？滑雪板上的皮靴固定装置能迅速松开？

晚饭后，我们退回到起居室，而他妈妈悄悄溜到床上，桑德罗在给德国留声机换唱片，仆人又上了些红酒。我们听着斯特拉文斯基，不和谐但是振奋人心的弦乐，那声音就像硬刷子蘸了颜料，用突兀的黑色画几何线条。瓦莱拉夫人在她楼上的房间里，她一定打开电视了，因为我们听音乐时，传来了扭曲的嘈杂声，还夹杂着笑声。不管是有钱的意大利人还是里诺吃养老金的人，都一样，她和任何老年人一样，都爱把电视的声音调得很大。

罗伯托已经回家了。桑德罗告诉我罗伯托的习惯是早上四点半醒。这也是罗伯托来到贝拉吉奥而他妻子住在米兰的原因之一。她没法按他的生物钟生活，桑德罗说。很难想象，罗伯托居然还有个妻子，他居然对女人感兴趣，他那么严肃利落，一丝不苟。

咖啡桌上放着桑德罗的作品目录。那个工业设计师鲁奇开始一页页翻看，看桑德罗那些不事雕琢的铝制雕塑。大厅里只有我们两人的时候，桑德罗悄悄跟我说，鲁奇还是个软色情癖，他有恋足癖和恋腿癖，那些作品限量销售，得耗费几千美元的成本。

“把我难住了。”鲁奇一张张地看了那两本厚目录中的图片，说道。“我就是看不懂。”

桑德罗已经习惯这样了。极简抽象派是一种语言，即使我读过艺术学校，我都没有掌握它。我知道基本概念，即物品不是为了指涉任何物体，仅仅是其所是，在房间里。虽然事实上这并不是真的，因为他们指涉的是桑德罗这样的艺术家专门长篇大论的话语。如果你不明白这套语言，你就不能只从表面上来理解它们，也不能认为它们指涉什么。你只能是一头雾水。

“我只是出来想问问你，桑德罗，”鲁奇说，“因为我单单从作品看不出来：你是恋臀男还是恋腿男？哪种？”

我能从桑德罗缓慢的、颤动的笑中看得出来，这马上就会被当成一个令人喜爱的故事。根本不需要答案。只需要故事本身，在询问中就已然存档了。不过那天晚上，当他驱走飞蛾、在被子下突然把手伸过来时，桑德罗宣布，他既恋臀又恋腿，还恋胸。对膝盖也感兴趣，背部下方，脖子，锁骨交界处的那一小块。嘴唇。“你的嘴唇。”他把他指尖压到我嘴唇上。桑德罗说借助这种隐喻来思考是很局限的。迪迪埃的话，就这么被我们从纽约的生活中像鬼影一样发掘出来了。

第二天晴朗静谧，天气异常温暖。因为桑德罗喜爱游泳，管家就在瓦莱拉夫人的要求下把泳池清理得干干净净。他把池水加热到八十华氏度，而空气的温度高于七十度，蒸气从水面一缕一缕轻轻升起，像披着轻纱的魅影。桑德罗和我去的时候，切瑟尔·琼斯已经在池子里了。他躺在池子边的石头上，浑身赤裸，只在隐私部位搭了一块折成小方块的擦手巾。他紧闭着双眼，仿佛被囚在一座阳光的坟墓中似的。桑德罗狡黠地朝我使了个眼色，把我拽到泳池旁边的露天小亭子里。那儿有个突起的平台，上面摆着长沙发。他把我抱起来，然后把我丢到沙发上一堆小枕头堆里。我咯咯地笑着，声音有点太大了，这时老小说家坐起来了，瞟了我们一下，又乜斜着眼睛看太阳。他用他那条不够大的擦手巾遮住裆部，就像一个小小的帘子。他开始收拾东西了。让年轻人独处去吧，我觉着他肯定这么想。尽管桑德罗也不年轻——这更显得他走得很慷慨大方。年轻人把老年人赶走了。他走完全是自己的选择。不过在此之前，他站在亭子前，我猜他又准备发表他哪个小型演讲了。

“景致绝佳，”他对我说，“这游泳池。你有机会用一用，真是好极了。瞧那块庭院石头。那是奥尔芭的主意。我指的是夫人，哈哈哈。那块石头实际上是用来磨玉米糊的。农民就靠着这工具过活，一个农民的粗茶淡饭，你用一把铜壶熬的没什么味道的玉米粥。几年前她和我一起在阿尔杰尼奥的山上散步，她看到一摞石头挨着采石场，就问伙计们她能不能买一整块作庭院用。这很有创意，在某种程度上还很有趣，满庭的石块给泳池添了雅致，使它在这荒野的环境里分外好看，而它们粗凿而成的柔和线条又是经农民数千小时的辛勤劳作而成。不管怎么说，好好享受吧。”

“谢天谢地。”桑德罗望着他沿着路朝房子走去。我猜他和桑德罗的母亲是情人，又感觉到这是桑德罗的禁忌话题，他眼睛骨碌碌地看着切瑟尔·琼斯，只说他可真唠叨，别的就什么都没说了。

当他从小道上消失时，桑德罗把我拉到他身边。他想在这儿干蠢事，在泳池亭，可我却紧张极了。

“那个管家怎么办？”我问。我们刚才来的时候，他正撇去泳池水面的最后几片叶子。很可能他还在附近藏着。

“喔，他肯定反对，”桑德罗说，“说不定他正看着咱们呢。我们给他演一场好戏吧。”

“不。”

“好吧，那我们得小心点。”他盯着我，温柔地说。他的手指轻轻掠过我的腘窝。

“我会帮你的。”他低声细语，拉着我坐到他大腿上，拨弄我的牛仔裤的拉链，把他的手伸进我的内裤。“没人会知道的。我保证。甚至包括你说的管家。”

桑德罗就是这样慷慨，似乎不会计算他的付出与回报是否相等。我把原因归结于他的年龄，似乎成熟就意味着取悦他人本身在某种程度上对他就是某种回报。但是对他而言，这中间也有某种权力，那就是仔细地盯着我的脸，观察他的触摸带来的影响，而我坐在他身上，他坐在沙发上，两个人都不作声。我想加快速度，因为我忍不住觉得管家就在附近哪个地方看着我们，就像桑德罗开玩笑说的那样。

那天，我们一上午都在那儿，坐在泳池小亭子里的沙发上看书，桑德罗的胳膊轻轻地搂着我，一边还心不在焉地抚摸我的头发。我闭上眼睛，四下无声，唯有清风穿林打叶，桑德罗翻着书。我能习惯这个地方，我这么告诉自己。

只要我再忍受几天这些粗鲁的有钱人。很快他们就都走了。“我们不能来了连我母亲都不见一下，”我们计划这次旅行时，桑德罗说，“我得给她一周时间。”用不了几天，等瓦莱拉工厂的家庭聚会结束了，他母亲就会回到米兰，切瑟尔·琼斯也会跟她一道走。到时候桑德罗和我就能完全自由地占用这个别墅，然后我再去蒙扎。

很可能他们只会把“意大利之魂”摆出来，让我在这辆车前面摆个造型。我跟团队经理通电话时他就是这么说的。吉德莱提醒我问问他给我多少酬劳。那样的话，她说，不管你做什么或者不做什么，你都在创造点什么，那就是：钱。

我在游泳池里，躺着漂在水里，两腿沉在水中，这时我听到庭院天井里传来光脚的声音。就是那些研磨玉米糊的石头。我睁开双眼，看着树枝轻拂，管它是谁呢，我只要这么浮——浮沉——沉，沉——沉浮——浮。一阵风刮过，几片叶子撒落在水中。我闻到了烟味。

“桑——德罗——！”这声音有些粗哑，却很熟悉。

像是梦里的声音，却是真实的。塔莉娅·瓦莱拉，正朝亭子走来。

“你们这些人居然三月份就游泳？太荒谬了吧。”

桑德罗没跟我提说她来了。我朝泳池边游去，出来了。

“这儿怎么样？”她问我。

“暖和。”我说。

“嗨，我也游一游。桑德罗？”

片刻之际，她已经把衣服剥了，裸身朝泳池走去。她滴滴答答走的时候，臀部和腿后面的赘肉整个都在微微地动。

她一个猛扎跳进去了，在池底静静地游着。

桑德罗哈哈大笑，把她刚才留在桌子边上的烟给掐灭了。

她仰面躺着，大口大口地呼吸着，就和我喜欢做的一样，升起来，浮着，然后缓缓地沉下去，再升起来，浮着。

一个仆人把午餐带到亭子来了，我们一边吃，一边听塔莉娅讲形形色色的男人，以及形形色色的女人，这帮人最近都疯狂地迷恋她，最后她不得不离开纽约。“不管怎么说，我越来越腻烦。”她说。后来她回了伦敦，结果她的前男友每天站在她公寓的窗户底下哭，这个场景也让她很心烦，所以她决定帮她母亲个忙，替她母亲来参加瓦莱拉公司会议。她母亲去印度了，塔莉娅说她不回来了。

“你去过印度吗？”她扬起下巴，微微弓起。我意识到她在照镜子，镜子挂在亭子里我们俩之间。我摇摇头。“那你就没法理解了。”她正好瞥见镜中自己的眼睛，顺着侧脸捋了几绺头发，带着愉悦和满意的神色审视着镜子里的自己。“有很多关于世界、关于人性的东西，你就是看不到。不行，你*必须*去印度。把你自己沉浸在它的色彩和气味当中，沉浸在生死轮回当中……你一点都不了*解*生命，塔莉娅。你怎么能了解呢，如果你不去印度的话？”她变了腔调。“我母亲以为，穿丝绸纱丽，焚香，她就不会自杀了。”

我想起了格洛丽亚去年夏天从印度回来时，那种神情和塔莉娅模仿母亲的样子相差无几。格洛丽亚去过加尔各答，回来以后便跟每个人都宣称艺术家需要更多去使用竹子。她试图说服斯坦利用竹子创作。“那你用竹子创作吧。”他说，桑德罗和我去他们那儿吃晚饭，听她讲旅行的故事。“但是我是跳舞的，”格洛丽亚说，“我的身体就是我的素材。”“那就闭上你的嘴，别讲竹子了。”斯坦利说。

毫不意外，塔莉娅和桑德罗的母亲相处得极好。不是以母亲和女儿的方式。更像两个勇士在与敌人斗争的间隙中抽空歇息一小会儿。对于桑德罗的母亲，塔莉娅自然有把握，也毫不拘谨；我能看出来。她在别墅里到处闲逛，信手拣一点小东西稍加评论，恰到好处地提一些关于花毯和半身像的问题，这些都很是讨她姨母的欢心。她们都来自同一家族，自然无须势利。她们缴械坐在一起，喝了很多红酒和伏特加，互相逗乐。她们甚至还拿罗伯托开涮，塔莉娅穿着人字拖僵直地穿过草坪，就好像屁股上支了根棍子似的，说话一副德国腔——这有点不公平，因为罗伯托完完全全是个意大利人，但是她那德国腔颇有点滑稽的味道。我多希望我能坦率地说出来，但是她们说话声音很低，而且并没有和我说话，我和她们一起大笑显然不太合适。

就在他们离开前那漫长的四天里，时不时还有几次我们应该“盛装出席”的晚宴，或者说是我盛装出席了。桑德罗还保持一贯的风格，穿着他的一件漂亮的夹克衫，里面则是他的标准制服——褪色黑T恤、卡尔哈特裤子，还有已经磨旧了的钢头靴。塔莉娅穿着桑德罗母亲的各种华丽的和服和长袍，光着脚来参加晚宴，这被她姨母大加赞扬，称赞她穿上这些复古的亮色长袍真是妩媚动人。吃饭吃到一半，塔莉娅又免不了要把袍子脱掉，露出里面的一件紧身连衣裤和牛仔裤——我多希望我就穿这些，问题是我穿着桑德罗在米兰给我买的那一身。我没法放弃这样的想法，即只要迎合他母亲的法则，就能讨她的喜爱。我现在知道了，我是迎合了她的法则，可这只能让她更鄙视我；但是她还要恐吓我，所以我紧张兮兮地微笑着，把礼貌当成救生圈似的紧紧抓着。可她不是。

塔莉娅来的第一晚，我梦见桑德罗的母亲变得友好开明，跟我说话时就和跟博尔扎尼伯爵的那句“你在呢”一般温柔。在梦里我就是那个“你”，她在跟我说这句话。你在呢。她的鼻子不黑，她没喝醉也糊涂——在别墅里她有时候就是这样。我不知道她在梦里讲的是什么语言，但不管是什么，都跟水晶一般清晰，这种语言我和她都很懂。我们俩一起为些什么事情笑着，应该是某种难懂的知识。“你知道他真的很爱你。”她说。然后她默默地抛给我一个问题，你准备怎么办呢？余音不绝。那个梦。而当我第二天看见她时，她严肃的眼神吓了我一跳，似乎在说，连一秒钟都别想着我是你梦里的那个女人。对你不可能有半点温柔。

“我们很少聚得这么齐，”一天晚上，瓦莱拉夫人说，“我们应该拍张照片。”然后她去拿相机。我替她去拿的，免得我不能参加合照还挺尴尬。相片从贝拉吉奥的冲洗室取回来时，瓦莱拉夫人闷闷不乐。她说她看上去又显老又疲倦。

“不会，”我说，“您看上去很美。”

“我知道什么是美，”她厉声说，“我过去的确挺漂亮。你不会明白拥有之后再失去是什么感觉。每次去照镜子都是一场噩梦。”

塔莉娅突然大笑起来。我不知道她是笑我还是笑她姨母。这种无法理解的状态不仅让人很不舒服，而且还会一直持续下去。这次我愈是不能明白，下次别人作出像是冒犯的评论而另外一个人哈哈大笑时，我就愈是不知该作何理解。而且夫人老是忘记我懂意大利语这回事，会转身跟塔莉娅讲些什么，语速飞快，含糊不清，又很地道，我根本跟不上。塔莉娅就会看我一眼。“阿姨[1]，她能听懂。”

桑德罗的母亲就会用意大利语抱怨说这真是不方便，一般她们都能当面议论客人的。当桑德罗的母亲跟其他任何人说话时，我总是非常留神；当她和我说话时，我甚至得更留神。你可以说我变得多疑，但这绝非毫无缘由。

每天的晚宴都有座位卡，尽管只有我们五个人——塔莉娅、桑德罗、他母亲、老小说家和我自己。“让客人轮换着混坐很重要，”瓦莱拉夫人说，“要是可以的话，我每天只邀请你们中间的一部分人。但是你们都住在这，所以有点不好安排。但是说实话，我更喜欢那样。”我从来没被排到桑德罗旁边。“你们是一对！我是说，你们坐在一起多无聊，多没劲！”桑德罗跟她抗议时她这么说。“还有什么好说的？”我总是跟某某人坐在一起，如果不是那位老小说家，那么某个微不足道的小伯爵或者伯爵显然会喜欢我。“他会被你迷倒的。”这就好像在说，他就喜欢这样的（而我们大多数人可不喜欢）。她似乎总是让桑德罗坐在塔莉娅旁边，潇洒热情的塔莉娅，她把手探到桌子对面，公然调侃不新鲜的面包，盒子里糟糕的酒。晚饭端上来的是一

1 原文为意大利语，阿姨（zia）。

种当地的意大利面，叫“皮佐切利”，拌了很多芝士和黄油，她不爱吃这个的时候就招呼仆人给她煮个鸡蛋。她穿着瓦莱拉夫人的外套的确很俏丽，红色或者粉色的丝绸，搭配她一头黑发——现在留长一点了，有几缕头发几乎长到下巴那了。我都能想象她怎么决定把头发剪短的——就是上次我见她时的短发，那情形应该和罗尼逗她捶自己的脸时差不多。玩闹，激将。去他娘的干吗不敢呢。要是她对我客气点，我也许很想结识塔莉娅·瓦莱拉。就是女人的这种特质让我觉得骇人，也让我总还渴望和她做朋友。我并不十分知道为什么她让我觉得骇人。她生机勃勃，热情洋溢，她的直言不讳令人耳目一新，但我希望她把这些我私底下很敬慕的优点隐藏起来，而不是那么高调，唯恐他人不知。

到别墅的第三晚，塔莉娅来吃晚餐时戴着一顶棕色浅顶软呢男帽，活像很久之前那个隐秘的夜晚我给罗尼的那顶帽子。桑德罗的母亲一看到那帽子就笑了，她满面春风，就像她招呼博尔扎尼伯爵时温柔的语调。“是你呢。”那是她特定场合留给特定对象的温暖。那是我梦里的她。

“那顶帽子，”她对塔莉娅说，“你戴着漂亮极了。”塔莉娅把帽子摘下来，给她姨母看这是博尔萨利诺牌的。我的博尔萨利诺。那么罗尼和塔莉娅上过床了。沦为备胎的那个女孩瞬间闪现在我的脑海中。她年轻的脸庞满是希望。我把这帽子给了罗尼真是傻瓜透顶，就算我一开始是偷的。幼稚的慷慨，为了建立某种联系。他把它给了塔莉娅。知道你多么无足轻重了吧？很可能她只是在他房间找到它就占为己有了，就跟她直接把她姨母华丽的长袍当成自己的一样；或者罗尼压根就忘了是谁给他帽子的。反正不管怎么想，我都不觉得有丝毫宽慰。

“我们今晚戴帽子吗？切瑟尔·琼斯问，“因为我眼见着就有顶帽子。”

他从桌子前站起身，再回来时戴了一顶奇怪的黑皮土耳其帽，装饰着金色和黑色的长缨，垂到眼睛那儿。

瓦莱拉夫人严肃地看着他。“摘下。”她说。

那位老小说家嬉皮笑脸的，开始甩着膀子，好似踩着铜管乐队的节拍似的，嘴里哼着调调，是那帽子使人联想到的某国歌曲。垂在他脸上的长缨随着他的摇摆上上下下跳动着。

“请把它摘了。”

一个仆人用一个巨大的银浅盘端着猪排来了。那个老小说家一看到猪排，就把右胳膊猛地一抬，作了个军礼，呼出一股杜松子酒味。

“你必须离开这个桌子。我是说真的。”

“啊，开心点，奥尔芭。为啥男人不能找点乐子呢？我又没准备穿他的靴子，我向你保证。不管怎么说，它们，呃哼，对我来说都太小了，太小了。而且不管咋说，看看他的柜子就知道了，他不怎么穿靴子。我看到的大多是菲拉格慕和爱马仕的猪皮莫卡辛鞋[1]，还有绣着威尼斯式的美好而久远的‘T. P.’——”

“打住，”她说，“立刻打住。让死者安息吧。”

他几乎是怜惜地看着她，却没有摘下帽子。他深深地吸了一口气，我能感觉到，是在为一场演讲做准备了。斯坦利对老年人的看法真对。桑德罗和我曾经开过玩笑。“你会怎么做？”桑德罗问我，“等我老的时候喋喋不休的？”“我会给你买个斯坦利那样的盘式录音机。”我这么回答。

“所有这些愚蠢的分类。”老小说家啧了一声，前前后后摇着头，似乎是以示反对，那些长缨垂在他通红的大脸的一侧。“人们嘀嘀咕咕的方式，呃，我没办法喜欢他，他是个法西斯分子。或者他是个共产党。一个托洛茨基分子。一个鸡奸者。一个这样的。一个那样的。管你是不是那样的，我一点都不关心。管你戴不戴那样的官方帽子呢。”

他走到餐具柜那儿，把台灯上小小的梯形灯罩拿起来。他把灯罩和帽子换了个位置，说：“看，现在我是毛主义者了。”我们谁也没笑他，他便把灯罩从头上摘下来，把土耳其帽戴回去了。

1 莫卡辛鞋（moccasins），北美印第安人穿的通常用鹿皮制的无后跟软皮鞋。

“我就关心一个人是否专心致志，”他重新回到座位上，“他们是否有脑子。他们的行为举止是否真诚——这是判断一个人的唯一方法。”

“还有，如果我丈夫在这儿的话，”瓦莱拉夫人说，“他会断定你是个白痴的。但是我会容忍你的胡言乱语的，因为你是美国人，而且你的脊柱是弯的，不能打仗，而且你不知道你在说什么。”

“脊柱可不是我身上唯一弯的部位，”切瑟尔悄悄跟我说，色迷迷地咧嘴笑着，“但她从来不抱怨那个。”

他问夫人她不是更喜欢他脊柱直直的，而且是不是希望他曾经和美国部队一起出现在科莫湖上。谁知道呢。她能想象得到吗？他在科莫湖上，在鼓起来的降落伞底下。“就像一个天使，”他说，“我本应该是你的天使的，奥尔芭。但是因为我不适合打仗。一九四三年美国人来的时候，我只在那不勒斯当记者，这就是他们来的样子。轻轻的，在巨大的白翅膀上。那些意大利人，我能说什么呢？他们快饿死了，吃的是煮熟的棉花，睡在瓦砾底下。在他们自己发紫的亲戚身上踩来踩去。我们也没多好，只有一小份油煎的斯帕姆午餐肉——”

“那是什么？”塔莉娅问。

“天真的问题。斯帕姆，我的孩子，是……呃……是一种猪肉酱。这个跟奶油玉米和肉——这些都是战时的美味。但是我得说我们在通讯社的还真喝过沙朵葡萄园用葡萄酿的酒，不是你姨母存的这些廉价商品部买的劣质酒。但是我在哪儿呢……呃，是，我脊柱弯了，只能留下来观察你们的解放者，这些伟大的美国战士，英俊的黑人，在米兰王宫国王的宝座上撒尿。而意大利的母亲们大声喊‘嗨，乔伊，嗨，乔伊’，想把她们的孩子用盟军特别的折扣卖掉。或者叫作强奸，可我知道什么？”

桑德罗哼一声，把椅子往后一推。他转到起居室去了。

如果你是他们阶层的人，你就不需要遵守规矩。可我不是他们阶层的人，我清楚如果在用餐时离开我肯定会被集体谴责。桑德罗不能接受切瑟尔是母亲的知己——这是切瑟尔说的。很显然他不仅仅是个知己，但是桑德罗不肯承认，哪怕我们有时候看到那个老小说家一大早穿着睡衣从桑德罗母亲的房间出来了，胸前口袋上还装饰有桑德罗父亲的姓名首字母。桑德罗说他不明白他母亲怎么能容忍这么荒唐可笑的人。我明白她的确能容忍他，甚至知道原因。她很孤单，而他的荒唐可笑却是一剂活力。这给她的生活带来了点什么。不管怎么说，很多男人都那样，但是我不能告诉桑德罗男人都是荒唐可笑的，他母亲又不是同性恋，他们是她唯一的选择。

“我本来应该是你的征服者，奥尔芭，”切瑟尔说，“我的意思是你的解放者，就在这儿，贝拉吉奥，但是实际上，我只能告诉你那不勒斯的母亲们急着在老教堂广场卖孩子。女孩子便宜卖给美国大兵，男孩子便宜卖给摩洛哥大兵，大兵和那些女人因为这些小东西们讨价还价，他们都被毁了，脸上流着一道道的鼻涕和化了的焦糖浆，他们每舔一口，都给他们带来几分天真的气息。说句公道话，被带到街上卖不过是世界各地所有孩子的命运。原因是饥饿与绝望，他们还算幸运的。而回到美国，我能说什么？他们也被带到街上卖，当然了，却不是因为饥饿或是恐惧。那更糟糕。比这糟糕多了。”

“你喝醉了吗？”塔莉娅问他，“你怎么了？”

他把帽子摘掉，在手中一转，又紧紧地把它叠起来，像一枚压得很平整的信封，他抚摸着皮毛。“我怎么了，”他说，“就是你姨母说的，有点脊柱侧凹。但是，哎呀，要是我的脊柱变直了呢！来提醒你们这些人多么怂包。谁在这里，再说了？”他用指关节敲着桌子。“我忘了。谁在这里住过？你根本不需要出去就能看到德国籍监管人，但是是哪个？你永远都没心情讨论这个，亲爱的奥尔芭。是多尔曼？凯塞林？也可能是瓦尔特·雷德尔。我说的是一路烧过意大利中部的那位。比萨，卢卡，卡普拉拉岛，卡萨利亚，几乎屠杀了两千人，这数据是编历史书的‘战胜者’写的——你可能这么称呼他们的吧，我热情的奥尔芭。雷德尔用汽油和干草活烧过男人、女人、孩子。奇怪的家伙，雷德尔。少了一只手，装着一只戴黑色皮手套的假手。不管怎么说，其他人的苦难总该有点什么目的吧，是不是？可到底是什么目的？从来没有一个人知道答案。我只能告诉你，历史他妈的就是一个危险的地方。”

“你必须打住，”夫人说，“立刻打住。”

但是他没有停下，或者是他根本停不下来。

“在卡索拉里，一个女人带着她刚出生的婴儿试图逃离雷德尔，结果被抓住了。他把她干掉以后，雷德尔把婴儿抛到空中，开枪打死了，好像那是只飞碟似的。但是当然了，婴儿又不算飞碟。砰的一声，血流成河，诸多可能性就留在田野里慢慢腐烂去了，上面爬一层马蝇。我讲完六岁这个小孩的故事就不说了，他全家——”

夫人朝切瑟尔扔过去一只装糖的碗。碗盖撞碎了，洒了他一身白糖。

一个仆人听到响声，从厨房出现了，但是她一瞧见瓦莱拉夫人的表情，就停住不动了。我坐在那儿，不知道该看哪里，心里埋怨桑德罗就那么起身离开了。

“我猜那个魔仆，”切瑟尔把胸前的糖拍掉，“从瓶子里跑出来了。肯定说了些什么。被倒出来了。”

瓦莱拉夫人气得脸都绿了。

“你就是那个魔仆，”她的声音微微发颤，“你从你自己的瓶子里跑出来了。你只是给自己丢脸了。就这么简单。”

他朝着桌子低下他通红的脸，慢慢地点点头，似乎体悟到一点后悔了。他站起来，把身上刷了刷。白糖从他T恤的褶子和宽裤子里洒出来，在他椅子旁边落成一圈糖渣。

“对不起。我道歉。蚊子今天叮我了，我想我的状态很不好。实际上，我现在头晕得很。”说完他就从晚餐桌退下了。

第二天，我们在别墅吃饭时常有的吵闹和凌辱没有了。从电话传来了很糟糕的消息。

米兰城外的瓦莱拉轮胎厂的工人已经在罢工了，堵住了工厂入口。公司带去的不愿意罢工的人被从流水线上拖走暴打。甚至那些不愿罢工的白领、会计和秘书们，也被拉出去暴打。瓦莱拉其他的工厂也一样在罢工，厂里的设备都被蓄意毁坏了。

接下来的几天早上，桑德罗和我喝着咖啡、嚼着走味的面包时，报纸上的新闻说一位菲亚特公司的高级经理被绑架了，需要交赎金，另外一位经理在取上午十点钟的咖啡时被枪击中了膝盖，还有一位审理“红色旅”的法官被杀害了。

罗伯托和夫人滔滔不绝说了某种灾难的可能性，具体什么倒是没说。桑德罗觉得他们太过歇斯底里了。他和我一样，数着还剩几天他们就能全部回到米兰，这样别墅就只有我俩了。但是他们并不算歇斯底里。他们是名人。我现在知道了。

那个时候，我不可能说他们是名人，也不可能知道这就是名人的做事方式。但是大门口管家的屋子旁边新来的武装保安没逃过我的眼睛。那个警卫以前是个伞兵，穿着绷紧的牛仔，常叼着一根棕色的烟，东站站西站站，一会摸摸胡须，一会调整一下紧身牛仔裤里面的蛋。塔莉娅取笑他，假装摸摸自己的胡须，调整一下自己的蛋。“他摸得牛仔裤裤裆都发白了，”她说，“让这玩意儿看上去大些。”

武装保安和罗伯托坐着他的阿尔发·罗密欧里沿着小路上山下山，这其中的意味我也觉察到了。负责“红色旅”案件的法官被害以后，博尔扎诺伯爵当晚来吃晚饭，罗伯托和他秘密地谈话了，这我也知道。

到那时候，我已经不抱任何希望了，我不可能喜欢桑德罗一家，也不可能让他们喜欢我。我同意和桑德罗的母亲在别墅住一周的时候，真的没想到我会陷到怎样的一种境况，莫名其妙的，一周就延长成十天，而且渐渐让人觉得甚至是永远。我知道不管我说什么都不可能让他母亲中意，我知道我会被罗伯托侮辱，被塔莉娅比下去，还得听切瑟尔·琼斯没完没了的讲话。他让仆人给我们床边放了一摞他写的书，我竟然还有些好奇，从他的第一本小说开始读，叫《夏日时光》。我准备恭维他一番的时候，他说我把主人公的名字拼错了，然后就问我他那些书的主题，让人不快，就像完成阅读任务似的。

我对这些人毫无恻隐之心，甚至想如果罗伯托和桑德罗的母亲预测的灾难终于来临的话，我还会窃喜呢。这公司、这家庭，都遭到了攻击。我并不怎么在乎，我从来都没猜到哪个坏消息会影响到我。

晚饭后，博尔扎尼正要走，电话响了。一个仆人接听的电话，然后低声转述给夫人。

“绑架了？”夫人问。

厂里的工头？公司律师？

不。是迪迪·邦波纳托，他在米兰的布雷拉区逛街，正试着羊皮外套，这时他被猛推到一辆小轿车，不知被带到哪儿去了。

“但是他……是我们的人么？”夫人问罗伯托，罗伯托是她喊的第一个人。

“那我们为什么要付赎金救他呢？”一阵沉默以后，她说话了。“也许别人可以付。他的家庭，或者政府。他们到底要什么？答案是不。”

第二天，这件事成了《意大利晚邮报》的头条。一张巨大的他被“红色旅”绑架的侧面像。这就是为什么他们要这么做。通常一个公司总裁被绑架的时候，报道都埋在商业版，都不算新闻。迪迪是头版材料、全民偶像。他被抓以后，报纸登过他一张照片，他脸上带着纯真的、孩子似的恐惧。

我想到他在盐滩上孤立无缘的状态，想到他强忍着对他所依赖的机修工的愤怒，而他们也不在他身上浪费感情，没有喜爱，没有忠诚。我琢磨着不知这件事情有没有哪个机修工参与了。

我本该一周之内和他们在蒙扎会合。我给团队经理打过电话了，可是打不通。

桑德罗苦笑着。“我提醒过你。而且不光是我的家庭，而是意大利。这地方乱七八糟的。”

桑德罗说罗伯托制定了所有公司里最严苛的生产线纪律，遭到了工会领导和工人的痛恨，结果肯定很糟糕。他说那些工人从南部来，生活穷困潦倒。他们的老婆孩子，都坐在厨房桌子边组装瓦莱拉摩托车的发动机，他们通宵都在工作，因为是计件付薪，整个家庭都按计件制被雇佣了，这其实是奴工。现在，全意大利的穷苦人——米兰，博洛尼亚，罗马，那不勒斯——都在自行为房租、电费、面包制定自己的价格。这整个体制都不稳定，桑德罗说。看到他在这儿的样子，我更明白他为什么和家里尽量保持距离。在这儿他被迫亲自面对、被迫成为他们其中的一分子。他会去参加他们的董事会会议，他会努力跟他哥哥和母亲讲道理，因为他会是房间里唯一中立的声音。

迪迪被抓走两天了，瓦莱拉一家还是没有出赎金。同时，从电话传来了更多的坏消息。瓦莱拉公司的一个仓库保安被枪打中了腿。当天，在同一个工厂，一个领班被暴打了一顿，而工人们都冷眼旁观，没一个上前阻止。

我们的武装保安神出鬼没的，最近又发生了那么多暴力事件，切瑟尔·琼斯开始一惊一乍地说自己面临的危险。午餐时桑德罗的母亲恳求他再吃一片小牛肉，他指责她把他都养胖了，就像喂肥了母鸡等人抓似的。

“但是你来的时候已经就很胖了。”她说。

这时候他肯再吃一片小牛肉了，还说胖是心理健康的标志。

他臆想会被从别墅抓走，这却成了一个笑料。

“要真这样的话，”瓦莱拉夫人说，“他会喋喋不休地说话，他们会竭尽所能把他赶走。他们会把他从他们用来逃跑的车上把他推下去，不管怎样再不要听他说半句话！”

“他出名吗？”塔莉娅问。

我没听说过他，也没听说过他送到我们房间的任何一本书的书名，但是我以为这可能是我自己的问题。

“他是出了名的讨厌鬼，”桑德罗的母亲说，“不过他在英国有名，我觉得。他的书在英国比在美国受欢迎。”

在英国有名。这就像他自己可能告诉她的似的。她虽然取笑他，但很显然，她以某种我们其他人没做到的方式对他敬重有加。

切瑟尔在游泳池里宣布了他彻底离开意大利的计划。这是迪迪被绑架的第三天早上。只有我们两个人，在他开口说话之前，我突然心生怜惜，为他自己，为他所承受的压力，他困在对喋喋不休的自我迷恋中，强烈需要别人的倾听。不过这一刻我心里突然涌起的宽容之情，是因为第二天终于到了他们预定的出发时间了，当他们马上要离开或者已经离开的时候。当挑剔的人准备离开或者已经离开的时候，我们更容易对他们产生好感。

是的，他说，普通人不会逃离死亡的；而他自己，并不是普通人，他对他的生命忧心忡忡，所以他会离开这个国家。这一家子去米兰开公司会议的时候，他会搭车去机场。

我有点走神，我想着迪迪的处境。我最后终于联系上那个公司经理了，但是他只说了寥寥几句话。我不得不提醒他我是谁，这简直快让我掉眼泪了。我千里迢迢告假来到意大利，十多天来每晚穿着一条褶边裙就为了讨好桑德罗的母亲（而且一次都没能讨好她），而现在瓦莱拉的团队经理居然不记得我，不记得我为什么在这儿。等他回想起来的时候，我终于意识到我在他心里是什么了，或者更确切的说，是我在他心里多少微不足道。我觉得也很丢脸，让他在这样的危急时刻抽空来操心最不重要的小事。迪迪已经被绑架了。我在意大利的个人目的已然被斩断了。

“这个时候，任何公众人物都可能被绑架。哪怕在这儿，这个小小的天堂，我感觉到危险了。”切瑟尔压低了声音，因为管家现在就在附近，修剪着一棵木兰树，树的枝条太长，都盖到泳池了。

管家在梯子上站着。他盯着我看，嘴角上扬——我感觉是上扬的，能隐约看出来他在微笑。

他知道我现在不得不与之待在一起的这个男人多么愚蠢吗？是的，我觉察到了，他的确知道。他一直盯着我看。我也盯着他看。那个管家身上有种很特别的气质，但是我不能肯定这是不是我的想象。沉默不语的人常常给人一种错觉，总让人觉得思想深邃、富有创见，可其实他们可能什么都没有。他从梯子上爬下来，把剪下了的树枝塞到手推车里，接着又推着小推车上山，朝园丁棚走去，扔下我和切瑟尔。切瑟尔在讲他准备去的地方，一个位于多瑙河支流上的什么矿泉疗养地，据说赫勒克勒斯曾经在那儿沐浴过。我脑海中浮现出一幅画面：老小说家坐在浅水里，清澈的溪水流过他的大肚子。

“罗马皇帝图拉真征服过那个地方，”他说，“叫做达西亚，那个时候——”

后来，当切瑟尔开始自说自话时，我养成了一个奇特的习惯。我闭上双眼，假装我在滑雪。地上积着厚厚的雪，空中飘着雪花，光线暗昧，万籁俱寂，你左右转头的时候几乎能听到风雪衣帽的声音。我会在干燥、轻软的雪中转弯。弹跳，在积雪划出弧线，左转，右转，漂移，绕着雪压满枝的树稳定速度，在新雪里前后漂移，全然不听这个老人在说什么。不可思议，这倒是挺管用的。他还在继续说。

“——所以达西亚的国王割喉自杀，他的头被运到西方，运到罗马。但是东方也像血滴一样留下了一些拉丁人，去了罗马尼亚，我就是准备去那儿浸泡我的——”

罗伯托延迟了他们的大型工厂会议，他去罗马和政府大臣谈论劳工形势去了。这就意味着还要和桑德罗的母亲再相处四天。说好的十天现在变成整整两周了。每个部门的工人都在筹划罢工。一场总罢工席卷了整个意大利。罗伯托不想去，他说。罗马一片狼藉。学校已经被学生霸占了，变成了城中城。我们在报纸上看到了。这不单单是学生，罗伯托抱怨道，还有来自贫民窟的人，以及嬉皮士和同性恋，他们把整个地方都占据了，在乱糟糟的教学楼吃饭，在教工盥洗室洗衣服，在巨大的金属垃圾桶里点燃工厂文件取暖。

罗伯托从罗马回来的时间预计是周日晚上，是雇工休息日。瓦莱拉夫人满腹牢骚，抱怨那些仆人周末都躲着她。

“过去可不是这样。如果你雇了人而且他们就住在别墅，你不会假装周末看不到他们！如果他们在，而且有事情需要做，要搁在从前，他们直接就去做了。他们当然不会不顾情理地说因为今天周日，他们不能做；或者更糟糕，假装看不见我，或者我按铃叫他们的时候假装不需要回应。现在每个人都在算计工作时间和加班时间。他们想买个蠢盒子。”她的意思是电视机，就像她每晚看上好几个小时的那种电视机。这就是我同情桑德罗的母亲的时候。对于她来说，上楼，独自一个人，可能如释重负吧。在那儿，她能完完全全感觉到真正的自己，一个数火腿片的人。在她的小房间里，不会再有伪饰。她会解掉帆布鞋的系带，这让她的脚踝浮肿，肿成十字华夫饼的形状，她不再需要小心谨慎地把她的愤懑急促地说出来。她卧室的电视声音直打颤，音量大得令人讨厌。在那个吵闹的小房间里，她可以是享受蠢盒子的那类人。每天晚上我都听到熟悉的口琴声，洪亮，扭曲，是《桑福德和儿子》，从那扇通往楼梯的门缝里传出来，是意大利语配音的声音，爸爸，走吧！别这样了，爸爸！

雇工都休息了，塔莉娅想去贝拉吉奥买一些晚餐用的东西——奶酪，冻肉块和面包卷。瓦莱拉夫人非要让桑德罗和她一起去。新的安全预警使得所有瓦莱拉家族的人都变得金贵娇弱了。不过我已经知道了，塔莉娅本来并不姓瓦莱拉。塔莉娅的妈妈姓瓦莱拉，而塔莉娅原本姓史莱普尼。她把姓改成瓦莱拉是因为她不想保留她的曾曾祖父的发明带来的污名。榴霰弹，即史莱普尼弹，这个东西本身比发明者史莱普尼更出名[1]。一说史莱普尼，首先想到的是榴霰弹，而不是这个姓，塔莉娅不想要一个暗含残害和屠杀的名字。

他们走了以后，桑德罗的母亲就邀请我陪她在露台坐着喝一杯。就像我突然对老小说家产生的奇特的怜悯之情一样，我感觉自己在别墅待得够久了，可以自在地和她说话了，可以表达某种尊重，也得到她的尊重。我说如果桑德罗在她身边，她一定很幸福，我猜他在纽约那么远的地方时，她一定很想念他。

她狠狠地看了我一眼。“我觉得你希望我说点什么，表现出我喜欢挥霍无度的儿子，甚至暗示我有点鄙视这个全心全意工作的儿子，诸如此类。胡扯。我很偏爱罗伯托。如果你不更喜爱那个真正关心你

1　榴霰弹的英文是 shrapnel，和塔莉娅家族的姓同音，按文中说法，塔莉娅的祖父史莱普尼（Shrapnel）发明了这种炸弹。

的孩子，那你一定是个傻瓜。”

桑德罗很可能在乡村度过一段无忧无虑的时光。他为什么把我丢在这里？得有人陪着他母亲，他说。但是有那个伞兵就足够了呀。

晚饭前夫人都在房间浴室里，突然我听到一辆车停下来了。我以为是桑德罗和塔莉娅，跑出去迎接他们。结果是罗伯托。他开始谈论意大利的情况。“你很可能从来没去过那儿。”他说。

“我去过一次。”

“但是你只见一次，根本不可能了解意大利，”他说，“作为一个游客。”他说的没错。我永远不可能了解罗伯托所了解的罗马。就比如这个别墅，就算它让人很不舒服，却是我作为佛罗伦萨的一名学生在意大利永远无法访问的地方。对于我来说，似乎是这样的，如果你很穷，出国时你遭遇的也是穷人，他们给你的感觉就没那么陌生了，就像我在佛罗伦萨火车站附近那个脏兮兮的酒吧遇见的自行车手和他们的女朋友一样。反之亦然。于富人而言，这个世界就是一个又一个布置精美的房间，相似的房间，明确的社会风俗，走到哪里都享受特权。

“不管怎么说，太晚了，”他说，“罗马被毁了。脏，乱，充满了敌意，全体人民都反对你，而且没什么原因。人们满怀仇恨，袭击我们就是因为我们是正常人，为了得到意大利一度缺少的秩序、工作和所有美好的东西。所有的年轻人都在吸毒。”他说：“头发又长又乱，一脸的麻木，似乎他们已然参透了该怎么把脑袋里的思想清空。他们没什么可交流的，只有人人都能看见的白痴信号：我留着长头发。”

我想向罗伯托打听迪迪的事情，但这时桑德罗和塔莉娅停车了。他们从桑德罗母亲的奔驰车出现了，两个人都精神抖擞的。塔莉娅沙哑的嗓音，心领神会的笑声。她正把一块用棕色纸包装的长法棍面包撕成一小片一小片的，从低处扔给桑德罗，桑德罗用嘴巴接住。他们到厨房的时候，桑德罗一把从她手里枪过法棍，开始一片片扔给塔莉娅让她用嘴巴接，但是她接不住，因为他连续投掷过去，越来越快——倒是挺有趣的，只是不能给我带来一丝宽慰。

第二天早上是公司会议。瓦莱拉夫人的奔驰车在砂砾路上空转时，我和桑德罗在车行道上吻别。那个留着胡子的伞兵坐在驾驶席上，他手臂搁在车窗上，屈臂出神地抚摸着自己的胡子，等着马上离开。他用另一只胳膊提了提他的紧身牛仔裤，调整一下，坐在皮革椅子上。

迪迪还在囚禁中，但是我得等他们都走完以后才能计划下一步做什么。这个时刻已经来了。等桑德罗回来之后，我们就摆脱了他们。塔莉娅准备回伦敦；那个老小说家计划像赫勒克勒斯一样在多瑙河洗澡；桑德罗的母亲和罗伯托都回米兰。

桑德罗想让我跟他一起去开会。他悄悄告诉我，那个工厂的大门已经设警戒哨保卫了，那边可能形势很紧张，如果我想去的话，我可以拍下来。

记录他们的家族企业的问题？我从未这么想过，因为桑德罗通常不愿意讨论的话题。可是现在他却在鼓励我这样做。最早的影片之一，他说，不就是关于工人离开工厂大门的？这次会是愤怒的工人堵住了工厂门。“这其实会是个更好的话题，”他说，“比起迪迪和瓦莱拉团队来说。”但是我并没有做好放弃那个计划的心理准备，而且我不能忍受和他母亲、塔莉娅，还有罗伯托待上一整天。我不能忍受在他们在场的时候制作什么东西，所以我还是留下来了。

他们离开了，那辆奔驰沿着砂砾路缓缓地走了。当它慢吞吞的内燃机声渐渐变弱，变成昆虫的唧唧声时，我知道我犯了个错误，我应该跟着他们去。我应该去拍摄。关键是拍到有趣的镜头，我可以拍完以后再决定怎么处理这些材料。

我在房间里到处闲逛，第一次感受这个空荡荡的别墅。仆人都在楼下，我偷偷地瞧了一眼桑德罗母亲的卧室，看见她桌上摆着香水、脸霜，还有搽的粉。银花瓶里硕大的淡粉玫瑰一定是那个戴淡紫色假发的女仆放的。看到这些，我浑身起了一层皮疙瘩。难道仅仅因为她七十多岁了，她就不能用点儿偏女性的饰品？这不是她年龄的原因。是因为她很刻薄，我没把她的刻薄和女性气质、女性习惯联系起来。我走到塔莉娅的房间，就在隔壁，她已经把房间清空了。那天早上她砰的一声把她的大皮箱放到楼道，很显眼，桑德罗叫她停下来，他帮她搬。床没铺好，湿毛巾还在地上扔着。一把椅子上放着我的博萨尼诺。是她忘带了？不是。她是不在乎它。她是潇洒热情的塔莉娅，这顶帽子并不意味着什么。如果我带他回家的那晚他给我什么东西了，如果我们秘密的插曲留下了什么东西，我不会丢掉它的，不管它是什么，永远不会。但是塔莉娅戴了一次这帽子，受到一番赞扬，害得老小说家焦躁不安，说了一通醉话。这就够了。很可能这帽子放箱子里太占空间了。我戴上帽子，走到我和桑德罗住的房间，躺在床上，边上是切瑟尔·琼斯的那一摞小说，《夏日时光》《身陷囹圄》《寻欢作乐，于心不安》《逃亡者》。我抬头望着桑德罗祖父的肖像画。他永远都被困在墙上无休无止的监视之中了。我觉得这一点上我们多多少少有点相似。困在牢笼的处境。

“他们去厂里了。”我看着他说。

他从他墨绿色的虚空中望着我，攫住我的眼神，或者攫住他自己的眼神。这时那个戴淡紫色假发的女仆进来了，拿一只羽毛掸子四处掠着浮灰，然后又把落下来的花瓣塞到她的围裙口袋里。有仆人在旁边的时候，我永远都觉得别扭。我觉得他们的在场恰恰证明我不属于这里，不配享受他们的服务。我摘下帽子，穿上毛衣，出门散步了。

在门口我看见那个管家了，他正伏在一辆空转的车的引擎上，是辆小菲亚特500。我看车库里那辆奔驰原先停放的位置空了，突然一阵焦虑。我说不出来原因是什么，倏忽而过的焦虑，好似飞来一阵小昆虫。我在那辆空转的菲亚特旁边走来走去，盘算着沿路走走，可能去贝拉吉奥吧。

管家瞥了我一眼。我很紧张，不仅仅是因为他很帅，而且很可能瞧不起我们，而是因为他和我年龄差不多大。他在的时候，我才意识到我的情人比我年长很多，还是资本家。每次他在附近偷偷摸摸地活动时，我就很想让他知道我不是和自己人在一起，就是在别墅这儿。想让他知道我不属于他们。他伏在引擎舱里。我听到扳手一下一下轻轻转动着。

“你为什么没去？”他问我，都没抬头看一眼。工具在沙砾地上叮叮作响。他用一块红色抹布把手擦干，关上发动机罩，闩好了。

“这是公司会议，”我说，“家庭的事情。我不是家庭成员。我才来。”

“你才来，”他说，“是。这样好像说清楚了。”

我转身沿路走着，觉得自己好似一个沿路走的小丫头在表演似的，因为我知道他在看着我。路拐弯了，他看不见我了，我一个人走着，踩着砾石路表面破碎的瓦片。瓦片，而不是砾石。美感上无甚妨碍。我想起了桑德罗，想起我们那次远足时在野地里做爱。我被他沉重的身体压得喘不过气来，却漂移到了枝桠丛生处。桑德罗今晚回来的时候，我们就能单独在这儿了，一切都会变得更好。

我听到那辆小菲亚特从后面来了。我闪到路边。管家减速了，他说他们忘了带一个重要的文件，他准备送到工厂去。他给我留了门。

我说谢谢他。

我原先想待在家里好避免和他母亲坐一辆车的，这会儿早不想这个了。如果我跟他一起走，就能拍摄工厂了。我问他能不能带我一起走。

他点点头，耸耸肩，似乎在说，当然可以了。有什么区别呢？

“你可以和他一起回来。”他说。

他。他指的是桑德罗。

“你不回来了？”我问。

“不。”

我上了车，他带我原路返回，这样我才能取我的背包、相机，还有我的护照，因为他说我得带上合适的证件才能进工厂。

我急匆匆找东西的时候，心里在想，我这是栽到了怎样的一个壕沟里，我多么渴望和桑德罗母亲这个小圈子以外的人打交道。

我回到车上的时候，管家看着我，好像他知道我在想什么似的，但他不可能知道。

巨大的垂直烟囱里喷出一阵阵灰色的浓烟。混凝土楼房林立，天空中黑云压城，预示着快下雨了。灰雾弥漫：天空，混凝土，烟。当管家开着小菲亚特沿着周边行驶时，这些就是我对这里的第一印象。

门口聚集了一大群拿着牌子的人。有辆车正要进门，被他们团团围住了。我以为会有什么冲突，结果他们只是给车里的人递了一张传单。管家把窗户摇下来，喊着其中的一个示威者的名字。他和管家简短地说了几句话。

“你认识他们。”我说。

“我在这儿工作过。”

我看了看那个示威者给管家的传单。罢工会在明天。

“桑德罗说是今天。”

“桑德罗？这是他的名字？”

他居然不知道家庭成员的名字，真是不可思议。确切地说，桑德罗就是米歇尔·亚历桑德罗，管家可能只知道他的全名，不知道他寻常用的名字。我意识到瓦莱拉一家对他而言并不算什么。无足轻重。他就像在荆棘丛里睡觉的狼一样自由。

“他告诉你今天罢工？决定哪天罢工的是工人。”他说。

工厂保安检查了汽车、行李箱、管家的文件、我的护照、相机、背包，然后让我们通过了。

“他们不会让你摄像的，你知道。”管家说。

要是我和桑德罗在一起，就会有不一样的规则。我点点头，还把相机放在包里。

警卫厅那边，是个轮胎世界。一摞摞的轮胎像黑色的甜甜圈一样闪闪发亮。四处的声响震耳欲聋，到处乌烟瘴气，一排排的黑色O形物体。工人们穿着白色的工装，和迪迪·邦波纳托的比赛技工们在盐滩时穿的一样，胸前的口袋印着红色的“瓦莱拉”字样。他们操作着铲车，把这些巨型甜甜圈移来移去。我们开着车继续走。一个调车场，装满炭黑的车，还有人——他们在用铁锹装炭黑，脸上和白色工装都弄得乌黑，他们身后堆着高高的筒仓。

我们停下车，朝里面的办公室走去，管家提着桑德罗母亲落下的皮革旅行袋。我拿着我的背包，但是准备听管家的话，不把相机拿出来。我准备等找到桑德罗以后再说。

“你就是这样认识瓦莱拉夫人的？”我问他，“在这儿工作时认识的？”

“你也不是在流水线上认识这一家人的。”他说。

我们沉默着走了一小会。

“我经过这地方的时候，”他说，“旁边有人说她能雇我在别墅工作。就这样。跟工厂没关系。”

“你喜欢给她打工吗？”

“她是个不错的人。”

他这么一说，我发现我原本希望他说她点不好的。

“每个人都尊重她。”他加了一句。

她不是好惹的人。你不能和她的雇工谈论她，不管他们讨厌她与否，都不会把他们私底下的憎恨告诉给她儿子的美国女友。

我们沿着楼的外墙走着。穿过一片停放着叉车的地方，更远处是一组巨型的绕线管。上面印着“瓦莱拉”的字样，字符有点模糊。

我们走到另一座楼，他们告诉过管家他们在这个楼，可是大门却锁上了。他叫我原地等着，他绕到另一边去。

我坐在楼梯上等着。我能听到叉车扔下东西的巨大回响，还有发动机逆转齿轮的嘎嘎声。这儿再没别人了，我决定拍摄大烟囱，它每隔几分钟就吐出一股蒸气，还有一个大烟囱不停地喷出黄色的火焰。一卷胶片的长度大约是十一分钟。很短，他走的这一小会儿值得我拍点什么。我把镜头从一个烟囱摇到另一个。我在试验。如果我想拍摄一部关于工厂的影片，那我首先应该看看胶片上的工厂会是什么样的。我溜达着，拍楼房外部。走到角落时，我拍到仓库中间一处荒废的过道。倒也不是很荒废。远远的过道尽头有两个人，靠着墙。两个人，面对面，我从取景器里看到的。一男一女，我讶异这儿怎么还有女人，因为我只看到穿着白色工装的男人。我把摄像机继续对准这两个人，从取景器里看着他们。那个男人把女人拉过去，我在想我应不应该拍摄他们。这是我脑子里想的。我该不该拍这个？我首先想到的不是这个男人是桑德罗而那个女人是塔莉娅——尽管事实上，就是他们。如果能有办法说我认错人了，那我宁愿那样。他们面对面，靠着墙。他在亲吻她，他的身体压着她。我放下摄像机，按下停止键。

我急匆匆地往那个过道走，这时我听到一个声音。

“别打扰他们！”一个穿着公司工装的老人嘻嘻大笑。

我从桑德罗的T恤背后抓住他。这一切中最糟糕的，是他转过来看见我时那一刹那脸上的表情。塔莉娅站在那儿，毫无表情。我去打她。桑德罗抓住我的手，紧紧地抓住我的手。他把我的手按住，这样我就不会伤害到她了。他在保护她。对抗我。

我从他手中挣脱，跑了。桑德罗没来追我。他没来追我。

检查站似乎不会关注一个哭泣的美国女人。当我原路返回、试图找到入口的时候，没人拦我。当我朝着停车场走的时候，当我穿过工厂院子的迷雾时，我并没有想我可能会失去什么，我正在失去什么。只有溃退。伤痛和溃退，驱着我坐到了管家的车里。

我坐在副驾驶座，看着浓烟从烟囱中徐徐上升，染黑了雨云的外圈。一个简单的存在，向上向外移动，汇聚到云团里，污染了它们。另外一个烟囱吐出一股股蒸气，像花椰菜一样盛开，向外，向上。我记得桑德罗说公司现在生产石油化学制品来做轮胎，这比天然橡胶便宜，而且还耐用。

下雨了。一开始淅淅沥沥，接着雨点如注，顺着挡风玻璃滚下来，雨声笼罩了汽车。我突然觉得整个世界都在和我作对。但是这大雨，我知道，没有和我作对。它漠无感情，但和桑德罗那种令人伤心的冷漠不一样——当他意识到我在那儿的时候他的神情。那显然是心烦，而不是痛苦。他马上按住我的手——不是抚摸我，而是去阻止我。看到塔莉娅裸着的身子以后，看见她身形笨拙、腿也粗壮，这种惊异更是平添了我的痛苦——此刻的我坐在离家千里之外一家轮胎厂停车场的陌生人车里。桑德罗很在意身材。他喜欢瘦高颀长的女人，他经常这么说。他对我身体的所有注意，都集中在我的身材上，他的所有夸赞和感激都是说我身材比例的。既然塔莉娅身材不好，那他对她肯定有真正的欲望。他喜欢的，我无法看见也无从知道。我们刚在一起的头几个月，我能感觉到他整晚都抚摸着我，甚至他睡觉的时候也如此。苗条的身段，但不要太苗条，要有腰，是他最爱的。塔莉娅又矮又胖，可是他在工厂办公室外面把她朝自己拉过去，好像他想要什么似的。让她抵着他，我知道接下来会怎么样。公共场所的激情一瞬，这是他的爱好。他的爱好，不管是和我还是和别人。

我想起来她那天突然出现在泳池的样子了，她燃烟的味道，沙哑的嗓音，她的脚拍打着游泳池旁的天井地面，那块千百双看不见的手曾经捣过的石头。事实上我当时已经感觉出来了，但是避开不去想，因为这太明显了，很难让人接受。

大约过了一个小时，管家回来了。天色将黑。他看见我了，没表示一点惊讶。

“我要去罗马了。”他用衣服袖子把脸上的雨水擦去。我这才注意到他穿的衣服和机械工的夹克是一种类型，廉价的华达呢工作服，加了红色的衬垫，就是我侄子安迪和斯科特穿的那种。

我点点头。

他发动车子，开出停车场，然后我们驶入高速公路，汽车前灯照向我们，大雨滂沱，灯影绰绰。

十五

罗马的游行

高速路上的所有小菲亚特的车头都高高隆起，像火柴盒一般的车，白色、米色，或者黄色，只有几辆是樱桃红的，在雨中盈盈闪光，像小孩穿的塑料雨衣。我凝神看着挡风玻璃，雨水顺着玻璃不均匀地淌下来。我没有转头看管家。他朝我这边瞥了一两次，但是并不是意味深长，或是充满同情。至少，他看到我在他车里时没有大惊小怪，这不是已经有点怜惜的意味了么？他什么都没说。

我没料到他的沉默会这么有威力。把我卷进去了，卷到一场旅程当中，不知道到底要去哪里，只知道是罗马，不知道我会住在哪里会做什么。我带着我的护照、相机、相当于十美元的里拉[1]。

回过头来想想，如果我没有直接逃到他的车里，那停在米兰工业郊区的轮胎厂外的车里，那一切就容易多了。

要是没有上车——当我在停车场发现了车并且车没锁时。

要是没有静静地坐着等，等他上车，发动，开出停车场。

每个瞬间一旦发生，一旦跟着他走，我自己就不需要做出太多的决定。一旦我到了那儿。一旦我到了那儿，到了罗马，这一切只是来得太迟了。

这段路开车很远，我任凭昏昏沉沉地听着发动机的声音和震动，只想些简单的、令人平静的事情。我思忖着，我在这里一切的来龙去

1　里拉（lire）是意大利货币单位。

脉，一切的因为所以都被抛开了，弃置了，我到底还是不是我自己。

在高速公路上，我们只看到绿色的指示牌，上面印着白色的字母，圆体却让人觉得很冷酷。硫黄色的灯高高地挂在分岔路上方，人根本够不着。我想起了桑德罗，想起了他曾经兴致勃勃地想在高速路铺上工业画。在通往他母亲的蠢盒子房间的楼梯上放的照片，跟桑德罗手头有的一样，是 T. P. 瓦莱拉和意大利首相阿尔多·莫罗的照片，照片里他正在给高速公路的奠基仪式剪彩。他们身后则是瓦莱拉所有产品系列的车队。“汽油，轮胎，润滑油，”桑德罗告诉我，“你可能觉得这是在说庞蒂亚克高速中型汽车。不是的。是一个令人难以置信的三连胜。我父亲和他的朋友们合作，想改变意大利的面目。他们毁坏了那个地方，挣了很多很多钱。带来了所谓的奇迹，战后奇迹，每个人都坐在自己的小汽车里，开车噗噗地到处转悠，他们在瓦莱拉公司挣的薪水足够他们买一辆瓦莱拉，还有车上的轮胎和汽油。”现在我和一个陌生人在高速路上，他很可能不过是把这里当成高速路，不过是觉得理所当然——意大利有交通要道，有汽车文化，有个轮胎公司，并且规模极大，与公共事业单位无异。

管家和我一直都没说话，直到他停车加油的时候聊了几句。他指给我女盥洗室在哪里，又问我要不要来杯咖啡。我往脸上拍了点冷水，但愿这样能让哭肿的脸不那么明显，当我意识到我在做什么的时候，我朝着镜子里的自己酸楚一笑，都这个时候了，还注意形象呢。再看看我的脸。把刘海沾湿，捋顺。管家和我在小酒吧一人喝了一杯咖啡，谁也没说话。他的名字叫做詹尼，但是他在别墅迷雾一样的存在还是挥之不去，我还不好意思喊他的名字。

当我们在罗马逼仄的街道穿梭时已经是晚上了，一切都被雨水泡得湿嗒嗒、亮晶晶的。雨水顺着路面汩汩流淌，把树叶和垃圾都带走了。我们经过的每条小路都被栅栏挡着。戴白色武装带的警察吹着口哨指挥交通。我问发生了什么事情。

有的街道被封锁了，詹尼说，因为明天的游行。

“游行？”

“示威游行。”他说。

“詹尼·吉——塔——!”我们走进公寓的时候，一个女孩叫出声来。

每个人都抬头看。看看他，再看看我，我看出来了，他们秘而不宣，都不准备开口说话。不准备问问我是谁。詹尼冲他们点点头表示同意，但是同意什么，我不知道。

几个小时的车程，穿过黑暗，穿过寂静，穿过大雨，突然在一个挤挤攘攘的房间，灯光朗朗的，还真有点不舒服。这里人很多，大部分是男人，围着沙发躺着，有的懒洋洋地歪靠在地上，有个人拨弄着走音的吉他。我不好给他们归类。他们都穿着脏兮兮的衣服，黑色的皮夹克，黑色的高领毛衣。他们长长的头发油光可鉴，很细致地分出了头路。大多数都留着八字胡。他们让我想起了汤普金斯广场公园的便衣警察，他们总是一脸严肃，恶狠狠的——除了他们努力假装是嬉皮士的时候。

通报詹尼来的那个女孩现在倚墙坐在地板上，鬈曲的头发散在肩上，洁白的大牙，鼻子大大的，但是很清秀，显得她友好可亲。我发现我只和她眼神交流过，和别人都没有。“他来了。”她冲着另外一个人喊着，那人在另外一个房间，我看不见。一个女人的声音回答说，詹尼现在大概是在中央情报局上班了。听起来像这样，但不是我在别墅听到的那种吐字清晰的意大利语。每个人都笑了，除了詹尼，她没理会他们，问我要不要喝杯水。

那儿有个小厨房，充斥着烟味。炒菜声和瓶瓶罐罐摔打的声音不绝于耳。詹尼去找水，离开了一会，退到我们看不见的那个说他为中央情报局工作的女孩的房间。一个男人从沙发上站起来，一定要我坐下。我向他表示感谢，问他叫什么。“杜鲁迪，”他说，“你听说过我没?”大家都笑了。

詹尼和那个房间的那个女人在说话。他们在吵架吗?要不是因为我是他带来的，我可能还不会注意到他在这儿可能有个女朋友。他现在正在和她说话。她马上就会出来，见到他拖到公寓的这个流浪儿，那么我会跟她解释，我不对她构成任何威胁。

广播被打开了，每个人都静下来了。我以为我们只是在听广播。我不知道这个广播就是从公寓里另外一个房间播出来的。播音员在说明天示威的事情，也就是詹尼说的游行。

“我们刚刚接到某秘密警察营的一位同志发来的密报，内容是关于他们为明天的游行所做的准备。”接下来就是一长串的装甲车和准备就绪的军营武器的名单。所有的休假都被取消了。房顶上会派驻带冲锋枪的炮兵。谢谢这位勇敢的同志为我们提供信息。明天见，十七点，艾赛德拉广场[1]。

广播里传来卢·里德的《完美的一天》，熟悉的钢琴曲调，甜蜜而忧伤。桑德罗喜欢那首歌，这让我想起了我们第一次约会。现在我黯然神伤，想着桑德罗那天去工厂开会走的时候，那常态的最后一瞬。桑德罗亲吻了我。而切瑟尔·琼斯正坐在瓦莱拉夫人的车里。

现在，我对这一切都感觉很惘然。桑德罗和他那个傻透了的拜金世界都让我很茫然。蒙扎的计划让我很茫然。迪迪已经被绑架了，团队经理要关注比我更重要的事情。不管怎么说，我在这儿，这是……哪儿？罗马的什么地方。在一个拥挤的公寓，墙上各种涂鸦，年轻的人们说话声音很大，盖过了卢·里德靡靡又炽热的歌声，一个男孩和一个女孩在地上亲吻着。我转过身，不想多看。厨房的炒菜声，嘈杂声，活泼泼的质感。扑面而来的现实。我那种从别处流浪而来的虚空感，瞬间荡然无影。

一个女人从厨房出现了，端着几盘子食物。“肉酱意面，”她用意大利语对我说，接着又加了一句英语，“上面有肉。”她的名字叫克罗蒂亚，从那时起她就老是用糟糕的英语和我说话，而其他人都和我说意大利语。一开始我很生气，后来我发现她只是想练习英语。住在别墅的那段时间，罗伯托经常只和我说英语，不过他的英语流畅、利

---

1 也即共和国广场，罗马人更爱称它为“艾赛德拉”(Piazza Esedra)，意思是半圆形广场。

落、地道，就像他跟伦敦和纽约的商人说话似的。我并不饿，但还是把这盘带肉的意面接过来了。我和那个牙齿又大又白的女孩攀谈起来，她的名字叫莉迪亚。她问我来罗马是不是因为示威。我没多想就说是。詹尼带我来的。如果这是他来罗马的原因，那么是的。是的。我想着当我坐在他的车里，一边等他一边抹着眼泪时，他努力不去看我的样子。他那些工具叮当作响，那么熟悉的声音，就像那天早上在别墅，他修理小型菲亚特车时一样。这些年轻的意大利人里我唯一认识的就是詹尼——他其实也全然是个陌生人，可是我跟着他，盯着他在罗马这个公寓里的一举一动。

人们从全意大利来到这儿参加示威，大白牙莉迪亚说。那不勒斯，撒丁岛，都灵。“可能不管怎样他们都会来的，”她说，“但是现在博洛尼亚发生了一起谋杀案，很残忍，他们冲他后背开了一枪，别想了。人人都来了，是不是？在打仗，是不是？”她说得很肯定，却是疑问句的语气，但它们还不像纳丁的问句。不是哆哆嗦嗦地寻找存在感。这种疑问语气仿佛是在说，你最好同意我说的，是不是？当然了，对吧？

詹尼和另外那个房间的女人一起出现了。他们谁也没看谁，谁也没碰谁。她回到厨房，给自己取了一盘意面回来。她看着他。“你不饿？”他摇摇头。大概她不是他的女朋友。她个子娇小，一头金发，却是黝黑的皮肤，很性感，眼睛斜斜的，几乎有点狐媚劲，一脸雀斑。她穿着低领的罩衫，胳膊和乳沟都清晰可见，她的衣服类似仿中古时代的嬉皮士裙子，但是她和其他人一样，那股执拗劲让我觉得她不是嬉皮士。她的名字叫贝娜。我只是搭车而已——她自我介绍的时候我这么想。从她看我的方式，我感觉到她在琢磨我，琢磨詹尼告诉她的关于我的事情或者我的处境——不论他是怎么跟她说的。

一周之前我还在贝拉吉奥一所大房子的泳池游泳，瞅着塔莉娅沿着庭院啪嗒啪嗒地走，每走一步，她身上的赘肉都跟着微微颤抖。现在天气又冷又潮，眼看恐怕还要下雨的样子。我还穿着昨天那身衣服，躺在脏兮兮的沙发上，公寓里的都是他最讨厌的人们，我还加入了他最愤慨的事情：那场运动——他们都是这么说的。

之前一晚，那个公寓里的人们对我很好。那种情谊我只能描述成是人情味。有人情味。他们不问我是谁，我为什么会在那里，我从哪儿来的，我做过什么。跟这些人打交道不需要出具证明书，不像在纽约。“她和桑德罗在一起。”“他和海伦·海伦伯吉一起出现的。”他们问我饿不饿。他们问我要不要来杯啤酒。他们给我铺好床让我好睡觉。他们对我一无所知。我是詹尼带来的，这就是他们需要的全部信息。詹尼他自己没留在那儿。他和那个说自己叫杜鲁迪的孩子出去了，走到黑暗的夜里，走到倾盆的大雨里。没人问他们去哪了。他走了我有点不安心，很想知道他去哪了，但是我努力不去想。

那场运动。我对这个知之甚少，但它那天晚上给我显示的，却是他们对我这样一个陌生人的友好。詹尼是否参加运动我尚且不清楚。他穿着他机械工的夹克，和其他人不同，身上带着工人阶级的帅气。他干净清秀，话不多，比较内敛，甚至有点冷漠，或者只是看上去冷漠吧。和杜鲁迪离开之前，他坐在那儿翻看浅粉色的意大利《24小时太阳报》，我偷偷笑了，因为这份报纸正是罗伯特虔诚拜读的报纸，意大利版的《华尔街日报》。我觉得瓦莱拉家可能都持有这报纸的部分股份，或者也属于这家报纸所属的联合大企业。其他人都移到詹尼旁边读商业新闻，乱糟糟地围成一团，好像这就是他该扮演的角色似的。

早上还是不见他。贝娜和莉迪亚——就是那个大白牙女孩，带着我在周边转转。这个公寓位于圣罗伦兹教堂的沃尔西大道，这个地区靠近大学，太难看了，我都不由得笑了，我居然以为罗马的所有地方都像西班牙阶梯和特莱维喷泉一样。圣罗伦兹教堂在二战期间曾经被炸过，现在是死气沉沉的一大片。每个现代公寓楼的阳台和屋顶都伸出电视天线，像急匆匆戳进去的揿钉。垃圾袋从窗户里吊出来，像结肠造口术的袋子。每个楼上都有涂写乱画的。我在纽约住，习惯这些乱画的了，但是圣罗伦兹教堂墙上都是紧迫、愤怒的留言，或者带着几分沉闷抑郁，仿佛楼的外墙都是监狱墙壁似的。

他们把我们扔到监狱里却说这是自由。
他们抓不到我。我要搬到土星去了，谁也找不到我。
等屎变成商品了，穷人生出来肯定都没屁股。

底下是一张粗鲁的图，画着屁股，还写着：“我们想要什么？”

什么都要。

纽约的涂鸦透露的不是这么绝望的信息。花样可多了，标识，名字，起花哨的假名字的精湛本领，旋动的颜色蜂拥而出——都是通勤者想不到的。这里是简单分明的信息，黑色的喷漆，和行人的胳膊眼睛齐高的高度。图画很少，只偶尔出现“红色旅”的五角星标志，这标志在迪迪惊恐的脸上出现过——就是《意大利晚邮报》登的那张照片。

为什么一只画得乱糟糟的五角星比一只画得很标准的五角星看着更吓人呢？我们经过一只五角星时，我这么想着，没有文字，只有五个角的星星。

因为手写体很不完美，所以看上去更吓人，我想是这样。但是究竟为什么呢，我不知道。

贝娜没提詹尼。我问了一下他在哪。“和他在瓦莱拉那边做的事情一样。修东西。”她说的是英语，脸上的神情我实在是琢磨不透。

她带我跟她一起在纳沃那广场扔关于示威的传单。每当我们遇到她认识的人，她就介绍说我是个美国人，曾经叫罗伯托·瓦莱拉滚开。我不想说我没做过这样的事情，我不想让她失望。事实是，他弟弟害得我心都碎了，我像一个受伤的动物一样逃开了。

纳沃那广场周边是一排排室外咖啡座，年轻人围坐在桌旁。贝娜说大清扫之前比现在拥挤多了。聚在这儿的很多人都被丢到监狱了，她说。我问她原因是什么，她耸耸肩说，因为认识参与非法活动的人，或者因为你的名字出现在公寓租约上，而之后住的人与一次爆炸有关系。不尊重国家。他们能以任何理由抓你，她说，现在他们已经变回墨索里尼的法律了。

“如果你今晚在监狱附近开车，”她说，“你会看到床单做的火把在牢房里挂着。真的是惨不忍睹。这些亮光照亮黑暗，却不照亮任何人。”这里有一半人去了那儿了，在瑞比比亚[1]，谁都看不见他们。他们现在不过是窗户里燃烧的什么东西罢了。

我看到一个女人和两个拿着摄像机的男人坐在一起。她很年轻，十几岁的样子，很是妩媚，妩媚得既有些悲剧色彩，又容易让人忽略。是因为她的微笑，笑靥如花，甜美纯真，是因为她对那些比她年长的人言听计从，所以显得有些悲剧。其中一个男人在摄像，另一个人在跟她说话，问她叫什么名字，来自哪里。

“安娜，”她冲着他们微笑，“来自卡利亚里。”

“等等，”摄影的人说，“再来一次，说慢点。”

第一个男人后退，再一次靠近她，像他第一次那样，问她叫什么名字，来自哪里。

“卡利亚里。”她又说了一次，她这次说的时候更小心翼翼。

“卡利亚里。”那个坐她旁边的男人重复了一遍。

“是。”她接着解释说她父母都是撒丁岛人，但是搬到巴黎了。她就是从巴黎逃跑的，逃回这里，到了纳沃那广场。她伸出她的腕关节，给他们看那儿的伤疤，说因为在巴黎他们要把她关进一家医院。把她关到什么地方，不管怎样大概是这意思，因为我不太懂他们用的那个词——*manicomio*，后来我查了。精神病院。

很明显她已经认识他们了，为了拍影片他们叫她假装他们是陌生人，但是她衣服乱糟糟的，头发乱蓬蓬的，看起来就像住在纳沃那广场的逃犯。我感觉她不是个演员，从他们教她扮演自己的样子就能看

1 瑞比比亚（Rebibbia）是意大利的监狱。

出来。

“你在这儿睡过觉吗？”那个男人问。

“是的。”她抬头看着他，一脸甜美率真的微笑。

我盯着那个年轻的逃犯看，“金发女郎”，他们一直这么喊她。她站起身来，把手放在肚子上，肚子在她的雨披底下高高隆起，圆鼓鼓的。她朝我微笑着，却是让我知晓：没错，她是怀孕了，她也不喜欢被人盯着看。

“她在这儿一周了，”贝娜说，“睡在街上，和吸毒的厮混。这两个流浪汉——我不知道他们搞什么名堂，但是我猜他们能帮她。”

他们住在贝娜和其他人的楼下，也在沃尔西大道的那栋楼里。

我们看着那个摄像的人跟着另外那个挽着金发女郎的胳膊一起走的人。她朝他转过来。他把他的手放在她前额上。

“我需要一张床。”她说。

“什么？”他问。

摄影的人喊了一声暂停，然后叫她再重复一次。

“我需要一张床。一个能躺下来的地方。”她说。

“你发烧了吗？”

“是的。”她说。

“你怀孕了，你还睡在街上？”他问。

“是的。”她笑了，笑容那么纯真。

我第一次来罗马的时候——那会还是佛罗伦萨的学生，只待了两天，而且是一个人参观了些景点：万神殿，西班牙阶梯——那儿有流浪画家给小姑娘画像，古罗马圆形剧场，好似一个巨大的正在腐朽的头骨，角斗场蔓草丛生，似遥远的彼处一般迷蒙。看上去很不真实，因为已经不用做角斗场了。游客们你看看我，我看看你，在残垣断壁处信步闲逛，无法感受这里熙熙攘攘的时候会是什么样——万人瞩目，万人呐喊，一齐观看角斗场的厮杀。我去的时候这里空荡荡的。一只灰色的小猫在打滚，让我拍拍它白色的、毛茸茸的背。我蹲下来。四无人声，唯有剧场外车马来来往往的声音，还有那只小猫的声音——它开始喵喵叫了。

人在空荡荡的地方感觉不到拥挤。在古罗马圆形剧场时，我一直这么想。

可在这儿，艾塞德拉广场，人挤人，形成一种广袤流动的结构，广场上人头攒动。半空中，布旗子迎风飘展。人声鼎沸，涌过巨大的广场，好似迟滞的海浪，随着声音的流动，方向也改变了。

所有这些人和他们鲜亮的旗子，这些旗子煞白，血红，墨黑，并不让人欢欣鼓舞。天仿佛吸满了雨点子，黑沉沉地压下来，傍晚时分天色渐暗，变成了石板灰色。空气好似带着电——正是暴雨将至时。空中划过一阵阵闪电，黑暗提前降临，这一切都给游行前的聚集平添了几分紧张。每种颜色，每个表面，鲜艳而清晰。

店面都关门了，金属卷帘门都拉下来了。唯一不同的是费尔特里书店，还开着门。店员们正在分发免费的毛泽东小红书，廉价的塑料皮小本，类似基甸国际送的《圣经》。我想起来罗伯特说费尔特里的死是必要的，也是令人尊敬的，而切瑟尔·琼斯却说那是愚蠢的行为，正负极都混乱了。傻瓜最爱说他们自己不傻。那个老小说家说这个词的时候一定感觉特别爽。“傻瓜”。因为软弱他才说这个词，这个词语甚至让他感觉自己强大。我不知道费尔特里是不是把正负极搞混了，但是我觉得他一定是个严肃的人，像桑德罗说的那样。不管怎么说，死亡就是死亡：它有它的严肃性。看着那个闪亮的小红书在人群中传来传去，我想桑德罗肯定会欣赏这个场面的，只要哪个人不相信“有钱能使鬼推磨”而愿意寻找的其他生存方式，他就会支持他。可是他不在这里。

艾塞德拉广场完全塞满了人，这时人们分流到小路上，跑到警察允许进入的地盘。有好几组人。妇女组。高中组，各工厂代表组——瓦莱拉、菲亚特、SIT-西门子、玛涅蒂·玛瑞利（这家工厂给瓦莱拉汽车制造电线束）。有罗马一大的学生，他们戴着眼镜，神情严肃，脸上蒙着头巾。波洛亚分队来这里是为了给昨天被警察枪毙的年轻激进分子报仇。又来了一队，他们的脸颊和眼睛都用黑白的戏剧装扮成小丑的样子，像印第安人一样叫嚷着："我们什么都不要！"他们一遍遍喊着。一个人举着牌子，喊着："多点活计，少些工钱！"另一个喊："打倒人民，巴结老板！""多点破屋子，少些房子！"他们都很年轻，衣衫褴褛、破烂不堪，鞋子是旧的，连鞋带都没有，裤子膝盖处松垮垮的破洞，胳膊肘从虫蛀坏的毛衣里露出来。我看见其中一个男孩眼瞅着一个女人掐灭烟，他走过去，捡起来，问她借个火，慢悠悠走开，一口一口抽着她那根烟蒂。他们讲的是方言，我几乎听不懂，语速很快，发音含糊，开音节——像他们没鞋带的鞋子一样。

很可能就是罗伯托说的那种人。他说他们什么都不说，就知道说"我有长头发"。我想起桑德罗跟我说过人们自己决定房租、车费的事情。孩子们与资本主义毫无干系。他们倔强的思想，邋遢的衣服，只是让塔莉娅乱糟糟的头发看起来有种公主式的乱糟糟——不过是上层人的作秀罢了。

他们住在罗马郊区偏僻的贫民窟，贝娜解释说。那儿没什么可做的，她说。他们还很年轻，可是好像就在等死似的。罗尼大概会欣赏这些人吧。不知怎的，我这么想着。但是人声鼎沸，旗帜飘展，人潮越来越汹涌。我还这么想时，突然发觉这种场面对于罗尼来说太宏大了。我猜不到他会怎么评价这些孩子以及他们给人的感觉——活在当下，失无可失。我想起了罗尼的广告，他的玩笑话，用三福记号笔写在鲁迪酒吧的浴室墙上。"寻求敌人。"事实上他指的是寻找朋友。底下潦草地写了个问题，"可是我们怎样才能找到彼此？"很可能也是罗尼，他自己写的。他爱说现代社会里人们怎么被加工、被计数。他说，标着号码的街道地址算比较新潮的玩意。在从前那个旧世界，则是比较自然的检查程序，罗尼说。陌生人进了村子，说出来他要找谁。他要么被拒绝，要么有人帮他，看情况了。

我们怎样才能找到彼此？

这句话一直在我脑海中回荡，而愈来愈多的人拥入这个巨大的广场。这句话里的"我们"：——因为也没别的东西了。世界就是人，这让两个人找到彼此的希望更加渺茫。好似寻找一个情人，缘合咫尺，缘尽天涯。这就是寻找情人。

那个怀孕的女孩安娜，那个金发女郎，披着她的披风穿过人群，仍然是无辜的笑容，似乎在说："我没什么要抗议的。我在这儿就是为了在这儿。"

那两个摄影的男人拿着摄像机和麦克风跟着她。

"我饿了，"她对他们说，"我们去吃饭吧。""再说一遍。"那个摄像的人说。

"我饿了。"她狡黠地看着他们。

那个拿着话筒的人朝着这金发女郎凑过去，把他的手放在她胸上。

她看着他，神情有种孩子式的顽皮。

"有奶呢。"她把乳房给他撩起来。

"奶。"他凑过去，透过她的披风往里面瞧。看样子，他四十多岁了。正在谢顶，头发稀稀拉拉的。

她用双手挤挤，冲着他挤出一小股奶水。

他摘了眼镜，擦擦脸，笑了。

那些涂了一脸的孩子们围成一圈，跳着即兴的祈雨舞。

"下雨！下雨！下雨！"他们大声喊着。"我们要老天下雨！杀了太阳！杀了太阳！用鱼叉从天空叉出去！"

一群警察闯进广场，围成一圈。他们武装带上的白色斜条纹重重叠叠，变成一个巨大的网格，好像他们是演出的一部分似的。每个人都把右胳膊伸出来，右手戴着大大的黑色防护手套，他们一边封锁广场出口，一边把人们推开。

"来抓我们！"涂了一脸的孩子们冲警察喊道。

"我们要进牢房！来啊——把我们抓到牢房里！瑞比比亚！瑞比比亚！瑞比比亚！瑞比比亚！"

他们的歌声越来越大，其中一些人狠狠地捶着翻转的罐子和水桶。开始下雨了。警察戴着他们黑色的长手套来回走，抓住喊得最响亮的孩子，把那个尖叫的孩子拽到囚车上，把他的手扭到背后，往他肋骨上使劲踢着，接着把他一把推进去。剩下的人们张开嘴，大声嚷嚷着，刺耳的声音听上去很奇特。奇特是因为这不是欢呼，也不是哀嚎。这声音很含糊，或许是混杂了两种感情，是一种狂欢式的警告。

警察用路障和一排装甲车把大道堵上——游行本来要在这里开始的。在路障后边、装甲车前面，防暴警察肩并肩站着，黑头盔，面罩掀起来。警察没有防暴警察戴的这种头盔。他们的帽子配着亮闪闪的护面，类似纽约市的巡逻警察，而且像巡逻警察雨天执行任务一样，他们的帽子上还配着弹性塑料罩。警察吹着口哨，而防暴警察——celerini，贝娜说他们这么喊的——试图把人们从路障赶出去，把他们赶到“火车站”。这些警察都是狗娘养的，贝娜愤愤然。我开始拍摄人群，一点一点转着镜头。“但是这些伙计，”她一边说一边指着，“能抗争。解散组织，还能暴打。”她指的是瓦莱拉小分队，他们举着旗子，一块巨大的白布上写着红色的字。我看见那块旗子的每一端都用撬胎铁支着。

我竟然以为桑德罗会赞许发放免费毛语录这样的事情，真是天真。我知道，如果他在这儿，他肯定会迫不及待想走，就像他的阿根廷朋友M一样，对此事避之不谈，这既与他有关却又与他无关。但是他在别的地方。我孤零零一个人，无根地漂流。我掉进一个洞里，降落在一大群陌生人之中。迭现的人面，如点彩画法一般。一张脸，一张脸，又一张脸。如果有人想把罗尼给每个人拍照的伪命令变成现实，我想，在这个广场上摇镜头肯定行，这可以是个开始的地方。

我们正走出广场，走到一处狭窄的小巷子。这个巷子汽车进不来，警察的口哨声在我们前面那个潮湿、空荡荡的街道四下回响，人们喊着口号，叫嚷着。妇女的队伍们最先开始游行。

意大利在对待妇女的问题上比较落后。直到一九七四年，法律才允许离婚。流产是违法的。很多妇女的牌子都与强奸有关。这些事情是桑德罗告诉我的，他还会继续说，说得我心口紧绷绷的。桑德罗对女权主义很感兴趣。一个支持者。这个人显然是太爱女人了，所以他一旦有机会就欺骗我。而且可能他一直都在这么做。海伦、格洛丽亚、塔莉娅。吉德莱为什么要给他脑袋上泼饮料？有什么合理的原因么？他是以为我傻透了么？是，他就是。而我还真就是那么傻透了。或者毋宁说，是我把自己带到那种境地的。情人们只给予他们能给予的，没别的了，而他们所给予的往往都带着附加条件：自作主张地认为哪些是你想要的东西，也不仔细想想什么是你不能接受的。我刚搬到桑德罗家，格洛丽亚就到公寓里收集了一盒子私人物品。她直勾勾地看着我，手里拿着盒子，没作任何解释，我知道，而且她知道我知道，但是因此跟桑德罗大闹一番，又有何意义？她在带着她的东西离开，我在替代她。而桑德罗和他朋友的妻子们又有怎样秘密的复杂关系，我宁愿不去多想。我接受他原本的样子，而不是一个他做不到的完美人物。但是那种隐忍，也蕴含着一种真正的信任，这种被他无视的信任。现在，格洛丽亚的直视，她手里的盒子，统统是一种侮辱。桑德罗的侮辱，看着这些女人们拿着扩音器大声喊，“你会付出代价的！”我把他们的愤怒兜过来，并且把我自己也融到这份愤怒中。我那隐秘的悲伤，就这样融入这集体悲哀的合唱之中。

在人潮中，我一下子找不到莉迪亚和贝娜了。大雨瓢泼。我浑身湿透了，任由人群你推我搡，警察跟在女人们旁边一起走，好像她们构成威胁似的。

走在前面的游行队伍开始后退。我们后面的人群又在往前走。无路可走，这时贝娜跟我警告过的防暴警察来了。他们的脸和身体藏在盾牌后面，用警棍推打着那些挡了路的女人们。我觉得自己的胃沉下去了，跟坐在摩天轮上车厢一上一下时一样。

人们都在尖叫，都在想办法从这个广场前方逃走——那边着火了，街道上浓烟弥漫。一辆公交车翻车了，燃起熊熊大火，好似一只巨大的火炬。广场上的一座楼也在燃烧。防暴警察把我们赶到一条没有中心的螺旋形路上，然后开始抓女人，能抓多少抓多少，抓胳膊，抓头发，抓手提包，拽着她们。

我跟着一小队年轻女子走到一处开阔的小路上，她们似乎知道该往哪里走，也知道该怎么躲开那一排其他人被拖拽进去的警车。

游行队伍继续走到科尔索大道，但是与先前不一样了。大火和逮捕之后，秩序井然的游行队伍渐渐散乱了。人们脸上明显带着愤怒。学生们戴着玻璃眼镜，神情严肃，从街上把铺路石撬起来，手里拿着石头走着。

科尔索大道和米兰的布宜诺斯艾利斯大道类似，两侧都是雅致昂贵的商店。这些商店前不用金属卷帘门。这些店面像玻璃陈列馆，雪白的模特儿骄矜地凝视着。

“在铺路石底下，更多的铺路石！”有人大声喊着。

我听到玻璃杯撞碎的声音。“没收了！没收了！”

三个脸上涂画的孩子腋下夹着皮衣奔跑着，脸上的颜料滴落下来，湿嗒嗒的，浸了雨水，黏糊糊的，一摞皮衣搭在他们膀子上，像极了市中心曼哈顿衣帽间的保管员。

“给人民的皮衣！”他们跑着，把塑料衣架甩在身后。

随着游行队伍沿着科尔索大道一路前行，橱窗一扇一扇被击碎了。警察在人群中蜿蜒穿梭，抓捕那些打砸抢的人们——给人们的牛仔，给人民的手提包，给人民的红酒，鞋子——可是太多太多了。一家商店着火了，黑烟从商店矩形的玻璃窗冒出来。有莫洛托夫燃烧弹，摩卡炸弹，他们就是这么叫的，用通常的办法就可以了——棉花和汽油，再加火柴——但是没用瓶子，他们用的是一个小瓦斯炉咖啡壶。“更容易带着跑。”一个八岁的孩子后来跟我这样解释，他是沃尔西大道上哪套公寓里住户的儿子。“还有手柄呢！有玻璃的话，它就从你手里溜出去了，就这样，”他说，“砰！”

熊熊大火中的商店是路易莎·斯帕格诺利，就是桑德罗在米兰给我买丝绒裙子的那家店。“他们雇佣女子监狱的苦役犯！”一个年轻女子喊着。这次是女人在扔火焰炸弹。服装店。一个百货公司。一个内衣时装店。沿着科尔索，他们一直向前。

当我听到另一块玻璃轰然粉碎时，我看到了白色的气球，一个接一个，纷然上升。

我拿出摄像机，开始摄像。

为什么拍这个？我不知道。但是我从取景器里看着气球上升，好似在沿着看不见的升降机悠悠地飘到天空。升高，升高，经过一栋摩天楼的每一个楼层。气球，纯洁，漂移，撑开的气球皮像护士纯白的长筒袜。

科尔索大道这时平静下来。雨中有爆炸声。人们纷纷让别人安静。手指抬到嘴唇处。一个小姑娘开始唱歌。她旁边空出一片地来。我继续拍摄。

她戏装打扮，两只眼睛底下用红白眼影画成三角形，呈扇形，边缘是黑色的线条，奇异的几何图案的宝石坠物，使她整个神情都沉下去，俊俏的脸蛋上像是画着哀愁，却是一种可爱、奇特、有趣的哀愁。她的脸庞似乎与现实相反——喜剧悲剧参半，也可以说是混在一起。她仰望着天空。她也一样，也在盯着气球看。

这些气球是从一家百货商店飘出来的——文艺复兴百货公司，一只气球飘到低空了，我看见这名字印在它薄薄的、护士长筒袜一般的气球皮上。

一丝歌声从这女孩的嗓子中飘出来，圆润，纯粹。“十六岁的孩子，嗓子像卡拉斯[1]。”有人这么说。

她唱完一曲，我们开始鼓掌，突然枪炮声响起，金属似的乒乒乓乓。人们尖叫着，推挤着，都在跑。我看见詹尼了。我们四目交接，他朝我走来。他去哪了？他从来没说，就算后来有时间的时候也没说。响起更多枪声。防暴警察在那儿，用盾牌挡着自己，把警棍伸出来。有这么多武器，人都不是人了。詹尼和我狂奔着。人们拿着各自的武器在人群中横冲直撞，摩托车头盔的护罩拉了下来。这是下一个无名的阶段，从你脸上覆上扎染印花大手帕开始。我们旁边有个人戴着滑雪帽跑着，漫画似的眼洞好似象征着无限。詹尼抓住我的胳膊，

1 卡拉斯（Maria Callas，1923—1977），生于美国的希腊女高音歌唱家。

我们跑的时候猛拉着我。当我绊了一下、快要摔倒时，我像他的泰迪熊一样滑向前，直到他让我站直，我又能跟着跑了。

那张戴了滑雪面具的脸，那双象征无限的眼洞。又是与现实相反，但是这和那个唱歌的女孩不一样。戴着滑雪帽的人：高个子，笨手笨脚，脏兮兮的上衣敞开，轻轻摆动着。他在奔跑，戴着手套，手里拿了一把枪。

他转身。把枪瞄准警察，开火了。

詹尼和我跑到小路上。空中有口哨的声音。街道尘烟滚滚，白雾弥漫。我的眼睛一阵灼热，眼泪簌簌地滚下来，詹尼一直拉着我。摄像机从我手里滑到地上了。我蓦地绊倒在机器上，我看不见。我听到人们呕吐的声音。詹尼把我的T恤扯到我脖子处，盖住我的嘴巴和鼻子。他盖住我的脸的动作，都是机械式的程序。他转身，啐了一口，把他自己的头巾蒙到眼睛那儿。咳嗽声四起。白蒙蒙一片；好似身在云间，而云从山间徐徐落下，只让人一阵眩晕，不辨方位。我不停地咳嗽，咳嗽，没办法停下来不咳嗽，没办法找到不让人咳嗽的地方。摄像机已经无关紧要了，因为我已经快窒息了。詹尼抓着我的手，紧紧地抓着，不像是他的手。

烟雾渐渐稀薄，我们周遭的人群再次出现，戴着各式各样的防毒面具，或者在脸上裹着头巾，像詹尼一样。他们一直在等着这一刻。而我不是。

示威是从傍晚开始的，暴风雨之夜。十万人，十分之一的人口袋里都藏着枪。詹尼和我走到终点人民广场的时候，天完全黑了。熙熙攘攘的人群，讲着警察打人的事情，讲着数以千计的人被逮捕的事情。有人在分发浸湿柠檬汁的破布，我们用这个破布堵上嘴。一瓶瓶可口可乐传来传去。你得给眼睛上面滴一点，就像詹尼给我示范的那样，这样才不怕烟熏。人民广场上还给人发枪，这是从一家步枪店抢来的。别人给了我一支，那支枪比我想象的要沉多了。

Popolo 的意思就是人群或者大众。*Popolaccio*，乌合之众或者

暴民。

警察开始在街上抓人的时候，我跟着詹尼离开了。他们抓所有身上浸湿的人，有柠檬的人，闻起来带汽油味的人。到处都是这个味。学生是这个味。一些女人。所有男人。这让我想起了里诺的孩子们，我的表兄弟和他们的朋友们，身上总有一股汽油味。斯科特和安迪坐在博比舅舅的小卡车里从加油站回来，他们用塑料罐装着粉色的汽油，或者从不知情的邻居家油罐里用一截旧的橡胶软管吸汽油，他们专心致志地把吸出来的汽油倾斜倒进一只容器，有时候还会不小心弄一口。汽油是夏天的味道。漫长的夏至白昼。除草机多普勒式的移动。斯科特和安迪处理完家务活，脏兮兮的自行车放在牛奶筐上，车库里闷热的下午，套筒扳手转圈的声音。喜欢汽油味、石油味和汽化器味的男孩子，浸到他们双手，浸到他们用来擦引擎零件的红色的工厂抹布，他们擦洗机器的时候那么讲究，就好像他们在从昂贵的首饰上清除污渍似的。他们用抹布仔细擦着化油器上小小的定位螺钉。那双擦洗化油器和引擎零部件的手，永远都是黑乎乎的。

我不能把那个世界和这个世界联系起来，人民广场上这些浑身一股汽油味的人们，和喜欢这个味道的斯科特和安迪。这让我替斯科特和安迪感到悲怆，却不知道是为什么。

当晚，是我穿着同样的衣服入睡的第二晚。我躺在沙发上，想着白天拍摄的白气球，从脑海里回想——因为摄像机已经丢了。一看见气球，飘着的气球，我就想起小时候在里诺的公园里的情景。孩子们聚在一起，坐在一片开阔的草地上，有人给我们一人发了一只气球。我们倒计时，然后一起松手把气球放掉。我依然记得我们松手放掉气球以后的天空。正是黄昏，气球越飞越高，太阳西斜，给气球镀上一层金边，只有飞得高高的气球才能染上金色的光芒。我亦记得我看着气球渐渐消散，越变越小，孤独的侠客在漂浮的路上，天空即是他们的海洋，一样有着海洋的深邃与浩瀚。

我躺在那间公寓的沙发上，与这些松开的气球一起浮游在无边的大海中，这时我听到了抽泣声，是另一个房间传来的女人的声音。又是一声抽泣。床架撞击墙壁的声音。我试图重新回想气球的场景，假装我并没有在听这声音，重复的撞击，女人的抽泣。杜鲁迪睡在我旁边的沙发上。他沉沉地呼吸着，肯定是睡得很死，我嫉妒他的单纯。

我醒了，等着抽泣声，听着床板撞击墙的声音。是贝娜的声音。一定是贝娜被詹尼弄出的声音，我确定。而我独自躺在沙发上，沉浸在儿时的回忆中。我既不参与运动，也不属于运动。

事实上，并不是抽泣。或者一开始是一声抽泣，但之后便是叹息声，声音太轻了，我不得不屏住呼吸听他们。实际上，我听得非常专心。

第二天，还有随后的日子，第三天，第四天，第五天——我数不清了，身边的人们都不工作，不去学校，也不需要非要知道哪天是星期几——我也没觉得我需要做什么决定。关于桑德罗的决定，关于纽约的决定。我，是那个沃尔西大道公寓里的一分子，聚集，参加游行，没受伤也没被逮捕，因为我躲过了这两种后果，没受伤也没被逮捕，我成了风暴和活动的一员。示威中间有一个人死了，他的脖子被催泪霰弹打中了。很多人要么被防暴警察打了，要么被挥舞着铅管冲到游行队伍最后面的法西斯暴徒打了。孩子们口袋里装着枪，瓦莱拉工人把撬胎铁改装成旗子的支架，都是为了保护他们自己。

示威暂时被政府禁止了。禁止游荡，禁止聚众。全城的人都对此作出反抗。有人知道了怎么操纵交通灯，这些灯变成红色，一下午都是红灯，造成了全面大堵塞。其他行动都由公寓里的广播站协调，就是贝娜隔壁那个隔音的房间。杜鲁迪在广播上召集饿肚子的罗马人出去吃，点单，吃完，不付账，直接走人。广播站是一个总指挥的声音：不是政府，而是和每个人讲话的方式，一个和每个独立的人说话的方式。这是最新的租金，那个声音说。把这个数目交到电力公司。这就是罗伯托抱怨的：这就是他们做事情的方式。广播通过一个网络发送脉冲信号。这些人们一致反对政府，反对工厂，反对与他们有冲突的所有人。我们会把我们能拿的拿走，想付多少钱就付多少钱。已经属于我们的东西，我们是不会付钱的。贝娜和莉迪亚主持早上一个持续一小时的节目，听众对象是妇女。今天播给罗马的家庭主妇，明天播给车站的职业妓女。播给参加武装斗争的妇女。播给瑞比比亚监狱里的妇女。播给把世界弄得一团糟的男人们。播给我们的女同性恋同志们。这个节目的名字叫做《每日暴力》。

“姊妹们，”贝娜说，“男人能让你与世界建立联系。我们都看到了。男人使你和世界连结起来了，但不能把你和你自己连结起来。”

“用枪炮作斗争，”贝娜说，“就是你自己去思考。所以，认真地考虑，考虑好。”

广播站一再被干扰，播音的声音不时被突的一声哨音打断，但是莉迪亚在杜鲁迪的协助下，重新找到一个带宽的位置，继续播音。

当警察来到圣罗伦兹教堂时，孩子们和老太太们狠狠地朝他们身上砸东西，石头，水桶，臭鸡蛋。我在科尔索大道看到无产者的采购愈演愈烈——他们就是这么说的。给人民的牛仔裤。给人民的奶酪面包和红酒。给人民的雨伞，因为那个礼拜雨一直下，一直下。

公寓楼下住着给安娜——怀孕的金发女郎——摄像的那两个男人。他们进一步扩大了方案，新招了负责照明的员工、电工和制片助手。他们的门总是敞着，器材和电绳都堆到走廊了。路过的时候，我听到他们冲着金发女郎吼着，叫她去淋浴。那两个摄制者喊了一个我不懂的词：“Pidocchi! Pidocchi!”因为房间门总是敞着，他们又老是招呼我，我就进去了。

那个女孩赤裸着，被那个她曾经冲着他挤奶的男人推到淋浴池里。

“你臭烘烘的，”他说，“快来，该洗澡了。”

她仍是无辜地笑着。“但是我不好意思啊。”她一只手把巨大的乳房捂上，另一只手盖住裆部，她肚子圆鼓鼓的，两侧是她遮挡着的隐私部位。

她被说服了，最后同意了，她倚在水中，在她光溜溜的怀孕的身子上打着肥皂。我突然想起来我也在看，和这些人们一起看，都是男人，直勾勾地盯着她，他们的拍摄对象。我羞得逃上楼了。

“Pidocchi”是虱子，贝娜解释道。“我希望他们也生虱子了。”

两天后，我和莉迪亚、贝娜、杜鲁迪经过楼下房间的时候，拍影片的和他们的雇工像疯子一样互相抓着。

我们在去电影院的路上。在售票处窗口，我们在讨论该怎么付钱，一部电影付多少钱合适，杜鲁迪说去他妈的，电影就该免费。他经过售票窗口，一把拉开门，我们哗啦啦地都闯进去了。影院里云雾缭绕，净是抽烟抽大麻的人。电影开始演了。《一个明星的诞生》，芭芭拉·史翠珊和克里斯·克里斯托弗森。人们鱼贯而入，在黑暗中喊着名字找朋友。整个剧院的人们都跟他开玩笑，大声地回应他，“在这儿！在这儿！”每次芭芭拉·史翠珊或者克里斯·克里斯托弗森开口说话的时候，观众就轰然喧哗起来，演员的配音根本听不到。芭芭拉·史翠珊浅吟低唱，“爱情……像安乐椅一样柔软。”好似玻璃瓶坠落，在剧院地板上轱辘辘地滚到前排。“爱情，像早晨的空气一样清新……”

我们鱼贯而出的时候，我看到一张熟悉的脸，海报上的肥皂片模特瞪着眼睛。午夜电影：《绿门背后》。它和她真是长途跋涉，勾魂。来看看是什么。

迪迪仍未获释。我们从影院回来时詹尼读的报纸头条就是他的脸。我从未和他们说关于迪迪的事情，也没和他们说我一开始为什么来意大利。像一场梦，也许像控诉。我现在和这些人称兄道弟，就是因为他们，我没法考虑去蒙扎。在敌人阵营陷得太深了，不能说我之前跟谁是一伙的，也不能琢磨赶紧离开去完成最初的目标。我准备去蒙扎的那个日子到来，又走了。那边有人关心或者注意过吗？就算桑德罗关心了，注意了，他也没找我。我和詹尼离开罗马已经一个多星期了。也可能我这地方他根本找不到。我听到了桑德罗母亲的声音，不是她说的话而是她的音调：总算打发走了。还有塔莉娅：总算打发走了。博尔扎尼伯爵：耸耸肩，对我那粗鲁的美国做派——就这么跑了。

我现在觉得那个世界很疏离，但是我也觉得这里的人群与我很疏离，不过不管什么事情都有我的份，或者至少，是大部分事情。那个公寓里有秘密。詹尼经常不在，总是很冷淡，在沙发上静静地看他的《24小时太阳报》。他和杜鲁迪有时会退到房间，房门关上时，其他人便互相瞅瞅。一次，贝娜似乎暗示詹尼进过监狱，后来逃出来了。我不知道她是不是在开玩笑。我的意大利语虽然不错，但是有时候听不清鼻音，也听不大懂他们说的段子。

这些人有很多灰色地带。罗伯托和桑德罗虽则政治立场不同，但是两个人都把事情说得清楚利索，好像不多不少就是两派在跟国家作乱，这两派非黑即白：一派是"红色旅"，武装的地下激进分子；另一派是左倾青年，开放，公开，多多少少有点相信非暴力。但是没有任何事情是那么简单刻板——我开始明白这一点了。沃尔西大道公寓发放枪支和发放牛仔裤实际上无甚差异。这个世界与桑德罗和他的枪支截然不同。就像桑德罗一样，一个艺术家在卡茨基尔山的射击场对产品、礼仪、历史感兴趣；而武器也像艺术品，一种工业之美。这里不一样了，一群乌合之众，把手枪塞到这个或者那个衣服口袋，除了手枪的实用价值以外全然不考虑它的制作工艺或者模型。手枪就是一个工具，就像螺丝刀一样，他们随身带着。

杜鲁迪和另外两个人从附近的电器商店抢出来一台电视机，我们在电视上看新闻。"红色旅"又突袭了，杀了一个法西斯分子。法西斯分子为了报复又杀了一个与"红色旅"无干的无政府主义者。教皇周日上午在梵蒂冈发表了电视演讲，呼吁停止暴力。他站在阳台上，戴着巨大而华丽的头饰，好似一发擦得锃亮的金属子弹，尖顶的圆帽周围有一排亮晶晶的石头，底子是金色的穗花。

没错，我们是吸了点大麻。但是教皇呼吁和平的时候，头上支着一个巨大的子弹，这也没错。

第二天，迪迪·邦波纳托被释放了，他被囚禁了十三天。这是我自己没办法数清的天数。十三天。一生。不管怎么说，对于我来说是这样，因为我已经摈弃了旧的生活。这个时间我本来可以从米兰外的蒙扎路段走到德国路段了。是这样，如果迪迪没被绑架，如果桑德罗没有背叛我，如果我没有跑掉。去完蒙扎，再去德国，我应该会有很多组镜头，可能足够拍一部电影了。我会带着它回纽约，因为他们会看到我做的事情，而且作为媒体的裁决者，他们一定会理解我，支持我。

结果恰恰相反，我没有摄像机了，它在示威时被砸碎了，我丢了我的宝莱克斯专业摄像机。我现在在罗马，靠在沙发上，恍恍惚惚，看着电视里迪迪·邦波纳托的脸，他重获自由了，挥着手。我本来认识他，但是现在，不会再认识了。

在同意为“红色旅”写一份辩诉、一封带着列宁主义者口吻的辩护状之后，迪迪才被获释。瓦莱拉公司怀疑迪迪有可能感染了斯德哥尔摩综合征。不管他是否感染，他都不适合担任他们寻找的瓦莱拉轮胎形象代表，他们把在他身上投入的赞助收回来了，这是新闻上说的。公寓里其他人都不看这个新闻，除了我。

那天稍晚的时候，我下楼了，看见拍影片的人房间空了。过道里堆的器材也不见了，只有那个头发稀稀拉拉正在谢顶的人坐在椅子上，抽着烟。

“那女孩去哪了？”我问。

“在一家精神病院，manicomio。”他说。

一家精神病院。Manicomio，我想了一会才想起来。精神病院。

“孩子呢？”我问。

“孩子。”他使劲抓着脑袋，好像在用力想似的。

“她昨天生出来了。”

“那孩子在哪儿呢？”我问。

“是文森佐的了。”他说。

“文森佐？”

“那个电工。他爱上了她。我成全了他们。没人能指责我。是我让他占有她的，就像我自己本来可以一直占有她一样。因为……嗨，美国妞，你生过小孩么？没有？我来说点你不知道的吧。有的孕妇真是性感爆了。”

他笑了。牙齿间有个很大的缝隙，跟我一样。丑陋的牙缝。

“我们在剪辑影片，希望能赶上威尼斯电影节，”他掐灭了手中湿漉漉、松塌塌的手卷烟，房间顿时烟雾弥漫。“阿尔伯托和电影节有点门路，能让我们进去，而且——”

一个精神病院。

文森佐拥有了那个孩子。

他们不关心她。那个女孩是他们这部电影的核心，是起因，是缘由。

威尼斯。他们在盼着威尼斯。文森佐拥有了那个孩子。

杜鲁迪和那些男孩子们喜欢我，争着吸引我的注意。这倒是使我分心的好办法，不去考虑桑德罗，不去考虑我再也回不去的时光。那个金发女郎和我有相似之处。我没有虱子。我没去精神病院。但是像她一样，我在经受磨折。一个女孩因为魔咒每天都露面，然后有一天，她走了。

詹尼没有抢着吸引我注意。他跟他带我来的世界一直保持距离，太过冷酷，太过疏离。贝娜是他的情人，但是当着别人的面他从来不和她温情脉脉。他镇定自若，面无表情，和他在别墅时一样。他走进房间的时候，每个人都安静下来。他们把电视音量调低，看着他从这个屋子走到那个屋子，好像他们在等他说什么或者作什么评判似的。

有两次他喊我和他一起出去兜风。出去的时候，我感到我们之间有种亲密感。他开车，停在一所公寓前，停车，我在车里等着。等他回到车上，冷漠一如从前。有一次我们停在托拉斯特意的安全检查站，詹尼告诉交警我是桑德罗·瓦莱拉的妻子，他给瓦莱拉一家做事情，现在正带我去逛街。听到这个，交警马上挥手放行，我知道了，这就是我对于詹尼的作用，扮演那个角色，这样就不会被人怀疑了。

警察是罗马青年的敌人，我一开始就知道，所以我也没多想。甚至策划示威游行也是违法的。谨慎行事，和瓦莱拉的妻子一起出门，不无道理。

第三次和他出去时，我们在回沃尔西大道的公寓前喝了杯啤酒。他给我看杜鲁迪做的万能钥匙，这个钥匙插到电话里就能免费打电话了。

“给你男朋友打电话么？”他问。

“不打。”我说。

“对，”他说，“他欺骗了你。就在工厂，大庭广众之下……”

这件事情被别人提起来，我觉得真丢人。

“我觉得桑德罗做出这种事情来，真是个混蛋，”他说，“你不用觉得丢人。他才应该觉得丢人。”

“你在那边做什么？”我问，“你为什么给她做事情？”

他看着我。因为种种原因，我们同时失声大笑。奇异的笑，快活，兴奋，怪诞，我觉得自己脸都红了。他却没有。他不笑了，回答我。

“我在照看他们。”

“照看他们。”我重复道。

“监视他们。”

当然了，他在监视。我怎么没意识到呢？甚至当他把我带到沃尔西大道的公寓里，运动的中心为什么我早先没有意识到詹尼给瓦莱拉一家干活是另有所图呢？他在餐桌跟前徘徊听他们闲聊。他们在游泳池旁边的谈话。房子的秘密。

“那个家族会付出代价的，”他说，“等着瞧吧。他们会得到应有的报应的。”

这就是桑德罗第一次邀请我去他的房间时承诺的东西。他承诺过公正，而我发现的却是罗尼·方丹。桑德罗知道我和罗尼上过床吗？他让他坐在沙发上是不是当成笑话了？我怀疑不是。但是我也知道他们的友谊不简单。当罗尼指责桑德罗不该阻止我去蒙扎时，这实际上并不关乎我。尽管看起来是这样的。这是他们之间的事情，他们之间那种我无法看破的联系。就像詹尼对瓦莱拉一家的威胁并不关乎我，是一样的。但是我听了却有些许快慰。我想让桑德罗付出代价吗？当然。

我们回到公寓。詹尼和贝娜打起来了。我只听到了她的声音，就像我听他们做爱时一样。她的声音从紧闭的卧室门传来，这次变得响亮，沮丧，理直气壮。

她出来了，进了厨房，和聚在那儿的女人们怒气冲冲地嚷嚷，她们在焊接收音机零件。她用各种恶言恶语骂着詹尼。那些女人都吃吃地笑着。

我站在厨房外，很是窘迫，我是他的同伙，可能还是她生气的原因。贝娜看看我。她的脸上突然迸出一阵紧张凶恶的笑。

“去呗。跟他去呗，”她说，“继续。”

我和詹尼一起出去了几个小时，很单纯的几个小时，而她要孤立我。

贝娜伸出手来，指着詹尼所在的卧室的方向。

“跟他去吧。”她说。

其他的女人们还在焊接。没有一个人抬头看我。我被孤立了，因为贝娜，因为詹尼。因为一些可能与我无干的事情。

似乎很荒唐，笑话，但这不是笑话。在我出去的几个小时里，他们都与我势不两立了。

我迷惑了，我经过厨房，走到卧室，开了门。

詹尼抬头看着我。

剩下的一切，我希望我能从记忆中抹掉。

十六

“妓女和孩子”

约翰·道格和纳丁如今出双入对。约翰·道格和海伦·海伦贝格一起露面。海伦对他特别感兴趣。他的首次个展在她画廊开幕时，重要的评论家悉数在场。幻灯机打着白光，他巧妙地给地上放了长方形的锌制浅盆，里面的水闪出一棱棱的光。他把摄影灯打到那个长方形水池上，画廊墙上就会映出粼粼的亮光。

约翰·道格穿着剪裁合体的亚麻布西装，自如地微笑着，一副大艺术家的派头，游刃有余，一点不见在卡斯特莱家那种好出风头的劲儿。他在房间里走来走去，相信大家都崇拜他，而且似乎真是如此。我上次见他是去年九月，现在已经四月底快五月了，他已经变样了。在纽约就是这样，你永远说不出事情的确切转折点，说不出到底是什么时候流行风潮变了，说不出它是攀升还是骤降。只有之前和之后的区别。之后，没人敢说，嗨，还记得大家说起约翰·道格就翻白眼，觉得他是白痴不？我现在完全明白了。桑德罗不认可那样的野心，他说不能着急，但这是谎言，是成功人士常挂在嘴边的，他们已经轻巧地忘记他们当初多么急吼吼的了。

我看见迪迪埃·德·洛里迪耶激动地握着约翰·道格的手，在展览上祝贺他。

纳丁站在约翰·道格旁边。她也一样，正在发送接收新的信号。她游刃有余，一点都不怯场，看上去容光焕发，淡定从容。她穿着一件黑色的高领连衣裙，蹬着细高跟黑漆皮皮鞋。她的头发剪成时尚杂志里华夫饼的楔形造型，有一部分用喷雾做了定型，遮住了一只眼睛。她站在约翰·道格身边，像方尖碑似的熠熠闪光，而他则和围绕在旁边的人一一握手。她一点都不像我记忆中的那个女人了，那个晒得黑黑的、醉醺醺的、总是抽泣的女人；她的欢乐，瑟曼的友善，都让人觉得会转瞬即逝，让人觉得一旦他厌烦了她，抛弃了她，回到布洛瑟姆身边，她就该栽跟头了。

我和格洛丽亚还有斯坦利·卡斯特莱一起去开幕式的。自打我回来以后，也就是两周之前，我就和他俩在一起，在那个博德默尔·莫德尔漂泊时暂住的空房间。我现在是他们的寄生虫。格洛丽亚坚持让我把从大盐滩拍的照片放到原先放博德默尔具象绘画的架子上方。我给格洛丽亚展示了一下我的短电影，这些电影是未经正规训练时拍摄的，那时候我还没遇到桑德罗。我拍的是马尔伯里街上的一排豪华轿车和司机，还有天黑时步行穿过霓虹灯照耀的唐人街，但是格洛丽亚喜欢它们。对于她和斯坦利而言，我是全新的关注对象。他们认为桑德罗那样对我是不对的。但是我知道，他们和桑德罗永远都是朋友。我是暂时的，而桑德罗是永远的。他们说他们很生气，要是桑德罗出现在约翰·道格的开幕式，他们会保护我的，但我们是不会碰到桑德罗的。我还算了解他——哪怕我发现我并不那么了解他。他会觉得来参加约翰·道格的开幕式太掉架子，大家不久前还瞧不起约翰·道格呢。

春天来了，这是一个温暖和煦的夜晚，西百老汇大道上，一簇簇雪白的梨花缀满枝头，我把摩托车停下，在画廊外面等卡斯特莱。

"她和她的精神分析师上床了。"他们走过来的时候，斯坦利跟我说。

"沙发放在那里是有原因的，"格洛丽亚应了一句，"你是平坦的，横着的，正面的。它们是垂直的。治疗可以是被动的，也可以是主动的。布兹博士是主动的。"

"她给他付钱，"斯坦利说，"一百块。"

"我还价到八十五，斯坦利。"

"不管怎样，她还是给他钱，他们是在治疗沙发上做的。"

"听着，斯坦利。这至少是弗洛伊德和他那些父权制的鬼东西出现之后他能给我做的事情。你知道弗洛伊德怎么跟他的未婚妻说的吗？亲爱的，当你在清理洗涤槽时，我在研究大脑的结构，解决这个谜团。布兹博士能清理我的洗涤槽。”

“而那个谜团呢——”

“我给他的，是你的钱。”

“而大脑的谜团并没有解开。”我们一起走近画廊时，斯坦利对我说。

桑德罗想让我回家。他说塔莉娅是个头脑混乱的女孩。我不觉得她的头脑、她的混乱有何干系。桑德罗已经让我知道了——他是会让人受伤的，而且易如反掌。

我曾经做过的事情，也就是帮助詹尼——是我心底的一个秘密，我不太清楚该怎么处置它。当我想到詹尼时——他毋庸置疑的权威，仓皇凌乱的逃离，我开的车恰好是他逃跑的车，这些都让我感觉孤独，而且这种孤独可能是永恒的。秘密让人疏离。于是，我终于明白了詹尼：他的距离仿佛重重迷雾，那些秘密让人沉重，疏离隔绝。

桑德罗已经把修好的瓦莱拉摩托取回来了，这辆车由里诺的经销商船运到了曼哈顿的经销商。他让格洛丽亚告诉我，如果我还想要这部车的话可以去取。车就放在他楼房的底层大厅，粉色的货主名称，叠着黏在油箱上，点火开关插着钥匙。我去取衣服的时候，桑德罗坐在他大大的工作台旁边画画。我走到我们的房间——我从来没觉得这是我的房间，把我的衣服收好，放到行李袋里，这就是我从马尔伯里街搬来时用的那个行李袋。我以为我收拾东西的时候桑德罗可能会进来，和我道歉。他没有。我经过的时候，他抬头看我。我停住脚步。两个人谁也没说话。

我下楼，把行李袋捆到车的后座上，然后骑着车去鲍厄里街卡斯特莱家了。这是我第一次在纽约城里骑摩托，但是骑的是一辆我熟悉的车。我得时刻小心路上的凹坑，小心突然停下的出租车。但是穿过百老汇街，驶过斯普林街，经过大卡车，左拐拐到鲍厄里街。宽敞的路面，北边擎天的大厦，身处其间又不属于这座城市，我飞驰般在城市中穿梭，轻风扫过我的面庞——这种感觉真是奇妙。我是隔绝的，游动的，无形的。鲍厄里旅店门口的一帮酒鬼冲着我翘起大拇指。在一个红绿灯处，一辆出租车后座坐着一个男人，他嘴里叼着烟，把窗户摇下来，夸了夸那辆摩托车。他不是对我献殷勤。他是嫉妒。

在纽约的大街上骑着瓦莱拉摩托像是表演，让人感觉很纯粹。城市变成了舞台，我的舞台，而我不过是从一个地方挪到另外一个地方罢了。罗尼说，有的女人，你最好透过飞速的车窗看，她们的妆容和紧身衣，那么夸张。但是也许女人就该倏忽掠过，仅留个模糊的影子。就像中国女孩。闪现，消失。不过是一辆摩托车，我却觉得像一种生存方式。

我取了瓦莱拉摩托一周之后，桑德罗来到卡斯特莱的家。他的策略就是冷酷。他说我不应该再像一个殉道者似的。格洛丽亚和斯坦利接话了，他们站在我这一边，让桑德罗给我点时间。他看着他们，忿忿然点头同意了。哦，好吧。你们都向着她。我是那个犯错的。他一路点着头，走到电梯门口。按按钮，等了一会，走楼梯下去了。这是我最后一次见他。

在道格熙熙攘攘的开幕式上，格洛丽亚搂着海伦·海伦贝格的胳膊，说她应该来公寓看看我的电影。海伦正准备推辞。她的嘴已经张开。格洛丽亚说："好极了。我们就在家里见你吧，下周。"

人年轻的时候，和谁恋爱像个重大事件。年轻时的确是这样的。但是这还不够。我还年轻，我想要别的东西。我需要一台新相机。宝莱克斯摔碎了，我很孤单，我想让我的生活不一样。

我们朝酒吧走时，斯坦利说他口渴得不行，他说他觉得嗓子像生了锈。

"那是因为你昨晚喝了将近一升的伏特加，"格洛丽亚说，"你这习惯快成慢性自杀了，斯坦利。"

"我不着急。"斯坦利一边说，一边转过身盯着一个推开我们走过去的女孩。她穿的裤子背后绷着透明的塑料，一扇看她两瓣儿屁股的窗户，她一走路臀部就一扭一扭的。

卡斯特莱两口子总是小打小闹，但是看着他们日复一日这么吵架，也算是以一种新的方式见证疯狂。一天早上，斯坦利正在喝咖啡，格洛丽亚拿着一张杂志上撕下来的纸跑到公寓的厨房。

“斯坦利，”她说，“我想给你看点东西。”

他一脸恐惧地看着她。她把那张纸举到他前面。这是一张光纸印刷的画报，上面有三个男人和一个女人。那些男人站在女人旁边，挺直的生殖器在她脸上摇晃着，精液喷满了整个画面，女人张开的嘴上沾了浓浓的几滴。

“我是不是应该把头发剪成这女的这样？”格洛丽亚问，“你不觉得这个发型会适合我么？这个发型漂亮吗？”

斯坦利闭上双眼。他紧紧地闭着眼睛，摇摇头。

“你是说不是，斯坦利，还是拒绝回答我的问题？”

当她意识到他不准备回答她时，她离开了房间。斯坦利转过身来。

“一个小男孩和一个小女孩，哥哥和妹妹，火车快开到月台时，他们爬在窗户上往外看。”斯坦利说。“那个小女孩看到站台里一扇门上的标志了，说，‘瞧，我们到男士站了。’‘你个笨蛋，’那个男孩说，‘你看不见我们到女士站了？你看啊，’”斯坦利接着说，“那个男孩会在女士站晃来晃去，那个女孩会壮起胆去男士站。这是一个地方。但是他们永远都意识不到。”

我们在意大利的时候，格洛丽亚在伍斯特大街的“厨房”驻场演出过。她进行过一种为时一天的表演，叫做“孤独”。格洛丽亚站到一个小房间里，前面留着一个小缺口，缺口大致到骨盆那么高，搭着帘子。上面有个标志，邀请人们把手伸进窗口。窗户里头，帘子后面，是格洛丽亚赤裸的骨盆。

斯坦利太假正经了，都不敢碰他自己老婆的生殖器，罗尼对我是这么说的。而罗尼显然不仅仅把手伸到窗户里，还在那儿停留了一会儿。“我成年累月都做志愿者工作，”罗尼说，“我一直认为我不应该拒绝公共服务。”他把他的手放在窗户里，几乎不知道他在做什么，只是沉浸在“用手指触碰”的幻想中。真是有趣极了，这是关乎性别的，反过来就不一样了，用手指触碰男人就是给他身上钉什么东西，是犯罪，用手指触碰女人却是让她性高潮，他就这么无意识地用手指游走着，前前后后，前前后后，想着这两种全然不同的意义——并不对立，或许也不是完全不相干，用手指触碰男人，是犯罪，用手指触碰女人……突然他感觉到格洛丽亚的颤抖了。噢老天，他想，她刚才高潮了！似乎这还不够糟糕似的，她违背了自己的规矩，偷偷地瞄了瞄是谁的手。他转身要走的时候，他听到帘子后面闷声闷气地轻轻说着他的名字。他讲这个故事时，好像当他把手放到她的阴道时，她多少有点傲慢，有点自大。但那当然是个玩笑，极力佯装纯洁。佯装被动。

“我应该弄一件印着‘高潮馈赠者’的T恤。”他说。

之后，格洛丽亚跟了他一个星期，像一只小狗。他最后不得不告诉他，她比他喜欢的类型大了有二十岁。“我以为你没有喜欢的类型，”格洛丽亚说。“你经常那么说，没哪种类型。你没有哪种喜欢的类型，可就算这样都不是我。”

格洛丽亚跟我说过她在“厨房”的驻场演出，也说过“孤独”，但是没说过罗尼的事情。

“这是关于第四堵墙[1]，”她说，“这也是关于断言。就在那儿。确凿无疑。某种意义上有点男性气质。如果有人选择打破这第四堵墙，把他的手放到盒子里呢？那他们给那一部分带来了性。是他们带来的。我给盒子里提供了一个物体，冷冰冰的。如果有人把手放到盒子里，那么是那个人坚持要纵欲，坚持要抚摸。不是我。”

可是说到这儿，她突然开始呜呜咽咽地抽噎起来了，等她重新平

---

1 第四堵墙（the fourth wall）是法国唯物主义哲学家德尼·狄德罗在18世纪提出的理论，指沿舞台台口的一面不存在的墙，因一般写实的室内场景只有三面墙，对之后的戏剧研究影响很深。

静下来能说话的时候，趁着我在，她告诉斯坦利说她相信她是爱上罗尼了，她表演“孤独”的条款里没有包含这种可能性，也许她是被冲昏了头脑。她一直啜泣着，她的身体蜷到沙发扶手上。

我们三个人坐在那儿，格洛丽亚哭泣着，斯坦利叹了一口气，清清嗓子，说话了。

“亲爱的格洛丽亚，”他的语气像是在写信，“还记得我们以前说起爱的概念时怎么开玩笑的吗？那个词‘爱上了’？我会跟你说，‘亲爱的，我想我爱上了电话里报时的那个女人。她的声音那么恬静，甚至有点女人味，但是又不是故意发嗲，而是恰到好处。她总是有空，我打电话的时候她总是在。我可以在午夜喝杯水，而你睡得正酣，我偷偷摸摸地拨打子午线 7-1212，她会跟我说，‘你好，东部时间现在是两点五十三分’。我什么时候想打电话什么时候打。她完全随叫随到，还是个勾人魂魄的谜，一个永远没有答案的谜。我永远不会再采取进一步的行动。你还记得我迷上这位时间女士的时候，你有一天被那个接听自杀热线的男人迷得神魂颠倒的？记得不，格洛丽亚？你跟我说，‘斯坦利，他听我说话。他听着呢。’我说，‘格洛丽亚，那是他的工作。’等你好些的时候，等你完全没有自杀的冲动的时候，你把他忘得一干二净。记得吗？你甚至都不想给你曾经爱过的那个人打电话了，因为你的心情变了。再拨打一次自杀热线？我是格洛丽亚·卡斯特莱，该死——我才不打热线呢。都是热线打给我。”

格洛丽亚抽噎着，用沙发上的小枕头把满脸的泪痕擦干，然后恹恹地笑了。

“你知道道格开幕式上来了多少拉里吗？”罗尼朝我走过来，他的 T 恤上印着“已婚但仍在观望”几个字。

“拉里·佐科斯，拉里·布斯，拉里·贝尔，拉里·克拉克，拉里·里夫斯，还有拉里·芬克。而且他们竟然互相说话！”真是历史性的时刻。让我想起来索尔·培乐曾经讲的一个故事。他和索尔·贝斯，索尔·皮特都坐在中央公园一块石头上，他们从石头望下去，看到索尔·贝娄和索尔·斯坦贝克正**一起**从一个萨博瑞特台面车[1]买热狗呢。”

纳丁和约翰·道格在给哪个人的相机摆造型。她把头微微偏到侧面。闪光灯一下一下，照着她的头发，她光洁的脸庞，她的黑裙亮晶晶的布料。她眼睛都不眨。我跟罗尼说我都快认不出来是她了。尽管我的的确确认识她。毋庸置疑。我的意思是她好像变了，不一样了。

“她看起来像一位代言名表的模特，”罗尼说，“真是好笑，他们怎么能把这个产品变成一个单独的门类的。不是‘钟表’而是‘名表’。”

纳丁现在走到我们跟前了。罗尼和她打了个招呼。

她先和他打了个招呼，又和我打了个招呼，分别打招呼的，但是她好像从来没见过我似的。我没有纠缠这个问题。我们看着她走开。

“你跟那个摄影师还是朋友吗？”我在打破关于那晚的沉默。无所谓了，我想。她在这儿，罗尼在这儿，而桑德罗，桑德罗不在这儿。

“是啊。瑟曼的老婆最近死了。人们现在给他的作品都是最愚蠢的评价。瑟曼拍了很多天空的照片，而现在迪迪埃之流说这是一种哀悼的方式。悲不自胜，瑟曼无法面对这个平行的世界，这个低俗的物质世界，因为他苦苦地思念着他的亡妻，只能想到死亡与天堂。这个男人和每个人都睡过觉，除了他老婆。他拍天空是因为他喝得太多了，爬不起来。朝着路易斯安那州一个教堂募捐箱里呕吐——我跟他一起。他宿醉以后头痛得厉害，跑去拍什么东西，我不记得是什么了。他说这是他自打小时候起就去过那一次教堂。但是现在他是凝望天堂，对布洛瑟姆表达致意。人们为了解读的需要，真是……”

他挥挥手，不说瑟曼了。关于那天晚上。“嗨，听着。我不知道你在意大利除了和桑德罗闹翻以外还做什么了。但是那里一定很适合你，或者还是别的什么。你气色很好。”

1　萨博瑞特（Sabrett），美国连锁热狗品牌。

“谢谢。”我说，心里清楚得很，我跟以前没什么两样。我穿着毛边短裤，及膝袜，袜口是男式的红蓝条罗纹。我和桑德罗在一起的时候，是不能穿这些袜子的。“哎呀，说真的，”他会说，“你这么打扮，显得我像你爸，像我带你去参加你的篮球比赛似的。”

我穿着一件皮夹克，可能这就是罗尼发现的不同之处吧。而且我还有辆摩托车，停在外面，虽然看不见，却已经成了一种金属盔甲了。

“噢，你好像成熟点了。”他从各种角度看着我。“瞧，现在你是‘微笑女人’了。好得很。”

我又在想象了——如果回到桑德罗母亲的别墅，我该和罗尼说些什么话，跟他说他竟然把我的帽子给了塔莉娅，太混蛋了。但是现在我不想这样。塔莉娅不在这儿。她不重要。我要是说起她，反而显得她很重要。

尽管他看起来并没有特别关注我，我在约翰·道格的开幕式上还是感觉到他的注意了。尽管他在和别人说话，表演他的罗尼式的把戏，但我怀疑他其实是想表演给我看。情况变了，我不再是他最好的朋友的情人了，而是曾经跟他睡过的女孩。

罗尼告诉约翰·道格的父母他的名字叫塞尔吉奥·瓦伦特。而对那个穿透视裤的女孩，他说他叫阿尔伯特·施佩尔。

“我听说过你。”她无动于衷地说。

成为阿尔伯特·施佩尔这个点子让罗尼开始思考什么叫不寻常的罪犯了，他朝我转身，自说自话。是什么让一个罪犯变得寻常或是变得不寻常呢？那个穿透视裤的女孩趁着这个机会到处溜达。她在房间里走来走去，沉迷于这自我展示中，她不能假装她只是开幕式上的另一个女孩，也不能超脱于这赤裸的尴尬境地。

罗尼似乎没注意到她暴露的屁股，尽管他既盯着它看，也盯着她看。

“我在收集罪犯脸部照片。”他一边对我说，一边看着她。

“我没跟你说吗？我记了中央街的刑事档案材料。我在找我这个名字的罪犯。”

那有多少？我问。

“很少。”他说。实际上，到目前为止只有一个。但是如果你把罗恩·方塔纳、罗伯特·方丹和罗尼本人算上，就是三个。他们做的都是很重要的工作，特别是和他的名字一样的那个。苦力活，罗尼说，脏活累活。

我想起了罗尼的弟弟蒂姆，想起了我唯一见他的那一次。他的肌肉太发达了，让人觉得不可信赖；衣服又太新，太宽松，刚刚刑满释放的囚犯穿的那种衣服。他在讲一个伙伴，还有他们的计划。他可能在说一个施工伙伴，这个“伙伴”也可能是犯罪同伙、狱友，或者这三种是一个人：你在监狱碰到的一个人，然后你们住在一起，一起施工，一起盗窃。

“我开始相信瑞克斯岛的这个家伙是在服刑了，在牢房里走来走去，为了我们两个，”罗尼说。“为我们服刑。”

他说的是他弟弟——我这么觉得。

吉德莱出现了。她和博德默尔已经不在一起了。他太实在了，快把她逼疯了。他总是想寻根究底，找到事情的核心。“这所谓的核心。”吉德莱说。他说得好像真存在本质似的，这就把她对他的所有感觉咔嚓一下掐灭了。“完全就是‘来，我们都把面具摘了，抓住对方的本质。’”吉德莱说，“‘谢谢，不用了。我只是路过’。我说，‘如果你只是从其他地方来，路过，相遇了，想高兴高兴，那行，但是没有什么核心，没有什么本质的玩意儿。’他给人的压力太大了。我开始假装了。”她说。“只是为了满足他。比方说我告诉他，我变得很不自信是因为我被我哥哥性虐过，而这也是为什么我会和亨利·让在一起，背叛了他。”

“那个总拿着竹竿的？”

“对啊，”她说，“而问题是，我都没有哥哥，突然他让我跟他这个朋友做催眠疗法，一个给乱伦受害者提供心理咨询的人。我只是想寻开心。当个消遣。高兴高兴。我就是编个故事，看他啥反应。他不知道该怎么玩游戏。然后就是裤子那件事情了，我的天。”

吉德莱把一条白裤子带到鲁迪酒吧，然后钉到墙上，还说谁能穿上那裤子，谁就能和她睡觉。结果那条裤子太瘦了，鲁迪酒吧里大多数人都穿不上。那个艺术家约翰·张伯伦只能提到膝盖；亨利·让费劲穿上了，可拉不上拉链。轮到迪迪埃了，结果博德默尔出现了。博德默尔从迪迪埃手里把裤子一把夺过去，把每条裤腿都攥得紧紧的，从裤裆处一撕两半。

“你要是当时看见他那张臭脸就知道了，”吉德莱说，“那家伙特别能生气。”她和亨利·让离开了，他们经过博德默尔的时候亨利·让耸耸肩。滑稽的耸肩。生活这么甜蜜，我是个没救的阉人。眼泪的答案是随心所欲。我马上要在这里操你的女朋友了。耸肩。

“他在你身上用这个没？”罗尼问。

“什么？”

“他拿的那个长竿。”

“哈哈。他用不着，罗尼。”

约翰·道格拉着纳丁经过我们，他抓着她的手，仿佛她是他的小女孩似的。他和别人谈论反射光时，她就俏皮地朝下看看。他们看起来像一对幸福眷侣，一对伙伴。他一夜成名的光环改变了她；而她的改变，使她成为他贤能且高效的“臂上甜心”。就像你不能说约翰·道格不久前还是个吵吵闹闹的圈外人，你也不能凑到时髦版纳丁跟前，问她还记不记得在浴缸里撒过尿，或者让瑟曼·约翰逊在她的两腿之间擦拭他的发令枪枪管。我竟然想起这些事情，这比她做过这些事情还不像话。

她和道格在大门即将关闭之前成功进入城堡了。重要的不是他们怎么进去的，也不是他们差点就进不去了，或者怀疑他们值不值得进去。重要的是，他们进去了。欢迎欢迎。重要的是他们进去了。他们进去了。

“我打赌你今晚穿了件长外套，你到这儿的时候给脱了。是吧？”

是格洛丽亚，在跟那个屁股开天窗的女人搭讪。

那个女人瞥了格洛丽亚一眼，走了，但她走之前，我分明看到了她脸上的沮丧。

“我只是想知道，”我正好经过，她便跟我说话了，好像不管谁经过她都会跟那个人说话似的，并不在乎那人是谁，“她有多在乎。我想知道她很在乎。”

“革命来的时候，这没什么区别，”格洛丽亚说，“他们会给那样的女孩弄一个专门的断头台。放个锈得更厉害的刀片，让那些艺术家们色迷迷地看看她。这里的人根本不打紧。只有大都会运输署的工人们需要看她粉嘟嘟的屁股蛋。但是没有，她在地铁上穿着双排扣雨衣，把她火辣的小屁股留给我们这的人，这些人都看过不计其数的火辣小屁股了。芭芭拉·赫兹一九七一年就做了透视裙。埃里克·埃莫森穿着皮护腿套裤和下体弹力护身在马克斯画廊的楼上，切尼·万妮拉干脆裸胸。这种做法早很彻底。完蛋了，完蛋了，完蛋了。”

但对于她来说还很新鲜，我应该这么说，但是我没有。她有她的时间表，格洛丽亚，不是你的，也不是其他任何人的。

开幕式结束以后，在画廊附近拐角处的楼顶开了个聚会，约翰·道格的乐队演出了。那就是他想要的，他自己乐队的一场演出。这是一种出场方式，用他在艺术界新近获得的影响力来帮扶他的音乐项目。一旦你挤到那扇门里了，狠狠使你的力气吧。他们的名字叫“妓女和孩子”。贝斯，鼓，萨克斯，约翰·道格弹吉他，唱歌。他们穿着套装，鼓手那一套打击乐器闪闪发亮，像市中心旅馆底层楼厅的专业演员。他们还唱了首多诺万的歌，《忧郁的年轻女孩》。道格唱得不赖。实际上，他唱得很好。他唱得很投入，像多诺万那样声音颤抖着。

这是周六的晚上。不知怎的像周日。
如果你有点感觉的话，你可能会离开几天。

温情脉脉却有点家长式的疼爱，不管是谁和一个小女孩说话，都是这样的。

斯坦利和格洛丽亚已经回家了。我留下来了。一部分原因是因为罗尼留下来了。但是我没在他身边晃来晃去。在那个拥挤的楼顶，我们是两个平等的人。我知道他在，我也感觉到他知道我在，尽管他在和别人聊天。这是个晴朗的夜晚，三颗星星透过烟雾和城市的灯火一闪一闪。楼顶上的很多人我都认识，但是因为我离开了一阵子，我感觉我在从遥远的地方看着他们，不需要参与其中，不需要像上周一样，看见每个人都打招呼，那种打招呼的方式就已经说明你们永远都不过是点头之交。我独自凭栏，手放在皮夹克兜里。我觉得我像只气球，好像能从楼顶上飘下去似的。我不断地把桶里的啤酒灌到肚子里。看着吉德莱和亨利-让跳舞。时不时倚着栏杆看看瓦莱拉摩托还在不在。

我不愿意想起桑德罗。我不愿意想起吉德莱。

“三种激情，”那天早上，斯坦利和我说，“爱，恨和无知。无知是最强烈的。”

我好不容易才控制自己不去想贝娜的脸，她自鸣得意，毫不掩饰，似乎在说，他是你的。

我都没想想，为什么她不把他当回事？为什么她这么轻松就放手了？我都没想想。

贝娜把手伸出来，给我指着詹尼在的那个房间。在她的右边，其他女人在焊接，想把警察砸坏的发射机修好。我从她们身边走过的时候，莉迪亚和其他人停下手里的活计，抬头看我，我看出来了，我被孤立了。我没做错任何事情，但是，就这样了。贝娜把我孤立了。我还有什么选择？我没钱。没朋友。是詹尼把我带到那里去的，我只能投靠他。

他和我，听着贝娜离开时楼梯平台上的脚步声。

詹尼的脸，难以捉摸。他的距离，我以前觉得是骑士风度，一种疏离。实际上这就是他看起来的那样：疏离。

“我需要出去旅行，”他说，“我想让你去。我们一起去。你想看看阿尔卑斯山吗？”

他的问题肯定了——或者解释了——或者不过是填满了我和他单独在一起的紧张气氛，这种紧张，从我一开始在别墅和他独处时就感觉到了。

这是支北极牌香烟，和吉多莱吸的烟是一个牌子。詹尼吸的烟竟然和吉多莱一样，真好笑，但是谁也不会理解这为什么好笑。吉多莱和詹尼，他们像一个在南极一个在北极，却吸着相同的烟。

我现在没有可去的地方了，只有这里——屋顶，道格的乐队，吉德莱的哗众取宠。

“妓女和孩子”充斥着整个夜晚。这两个话题，能说的太多了。

他们在演出自己的曲子了。道格音色深情热切，和声却有些不和谐。

亨利-让紧紧抱着吉德莱，他们轻轻摇摆着。他们跳舞的样子看起来特别猥琐，因为这与他的性格完全不符。他不该抵在女人身上。他应该是城市里孤独的一个人，爱说笑话，四处流浪，带着他特有的负担——肩上的长竿，但事实上他是个男人，正屈膝把骨盆挪低，挪到吉德莱的屁股那么高。

纳丁在和海伦说话。纳丁微笑的样子有点恍惚，可能是紧张，但海伦肯定以为是矜持，魅力十足的矜持。海伦说纳丁看上去有点熟悉，问她是不是也碰巧去过道尔顿。

“没有。”纳丁淡淡地说，脸上毫无表情，就像一具死尸。我觉得约翰·道格肯定叮嘱过她，叫她保持冷淡，至少得假装冷淡。她一动不动。只要她脸上或者身体上有任何动静，那头发、裙子和漆皮高跟鞋的效果就一下子被破坏掉了，她这一身行头，像黑色墨水一样在屋顶的砂砾中闪着光辉。看着她努力去维护突如其来的优雅形象，好似这是能拯救她的宗教，我明白了，纳丁说的是真话，吉德莱撒谎了。

吉德莱从来没做过妓女。我不知道她穿着那身一直放在工作室的丝绒连衣裙要去哪里，但不是去市中心的旅店。

那天晚上，当瑟曼·约翰逊和一个身份不明的罗尼在切尔西旅店出去买苏格兰鼻烟的时候，纳丁给我讲了她第一次耍花招的故事。是跟一个非常老的男人。他想让她口交。“一分钟五美元，我跟他说。我知道他钱包里有很多五美元。”这是交易中至关重要的一环，她解释说。你得有根有据地猜到他们身上大约带了多少钱，如果他们钱包空了，他们大概能弄到多少钱。你根据这些定价，把时间算好，一份一份把他们的钱包掏空。“你得从整体去想，就像我前夫说的一样。眼光宽一点。所以我说五块钱一分钟，我估摸着他有一百美元。第一分钟过去了。我把他的小布丁从我嘴里拿出来，他说，喔，继续，喔，继续。‘还要五美元。’我说。我挣了大约八十美元，嘴都麻了。当它们软乎乎的时候，其实并不容易。就像在一个稍微有点空气的塑料袋边上咂咂似的。他从来没高潮。只是数了一分钟又一分钟，五美元又五美元。我另一个挣钱的办法是哭。有的男人，只要你不哭，他什么都愿意做。他们不喜欢看见女人哭，呜呜呜。只要你不哭，好男人什么都肯做。问题是大部分男人都不好。”

吉德莱说的谎话并不要紧。她什么事情都撒谎。我甚至不知道她的名字是不是吉德莱。她的谎话不是说她过着哪种生活，就像纳丁过的生活一样。是另一种，随便什么，是她幼稚幻想中的生活——或者是应召女郎的魅力，神秘的力量，陈词滥调，香槟酒，丝绸连衫衬裤。吉德莱说“生意人”时，正在给她脖子上抹着黄瓜油。她说“市中心”的时候，把头发甩了甩，齐整，饱满，仿佛她是丽塔·海华丝似的。这是表演。这和我小时候对“野马牧场”的想象无甚差别。就像当你说的是手表，却说“钟表”一样；没这样的事情。只有一分钟又一分钟，五美元又五美元。

“这首歌叫做《巴德的甜甜圈》，”道格对着麦克风说，“我们离开家以后在第二大道的家。”听起来像冲浪摇滚。他们身后是光怪陆离的投影。“妓女和孩子”像一场舞会表演，却略有些嘲讽意味。

“我认识巴德，”罗尼在跟什么人说话，“真是个花花公子。我从高中起就认识他了。我们一起搬到曼哈顿，他在第二大道上开了‘巴德的甜甜圈’。他的哥哥汤姆开了个洗车行。”

“汤姆的洗车行，在默特尔大道的那家？”

“不，伙计，不是一家。”

楼顶上有个家伙拿着宝丽来一次成像照相机，他让女孩给他秀她们的乳房。当他走到纳丁跟前时，她一脸惊惧，直摇头。她又是和海伦·海伦贝格在一起，海伦礼貌地说：“不，谢谢。”

博德默尔谈论过迷失的孩子。将要到来的时代。那个即将要到来、却从没有降临的时代。

问题是要区分谁是清醒的，谁是沉睡的。这是个问题。把人们区分开来的这个做法本身就带着模棱两可的性质，醒着，还是在做梦。我们是他们的梦魇。如果一些人梦见了另一些人，那就没法肯定谁是谁。

博德默尔和阿赖从战斗抽身以后，都隐退到墨西哥北部的山区，阿赖曾经出现过幻觉，这是那晚在格洛丽亚和斯坦利家里，博德默尔告诉我们的。出现幻觉以后，阿赖离开了他们隐秘艰苦的露营地，一路回到纽约市。他需要和艾伦·金斯堡谈话。阿赖确信金斯堡要给他一个很重要的信息，博德默尔这么说。一个关于他们的秘密的信息，关于革命的信息。“那是什么？”迪迪埃开玩笑似的问，语气很轻巧，意思是不管这信息是什么，可能总归有点用处。阿赖找到金斯堡了，博德默尔说，而且金斯堡的确要给“狗娘养的”一个信息。那个信息是，他们都应该戒烟。他们都应该戒掉香烟。迪迪埃坐在卡斯特莱家的餐桌边，正对着博德默尔，他眯着眼睛，蠢乎乎地吸着他的高卢牌香烟，他点点头，心里明白艾伦·金斯堡就是博德默尔说的那个白痴了。

“妓女和孩子”的演出结束了，越来越多的人挤到楼顶。除了苏荷区之外，其他的房顶都黑漆漆的，堆满了低矮的水塔，还放着手工打造的飞船，沉睡多年了，在这个黑色的平面，只是晃晃悠悠地支在细腿上。这个楼顶吵吵闹闹，人来人往，影影绰绰。空空的塑料杯癫狂了。喝空的塑料杯被抛下屋顶。人们还在呼哧呼哧地试着一个空酒桶，希望还能汲出点酒来。罗尼给人民讲一个名叫“小蜜”的日本脱衣舞女郎的故事。

这时候空气浸凉，微风拂面。我又检查了一遍摩托车在不在，一阵风扫过，梨花纷纷坠落，无形的大手把这些小小的花瓣从树枝上剥下来，散落一地。

“写歌么，”约翰不知在跟谁说话，“你就能曲折地说一件事，但是不说事情。你不能撇开内容，那是形式的精华。所有的歌曲都是关于单恋的。”

“除了《绿洋葱》，”罗尼说，“这首歌根本与爱无关。”

一定是蒂姆·方丹脑子里一直盘桓着这首歌，而不是罗尼。蒂姆在监狱里过了十年。出来了，违反了假释条件，现在又回去了，我知道的就这么多。罗尼说的是蒂姆在监狱的经历，他在替罗尼服刑。为什么罗尼不能这么说呢？为什么他要编造这些复杂的故事呢，而且有的是真的，有的是假的，你永远不知道哪个是哪个。他要么在工厂工作过，要么在船上，要么两者皆是，要么两者皆不是，不管他有没有做过，都有好多故事。罗尼回避时，桑德罗总是替他说话。“你不知道。”他会这么跟人说。但是桑德罗自己也不知道。

“我说的是有歌词的歌，”道格说，“不是器乐曲。《绿洋葱》是器乐曲。”

“《接受这份工作，然后辞掉》，”罗尼说，“告诉我这首歌怎么就是关于单恋了。”

“嗳，但这首歌是的。它是的，”道格说，“接受这份工作，然后辞掉，我不会再在这里工作了。”他唱起来了。“他不会在这里工作了，因为他的女人离开了，她是他接受这份恶心工作的唯一的首要原因。他被工厂领班欺侮，现在他已心碎。”

约翰·道格不是一个十足的傻瓜。他只是看上去像个傻瓜而已。让人觉得丢脸的，是非常渴望什么东西——这就是为什么我在桑德罗和他的朋友面前，包括吉德莱，把我的渴望隐藏起来，假装我不需要艺术成就但是我需要。假装我不嫉妒格洛丽亚，不嫉妒海伦·海伦贝格，不嫉妒塔莉娅，但我实际上很嫉妒。

我穿过人群，往消防楼梯走。吉德莱在和约翰·张伯伦调情，他制作过一些并不牢靠的雕塑，是撞碎的汽车零部件。她喝醉了，一直问他有没有驾照。那是吉德莱特别的小情绪，嚷嚷着指责他，却是在调情。这样不顶用的时候，她就说她知道他的秘密，他肮脏的秘密。

“是什么？”他突然来了兴致，上上下下打量着她，显然在猜测会是什么。

“你以前是个发廊女。”她说。

他冲着她笑了，笑得前仰后合。“那再来我这儿吧，我来给你洗头。”

我经过罗尼。他在和一个我不认识的女孩说话。“你最近和别的星球的人联系过没？”他问她。我走着，他声音越来越大。他朝我转过身来。

楼梯在水塔背面，就是酒水台旁边。纳丁一个人在那儿。她把红酒倒到散装啤酒杯里，倒得满满的。四周黑漆漆的，她没看见我。我眼看着她一大口咕咚咕咚都喝光了，然后用手背擦干嘴，她紧张地四处看看，就像一只饥肠辘辘的动物在偷吃别的动物的食物似的，接着，她又把杯子倒满了。

你不记得我了吗，纳丁？

你不记得了？

但是为什么她要记得我。她在她的路上跌倒，爬起来，跌倒，她不是在找朋友。她不是在攒经验。她就是在努力活下去。我是那个攒经验的人。我记得她，我记得她跟我说的每一句话，这就够了。我记得她，这就够了。

摩托车发动不起来。我发动不了。我推下大支架，想尝试冲击启动法，推着它滑行，推到一定速度后，也许就能发动起来。火花塞脏了。大概就是这个原因。

“发动机出问题了？”

听到他的声音，我意识到我在期待罗尼跟着我出来。他弯下腰。“可能是这个。”

一根火花塞导线悬荡着。很简单，谁都能看见。他把这个塞回汽缸盖。

“谢谢你，罗尼。”

“好了，也许你可以载我一程。我的意思是，要是你能发动的话。”

“我能发动。”

我在里诺的时候载过人，那时候是另一辆车，旧瓦莱拉。很多搭车的人不知道怎么坐车，要倚着骑车的人，但是不能整个身子靠上去。你把手放在她腰上，不能放她肩膀上。但是罗尼经常骑摩托。我遇见他的时候他有那辆哈雷，他知道怎么坐车，知道我拐弯的时候怎么倚着我。他贴身抓着我，他的手臂紧紧地环在我腰上，他的胸抵着我的背。我不知道他是不是故意的。斯科特和安迪告诉过我，男孩子们对胸围、胸形、胸的手感了如指掌，他们转弯或者刹车时，让女孩们抵着他们的后背。安迪说要是不确定的话，你可以急刹车，你载的人就会压到你身上，这样你就知道她毛衣里面是啥样了。

我载着罗尼开到他布鲁姆街的家里。“你可以上来。”他一边说，一边跳下车。严格来说，他的语调并不算热情。就像他说的，你要是想的话，你可以来。

距离我和他睡觉的那晚，已经整整两年了。那个夜晚已经展开、自我扩张，进入一个迷恋、暗示和游乐的世界。最终，我们在我那间位于马尔波尔街上的旧公寓里，所有的暗示都已经获得某种确认。我们躺下了，脸对着脸，两个人的嘴唇触碰了，我觉得我们像两个不穿衣服的孩子，像兄妹，很随意，送完报纸以后躺在草地上休息。过了一会儿，我们的身体纠缠在一起，我们并不随意，也不像兄妹。我一直觉得这意味着什么。他没有显示出他的脆弱，甚至连类似的感情都没有。我把肉欲错当成感情了。

罗尼的公寓和桑德罗的一样，天花板很高，像工厂一样乌糟糟的，但这里更凌乱不堪。一楼幸运饼干工厂的糕点味充斥着整个房间，半夜里甜香袅袅上升。罗尼住的那一层，在他搬过来之前是个亚洲进口食品仓库，他保留了很多当时的东西。印着“味精”字样的大桶，里面存着他买来的衣服，他穿完就扔了，也不洗。紧靠着墙摞着一箱箱罐头荔枝果酱的箱子，他觉得那些商标很好看，以后能派点用场。墙上挂着一九五四年的日历，印着一位美丽的亚洲女人，想来是为了推销产品的，她的脸已经褪成了灰绿色，时光流逝，她只那么吟吟微笑着。

我打开罗尼的冰箱。他有几个金色盒子装的柯达胶卷，还有三罐施利茨啤酒。我们一人开了一罐，开玩笑说哪个人的冰箱里都没吃的。我原以为已经结婚的人，像斯坦利和格洛丽亚，他们的冰箱里总该存点吃的吧，结果也没有。胶卷盒，人造奶油，还有卡夫甜酱。大众品牌刚刚开始出现在杂货店货架上。他们会把甜酱叫做什么？罗尼琢磨着。施利茨可能会是“啤酒”，芙乐多其实是“玉米片”。可是甜酱就是它的名字，就是“甜酱”。“搅打起沫的糖酱？”我说。可能吧，他回答说，但这样就失去了简单明了的效果，听起来像个工业产品。

他跟我讲他租房子时这公寓的情况。“这些家伙不相信银行。”他弯下腰，打开一扇藏在墙里的门。“保险既是形容词也是名词。很可能是个非常老的概念。”

他可以和任何人说这些话。我一开始感觉到他注意我，现在我看到的还是那个心不在焉、故作姿态的罗尼。

“你那里存着什么？”

“秘密，”他关上门，“还有契据。我小时候在船上干过，那个船的主人给我一些地和钱。我从来没要。我把这些契据存在这个保险箱里。”

“你为什么不要？”

“这是个很长的故事。”

“就像你所有的故事一样。”

“这是最长的一个。但是听着，我觉得我得上床睡觉了。”

我说我无论如何该走了，很晚了。可我却踌躇不定，希望能有什么法子消除我们之间的距离，好靠近他。

“雷克斯监狱里，和你名字一样的那家伙，”我说，“是蒂姆吧，不是吗？”

我察觉到他微微皱了皱眉，有点恼。

“没错。是蒂姆，”他说，“那个和我一起度过童年的家伙。”

“为什么你不能直接说，‘我弟弟让我很沮丧’？”

“我弟弟让我很沮丧，”罗尼像机器人一样重复着，“我弟弟让我很沮丧。”

我沉默了。

“你以为你是第一个那样想的人？觉得我弟弟让我很沮丧？我跟你介绍一个概念。两个概念，实际上。在人类世界活下去的重要工具。一个叫讽刺。跟我读。讽——刺。那么，另一个不太好读，但是我们试试。虚——伪[1]。用你不是的样子来掩饰你自己，就像一个乞丐假装他不是落袋台球高手。一个人在不同的情形下，可以假装他对他亲弟弟的监禁满不在乎，而对另外一个非近亲的幽灵感兴趣，这个幽灵被关禁闭了，这个幽灵和他只有一种很肤浅但是永恒的联系：一个名字。”

他躺在沙发上。

“我弟弟一个月前从监狱出来了，”他抬头看着天花板，“他跟他的人事长官联系了，他在努力进焊接工会。我给了他一千块去买一辆庞蒂亚克火鸟。我说，‘你为啥需要这么个傻乎乎的车？’他这么说的，得了吧，罗尼，得了吧，大兄弟，我在监狱待了十年了。哪个女人会对一个前科犯感兴趣？我有了那车才能重新生活。我有了那车才能看着像模像样的。那样我就不是个自己的项目搞砸然后又进牢房

1 罗尼在这里拉长发音的音节分别是eye-ron-nee（irony）——讽刺，和diss-sim-you-lay-shon（dissimulation）——虚伪。

的混蛋了。谁能反驳他？我把钱给他，他买了那辆车。他在新泽西高速路上把车撞了个一塌糊涂。没系安全带，转向柱直接插到胸部。他把我给他买的那辆倒霉车撞了，他自己也死了。所以我弟弟让我很沮丧。但那是我的事情。我提不提他，都是我自己乐意。”

他直愣愣地看着天花板。

“罗尼，对不起。”

他最后终于说话了，声音比先前柔和一些了。“我过去总和桑德罗开你的玩笑，”他说，“桑德罗扮演教练，或者爸爸。你真的看上去太年轻了。你实际也很年轻。但是说实话，我不知道你就算老一些，会不会跟现在不一样。我喜欢你。但是有些东西，你似乎永远也不会有。”

那就是为什么我不可能爱你。

罗尼没那么说。但是在回卡斯特莱家的路上，在我躺在黑咕隆咚的房间时，我听到一个人沿鲍厄里街一边走一边踢着金属垃圾桶，那句幽灵一样的话，把我的心蜇痛了。

我就是备胎。而且不是罗尼让我变成备胎。是我自己。

接下来的那个礼拜，罗伯托·瓦莱拉的新闻上报了。我没在报纸上看见，是海伦提起来的。格洛丽亚坚持让她来看我的电影。我刚和马文和埃里克借了一台放映机。马文郑重其事地教我装胶卷的正确程序，从这一点我就看出来了，他和埃里克正在往我身上进行投资。他们喜欢我的电影，给我攒了一些“有点损坏”、但实际上完美无缺的柯达克罗姆彩色反转片，让我带回家。我刚把第一部胶卷装上去，《等待》——我就这么称呼那片子的，是一组镜头，拍摄的是那些黑手党司机耐心等在马尔伯里街头的场景。突然海伦问我们有没有听说桑德罗哥哥的事情。

“他被绑架了！”她说。

我的电影图像在格洛丽亚给我装好的屏幕上抖动，白屏了。第一个司机。汗珠子从他脸上滚下来。

我吓得心惊肉跳，可在我看来，海伦觉得这没什么。

“被绑架了，”她说，“桑德罗在我办公室一直喋喋不休地和意大利的那些人说话。现在没人能进得去画廊，别提费了我多少钱了。”

海伦看着电影，说这些电影是有点意思。“也许能在我正在策划的一个群展上用，”她说，“明年夏天吧。”

我点点头，但是她说的话从我左耳朵进右耳朵出。我脑子里能想到的，只有罗伯托。

我去亚斯特坊广场的国际报摊把他们所有的意大利报纸都买回来。这不是重大新闻，不在头版。藏在《共和报》商业版不显眼的地方，不过是很多事故中的一起罢了。罗伯托·瓦莱拉，于五月一日那天从贝拉吉奥的乡村住宅被带走。武装分子一大早就进了他家，然后不知道开车把他带到什么地方了。报纸上有张罗伯托拿着前一天报纸的照片，也就是五月二日的照片，证明他还活着，他还活在时间之中。他盯着照相机，样子就是我认识的罗伯托。怒气冲冲，这个耐心受到考验的人。

报道说，有人给罗马的警察打电话了，打电话的人说绑架是“红色旅”所为，而且发生在国际劳动节那天，这绝非偶然。据证实，这个匿名电话是从罗马火车站里拨出的，用的是警岗亭旁边的付费电话。一种喜剧、嘲弄的做派。这种闹着玩的调调，让我想起来杜鲁迪和运动中的其他人。但是杜鲁迪没有绑架过任何人。沃尔西大道的人们拿着枪，但他们说是为了自卫，为了对付那些带枪的法西斯分子。他们对生活的态度一直轻松愉快。他们不是偷偷摸摸的人。只有詹尼可能那样做。詹尼，一直在盯梢罗伯托的詹尼。这就是为什么他在那儿，在别墅。了解他们的日程表和习惯。

在警察厅附近用付费电话的匿名者说罗伯特·瓦莱拉是一个来自敌人阶级的敌人。他已经被人民军队扣押了，被关在秘密的人民监狱。他会被人民法庭审判。一旦他被裁决有罪，惩罚会很严厉。

据《共和报》报道，五月一日还发生了其他的绑架和袭击。一个西门子公司的经理的左腿被开枪打了四十多下，事情就发生在他米兰的家门外。我想起来罗伯特说过关于用枪击穿膝盖骨的事情，这是从黑手党学来的一种土办法，黑手党这样朝牛开枪，是为了摧毁农民的牧群。罗伯特摇摇头，用对付牛的办法对付人，真是愚蠢透了。另外一个是菲亚特公司的经理，那天早上也被绑架了，绑匪索要三十亿里拉的赎金。

为什么罗伯托会被审判，而另外一个人只要交赎金就可以了？我不知道。我看着报纸上的照片，他不耐烦地盯着镜头，手里拿着报纸，我不禁感觉到一阵恶心。不是同情，而只是恶心。他很可能会死。

我想起来詹尼告诉警察我嫁给了瓦莱拉家的人，瓦莱拉一家是他的雇主，而他在带我去买东西。

我想起了那天，漫长的一天，令人迷惑的一天，我在阿尔卑斯山的另一端等着詹尼。天色渐渐变暗，多么冷！但是詹尼没有出现，我似乎自己也不知道该等多久。

得知罗伯托被绑架的第二天，博德默尔·莫德尔来了。卡斯特莱一家出去了。我邀请他进来。“哦，哦，好的。”斯坦利和格洛丽亚不在家，他有点不知道该不该待着。他问了问桑德罗。我说我们不在一起了。一阵令人压抑的静默。我说他哥哥被“红色旅”绑架了。他知道吗？他听说这个事情了吗？我希望能从那里得到一点不动声色的支持，对我和詹尼之间的联系的支持。我需要他的支持。

“他们在审判他。”我说。

博德默尔点点头。“桑德罗的哥哥，他经营公司？他们现在做的又是什么生意？”

我说：“橡胶，主要是橡胶吧。还有摩托车。”

“我猜他会被判有罪的，”博德默尔说，“那然后呢？”

“判了死刑以后？”他抓抓下巴，琢磨着。

“就像布莱希特的《赞成者》一样，”他说，“一旦命定，通常都要问问那个受害者，牺牲者，是不是愿意接受命运。但通常来说，那个受害者一般都会说是。所以他有可能只会有这一种选择。我的意思是接受命运的强制性选择。但是话说回来，他们也可能会把他放走。据我了解，按我自己的经历，关于这些激进分子，我想说一点。这些人会以为他们使用的手段，从道义上来说，也是他们的敌人的手段。换句话说，他们认为这么做理所应当。自己的手段往往都是理所应当的。对于他们来说，那个资本家，就像这个事情上你男友的哥哥——”

“前男友。”

“不管怎么说了，那个资本家并不是个牵线木偶，他不服务于他人，服务于更庞大的罪恶制度。他自己就是力量。是罪恶本身。于是他们把他逮捕了。”

我回到亚斯特坊广场的报摊看了几次《共和报》，什么消息都没有。我突然想到，如果我想跟踪那类新闻，我得看《24小时太阳报》，那个詹尼经常盖过脸看的那张财经报纸。下班后，我去了四十二街上的图书馆，在期刊室的木架子上翻报纸，那里的老男人们浑身酒味躺在低背安乐椅里，一个女人趿拉着鞋走来走去，想做出一副目标明确的样子，但她的目标，在图书馆恰恰是不合适的。她在房间里绕了一圈又一圈，带着无家可归的女人特有的神色——像小女孩似的，走路时脚尖稍稍向内侧，咬着磨损的袖子。小姑娘半夜从客厅慢吞吞走到她们父母的卧室。我看完了《24小时太阳报》。三天没新闻，只报道说菲亚特公司经理的家人交了赎金，人被释放了，罗伯托又一次出现在报纸上。有一份“红色旅”的声明，说他可以不审讯，也可以不判刑，只要政府愿意用他来换八名被囚禁的激进分子。罗伯托已经签署了声明，表示同意这个条件。坚决主张这样。他说，这是他唯一获救的办法。

《他现在不是他自己》——这是《24小时太阳报》第二天发表的一篇文章的标题。这句话是他自己的母亲说的。瓦莱拉夫人说她儿子反对和恐怖分子的任何妥协，他永远永远不会主张这样的事情。“他现在不是他自己。”罗伯托被抓的第二天拿着报纸的照片出现在文章旁边。

不是他自己，这句话似乎是一种死刑。要是罗伯托被杀了，这就不是以前那个罗伯托了。这是另外一个人，在乞求妥协——这曾经是他最反对的，可是现在他自己的生命处在悬而未决的状态。第二天没什么新闻，接下来又是一篇讨论他在哪里的文章。罗马的警察显然雇佣了一个巫师，巫师举办了一场降神会，调查团也参加了。那个灵应牌乩板上只显示了一个词：沁扎诺。死路一条。罗伯托被抓的第七天，罗马的警察长官说应该先调查罗马圣洛伦索那些主张自治的年轻人，那是有组织的团伙，他觉得是他们给“红色旅”提供帮助和掩护的。

我告诉自己，罗伯托的死活和我无关。

我回到纽约已经一个月了。我和詹尼不联系。和桑德罗也不联系，我回来一周后就再没见过他——就是他愤愤然一边点头一边走出卡斯特莱家那次。

我对罗伯托是死是活的负疚感是幻象。我告诉自己。这不是真实的。

如果詹尼和罗尼被绑架的事情有关，那跟我没任何什么关系。如果詹尼说过那个家庭会付出代价的，那是他说的话而已。我只是一个去工厂见她男朋友却碰巧看到他和别的女人在一起的女孩。

如果詹尼继续盯梢，好吧，那是詹尼。如果那个家庭以任何形式付出代价，那可能是詹尼。这当然不会是我。

这就是我告诉自己的话。再重复。再说一遍。我直接忽略了我开过詹尼逃跑用的车这件事——也可能这是他的灵车。

“所以，一九六七年秋天，我去洛杉矶了。”马文说。我坐在白沙发上，等着新一轮的照片。与感光乳剂有关的东西，不同的感光乳剂。

罗伯托已经被囚禁一周了。我一直期待碰见桑德罗，等着碰见他。马文说话时语调总是很平板，带着鼻音，也不压低嗓子，瓮声瓮气的，他就这么说他准备好好讲讲他人生历程中重要的一部分。我刚说完桑德罗的哥哥被“红色旅”绑架了。这是出于我一时冲动，但是我想我们也许可以谈谈这事。毕竟，是马文最先介绍我认识桑德罗的。

马文说这真是个糟糕的消息。他耸耸肩，又说这可是出了名的一家人，有好玩的故事呢。然后突然，我们好像就开始谈论马文了，谈论他自己的故事。

“我的第一份工作，是做库存资料片研究。一位导演雇用我做一部纪录片的准备工作。那个剧本要求有人们暴死场景的记录。意思是，真正的人死的场景。我做库存资料片的保险库有百代公司新闻片从头到尾所有的底片。我一个一个看过去，找暴死的素材。我找到的素材绝大多数是关于行刑的，被行刑队枪决的。我把这些印出来的场景交给导演。那个项目这样就没下文了，导演从地球上消失了，就像人们常做的那样，改名换姓，变成克利须那派教徒，酗酒暴死之类的。我后来就没他消息了，也没再想过他，但是我给他的一个场景是一个意大利法西斯分子被游击民兵处死的记录，短片字幕是这么写的。后来我一九六八年还是一九六九年碰到桑德罗的时候，我觉得他的名字似曾相识。库存资料片里被处死的人是不是也是瓦莱拉？那种巧合太不可思议了。一九七四年夏天，我回到那个保险库，想寻个究竟。但是就在这个时间，很多事情都变了。我又不急着知道，干吗花那么多钱。实际上这和桑德罗·瓦莱拉没半毛钱的关系。只是一些特殊的东西变成库存资料片了。我经常觉得有两个世界。一个是我们生活的世界，你知道的，就是流水一般过去的世界，将来到现在再到过去，在人们脑海中扭曲地存在着，还有这另外一个世界：库存资料片。‘生活’中小小的整体，我的这个生活是加引号的，意思是切切实实发生过的事情，不管是什么，不管有没有被存到库存资料片。这是库存资料片，现实的参考资料。就比如你是各种肤色的参照，你是否存在是不重要的。对于技术员或者放映员，你只是一个索引——女人的索引，皮肤的索引，肤色的索引。你，而你，跟这个没什么关系。”

马文给我拍了张照片，我举着色表的照片。我开始觉得，我好似浑身是铅，昏沉沉的，快要坠到沙发里了。只要他提到罗伯托，哪怕是不经意间提到罗伯托有可能被害，都能给我一丝安慰。但是他只是借这个话题来说他自己。

“我想方设法和在保险库工作的人解释两个世界的事情。其中一个人说，‘你要是真这么喜欢库存资料片，随便哪一部分不都可以吗？’结果就是，我不得不同意他的看法。尽管他们只是想摆脱我。他伸手去一个防火保险柜里找，找回一卷已经开始变质的底片。他免费给我了，反正他们也准备丢掉了。而这就是意外的转折。这是，呃，嗯。实际上，我想不起来了。真有意思。都过去了，只是……呸。我想这个对故事来说不怎么打紧。故事是他们最后给我东西是多是少不重要。此外，暴死素材是库存资料片的一部分，虽然，当初得杀掉什么人，我是指原初，来做个参照才行。你看上去不太一样，顺便说一句。你染头发了还是怎么了？”

下班回家的路上，我在鲍厄里街遇到吉德莱。想躲开她时，已经来不及了。

“想不想来杯加热很久的老咖啡，跟我玩一会儿？我挣钱，你坐着听我说会儿话？”她问。

“不。”我说。

我们可以一会见，她说。她准备去鲁迪酒吧坐一坐，她歇班以后去喝酒。

那种酒会能让你喝到地老天荒，她说道，你就披荆斩棘钻进去。你在那儿遇见别的人，在密林深处。一起回家，你们跌跌撞撞穿过酒精、混乱、痛苦、欲火爬向彼此。

“听上去很好玩，”我说，“但是不了，谢谢。”

“我敢打赌，你要去罗尼的开幕式。”她说。我说是的。是今晚。

“你知道是什么，对吗？他的展览？被打的女人的照片。”

斯坦利和格洛丽亚会在开幕式后给罗尼举办一场晚宴。我回到公寓的时候，格洛丽亚让人帮着忙来忙去，搬桌子，取花，准备食物。

“乱死了，”她说，“这不是寻开心的时候，但是我不能让罗尼失望。我不会那样做。但是没有比这更糟糕的时刻了。”

我问为什么。

“他们杀死了他哥哥。”她说。

那天下午早些时候，桑德罗给他们打电话说了这件事。“他说他们关系并不密切，但是他很痛苦。他明天要去米兰。但是他可能只离开几天——仅仅参加一下葬礼。等他回来的时候，我们需要给他力量。斯坦利想让他在身边。你重新找到住处之前可以一直在这里待着，但是你可能需要快点找个住处了。”

我拨通桑德罗的号码，是语音应答。我挂了电话，怎么也没办法给他留言，我去那个小客房躺了会儿，博德默尔曾住过的房间，正像我想的那样，我自己的照片。大盐滩上一片一片的白，挂在我头顶上方的墙上。我闭上眼睛，想睡一小会，但是人们在准备宴会，嘈杂得很，再加上罗伯托的新闻，都让我脑子里乱纷纷的，我觉得我像是要在高速公路的立交桥上小憩。我又试了一下桑德罗的电话，还是语音提示。我出门散步去了。

走出卡斯特莱家时，我突然想去桑德罗家。还有谁认识罗伯托呢？只有我。桑德罗从来不说他哥哥。他的家人，那个公司，只要他可以，他就轻描淡写一句带过。我按门铃了。没人应答。格洛丽亚说他会来罗尼的开幕式。一个小时之内我就能看见他了。我们到时可以聊聊。

我没想到罗尼会用他那晚在鲁迪酒吧拍的照片，塔莉娅和她的朋友们。我应该能猜到的。他就是这样。那个展览的名字叫做《随心而动》。塔莉娅和其他女人扭着脸，在镜头面前做怪相。她们喝醉了，她们不是在黑咕隆咚的荒郊野岭遇见一个躺在面前的陌生人，而是遇到她们自己，掴耳光，打拳。

塔莉娅的照片比真人大，眼睛淤青肿胀。她从那张平滑的黑白相片上直勾勾地盯着你，心平气和的神色，好像罗尼让她这样做，让她捶自己的脸，正是展现了她的内心深处。她照做了，瞧，她不害怕，她没受伤，仍然美艳。但是她受伤了，她们都受伤了。

我想起来那个怀孕的金发女郎了。她听别人的，为了拍照片她把衣服剥光，把虱子赶走，和这个有什么区别么？孩子是文森佐的了。

桑德罗还没出现。我们等会大概会在塔莉娅的大幅照片前面聊天，照片上是她被猛捶过的脸。她只是脑子不清楚，就像桑德罗说的。罗伯托死了，也许我也该回家了。

海伦·海伦贝格不想展示这些作品。罗尼离开画廊了，现在是美世大街埃尔文·弗雷姆画廊代理他，也就是桑德罗以前的画廊。我和格洛丽亚走来走去看展览，她说海伦觉得这些作品厌恶女人的倾向太重。

我们说着说着，格洛丽亚突然朝我后面瞄了两眼。我转身一看，桑德罗来了。

他和一个非常年轻的女子在一起，实际上都可以说是个孩子了。她可能只有十八岁。一个朋友的女儿吧，我想。哪个朋友的女儿，娇小可人，金发碧眼，穿着一件衬裙似的黑色长裙。但是他们手牵手，她和桑德罗。一起走着，他握着她的手，把她拉到她跟前，吻了吻她的脸颊。这是那个备胎。我一下子没认出来她的装扮，罗尼工作室照片上的金发女孩，那晚在嘈杂的酒吧里透过浓浓的烟雾忧伤地看着罗尼的女孩，谁都没注意到她，除了我。

从那一刻起，我开始漂浮，真正地漂浮起来。我觉得自己很轻，怪异，无形，与人与物隔绝。那张巨幅的蓬头垢面的脸的黑白照片越来越远，渐渐模糊。他们太大了，就像部落面具或者广告牌。格洛丽亚的手还抓着我的胳膊，但是我感觉不到，只是恍惚间觉得有人挨着。“我给你倒点红酒吧。”

我最好离开吧，我想。去鲁迪酒吧和吉德莱一起喝个酩酊大醉，和那些人一样成为一个陌生人，但事实上她从来没有自命更多。进入黑暗芜杂的荒野，与吉德莱完全不同，我们每个人都跌进去，跌进去，跌进去。

我出门了，在想着鲁迪酒吧，这时候罗尼出现了。

我突然意识到这是这个月他第二次这样做。当我准备一个人离开某个地方时，他跟着我。但是我知道他的把戏，对我表示一定的兴趣，只是想吊着我罢了。

“你不看我的开幕式了。”

“操你妈。”我说。我不知道哪来的这句话，但是好像也没什么不妥当。

他笑了。“你真的变成熟了。来参加晚宴吧。桑德罗不会在的。”

“这不是我走的原因。”我撒谎了。

“我们现在都有死了的兄弟了，”他说，“但是没人知道蒂姆。我只跟你说过。你今晚可以是我的约会对象。你说呢？”他傻乎乎地吃吃笑着，露出那个大豁牙，他从来没解释过怎么会弄成这样。“跟我走吧。这是我的晚宴，我想让你来。来当我的客人吧。”

我们走的时候罗尼牵着我的手，我在想他是不是为了安慰我，因为桑德罗牵着一个娃娃新娘的手，罗尼的备胎变成桑德罗的了。她也有粉色货主的名称吗？奇特的友谊，既竞争又分享。我们现在都有个死了的兄弟了。

他捏了捏我的手，之后又捏了捏。

“我永远都不懂你。”我说。

就像罗尼说的，桑德罗和那女孩果然没来参加晚宴。我还以为他们不来是因为他心里很悲痛，但是转念一想，大概是他想避开我的审视，独自和他女朋友享受甜蜜去了。我发现他和塔莉娅在一起然后就去了罗马，这仅仅是两个月之前的事情，而他已经和别人在一起了。我一度以为这事情仍悬而未决，我和桑德罗之间的恩恩怨怨，现在不是了。我还没准备好。我居然忘记了，他完全有权利翻篇，他会让自己舒心的。一个新的女朋友，正好帮助他熬过失去罗伯托的悲痛。

罗伯托，我总感觉他的死与我有关，但是那种关联我永远也没法说出去。

在约翰·道格开幕式上出现的那一群叫拉里的人，罗尼觉得很有趣，这次罗尼的晚宴上他们都被邀请来了。索尔·欧培乐也来了，这种事情他一向很少出席。还有迪迪埃，他正一口一口抽着高卢牌香烟，嚼着格洛丽亚端上来的鱼。他的盘子里有鱼，有烟灰，还有烟蒂。

埃尔文给罗尼敬酒了。艺术家们太需要相信了。他们不像我们，可以忍受别人的怀疑态度。那些照片很庸俗，很低劣。就和给那个又发烧又没地方过夜的孕妇拍的纪录片一样，动机不纯。那个纪录片导演和她睡觉，就算是给她提供一张床了。正因为罗尼的照片明显很庸俗，埃尔文侃侃而谈，说这些作品多么高雅，多么美妙，简直是不可思议。埃尔文继续说，它们伟大的人性，它们的真挚，真是令人意想不到的温柔——

他一边说，一边等着我们这一桌人同意他的意见——这些话，罗尼自己肯定会说传记的胡说八道。

我们叮叮当当地呡了呡饮料。罗尼清了清嗓子。

我们静静地等他开口。

“小时候，”他说，“我在一个建筑工地瞎玩，结果头被铁轨枕狠狠地砸了一下。”他环顾一圈。“我给你们之中哪个人讲过这个故事吗？”

我们都摇摇头。微风透过卡斯特莱家的窗户扫进来，长长的校舍桌上点着蜡烛，这些蜡烛忽明忽暗，仿佛在预示着什么。

“我被砸得太狠了，我都忘记我是谁了。十二年的生活，无影无踪了。我头重脚轻，昏昏沉沉，漫无目的地瞎晃悠，晃悠了好几天，在公园睡觉，跟鸽子抢旧薯条吃，在灌木丛里歇息，从广场喷泉处找水喝——”

“罗尼，”格洛丽亚说，“那个水是循环的。你不应该喝喷泉的水。”

“嚷嚷什么，”斯坦利说，“罗尼不过是跟我们说他撞头了，忘记他是谁了。水有什么要紧的？”

“我去了一个小小的小艇船坞，”罗尼说，“可能我去过那儿，但是那里的一切都让我觉得很新鲜。海水盈盈闪光。一阵咸丝丝的海风拂过我的头发。潮水轻轻拍打着停在船坞的小艇，那个声音在召唤我。出航的声音。帆布历经风吹日晒，沉甸甸的，在啪嗒啪嗒地飘动。打结的绳索吱吱呀呀——”

“你后来在哪里长大的？”迪迪埃很怀疑。我也很怀疑。他是不是又在编故事了？

“康涅狄格州。不管怎么说，这个地方真是很合适。合乎情理。实际上妙极了，那个场景，我现在还记得清清楚楚，蓝色帆布闪闪发光，刺鼻的甲板油漆和松脂在温暖的空气中蒸发着。码头停泊区团了一簇簇绿色的水藻，好似毛茸茸的身穿连体防水服的人一样。我突然感觉到一阵开阔，开阔的命运。这么说当然容易了，说我一点都不记得我以前的生活了，他妈的一点事情都不记得了。但是实际上，”他说，“我真记得一件事情：当那块枕木砸下来的时候，我只记得一个画面，很奇怪的，那个画面是一个女人在用一块浴巾擦干头发。使劲地擦，刚出浴，用一块褪色的粉毛巾，就像和红色T恤一起洗得染色的白毛巾一样。我只能从她背后看着她，她的头向前倾，一缕缕浸湿的头发，颜色像潮乎乎的细沙。她的脖颈，湿漉漉的头发隐隐显出她脸庞的轮廓——还显露出一些别的什么——那种赤条条的模样，尽管我只能在她擦拭湿头发的时候看到从她的肩膀以上的部位。”

“多么恋母的情结，”格洛丽亚说，“来，我问你：方丹夫人的头发是什么颜色的？我是说你母亲。不是新墨西哥州来的那个十几岁的女孩，跟你结婚过了几个礼拜的那个。”

“你跟新墨西哥州的一个十几岁的女孩结过婚？”斯坦利丝毫不掩饰他的艳羡之情。

罗尼耸耸肩。“她是个搭车客。我真是情非得已。她太迷人了。

额前刘海一直垂到她眼睛里。但是她开始惹我心烦了，就像当法定监护人，我得告诉她吃她的蔬菜，穿毛衣——”

“罗尼，”格洛丽亚说，“我们能不能这么想，你母亲的头发是沙棕色的？”

“不。”罗尼说。他盯着坐在对面的我。“不，她不是。”

他的眼神敏锐犀利，就好像他在使劲认什么东西似的。

和罗尼过夜的那晚，我是洗了个淋浴，而且把头发裹在褪色的粉毛巾里，我的匹克威克毛巾。我躺在他旁边，那么天真地以为以后也会有很多个这样的时刻，他双手摩挲着我的湿头发，这只是开始的开始。

“我沿着甲板走，一边打量着每一条船。它们的名字，一个接一个，都像是我可以选择的不同生活。‘我和琼斯夫人’。‘高利贷债主’。‘来爸爸这儿’。”

笑声四起。罗尼等着大家安静下来，继续说：“有一条特别漂亮的船。它格外不一样。颜色是蛋奶酒的那种浓郁，是一只五十英尺的游艇，名字叫‘里诺’。”

没错。他在对坐在被小刀刮擦过的桌子另一头的我说话。讲给二十个人听的故事，其中的信息却只传递给一个人。但是这是什么信号？难道有可能是罗尼爱着我吗？还是他讲我们这个秘密的故事，又是为了编瞎话？或是我们这个秘密的故事，又是为了编瞎话？或是笑话的另一个层面？

“里诺，”埃尔文说，“一条船叫这名字，真是怪异。”他一脸迷茫地说道，那语气，就像是一个操心怎么给船只命名的人似的。

“这对老夫妻坐在甲板上。我用手遮在眼睛上方，仰头看着他们。‘嗨，你好。’那个老头子冲着底下喊。我也跟他问了好。‘风刚刚好，’他说，‘我们正准备出发。’我问去哪里。他说看世界。问我感兴趣不？我猜他的意思比较笼统，我说是的。我的意思是当然了。他问我喜欢不喜欢远海。‘噢，我当然喜欢了。’我说，但是我知道什么？我那时喜欢那两个词，远和海。我现在还很喜欢那些词。他叫我喊他船长。他说他们当天下午就要启航了。我问，‘就你们俩？’我看看他，看看他老婆——他给我介绍过他老婆的名字，但是我听完就忘了，而且我们很快就熟悉了，再说不知道都不好意思了。没人喊她的名字。他喊她‘亲爱的’或者‘我老婆’其他人都是喊她‘船长老婆’。‘只有我们，’船长说，‘还有我们的大副泽克西斯，他也是厨子。可能还有你。’说着，他把烟丝装入烟斗，是其中一个海泡石烟斗，这时候我脑海里有什么东西突然闪动一下，我当时不知道是什么，我的意思是我当时没想起来，我自己的父亲也抽烟管。”

“嗯哼，”迪迪埃点点头，“经典的移情。”

“大概吧。所以他点着烟斗，一口一口抽烟，”罗尼说，“然后跟我说，‘你看着给我们干活正合适。正合适。史尼克斯先生说他有个船上的服务生给我时，嗨，我设想的就是你这么个人。我想到你了，你就来了。’‘我来了。’我说道，我说话的时候，世界瞬间变得前所未有的清晰明了。”

罗尼停下来，啜了口饮料。每个人都静静的，不知道我们这是被带到什么地方。他们已经在期待一个有趣的恶作剧了，就像关于索尔·欧培乐的E型捷豹汽车那故事一样。

“当天下午晚些时候，我们出发了。当陆地从我们眼前消失时，我只感觉到一阵神秘的颤动。船长说我给船上带来了好运，因为扬着双帆顺风航行，两扇艏三角帆都斜斜地张开，鼓满空气，这样一来，游艇看上去就像一只巨大的菜粉蝶。船长解释说，这样航行不但速度很快，而且最平稳宜人，因为船在水里走得很平稳。到了晚上，泽克西斯在一个平架炉子上准备了我们的晚餐，我们在船尾的甲板吃的饭，一盏科尔曼灯照着我们，很是明亮。船长和他老婆谈论着他们的生活，我对自己的生活记不大清了，也不感兴趣，我兴致勃勃地听他们的故事，关于减免所得税的合法手段，关于鸡尾酒会，关于肘部发炎，关于夏令营，还有被抛弃的孩子。当然了，要是现在，这些事情我最不感兴趣了，尽管艺术家经常不得不认真听这档子事情，假装这些事情很重要。”

埃尔文·弗雷姆很不自然地笑了，瞥了一眼他带来赴宴的两位收藏家，那对夫妇太优雅高贵了，不该在曼哈顿闹区。这男人的白金手表，他的钟表，在烛光下亮闪闪的。收藏家们露出满意的神情，同时又一脸茫然，就好像他们已经想到了，这位艺术家——他们准备买他的作品——正在逗乐。的确，他是在逗乐。罗尼在说什么这并不重要，他们只是在鲍厄里街的一个顶楼体验这样的生活，这种环境对于男人和他老婆来说都很陌生，但是有了那些字谜，男人就不觉陌生了。他会引导他老婆。他是专家。关于闹区，画画，艺术市场，什么时候该笑，诸如此类。只要跟着我就好了，亲爱的，他的身体语言引导着他老婆。两个人都看着罗尼，开怀大笑。

“第一天晚上，船长夜航的时候秘密给我上了一课。他告诉我应该怎样按红色的左舷灯和绿色的右舷灯。他说根据海上法则，这些灯要一直亮到天明，好提醒别的船只我们的位置。‘海洋公约’这个短语，船长时不时总会提起来，他每次这么说，我都能感觉到他对一种更庞大的力量、一种无限的控制力的敬畏之心。但是后来，我的意思是很久以后，我开始想，他说的法则有时候是不是并不是海上的法则，而是船长的法则，他自己的法则，或者比法则更随心所欲，更变幻莫测，是船长自己的念头。但是他这种滥用职权，如果我们能这么说的话，从来都不是很明显。甚至到现在，他给我们航行立下的规矩对我而言仍然是个谜。第一天晚上，他是一个伟大的老师。他拿出他的六分仪，给我解释怎样给星星定位，尽管我没有学会准确的方法——夜晚的海洋太震撼了，夜空中散落着星星，美丽极了，而我们也在星星上航行，星星在静谧如墨的水中晶莹闪亮，那是星空的倒影，此刻星空倒像在我们船底了。我听见船长的声音，感觉我们仿佛在露天的航天舱或是雪橇上，在浩瀚的宇宙间遨游——无垠的空间里银针星罗棋布，一个黑色鸡蛋在耀眼的光芒中滚动。”

“漂亮，罗尼。”格洛丽亚说。她的语气表明，她也觉得他在编故事。我们等着，罗尼继续说。

“我们把船停靠在珊瑚礁，船长去打高尔夫球了，他老婆指挥给我买一套新衣服。她的品位很特别，船长的老婆，她知道该怎么买东西，她心里有条不紊，一清二楚。我需要几件男式棉衬衫，各种羊毛和棉混纺的毛衣。我需要三套浴衣、帆布裤、一套领带和夹克——她说，万一沿途停靠的港口有什么正式的场合。胶底帆布鞋和一对漂亮的手工皮鞋，皮子带着是野草莓酱那样的黑点子。我现在可以告诉你，这不是船上服务生的标准制服，但是我当时没什么好比较的。听船长老婆说，那双皮鞋是最优秀的英国制鞋工人精心制作的，那些人自己背着鹿皮袋子来的，还有一罐洗革皂和一只银质鞋拔子。要不是这样，它们最后很可能装点了一个赤裸的波利尼西亚人的脚，或者静静地躺在海底。我其实从来都没穿过它们。我已经太习惯光脚在船上走了，不管穿哪种鞋都觉得挤得慌。

“我们离开珊瑚礁前，船长和他老婆又多找了一个船员，阿尔提莫。很显然，他会完成船上男服务生真正的工作。我假装没在意，而且我心里确实有点没在意。但是在很深的层面，我知道他是服务生，也知道我是什么。我知道我是什么，但是我不知道。我只是白纸一张，一个单纯的小伙子，晃荡到‘里诺’上。我们前往——”

“所以你到底是在哪呢？”斯坦利打破了自发形成的默契了——我们本来都想等罗尼把整个故事讲完，再去弄清楚到底是什么意思。

“别这样，斯坦利，”迪迪埃说，“就让他说吧。”

“我们朝南走，一直走到巴拿马运河。船长看着我们通过水闸和海峡，都为我感到兴奋——尽管他们上船时，他肯定和运河区警察打过招呼了。他让我留在铺位，因为我既没有船证又没有护照。我听从他的吩咐，然后透过紧闭的舱门听他恐吓警察，把他们赶下船。那些警察不好赶。他们说他们听说有个男孩和他在一起。‘我们不喜欢鬼把戏。’他们这么说，船长跟他们信誓旦旦地说他也不喜欢。然后他做的事情很怪异。他问他们想不想见见他老婆。‘她在哪？’他们想知道。‘在睡觉，’船长说，‘像个婴儿。’然后我听见他下到她的铺位，身后跟着警察沉重的脚步，还有额外的重量——枪、枪套、警棍、收音机。根据我听到的声音，船长把她老婆的门打开，让那些警察走到她睡觉的屋子去了。我听见他说了些什么，然后把门又关上了，我就再听不到什么声音了。过了一会，那些警察悄悄地溜出来了，大概是踮着脚尖走的。

“那天晚饭时，船长老婆看上去异样焕发，她和我说生活充满了惊喜，而且它也不是充满了惊喜，而且其中的一个惊喜便是，你常常无法准确预测人们在特定的环境下会怎么做事情。‘船长和我打赌了，’她说，‘但是事实上，我们从来不会拿我们心底里不想失去的东西做赌注。’船长看看她，猥琐地微微一眨眼。我不喜欢这个。我不知道我怎么知道这个眼色很猥琐，但是我把它与警察、与他们的肩章和枪套联想到一起了。有那么一阵子，我怀疑她和船长给我带来的影响是不是正面的。我当时没有任何回忆或者经历可言，毕竟很容易受人影响。船长老婆让阿尔提莫端出甜点来，是一盘果酱饼，果然像我们想的那样，表面不平滑，但是弯曲的角度像船台，因为这是在船只右舷抢风时摆的。我不再琢磨了。我用勺子舀了一口歪歪扭扭的果酱饼，不再想船长老婆的铺位发生了什么，能让那些警察都蹑手蹑脚地走。”

“他们干她了。”斯坦利说。

“很可能吧。”罗尼的语气颇有几分容忍的味道——他不得不停下来，给斯坦利说这些很明显的事情，似乎让他觉得很烦躁。

“多亏了船长，我那时候知道该怎么定位太阳了。我们快到零度赤道的时候——那是用船长的六分仪，在他温和的指导下，我确认的——我模糊地记得曾经有个仪式，然后就变成一个真正的‘赤道穿行者’了，只要你穿过赤道向南航行，你就有这个名头了。很快，我们抵达赤道无风带了。空气热得发焦，我们没航行多少，但是好像也没人真在意这个。船长和他老婆坐在船尾甲板的帆布荫底下，喝着英国杜松子酒，泽克西斯时不时把帆卷起来，抛锚，这样我就能在温暖平静的水面游泳了。当我重新爬上船时，阿尔提莫已经给我准备好三明治、冰茶和凉毛巾了。大大的海龟啪嗒啪嗒地撞到船缘，舒适而慵懒，好似保龄球一样又重又密。我给其中的一只海龟喂三明治面包皮，而阿尔提莫用一个大头锤敲它的脑袋。最后炖了一锅美味的汤。

“船开到波利尼西亚时，我们遇到了第一次糟糕的天气，一次真正的烈飑，还有巨浪，海鲈——船长是这么叫的，腾空跳出，拱起来，吐着泡沫狠狠地砸到我们船里，砸得到处都是。阿尔提莫、泽西克斯，还有船长都疯狂地把水从船里舀出去。到晚上了，风暴依然没停。‘所有的人手都到甲板上来！’船长大声地喊着，连他老婆都在舀水。波浪拍打着‘里诺’，冲击着‘里诺’，拖拽着‘里诺’，这时船嘎吱嘎吱地颤动着，仿佛马上就要爆裂似的。我本能地感到害怕、绝望。我大声问我们到底做什么坏事了，要遭到如此的报应。我大声地喊。船长抓住我，说大海既不是我们的朋友也不是我们的敌人。‘它不知道我们在这里，’他说，‘它不知道。’

“大风暴过去了，在静谧的天空下，我们驶往友爱群岛。我们在普克普克岛背风的港口抛锚，逗留了几天，欢乐地玩了几天。船长教给我所有关于贝壳肉的知识。贝壳肉最美味，蛋白质含量最高，却也是最致命的毒物。我划着水找骨螺，粉色的海螺，以及点缀着巧克力色斑点的宝贝。我们在沙滩做饭，和当地人分享我们的食物，他们还带来一种叫做‘奎趣’的饮料，我们把它装在一个椰壳里，传来传去每个人喝一些。作为最年轻的男性，我的任务就是把椰子壳喝干，然后喊一声‘干了！’意思是喝完了，或者空了，或者请再给我来点吧。我记不大清楚了。但是我仍然记得我喊一声‘干了！’，那些土著就大笑，然后就会有一个人赶紧跑去把椰子壳装满。我还记得船长在腰上别着一只很特别的编织篮，就像举重运动员的腰带一样，和当地的氏族首领戴的特制的编织腰袋也有几分相似。我不知道这是什么用意——要是有什么用意的话，但是船长好像认识这些人，他们对待他的方式，就好像他是附近岛上来旅行的国王似的。

“我们继续朝西南走。当我们走到美拉尼西亚时，我们都习惯旅行的节奏了。我们绕着地球转一圈，世界就变圆了。有一天早上，我们一醒来，发现我们浸水了。‘里诺’突然开始慢慢地漏水了。还好我们有一个发射机，能及时发送遇险信号。一只从克克沃克岛来的巡航拖船偏离轨道以后费力找到我们了。我们一看到它烟囱欢快地朝我们呼哧呼哧开过来，我们就开始把日常用品往皮筏艇上装了，就怕万一我们得弃船走人。巡航拖船的船长建议我们跟他一起航行，我们去安全的那边，而他把‘里诺’拖上去。他对我们很友善，性情也很快活——至少对我、船长、阿尔提莫和泽克西斯是这样的。他不怎么喜欢船长老婆，甚至还建议她就留在‘里诺’上别走——尽管他已经说待在‘里诺’很危险，因为严格说来，我们的船已经在下沉了。很久很久以后，当我在纽约港的运航拖船工作时，船长不让他自己的女儿去船上，说这是厄运。他常常给她三明治和几罐啤酒，让她留在码头。漂亮的小女孩，但却有几份容颜凋敝的味道，即便她只有十二岁。有一次我在玛谷酒吧看见她了，非常成熟，烂醉如泥。她把她的鸡尾酒扔了，又捡起来，用手在碎玻璃渣里拣酒浸樱桃。她把樱桃塞到嘴里吃了。我说：‘嗨，嗨，我认识你。你是拖船船长的女儿，是不是？’你猜她跟我说啥？‘滚开。’说完就走了。你信不信？不管怎么说，克克沃克拖船的船长最后同意我们的船长老婆上拖船了，但是她得坐在船尾。拖船船长想让她在脸上套个麻袋，因为他说要是她脸朝着浪花，水神一定会暴怒，把我们都害死。我们的船长最终说服拖船船长，让他老婆不戴头巾乘船，但是她必须一丝不苟，时时刻刻睁眼看。船长老婆挺沮丧的，但是说实在的，我们也被她弄得挺不高兴的，就因为她，援救的过程都变得这么波折。我感觉到我们之中神秘的咒语渐渐在消失了。

“那天晚上，在克克沃克小岛的茅草屋里，我突然醒了。在那个黑漆漆的小屋里，我突然迷失了方向，费了好大劲才想起来我在哪里。我听着棕榈叶沙沙的声音，听着海水一下一下温柔拍岸的声音。我从前生活的画面，一帧一帧，倏地全涌上来了，就像波浪冲击时带的海藻一般。我知道我在建筑工地被撞的时候我是谁了：青山大道一三三一号的罗纳德·富兰克林·方丹，是家庭主妇李·安娜·方丹和雪佛兰汽车销售员弗雷德·方丹的儿子，还是蒂姆·方丹的哥哥，他当时还没做什么，但是后来抢劫了几家银行和一辆布林克的汽车。

“船长总会说起航海的感觉，说曾经有很多个夜晚，他半夜惊醒，发现船头的水流节奏有点异常。他就会起来看看，结果发现他的船真的偏离轨道了。我躺在黑暗中，此时竟也是一样的感觉。节奏不对。但我还是感觉到一点遗憾。因为这个生活也不赖，这个新生活，尽管如果我能按规矩当个拿报酬的服务生，或者如果我不那么听话，能稍微反对一下船长的要求就好了，那样会更体面些，这种听话，让我感觉很糟糕。”

迪迪埃咯咯地傻笑起来。我不觉得这有什么好笑的，哪怕这故事是罗尼编的。

“就是那种东西，”罗尼朝着迪迪埃扬扬下巴，“让我总是联想到船长。傻笑、窃喜。他说他想让我做的一切，或者他对我做的一切，都是为了我好，但是很多时候，好像都是为了他好。如果是为了我好，他为什么要偷偷地笑？我算不算某种奴隶？当我躺在黑暗里时，躺在他们两人中间时，我突然这么想。所有的存在都不过是这样或那样的奴役，是不是？谁不是奴隶呢？我接受他们的礼物，做他们嘱咐的事情，我又牺牲了怎样的尊严？不管怎么说，我航游世界，却没有多少忧虑；我担忧的，不过是今天早上水有点凉——不能游泳，不过就是我们该把邦迪创可贴该存在哪里呢——因为我在珊瑚上把脚趾头擦伤了。

“我听到阿尔提莫在地板上轻轻地打鼾，他就躺在我们的小屋里，半夜谁要是渴了，他能帮忙倒杯水。我抗拒这种新生活，是因为有什么别的东西提前来了吗？我不用干杂务，也没有什么活计。我什么时候想游泳就去游泳，而且经常去新的停靠港，船长和他老婆还会分别给我塞当地的钱，他俩都以为只有自己才最愿意宠爱我。我想航行全世界吗？我想探索遥远的岛屿吗？或者我想给前院的草坪割草吗？然后对着胡佛吸尘器置换包说明书上的女人插图自慰，然后时不时被老爸用皮带抽一顿？显然，这是两种不同的现实。我只能在二者之间选择。但是我总是觉得只有一种选择是正确的——这让我很压抑。于是我根本没什么选择，因为我必须作出正确的选择。

“那些土著重新把‘里诺’密封好。船一修好，我们又朝着珊瑚海和可可斯群岛前进了。谁知道命运会带给我们什么呢。我没有面对它们。我觉得我那天在一排小船中选中‘里诺’，就是走错轨道了——我没办法不这么想。我从前的生活挥之不去。尽管它单调乏味，尽管它野蛮粗暴，但起码我知道它很真实，是我真正的生活。我失去新生活的立足点了——跟船长、船长老婆在一起的新生活。我再也没办法理解了。当天晚上，我躺在黑暗中——无边无尽的夜晚，迷惘重重的夜晚——船长就在我旁边呼哧呼哧地睡着。我肩膀上能感觉到濡湿的呼吸从他两个鼻孔里喷出来。他老婆也翻了个身，把脸对着我。他们你一下我一下地冲着我呼吸，好像他们的职责就是睡觉时给我吹风似的。突然我一阵惊慌。这些人是谁？我琢磨着。他们为什么他妈的都不穿衣服？”

我们都应该笑出声才对。因为就算这不是真的，显然也很有趣。但是谁都没笑。外面开始下雨了，但很轻柔。凉爽的空气从公寓敞开的大窗户里吹进来，还传来鲍厄里街上轮胎驶过时湿漉漉的声音。

“我起来了，偷偷摸摸地溜出小屋，没有吵醒他们。波浪像心脏一样砰砰地拍打着。我光脚沿着一条脏兮兮的小路走啊走，最终找到一个大一点的屋子，屋外挂着礼仪贝壳，是当地的氏族首领。我敲开门，尽力跟他解释我的情况。我们走到地方政府中心。那边有一个交换台，我给我父母发送了一封海底电报。

“等我父母来的时候，我佯装一切正常。我睁着眼睛游过珊瑚礁，珊瑚沿着海底漂着，跟鳐鱼一样多肉、洁白。我吃的是龙虾、螃蟹、墨鱼和面包果。我躺在小屋里，听着波涛的声音，瞎想着早上打发阿尔提莫的任务，因为我能吩咐仆人的时间不多了。现在我可以开始编故事了，你们这些家伙可能都没注意到，就连斯坦利和他总吹牛的侦查能力都没注意到。我可以告诉你们，比方说，船长和他老婆都离奇地死了，而且还能让你们相信他们就死在我这个无辜的男孩的手里，我甚至还能告诉你们我谋杀的理由，那样你们就满意了，实际上是非常满意——因为我做了正确的事情，船长和老婆有了合适的结局。就算你们不相信他们有罪，也不相信那样一个关于有罪与无辜的残酷道德轴心。但是，你们的判断都源自于一个很简单的事实，这个事实我们也都认可，那就是：大海和水手的观念本身就暗示着谋杀的观念。说到底，航海难道不是犯罪的极端形式？我没有杀害他们。但是就算我杀了他们，你们也不会同情他们两个。那个船长穿着异常挺括，他老婆精明、放荡，总是喊着树上那些醉醺醺的野猴子。当她向克克沃克的氏族首领张开双腿时，那些猴子一个个扭着它们肿胀的屁股，它们一只手举起她的裙子，另一只手抓着贝雕阳物——"

"唷呵。"格洛丽亚说。没别的了。只是一句"唷呵"，但是罗尼听懂了。

"好好好。所有的事实都成立，我父母来了，把我带回家了，结束了。我重新开始过我的旧生活了。麦多麦，鲜果布衣，模型胶水，雕花玻璃。法兰绒柔软的手感，粗纹棉布粗糙的手感，脆脆的落叶堆，用拇指翻动的连环画。我们的小狗安思琪和我们的小猫福尔思琪。一切都回到正常状态了，只是我有时候会头痛。当我旋着我的短波收音机的旋钮，把频道调到被干扰的午夜节目或汤加新闻或苏门答腊音乐时，我闭上双眼，在赤道航行，仿佛又回到我消失的生活中。

"然后呢，几年之前，我正在海伦·海伦贝格家安置一件作品。这个老女人走到画廊，把她苍老的双手放到我的脸庞两侧。'朱利安，朱利安，是你！'她大声喊着，'这么多年了，我终于找到你了！'很显然，我们在船上的那段时期，他们是用他们儿子的名字来喊我的。"

"沉重。"格洛丽亚说。

"我觉得可能那个儿子只是对他们而言死了，他们不承认他是自己的儿子之类的，可能因为他是同性恋。我记不起来了。我们一起去了饭店，吃午饭的时候，她很详细地把我在船上的短暂生活讲给我听。我那时候正忙着回到我的家庭，那些事情都快忘完了。她的钱包里还有张我的照片。我看上去是像我自己，但是晒成古铜色了，光着脚，穿着破破烂烂的短裤。而且还有最邪门的事情呢，我的胸口竟然系着一个看上去很坚实的四头皮保险带。"

索尔·欧培乐说："这就像罗伯特·路易斯·史蒂文斯[1]遇到芬兰的汤姆[2]。我从来都没猜到啊，罗尼。"

罗尼要么是假装没听到，要么是不想接话茬。

"我问了保险带的事情，"他说，"她说这是个安全防护措施，怕万一我失足落水了。我想起来了，我光溜溜的皮肤上系着湿漉漉的皮带，感觉潮腻腻的，但是我不知道她说的是不是真话。在照片上，她和船长都没系保险带。'你是最小的，'讲到这里，她这么说道，'我们要对你负责任。'还有很多她没回答的问题。我闭上眼睛，眼前浮现出电流一般的蓝色海面，随风摆动的帆布，突然感觉到一种和煦的美好，或者我看到了别的什么，跟船长和他老婆一起度过的夜晚，一些还在继续进行但是我不可能重回的经验。但是我可能在编那部分的故事。"

"那部分？"斯坦利问，"难道不是你鬼扯的这一切？"

"他们每年仍然给我寄一张圣诞卡，这些卡片都是彩色照片素材库里的画片，在相纸的外缘白边上还印着冬青的枝叶。真奇怪。照片里的他们从来都没有老去。我觉得他们其实每年给我寄的都是同一张照片。但是每年都会重新打印。"

"真怪异，"格洛丽亚说，"他们竟然做这样的事情，太奇怪了。每年都寄一模一样的圣诞贺卡。"

"你觉得那个很奇怪？"斯坦利说，"那你说罗尼跟两个光着身子的人躺在一起呢？老天，作为他们半收养的儿子跟着他们航行世界？"

---

1 罗伯特·路易斯·史蒂文斯（Robert Louis Stevenson，1850—1894），苏格兰小说家，著有《金银岛》和《化身博士》等。

2 芬兰的汤姆（Tom of Finland，1920—1991），是芬兰艺术家 Touko Laaksonen 的化名，他以同性恋色情漫画著名。

“但是那听起来恰恰是罗尼会做的事情。”格洛丽亚说，她站起来，开始清理餐盘了。

我得跟他聊聊。我们吃着甜点谈论别的话题时，我一直这么觉得，迪迪埃把他吸完的香烟戳到一块没吃完的巧克力糖中间，全神贯注地听斯坦利说话，后者在说着电视公益广告里的印第安老人，一个穿着穗状鹿皮的老印第安人的故事。这老人划着小筏子经过一座近海油井，广告最后是有人从车窗往外朝他脚下扔出一堆垃圾，这个印第安人落下了一滴眼泪。

“铁眼科迪，”罗尼说，“实际上是西西里人。但这是个好广告，这个扔垃圾的无情世界。而且他们的垃圾都没装在袋子里，是真正的垃圾，皱巴巴的碎片，他妈的扔到那个老家伙的脚底。信息很明确。”

“什么信息？”斯坦利问。

“那个乱丢垃圾的家伙要为美国印第安人的种族灭绝负责。”

那天晚上，罗尼是最后一个离开的。我和他一起走出去，说我得检查一下有没有锁上瓦莱拉摩托。

“我准备再工作会儿，你想不想过来？”他问，“就像他们说的那样，陪着我？”

他工作室的墙上，各种从《奇风岁月》剪下来的图样和文章，都是关于航海和翻船后的自救办法的。

别放弃你的船只！它会一直漂浮
直到有人救你为止。

一个空桶可以作为漂浮装置。

把你的裤子脱了，给里面放空气。
在腰部和脚踝处打结。

远处的墙上有一张包肉纸，上面写着一长溜短语。它们是题目，罗尼说。

“什么题目？”

“我的自传。”他说。

“你为什么要编故事？”我一边仔细看着那排题目，一边问，“编故事，撒谎？”

“它们不是谎话，”罗尼说，“它们是谨慎之道。”

他在整理他的工作台，把东西都摞起来。

“罗尼，”我问，“你今晚想跟我说什么？”

“我没想跟你说什么。只是个故事而已。让埃尔文带来参加晚宴的有钱人高兴高兴。”

“那个用毛巾擦干头发的女人。她……可能是我吧，你知道的。告诉我真相。”

“是可能是你，对啊。那又怎样？你觉得你想跟我在一起？听从你很久之前就感觉到的欲望……我们两个都感觉到的欲望？”

我咬着自己的嘴唇。

“听着，”他拍拍我的头发，他的神情带着一丝垂怜，“我还有一点点兴趣想跟你再躺在一起，这没什么问题。但是想要更多的，是吗？是吗？看你的大脸，看你东倒西歪的牙——不过讲老实话，这让你格外可爱。还有真正去了解你。因为我真的觉得你不了解你自己，这就是为什么你总是爱上自私鬼。但是我可以告诉你一些事情，关于我们，关于我，关于你，关于两个人决定共同生活后会怎样。其中一个人最后会对别的事情、别的人感兴趣。那时候你该如何？”

我的心突突作痛。悲伤四溢，一直蔓延到我的手指。

“你想找另外一个桑德罗，我可以想找谁上床找谁上床，一直给自己找乐子？因为他寻欢作乐的，不仅仅是塔莉娅。也不仅仅是吉德莱，好吧，吉德莱就像一件家具，有用，但是最终不重要，只不过是偶尔用来躺一躺罢了。也不仅仅是格洛丽亚，至少十年了，她是桑德罗的剩菜，招之即来，挥之即去实际上，哎呀呀。随便说一个你通过桑德罗认识的女人，或者他通过你认识的女人，你会发现——”

“别说了，”我已经泪眼滂沱了，“别说了。你为什么要这样？”

“让你看看真相是多么没用。”他说。

十七

随心而动：罗尼·方丹的生活

两人桌一人桌：一本自传
温柔的另一面：一生
已婚但仍在观望：我的故事
备受虐待：一本自传
谁吃了所有的女人？一个男人的旅程
本方火力：我的磨难与胜利
滑雪帽中的破洞：那个真实却没被说出来的故事
他们带走了美酒却留下了女孩：我的生活
偏执的观点，被遮没了：回忆录
第三名（胜利是一个两个字的词）
天堂的汉堡包：我的历险记
铁栅和囚衣：服刑
绿色洋葱：活着出来
一个兄弟能看到脱衣舞吗？我的生活，无拘无束
仍然在恋爱：忏悔录
待批专利：我的成长
富裕无忧（桑德罗·瓦莱拉的生活——罗尼·方丹所知道的）
挑衅警察协助自杀：未选择的道路
肥皂水和衣服：用啤酒和洗熨来计时
如何祈祷，如何获得成功：罗尼·方丹日记
我活着（他已死）
你已经沉湎其中：我的秘密

十八

绿门背后

我又是孤零零一个人了，就像我刚来纽约时一样，但是这和当时的孤独还不一样。物是人非。我和桑德罗在贝拉吉奥的瓦莱拉别墅花园的悬铃树底下散过步。我在一幅画着被淹死的主教的湿壁画底下，使劲嚼着难吃的面包。我知道被催泪瓦斯袭击是什么感觉。我被三个男人欺骗，罗尼，桑德罗，詹尼；还有一个女人，吉德莱，现在看来似乎我根本不了解他们当中的任何一个人。我拥有一辆摩托。我骑车满城跑。不仅仅是旅程，而是经历。我是一个骑在摩托车上的女孩。而且，我最后终于发现绿门背后有什么了。

七月的一个夜晚，阴云密布，我住在肯梅尔街一间没电梯的公寓的顶层，空气湿热难耐。天阴沉沉的，我在拉菲德区海湾站给油箱加满油，一路向北，没看一眼特拉斯伊咖啡店的窗户。我现在尽量避开这个地方。我不会因为吉德莱跟桑德罗上床就恨她。这是另一场表演，关于背叛的表演。你不能憎恨和你世界观那么不同的人。我知道她一定很煎熬。我从来没见过像吉德莱那么寂寞的人。孑然一身，没有人给她当观众，看看她在做什么，因为她做的事情和生活太相似了，她也没有真正的朋友，因为他们只是来看她表演的。

到了第二十三街，我继续往西走，潮乎乎的狂风迎面扑来。到了一个红绿灯处，开始有闪电，城市的天空咔嚓灭了，咔嚓亮了，咔嚓又灭了。雷鸣滚滚，路人四处逃散。我继续向北走，到了第二十六街，每到一个红绿灯我都想想自己是不是该调头往南走，回家，躲雨。但我一路向北。

到了第四十二街，我朝西走，朝着时代广场橘黄色的灯光走。灯火通明，映着灰乌乌的雷雨云。又是一个闪电，远处轰隆一声。开始滴滴答答下雨了。

我把瓦莱拉摩托停到路缘，思忖着得找个地方等雨停。我把车顺着中支架支好，取下点火开关钥匙，好了，我到了一张肥皂片模特的脸庞底下了。

《绿门之后》

我看了看她和那个卖票的老人，还有播出时刻表。下一场再有二十分钟就开始了。我花了两美元拿到了一张票根。

没人看色情片还买爆米花。他们也不卖。我穿过大厅的帘子，走进影厅——看上去和普通剧院差不多，红色的塑料座位，微微倾斜的地板，屏幕上有些脏点子，比我想象的小点。稀稀拉拉没多少观众，都是男人，每个人四周都有空位子掩护着他们。有几个人瞄了我一眼，把袋子弄得窸窸窣窣地响。孤单的人不知为什么，在剧院里总是这样，把袋子弄得窸窸窣窣地响，不管是什么电影，中国戏曲，或者成人影片。

我坐在过道的最后一排，紧挨着出口。

一开始，一辆售货车，餐车。一个女人，本可能是吉德莱，穿着灰色的制服，十字图案的围裙。但是不像吉德莱，她倒咖啡，但她私底下实际上是个小资，这个女人就是一个凶巴巴的仆人，一点也没有挖苦的神情。这个女人，我猜，就是吉德莱扮演的人物。不知怎的，我竟然没想到电影里的仆人才是演员，比吉德莱段位高多了。她在演戏。在电影里。

色情演员发出日间电视节目那种声音。

一个男人穿着休闲服、白鞋黄袜子，说，酸奶油，罗宋汤，鲱鱼，鸡肉，还有香蕉。让我歇会。酸奶油，罗宋汤，鸡肉——

镜头剪辑到肥皂片模特开了辆保时捷356敞篷车绕着山路走。不是偷偷摸摸来路不明，像詹尼一样。只有她自己，戴着滑雪帽，到了急转弯处把速度切到最大挡。笑容嫣然，行踪隐秘，而且独自一人，戴着可爱帅气的羊毛帽，帽子和汽车一样鲜红。

这些都是绿门背后的东西：

规范和准则。

开裆的白色弹力莱卡小礼服，不知怎的一点都不好笑，本来也不是为了逗人笑的。

胖子们戴着化装舞会的假面。戴假面的人似乎真的以为他们藏起来了，像一个捂住脸的婴儿。“当婴儿柯奇捂住眼睛时，”纳丁跟我说过，“小东西真以为谁都看不见他了。柯奇在哪？”屏幕上的胖子们假装他们藏起来了，他们倚靠在椅子里，不知不觉一副观众的姿态，他们用手拉开自己的拉链，把衣服上摆拉上去，一边调整坐的位置。

绿门背后这些戴假面的自慰者观看的是——

现场性交，肥皂片模特和一个打扮成部落族人的男人。她和男人都沉浸在那个时刻中，但是都极其注意在那个时刻时自己的形象如何。他们身上都有点禁欲色彩，好像都觉得，性是一件不可思议的事情，人们这样做真是奇特古怪，让人匪夷所思，而性永远都那么奇特，令人激动。他们怀着敬畏之心，她和部落族人装扮的男人。哪怕性交已经变成纯粹的重复动作了，也依然进行着：滑行，坚硬，柔软，推进。他们脸贴着脸，他的汗珠一滴滴滚下来，他们周围戴假面的观众的手轻轻地做着下流的动作，局部的动作；还有我们，时代广场的观众，在剧院里。谁知道我周围那些稀稀拉拉坐着的男人们在搞什么鬼名堂，局部的动作。接着，屏幕变黑了。

纸袋子窸窸窣窣。有人说，嗨。嗨。

几分钟以后，电影突然又开始了，那些颤音又生动起来，可紧接着屏幕又暗了。没有画面，只有放映机虫鸣一般唧唧喳喳作响。

一位招待员打着手电筒，光线忽高忽低。他的声音就在我耳边，在黑暗处显得特别暧昧。覆了毯子的墙没有任何回音。

“电影完了。把你们的票根收好。我们电源短路了。慢慢退场，别着急。”

我摸摸索索沿着倾斜的走道走出去，穿过帘子，以为外面亮堂堂的，结果更是漆黑一片。那些在剧院里散开坐的男人们现在挤作一团往出口走。一旦出现紧急情况，人们就团聚起来了。色情剧院可不是这样一个地方。男人们抱头鼠窜，从剧院的门偷偷溜进黑暗里。

时代广场上没有一丝熠熠的灯光，没有网格窗明亮的轮廓，没有绚丽的广告牌，没有流光四溢的 LED 灯。

空中半轮圆月，形似鸡蛋，皓皓皑皑，明澈皎洁。黑暗剧院暗白色的塑料大帐篷依稀可见。

人们拥入人行道。摩肩接踵，燠热沉闷，人们三三两两地聚在一起，说话时却压低声音。

出租车和售货车慢吞吞地走着，没按喇叭。路上没有一辆车按喇叭。经过时代广场的车疑虑重重地在拥挤的人群中移动。喇叭是给对面的人响的，轮子背后的公正。

时代广场上的车辆是唯一的光源——除了拿着手电筒的妓女，她们挥舞着手电筒，在门口招呼着，这在黑暗里倒是不错。

到处都是，有人说了一句。他一说话，香烟头就跟着一晃一晃的。

闪电击中了。

晶体管嗡嗡的声音。等等，我在调台。

呸！我猜那些俄罗斯人都不穿衣裳。

我在人群中穿梭，穿过人行道走到我的摩托车跟前。一个女人擦身而过。我感觉到了，但是我没看见她。一个身影飘过去了，我回头看时，只看见白色的短裤。一个女黑人融入黑夜之中，她的短裤到胯部那么高，看不见身子，两条腿展开，就像波纹贝壳状通心粉。

我本可以站在那儿，看几个小时，决定几个小时。没有一个城区给我点指引，商店，走路的人群，交通灯，告诉我该做什么，该去哪里，该见谁，该看什么，该买什么，怎么去感觉，该想什么。城市的车水马龙，灯红酒绿，都一齐停下来了。人们在马路上轻言轻语，仿佛黑灯瞎火的晚上，他们就该更警觉似的。有的人谈论着这个时刻，谈论着全城灯火管制，但是多数人只是聊聊天，说些日常琐事。

她已经表态了。

我学到的道理是，我是自己最大的敌人。

好吧，我试着给她写封信好了。

我发动摩托车，按亮头灯，灯亮的那一瞬间，我都惊呆了——好像所有的电力都通着城市的电网，不应该亮似的。

我从路缘上拐出来，折进第七大道上缓慢而狐疑的车流中。我们都像在海底行驶，用头灯在漆黑一片的反射来辨认空间。每个人都走走停停，龟速。一声汽笛的回声，令人毛骨悚然。我往南走，越往南声音越大。

在联合广场，女人们正推着购物车从梅斯出来，一辆辆购物车连在一起，里面塞满了东西，女人们把车子往外拽，车子的金属轮子哗啦啦响着，砸钱的声音。

“圣诞快乐，狗娘养的！”一个男人大声喊着。他接着又喊一次。

“圣诞快乐，狗娘养的！”

“缎面被。”一个女人冲着另一个女人喊。总是想要那样的被子。缎面被，一个给穷人捏造的幻想。有钱人都躺在棉花里，在太阳底下晾晒，烫平，像瓦莱拉别墅里的一样，干净整洁。

我走到第十四街了，速度很慢，这时，我突然听到防盗窗被强行拉上去的声音。平板玻璃碎了，是托姆·麦克安商店。人们成箱成箱地往人行道搬运约克斯网球鞋，崭新的网球从盒子里滚出来，一蹦一蹦，在暗夜里闪着光。在纽约。你要是从A地去B地，路上一定会碰见约克斯的广告或者它的兄弟品牌，总有人穿着约克斯鞋。

一声短促尖利的警笛，但是这声音却有点无力，那一声尖利的警笛。

交通几乎停滞了。我本可以在车道之间穿梭，但是却找不到地方。一群人推着架子往外走，管他谁呢？超大号的。在街区的远处，两个人从鲜果露店的破窗子爬回去，每个人扛着工业榨汁机的一边。他们抬着机器费力地沿小路往前走，然后又喊着“一二三”把机器朝当铺的玻璃砸去。

我们买金子，不计条件

人们知道他们在做什么，就像他们一直在等待灯光熄灭一样。

你得相信体制，我心下想着，这样你就能明白只拿东西不付钱是不对的。你得相信这个体制，在这个体制里，只要你工作，只要你被雇佣了，或者只要你生来就是个幸运儿，生来就有钱，那你可以有自己需要的东西。

这期间，城市被洗劫了。连锁商店和夫妻店的店主和那些家庭，都在用棒球棒、撬胎铁和猎枪防卫自己。人们说这些抢劫者竟然突然袭击自己人，把矛头指向这些老老实实为生计苦苦挣扎的街坊生意人。他们自己人。但是他们理解错了。这些抢劫犯袭击的是连锁店还是小区钟表商并不要紧。期待他们区分哪些商店是敌人、哪些商店是朋友，真是脑袋不清楚。我们买金子，不计条件。

抢劫和偷盗不一样，和用其他办法购物也不一样。这就是一种宣告，看着榨汁机哗啦一声砸碎窗户，我明白：这个体制出于“关闭”模式。在“关闭”模式下，没有私人财产，“汉堡王”和“阿尔文家的电视机”修理店没区别，之前藏在铁架子和玻璃柜里面的所有东西都会被抢走。

约克斯超级轻。为速度而制造。

我回到肯梅尔街，在公寓楼前停下摩托车。意大利人都在外面，玩多米诺骨牌，喝酒，听新闻广播，声音开到最大。

我们正在五个街区报道，播音员说。指挥官告诉我们，打砸抢的人太过分散，完全无法阻止个体的犯罪行为。

听众们从哈莱姆区、布朗克斯区、贝德福德–斯泰森特区、冠前街区打过去电话，告知混乱情况。

“布什维克正遭到破坏，”一个打电话的人说，“都是那些黑鬼和西班牙佬。”

“这家伙死在拘留所了，这些畜生们都疯了，把百老汇的东西都砸坏了，但是他刚刚还在抢劫一个卖酒的小店——”

那些玩多米诺骨牌的老意大利人说了两句。

“他们不知道他是怎么死的。他可能在吸毒。”

我把瓦莱拉摩托锁好，放到我那个偏执的邻居能看到的地方。在“小意大利”不会发生抢劫，一个自治的堡垒，全副武装，讲究严惩。

我想出去走走。这个夜晚就应该去街上，每个人都去街上，听广播，互相讲笑话，感叹这诡异的黑暗——一切正常，但是对于一个城市来说就不正常了。我穿过肯梅尔街，沿着马尔伯里街走，这条街又让我想起了我刚来纽约的时候，那还是两年以前。当时我看见一个女人用拖鞋拍死蟑螂都会大惊小怪，觉得是城市才有的新奇。纽约的每一样轰动、热度、烟花、裹挟一切人和物的潮湿砂砾，甚至过道里鸡血的味道，在那个时候都意味着可能性。

在斯普林街和马尔伯里街街角，就是我过去常常去的小公园附近，我看见了亨利-让。这是他常去的地方，他的活动范围。但是他不在公园里。他在街上站着，指挥交通，用他那根有条纹的竹竿打着信号，他带着极大的热情对着骑车者点头，打手势。他笑嘻嘻地指挥着，好像他是一位甘愿奉献的引座员，要让每个人都回到自己的位子上去。马尔伯里街和斯普林街的正式主人和管理员。有一种人，他们会在灯火管制的时候开始生活，他们会在正常生活暂停的时候才变成真正的自己。

我继续往东，走到休斯敦街。前方黑漆漆的屋顶上有明亮的火焰。我听到警报了。急救车的喇叭一声紧似一声。他们朝着火焰所在的位置行驶，河边的一栋楼着火了。当我走到第一大道时，路上燃着一堆堆火，大垃圾桶滚到十字路口，撞倒了。

我经过一个小小的操场，那儿有一群人，大部分是孩子——男孩，小男孩和稍微大一点的——手里拿着大锤。他们在敲混凝土，还跑来跑去捡飞溅的碎片，一边还把厚墩墩的一大块往背包和塑料购物袋里装。一个孩子有断线钳，正在用钳子把小操场里无座的秋千的链子割下来。我每次去找吉德莱都会经过这个小操场，她就住在附近，我注意过这些链子吊在那儿，一点用处都没有，没有秋千。另外一个孩子把断线钳拿过来，开始绞断接在地上的钢丝网围栏。其他男孩帮他把长方形的栅栏拖出来，扔到大街上。

有个男人跟他们在一起，他的脸上蒙着一层黑色的扎染印花大手帕，似乎是唯一的一个成人，被卷入他们的暴怒里，甚至还稍稍指挥了一下局面，这显得很奇怪，多多少少有点格格不入，因为这是年轻人的暴怒。他一身黑衣，只露个眼睛。他一只手里拿着一根长竿，上头带着点金属，有点锋利——它像一把小刀，可能用防水密封胶布粘到这竿子的一端，比这个男人还高。他跟孩子们说话时，像抓着拐杖一样抓着它，他声音低沉，给他们下令，他们弓着身子听，不自然地——甚至是有些自负地，把他们自己的围巾、上衣和扎染印花大手帕拉上来，盖住他们年轻的脸庞。我听不清他在说什么，但是他一字一顿的腔调，他平板生硬的纽约口音，听起来很熟悉。

附近的一家杂货店被洗劫一空，人们提着装满东西的袋子和购物手推车蜂拥而过。另外一辆消防车呼啸着开往东河附近一座着火的大楼。一个富豪雪糕售货车停在路边，司机打开窗户开始卖冰激凌。人们围着售货车，说都停电了，他的甜筒不应该收钱，因为别的地方都是免费给的。一个十几岁的女孩梳着玉米垅辫子，她白色的十速自行车上放着购物袋，说：“这些垃圾玩意反正都快化了。”富豪雪糕的司机大声回答说他的冰箱正常运转。当那些脸上蒙着头巾的孩子们开始给他的售货车砸一块块混凝土时，他赶紧开车离开了。

那个全身穿黑衣服的人在领着唱歌，他把他古怪的长矛，或是竿子，举在空中，向上挥舞着，孩子们和他一起唱：

“人民！武装！什么什么什么。”

他在和孩子们唱歌，但他的眼神和我相遇了。他直勾勾地看着我。他的脸都捂着。我也看着他，现在知道他是谁了。

我走近了。那双明亮而忧郁的眼睛。

“我和你说过什么，妹妹？”

我还没来得及回答，一个男孩喊着，说他和其他人需要博德默尔帮忙。一只公园长椅被从地上撬起来了，在那里斜放着，他们正试着把它拽到他们阴燃烧尽的那堆废墟和摞在街上的栅栏那儿。博德默尔跑去帮忙，他们把椅子移到那堆东西上，然后给上面喷了些易燃的东西。火焰熊熊燃起，男孩们蒙面的脸浸在火光中。他们看着博德默尔，是他指挥的。等他说话没什么意义。我们在不同的生存空间。他深深地沉浸在他丧失意识的自我之中，被激了。

“烧了学校！”他们围着火堆时，他冲着他的面具孩子们喊着。

“烧了学校！”

“烧了银行。”

“烧了银行！”

“烧了院子。”

“烧了院子！”

“耶，操那些猪猡！”一个孩子尖声喊道，声音像装饰音。

他们走了。他们唱完了，冲到大街上，一群一群松散地走着，有的慢，有的快，所有人都拐了个弯，消失了。

我把我屋子里朝着肯迈尔街的窗户开得大大的，躺在我的床垫上准备睡觉，在一个呜咽的汽笛垫上漂游。

我想起了那悠长的一天的等待，等待詹尼。我朝上看，在白茫茫的雪幕中寻找人的色彩：詹尼的红色夹克。任何标识，任何与山一成不变的面孔不同的亮度。我一直看着，等着，并不是抱着很大的希望。我感觉不到希望。我满怀期待。那是不一样的。我一直等着，不想离开，不想他还没出现我自己一个人走。

如果他永远不来，我望着空茫茫、冷冰冰的白色，心里想着，他要么受伤了，要么可能死了，要么他骗我了，我永远都不知道是哪个原因。

一轮红日洒到我没有窗帘的窗户，我醒了，仍然没电。我的夜晚再次碎片似的在记忆中重现，好像我喝醉了，绿门后面的人们，电影未揭开的神秘，都化作一夜悬置的时间，一座被黑暗扯去面具的城市。

第五大道和第十四街的一家化学银行着火了，是我出门去买咖啡时听到的（不幸运的是：我带回来一杯温的皇冠可乐）。没有空闲的消防车来灭火，有纵火嫌疑。火焰迅速扫荡了那座楼。三位化学银行职员，要么被死亡威胁，被迫待在安全区，要么是新来的员工，被安排了三倍时间的加班，都在里面。又有什么区别呢？三个人都死了。

十九

罗马建城的那一天，是四月二十一日。

一九三七年四月二十一日。于是电影、罗马、婴儿、墨索里尼、伟大的工业家爸爸，聚在一起拍照片。

彼时桑德罗还未出生，要再过两年他才来到这个世上，但是别人跟他讲过：罗马影城盛大的开幕式，他的父亲、意大利领袖、小罗伯托，都在剪彩仪式上。

桑德罗能记得的，是一九四四年同盟国把它炸掉。他父亲解释说，罗马影城是他们拍摄他母亲喜欢的那些俗气的电影的地方，就是她带着桑德罗去看的那些电影。他那时五岁了，并不太明白屏幕上演的是什么。他在黑暗里吃零食，不一会儿就抓着他母亲的胳膊睡着了，脖子靠在冷冰冰的扶手上，他的羊毛外套裹着他光溜溜的腿。白色电话电影，它们被这样称呼。白色电话，床边永远有个白色电话。场景是不是紧张，人们是不是焦躁，都取决于这个电话有没有响。床边的白色电话一响，听筒里就会传来坏消息，或是效忠的誓言，或是关系决裂，这个白色器械手柄的两头就熠熠闪光，听筒和话筒。这个白色电话把生活的喜怒哀乐设置在一种奢华但死气沉沉的环境里，跟桑德罗自己家的环境倒颇有几分相似之处——就是他和他母亲外出看电影、去帕瑟里尼店吃热巧克力之后回的家——那栋位于布雷拉的别墅。那所别墅干净整洁，仆人们没什么好做的，只是紧张兮兮地看着桑德罗的母亲，假装他们在把干干净净的东西擦干净。

“同盟国为什么要炸掉他们拍电影的地方？”桑德罗和父亲一起看报纸上的照片时问过父亲。照片上影城的屋顶都坍塌了，有声摄影棚被破坏殆尽，里面停着德国坦克，德国军官在把还能用的摄影器材运走。他母亲喜欢白色电话机，年幼的桑德罗能感觉到，同盟国炸掉罗马影院，德国人接着又来抢劫一空，这些对他母亲来说是个打击，而且对他们可能也是打击，因为电影里的人们——桑德罗后来理解了，那是庸俗的逃避现实式的幻想，多多少少描述了他自己的现实。

战争结束以后，电影变样了。导演跑到大街上去拍摄“真正的”生活。这样比较方便，因为罗马影城被毁了，而且废墟里还住着人。从一九四五年到一九五〇年，不少流民都住在电影棚，大部分是孩子。如果你父母突然死了，桑德罗明白，你在哪里，哪里就是你的家。现在你无以为家。你的父母是你的家；他们死了，你就没家了。你住在罗马影城，所以就是这里了。桑德罗在一本杂志上见过一些照片，孤儿们挤进被干草捆和瓦楞纸板割开的小房子。他们用古罗马古装戏里的大型道具当临时家具。

“他们是多余的，”他父亲说，“对于罗西里尼来说。”当桑德罗问孩子们为什么住在炸成一堆瓦砾的摄影棚里时，他父亲这么说。对于罗西里尼来说是多余的。实在是好笑，桑德罗后来懂了这个笑话时，这么想着。罗西里尼太忙了，没时间让普通意大利人来扮演可怜人，没时间让他们扮演那些真正的可怜人——他们住的地方，曾经是精巧故事的王国。我们必须直面现实，所以就是这样的想法吧。然而这个想法——“直面现实”——就在罗马影城，那些在战争中失去交通工具的孩子们。失去了父母。他们得了痢疾。他们不知道自己姓什么，不知道他们应该回哪个国家。完全是二战期间失去家园误置的噩梦，其中有假罗马柱子——这些太令人难以置信了，太怪异了，让新现实主义者很难处理。

当真实的人在电影城饱受灾难时，伟大的新现实主义者直接离开电影城，去拍摄想象中真实的人，拍摄他们的样子，就如罗西里尼《罗马，不设防的城市》中的意大利人？他们英勇，高贵，道德，虔诚，仁爱，奋力抵抗德国占领军。兴高采烈。操蛋的兴高采烈，桑德罗心里想着，那是一九六三年，他和罗尼在第三大道的皇冠影院看这部电影。几乎整个意大利都拥护墨索里尼，结果战争一结束，每个人都突然变成了反法西斯分子，除了萨罗的混蛋们。就好像所有问题都可以简单归结到湖区这几个富裕家族似的——因为墨索里尼是在湖区设立的独立政府。瓦莱拉这样的家庭，连别墅都被德国人占领了。战争结束以后，去布雷拉的学校的路上，桑德罗和罗伯托总是被别人扔石子。他们的父亲带他们搬回贝拉吉奥，结果那儿他们被人扔干牛粪，还有一次他们被带到愤怒的蜜蜂群里，那些蜜蜂狠狠地蜇他们，蜇了又蜇，桑德罗从来没想到会被蜜蜂蜇成那样。他被蜇是因为他缺乏天生的美德？是因为那些把他们推到蜜蜂群的孩子们具有的而他们不具有的美德？他们勇敢地抵抗过墨索里尼吗？没有。谁拥有天生的美德重要么？不。所有人都既有优点又有缺点，试图把优点和缺点区分开来就是不尊重人类的复杂性。但是与此同时，桑德罗明白了，人们都只能容忍自己身上的矛盾之处，而不是别人的。对于你自己，可以模模糊糊，可以知道你不是天使，但是其他人必须明确地被分为好人和坏人。

罗伯托加入了一个新法西斯主义者的青年会，叫MSI。他拥护墨索里尼，还辩护性地引用那些糟糕的意外，正是那些意外最终让自己蒙羞。桑德罗在从学校回家的路上被人痛打了一顿，他没有还手。他蒙眬中希望他能让自己蹲在他们大花园旁边的柏树的嫩枝上，然后从柏树尖尖的顶上飞到北边，飞过科莫湖，一直飞到山里。在阿尔卑斯山，那将是他父亲荣耀的时刻，第一次世界大战。桑德罗会加入意大利山地作战部队，那些山地部队在年轻的桑德罗眼里，是那么出色英勇，他们的制服帽上有直愣愣的老鹰羽毛。

他有一整套第一次世界大战突击队的模型，即敢死队。它们都是纸娃娃，每个队伍都有全套服装和配件，还有纸板片，这样你就能替换制服上的个别部位了。小纸娃娃身上拴着子弹盒、匕首、剑鞘，甚至还有步兵帽，帽子的一端还有个纸槽，上面印着公鸡羽毛。能摸得着的敢死队成员的帽子，他们称之为思科得利诺，意思是一只小碟子。

“上校，我不想要面包。我只想给我的火枪装些铅弹。”当他父亲偶尔心情好的时候，便会给他哼这首歌。

敢死队被称作黑色火焰，山地作战部队被称作绿色火焰，他父亲告诉他。步兵是红色火焰，这些神枪手跑步前进，而不是走路。

桑德罗把他的纸人山地作战队移来移去，假装他是绿色火焰的一员，不该着火的东西着火了，有东西放出毒气了，比如火焰蹿到塑料的床头闹铃了，他会伤心地看看发生什么事情了。他的房间弥漫着难闻的味道，他用毛巾把这味道挥到窗户外套，这样仆人就不会知道了。

他有纸娃娃，有全彩的目录，上面列出来哪个东西归哪个纸娃娃。为了让纸娃娃跑，他把它们沿着梳妆台边上轻轻地提起来上下跳，蹬蹬蹬，而不是沉重缓慢且有节奏感的“一二一”。它们本来没有手表，他父亲告诉他手表就是为战争发明的，这样战士们开枪瞄准时就不需要从口袋里摸怀表了——于是，他给每个兵画了一块手表。每个分队都有不同的技能和任务，每个人外表都不一样，戴不同的帽子，做不同的事情，用不同的武器，导致不同的伤亡和破坏效果。这个游戏要使它们保持站立。知道哪顶帽子、哪个徽章、哪把匕首属于哪个分队。这就是桑德罗喜欢玩的方式；如果这些东西搞乱了，那可够他哭一阵子的，因为战争不就是军队纪律、发明手表，诸如此类一些东西？罗伯托进来了，他把所有东西都弄乱，说桑德罗太娘了，是个傻子。不是那样的，罗伯托说，他是权威，因为他年长，更明白事态的严重性。罗伯托在日出之前冲着桑德罗的耳朵当当当地敲钹。“敢死队的闹铃是六点钟！”罗伯托说，“而且是用迫击炮挡，到处响。”早饭时他吃了桑德罗的点心，声称这才是敢死队当强盗的样子。

桑德罗的玩偶里还有摩托车队，就像爸爸的一样。爸爸曾经是敢死队队员，他骑一辆名叫波普的车。金色的摩托车，夹克衫上是白色的交叉股骨图案，后面有一只卡卡诺手动步枪，胯上挂着手柄锉光的匕首，一边挂着格里森蒂自动手枪。他身后的机枪手开着用水冷却的菲亚特 14S。

他父亲说格里森蒂不好，当他看见桑德罗用它把被单底下藏的一整个敌人军团都杀死的时候。不好？它本该像把德国枪，他父亲说，类似卢格尔手枪。但是它是个叫花子的卢格尔。狗东西的卢格尔。混蛋的卢格尔，而且它总是卡壳。

“但是我的不会那样，”桑德罗说，“它不卡壳。”

“好吧，OK，”他父亲说，“但是我看你担架上有伤员。”

“是的，”桑德罗说，“这个人需要一个急救护士。”

“可他们是突击队。”

“我们是两套系统。没有卫生队也没有担架。如果你的战友受伤了你得扶着他，要是他死了就更容易了。这就是你帮助他的办法，把他了结了。”

他父亲非要把这些不光彩的细节讲清楚。桑德罗把它们推到一边，开始仔细研究敢死队光彩炫目的臂章，上面有金色和银色的橡叶和桂叶。每个敢死队队员的短上衣后面都有个超级大的口袋，是用来装手榴弹的。他们享有特权，比如热饭，而常规部队的战士只能吃冷饭。热饭，没有军队杂务，没有守卫任务，没有堑壕任务。他们骑着一流的交通工具，比如那辆叫波普的金色摩托车。他们骑着车呼啸而过，身上带着装在皮革剑鞘的大匕首，砰砰作响的武器，博得奥手枪，折叠式扳机还有格里森蒂手枪，他们可以从背后口袋里拿出塞维诺特手榴弹，去掉保险销，轻轻扔到一边，因为他们自己也在前进，他们脚下是马达。你扔了手榴弹，它就在落地的地方，而你，你早就跑远了。你并不是扔完以后没命地跑，然后躲起来，你扔了手榴弹之后，骄傲地骑行，直着身子，手放在金色波普车的油门上——嗡嗡，轰隆隆。轰隆隆。

这些带着双油槽，还有防毒面具的操作喷火器的人，是桑德罗最喜欢的突击队玩偶。你可以给他们配上石棉毛衣、气球裤子和防护手套，这样他们生柴火时就不会被烧焦。一堆柴火，或者煤箱，或者敌人的机枪掩体，看情况了。补给线是卡车或者人梯，看情况了。

这些操作喷火器的人很可能来自另外一个世纪，野蛮，原始，同时又现代得可怕。他们在双油槽里带的喷火油，有五份是焦油，有一份是原油，他们还有一个小小的二氧化碳霰弹、一个自动点火器和一个装着多余的点火器的腰袋。喷火器操作者从来都不会采取守势。他是很纯粹的进攻者，越过敌人的边界。他向前冲，一个庞大笨重的东西，背后背着超大的油箱，手里握着超大的喷管，喷管连着油箱。他是死亡的通报人。他看起来就像死神：戴着石棉帽，裹着宽大的斗篷，从远远的距离——大约五十米开外，朝着敌人的机枪掩体和壕沟里喷射液体火焰，他们别无选择。

但是他父亲告诉他，喷火器操作者完全没有任何希望。他们的油箱很笨重，他们是很显眼、移动很缓慢的目标，一旦被抓到，别人对他们毫不留情。那不是你想做的，他父亲说。这之后，桑德罗仍然最喜欢喷火器操作者，他心里怀着一种特殊的迷恋——因为他们神秘的、连帽的石棉制服，还有他们瞄准敌方堡垒时用的长长的、罪恶的喷管。但是他不知道他的兴趣，是出于尊重，还是出于同情。

罗伯托大声喊："皇帝会战！[1]"一边给他的纸人泼上汽油。

才八岁的桑德罗号啕大哭，问："为什么？为什么皇帝会战？"

罗伯托说，因为他们有一半人死于进攻，其他人因为抢劫必须被处死。你不知道发生了什么吗？这是被德国冲锋队员进攻后，从易松佐撤退到皮阿维。如果你想玩敢死队你就得按规矩来，按战争的实际情况来。这些撤退的敢死队，烧杀劫掠，会被他们自己人杀掉，作为惩罚他们必须被杀掉。如果你想玩游戏你就得按规矩来。

一个兄长的作用，就是迅速带来让人很讨厌的正义。罗伯托已经从瓶子里倒出汽油了，那是他从车库偷的，然后点上一根火柴。小小的纸人，他们的卡纸垂片，小小的石棉毛衣，装手柄锉光的匕首的剑鞘——匕首很容易就装进去了，因为桑德罗一直小心翼翼，一切的一切，碳化成灰。

---

1 皇帝会战（德语：Kaiserschlacht，又被称作鲁登道夫攻势），是第一次世界大战由德意志帝国于西方战线发动的连续攻势，达到自 1914 年以来挺进幅度最深的成果。

敢死队！你的名字的意思，就是勇气，就像他们的第一项戒律一样。冲到战争中！为了胜利不惜一切代价！

去瑞士上学。

在科莫湖度假。穿着短裤等待。等待一辆亮闪闪的车接他走。他父亲的司机。偶尔在贝雷拉过周末。和父亲去过几次罗马，其中两次是去罗马影城看他父亲认识的制片人。电影明星，像广角太阳眼镜似的跑车。摄影棚咖啡厅上面的金松，桑德罗不怎么知道该怎么跟自己的父亲说话。当摄像机在移动摄影车上滑行时，他小口地喝着他的柑橘汽水——它是一个大大的黑色的心，有两盘胶卷，一个心或者一个颠倒的屁股，那个摄像师透过它的取景器盯着，跟着拍摄一个穿白裙的女人鬼鬼祟祟的步子。

他从来都不怎么喜欢他的父亲，一个年老古怪的男人，和罗伯托一样喜欢扫桑德罗的兴致。他父亲和罗伯托有相似的地方，但是在另外一些地方又截然不同。罗伯托不关注东西是怎么制作的，他们的父亲也不关心。罗伯托喜欢控制，特别是人们露怯的时候。桑德罗关注东西是怎么造出来的，关注你造东西能做什么。他喜欢机器，喜欢枪。他从来不像他父亲一样喜爱摩托车，但是桑德罗的父亲忙着管理瓦莱拉的业务，桑德罗出生以后他就很少骑摩托车了。桑德罗记得的是他父亲在新的赛车型瓦莱拉摩托上拍的照片，一个衣着整齐的老人，穿着他的布里俄尼套装，手紧紧握着车把。

他父亲对他母亲很残忍，这恨可能是导致母亲和儿子亲密关系的缘由，但是他也从来都不是很喜欢他母亲，所以他不会跟她多亲密。因为她很苛刻。一个天生就很苛刻的人。只有一次他对她有点类似同情的感情。战争结束了，他们回到米兰，回到布雷拉的房子。桑德罗那时十岁了。他父亲刚从巴西回来，正在大厅里摘下羊毛围巾，围巾上都是雨点子，亮晶晶的。她站在楼梯平台，他抬头看看他妻子单纯热切的脸庞，栏杆的结构，完美的直角，一层一层盘旋而上，不需要弯腰就能看到，还有她的期待，她自己压抑的需要——对秩序、直角、花样的需要，都暴露无遗，仿佛那平台就是一个舞台。他父亲看了他母亲一眼，看到她穿的衣服，是一层一层透明的材料——这些材料放在一起那么光亮又那么昏暗，鞋跟、珍珠，脸庞两侧烫鬈的头发像两个高音谱号，桑德罗的父亲皱皱眉头。

“你需要找一个情人。”他说。然后他径直走到他的书房，走到楼梯右侧。关门，把门闩上。

桑德罗的母亲紧紧地抓着栏杆。她在哭泣，却没伸手去擦眼泪。这是唯一一次，他对母亲有一丝感情，她那么急切地做准备，带着那么愚蠢的希望，等着她丈夫回来，却因为太过热切被地惩罚了，在她的孩子和仆人面前。之后，她下楼走到厨房，冲着厨师大喊大叫，真是够他们受得了。当她骂他们白痴蠢货时，桑德罗感觉到了每一份侮辱，不是作为被骂的人，而是作为骂的人，他母亲的愤怒就像从他自己的指尖发射的子弹。

就他所知道的，她从来没找过情人。现在她有那个美国作家了，那个老吹牛鬼，但是桑德罗没法想象他们很亲密，这似乎不可能，但是他知道这种不可能性只存在于他心里，而不是他母亲和作家之间。只要想想他就难过：他母亲以前跟着他父亲这样一个威严的人，现在跟着这么一个蠢货，以为他喋喋不休就能证明一切——不管是活力还是智慧。嘴唇张开的那一瞬间，头脑就停止了，这是桑德罗的感觉。但是他母亲现在有权力了，那是桑德罗的父亲活着的时候她从来都没有的，这也不一样。去做你自己的决定。

关于那个在东河溺水的人，或者说是准备溺死的人，他想了很多很多。桑德罗救过一个人，把另外一个人的手打伤了，他救的那个人压根不想活着。那个人脸上的表情，困在生的痛苦之中。绝望，活着。那人被水浸湿的冬衣，一层又一层，太重了，桑德罗扶不起来。他把自己沉下去了，好确保自己能通往死亡。所有那些拽着他下沉的衣服，都让桑德罗想起了他父亲以前跟他讲过的巴西亚马逊丛林的一个部落，他们给身上装上很多石头，让自己变得很重，这样他们的灵魂就不会飘走了。桑德罗还继续问，他父亲把他打发掉了。他还是个小男孩的时候，人们试图阻止灵魂逃走的这个事情总是困扰他。他读到了世界上其他地方其他部落的故事，婆罗洲和新几内亚，对于他们来说，灵魂是一个偶然而易变的东西，可以被赶走，被丢失，甚至发生更糟糕的情况。它可能逃跑。必须好好看着，不能让它离开你，不管是用哄骗，还是用牵索，还是用钩子，或者重石头。

灵魂不是一个事实，只是你所是，或者说，你本来就拥有这个简单的东西，这在桑德罗看来是很有道理的。他现在仍然相信这个。在某种意义上，那种真实不是你被强行推进的一个客观的地方。你必须一直抓着它，时刻保持警惕，看看什么样微小无形的东西把它的意义增加到你的生活中。就称之为灵魂，或者存在吧。不管是什么，一个囚犯或是一位客人，你都得哄着它或者求着它，让它多留一会儿。

人们都给自己增加过重量，桑德罗知道，哪怕没有用石头。

一部电影。一个爱人。朋友。同伙。某种程度的成功。这些都是体面的依靠，因为这些东西能经常互换。而艺术，当然了，艺术创作才真正关乎灵魂，关乎灵魂的失去。这是在世界上栖居的技术，为了不消弭其中。

作为一个孩子，他的灵魂让人感觉轻盈，纤细，填满了渴望和厌烦——他知道这是意大利的和天主教的。跟着他母亲和哥哥去教堂。女人用高粱扫帚扫圣器室台阶。没有生命的圣母玛利亚雕像披着蓝色的披肩，永远都是一样的蓝色阴影“虔诚，天空，遗忘”。源自神秘和虚空的希望（中空的石膏）。当教徒唱着《圣母悼歌》时，风琴声回旋着，淹没了歌曲的主题，圣母玛利亚的忧伤，所有人都能看到的她受难的样子，涕泗横流的脸庞，音乐汹涌而至，拓宽了他小小的灵魂。这让他感觉轻飘飘的。这给他注入些什么东西，对那些不属于他的经历的悲伤和喜悦。或者说它们就是他的，只是它们化作了甜美动人的歌曲。

FacutardeatcormeuminamandoChristumDeum.

让我的心在耶稣基督的爱中燃烧吧。

但是翻译页却写着“灵魂”。“让我的灵魂燃烧吧，融化吧。”对年幼的桑德罗来说，用高音念出这几个字足够让他想燃烧了，不是世俗的恳求，也不是和一个母亲的苦难融为一体的恳求，甚至不是上帝的妻子。使心燃烧。同什么东西一起。

使之燃烧。他父亲把这句话贴在壁炉上。一个聪明的指示，使之燃烧。而且木头就堆在那里。但是很可能，这不仅仅是个玩笑话，而是和他父亲过去当敢死队队员的经历有关。

一个狂热的队员。同热情一起燃烧，这热情让他冲入战争，冲向死亡，然后冲向金钱和权力。这个短语不能简单地局限于壁炉上方告示的字面意思。燃烧的。灵魂，燃烧着，融化着——存在或者散去，丢失或者逃逸——才是最重要的。

但是如果你让你的灵魂离开呢？让它飘游呢？它最后会回来找你吗？如果那样的话它是不是类似于爱呢？一个你放手让它去经历的东西？甚至是去遇见？能遇见爱的人太幸运了。他的意思是已经遇见了，不是可能遇见了，而是真正遇见了。可能没有这样的事情。他的父亲说历史总是比实际来得晚。它太晚了，它太早了，它总是比自己的时间太早，要么太晚。意大利总是错过和它自己的相遇。它建国的时间没起作用，没人相信复兴运动。北部和南部永远都不同步。人们获得启示的时间不是太早就是太晚。他们总是错过和自己的约定。好吧，也错过和其他人的。罗尼是桑德罗唯一努力保持和他的约定的人，他们第一次见面，他就认识到这份友谊了。他一直都保持着，这是不早不晚的一段牵系。不是幻想中的，也不是回头看到的。但是他并没有确切地去努力什么，这不过是运气，就像爱也是运气一样。这是机遇。他们俩见到彼此、相互对视的时候，他们就知道了。他和罗尼几乎是镜子里的影子，注定是相反的。一种距离扭曲的爱。竞争。它比真正的爱还要持久，他知道，这一点毫无疑问。

他在 TWA 终点站。

TW 就是横贯世界，罗尼可能会这么说，他对词语和商标都超敏感。

纽约到米兰，经伦敦转机。

他已经答应他母亲六个月了。她现在只有一个儿子了，他不能拒绝她。他不能。他母亲求他回家，他也履行了，全身心履行了——而不是部分履行，他带了一个起缓冲作用的人，一个女孩。他觉得他既是重新回到子宫——与本能相违，又是成长，面对自己——虽然太晚了。

他琢磨过她，琢磨过她怎么生活。他从来没向自己的朋友们问起她，尽管他知道他们一直都保持联系。谨慎是生存的方式。这是他的历史，他的损失，和任何人无关。

他抬头看着终点站帆船白的拱形顶，线条如同安格尔的画作一样弯弯曲曲的，燕子穿梭着飞来飞去，隐匿其间，他想起了巴西利亚。那边完全是一个不同的建筑师设计的，但是 TWA 终点站总是让他想起巴西利亚。一样的白色混凝土抛物线，巨大的玻璃结构集散厅，它们诞生于同样的构想——一个被禁止的谎言，关于进步和乌托邦；它们于同一年诞生——一九五六年。那年，也是太阳高速公路诞生的时间。多么不平凡的一年，一九五六年。巴西利亚当然要比航站楼还糟糕。它跟人不成比例，而且你会看到一个可怜的印第安女人头上顶着一篮子谷物或者洗好的衣服，在闷热的天气里走一段远得吓人的路，她的影子投在空白的、晒干的混凝土墙上，有两百英尺高，没有阴凉，没有树，没有人。巴西利亚跟人完全不成比例，包括一级方程式赛车场——桑德罗的父亲和瓦莱拉轮胎慷慨投标后建成的——是对头上顶篮子的印第安人的又一次侮辱。

他父亲是带着桑德罗去的，因为他已经七十多岁了，身体每况愈下，需要有人照顾他，但是他又很想去剪彩。桑德罗那时候已经十七岁了，从纽约飞到巴西利亚。

这就是我们做的事情，他一边扶着他年老体衰的父亲，一边想着。我们剪彩。我们是剪彩的人。

他对巴西又硬又白的蛋奶酥皮是既爱又恨，这完全抹去了给他们付账的肮脏的历史。他父亲在亚马逊河的橡胶收割业务使巴西政府有了足够的钱，来建造一个无所不包的实体乌托邦，一个崭新的首都。大笔钱财投进去了。橡胶工人仍然在那儿——现在是一九七七年，他们仍然在那儿——而且工人更多了，因为他们的孩子也都是橡胶工人。不论是桑德罗的父亲，还是巴西的监工，抑或经纪人，都懒得告诉橡胶工人战争结束了。他们只是让他们忙着，在遥远的西北丛林不停地劳作。橡胶工人不知道。他们相信总有一天会有一笔巨款，如果来不及给他们的孩子，那可能是孩子的孩子。“对于印第安人来说，时间算什么？”那天晚上在宾馆，他父亲这么对桑德罗说。宾馆是这样或那样的宫殿，又是星际般的像蛋奶酥皮一样的楼房，专供工业家和外交家居住。“什么是时间？”他父亲说，“是什么鬼玩意？什么人生来就计算时间，什么人不计算？”桑德罗开始生气了。我跟这个老混蛋在这里做什么？“去告诉他们，桑德罗，”他父亲说，“继续往那边走。只有三千公里的路，大部分是泥路。去吧，让他们知道战争已经结束了，他们都可以回家了，听见了吗？”

这是桑德罗最后一次见到他父亲。

一切都是残忍的教训——这就是父亲的作用。桑德罗四岁的时候，他父亲在工人罢工时把他带到轮胎厂门口。那些工人抬着一个棺材，桑德罗问：“爸爸，这是葬礼吗？”他父亲大笑着点点头。“给我的。我死了，对不对？”伸出他的手，扇着自己的脸，然后又伸出他的手。“你说呢，桑德罗？你看我像死了吗？”

门口的场景变得很骇人，接下来的事情桑德罗就知道了，他父亲的司机抓着他，抵着他的大肚子，然后他被推到车里，车被拳头和石头之类的其他东西狠狠地捶着，他父亲的司机开车带他们离开大门，司机脸上血淋淋的，玻璃碎得到处都是。

他们回到家时，父母吵架了，他明白了，他父亲带他出去是有目的的，就是要让他看见发生的事情。他父亲从来都不会在混乱时期带桑德罗去工厂门口。他在利润和损失的细节方面训练罗伯托，却只带着小桑德罗去看工人们拿着棍棒攻击他们。但是为什么呢？后来很久了，桑德罗问过，那时候桑德罗已经离家上大学了。因为你会成为一个艺术家，他父亲说。让你明白你不适合做任何其他事情是很重要的。那就是艺术家，他父亲说，在别的方面一无所成。那听起来像是侮辱，他说，但其实不是，总有一天桑德罗会明白的。每个孩子都是特别的，都注定要做不同的事情，那为什么他们要被以同样的方式对待呢？

罗伯托。对他的死，桑德罗感觉到了些什么。对他母亲来说，她现在变得孤零零了。“你应该找一个情人。”他总觉得自己永远都不会回去生活，但他会回去的。他现在就在路上。飞机马上就降落了，而且他总算熬完了，从某种方式而言他觉得有几分轻松，他总算从他自己的感伤情绪中解脱了。当他和那个被罗尼抛弃的人出席葬礼时，他母亲说停下吧。停下什么？然后她说，欺负这些年轻的女人们。你不爱她们，你把她们带到你和你的生活之间。那是五月。现在七月了，他已经正式脱离纠缠了。独自一人。

随时都会通知登机。回到意大利，他就死了，而他已经准备好了。甚至有点迫切。他自己的棺材，就像那些工人给他父亲抬的那个一样。他必须担任一个角色，她的大儿子没有了，他必须当他母亲的宠儿。

很可能那个女孩——罗尼抛弃的那个——也松了一口气。和他交往不可能有多少乐趣。忧郁，沉默，专横，一个迷人的组合。她奇异的、像猫一样的独立性格，总是让他很不愉快地想到他破裂的关系。他把一切都搞砸了，糟糕透了。轮胎厂那糟糕的一刻。尽管他试图给自己做解释，给塔莉娅作解释，道歉，收拾一切，都不管用。他把事情搞砸了，而且也许这是有意的，他让他表妹把他带到他年轻时去过太多次的地方。她曾经是他的情人，这就像回家。人们什么时候不会被表妹吸引呢？当他二十来岁、塔莉娅十六岁的时候——但又是多么苍老的十六岁，他这样做是他的权利。当她在纽约出现时，他试着和她保持距离。瞧，他说，我在和别人一起生活。塔莉娅的回答是沙哑的笑声。你以为我想和你一起生活，桑德罗？别傻了。你是我的表哥，他妈的。他努力地想离开。他跟她说不喜欢你跟一只狗说话。不，他说得很坚定，她只是笑着，心里得意地想着他的坚定是为了他，而不是为了她，这个坚定是为了他好，这样当他想越界的时候会提醒他。

那天的憎恶——因为和那个小说家一起坐在车里，那个老同性恋，倒不是真是同性恋，就这么说吧，他竟然敢在他面前把手放在他母亲的大腿上。桑德罗、罗伯托和塔莉娅坐在后排。天哪！就像孩子一样，兄弟间的战争又开始了。罗伯托忽地弯下身，确信他会在母亲的奔驰里被枪击。桑德罗说，你真有意思。没，没人在乎你，他想说这句但是没说出来。这会让罗伯托更有理由害怕，那就是，没人在乎他是不是活着。

穿过大门，开车进去。瓦莱拉一家在瓦莱拉工厂，他离开意大利去逃离的一切，都在他面前。唯一不是从那个米兰式世界来的，是塔莉娅。因为她有个英国父亲，在美国上的寄宿学校，讲话带着点英语口音，这让他想起来他有一次听诗人西尔维亚·普拉斯念一首短小精悍的东西，开头是这样的——

"首先，你是我们的人吗？"

西尔维亚·普拉斯轻快的声音。一个她一再重复的问题，最后成了诗歌的叠句，"你会嫁给它吗？"语调温柔，严厉，心照不宣。"你会嫁给它吗？"他把那个严肃性感的声音和塔莉娅的声音融在一起，这是后来的事情了，那时候他们已经是情人了，这种的融合，让她几乎变成了他的一部分。

这套衣服怎么样——

黑色的，硬挺的，但还算合身。

你会嫁给它吗？
它防水，防碎，还防
能穿透屋顶的火焰和炸弹。
相信我吧，他们埋葬你的时候你一定穿着它。

塔莉娅渐渐变成他难以抵挡的诱惑了——当她时不时总是出现时。她说话像西尔维亚·普拉斯，长相也跟她有几分相似。还有她鲁莽急切的性欲——他也喜欢。这成了他依赖的习惯了。她皮肤苍白，圆脸，头发和敢死队的公鸡羽毛一样黑溜溜的。她并不是给他可怜的忠诚——那些意大利女孩不知道该给什么更好的东西，她们为了赢得你的心，崇拜你，给你煮饭，跟你睡觉，跟母爱似的。这是噩梦。我不想要母爱。我能照顾我自己，于是在纽约，他碰到了这些……凶悍的女人，她们想要别人的服务，就像斯坦利的老婆一样，这多让人轻松。从对自我的关注中喘口气，来关注她们的需要。就像吉德莱，所谓的最好的朋友，但实际上却是一个几乎没有自我的背叛者，她不需要任何一种联结，有一种变态的自由。他喜欢那样的东西。偶尔。或者可以说，他任凭这些专横的女人们享受他。他需要在他忠诚的女友之外放松放松，她对他的慷慨很顺从，很少要求什么。她就像一个女儿，年轻的里诺。她既单纯，又很有野心，她指望桑德罗来给她方向，很好，但不是一直都好。有时候他只是想忘记自己。每个人不都是这样吗？塔莉娅不一样，她也不像个美国女孩。防止穿透屋顶的火焰和炸弹。那天下午，他们一起从工厂出去，想呼吸新鲜空气，那是她说的，“呼吸新鲜空气”。但是一出去，身边没人的时候，她就抓住机会了。直接找到拉链，手进来了，那种直截了当的无视，让他心里很为他甜美的小女友难过。她不知道你就这么进来了，直接抓着它，这不是损人利己或是粗俗的问题，这已经是事实了，阴茎上的一只手，就是这样，有的女人知道该做什么，他自己黑发的表妹就是这样的人。如果年轻的里诺，不像他苛刻的母亲和残酷的大家庭，如果她知道偶尔粗鲁一下，只是去索取，他是不会分心的。但那也是一个谎言，因为事实上，他喜欢的就是她现在的样子，她睁着大眼睛敬仰他的样子，寻找她自己的某种意义，一个榜样。

他不值得被人敬仰。塔莉娅知道这一点，塔莉娅从来不指望任何人给她任何东西。她毫不怯懦，她不需要取悦他人。她既不爱自己也不爱其他任何人。她心里更清楚。她是一个进化的人，一个史莱普尼家的人。而他知道这个。他喜欢毫不介意的人，但是你身边不能总这样，只是偶尔。就像某天当他恰恰在自己最不想待的地方，一个瓦莱拉家的人在瓦莱拉工厂，而塔莉娅已经脱了他的裤子，把她的手放在他的阴茎上，而她、它，都预示着逃离。他并没想把这段关系搞砸。他不可能知道他的美国女朋友会找到米兰这死气沉沉的工业郊区，而且在工厂的那里，就在那里。他怎么可能知道呢？他从来都没有想到她会出现。就像她无论如何也想不到他在那个时刻的感受一样。

他伤害了他并不憎恨的人，一个他可能还爱过的人。他不想说他爱过她，因为这是你对待你爱的人的方式吗？他可能爱过她。别再说什么了。一些可能成为、但最终没有成为的东西，他本该维持、但却失败的东西。

他父亲曾经告诉他："随着你年纪越来越大，你会越来越不能容忍跟你同龄的人。""你的意思是你就是这样。"桑德罗当时说。"是的，我是，"他父亲说，"没错。我过去以为那是因为我逃离时间了，而女人没有。但那不是原因。这是因为我生长停滞了。很多男人都是这样。你长大以后如果也是那样，桑德罗，你就会懂的。你会找年轻的，这样才能容忍你自己。"

就是这样了，到头来。他父亲说的没错。这是你所能容忍自己的办法。

他长大了，有时候真是混蛋，他想着。当你做了混蛋的事情时喊你一声"混蛋"很容易；而如果你悔恨万千，做了一系列事情来证明自己不是混蛋时，就没那么容易了。那样说来，他和罗尼可能并非截然相反，而是非常相似，或者变得非常相似。

他看着她的脸，那么忧伤，那么愤怒。而他心里想着，我是个混蛋。这也是一种自责，但不是那种带着希望的自责。

可能那就是她迂回的方式——他在不经意间开始明白——和瓦莱拉公司合作，和他们一起在犹他州，在内华达州，不管在那儿，反正都不怎么对他的胃口。然后就是那场宣传巡游了，计划改变了，那就改变吧。她消失了，他不知道在哪里。他母亲的一个雇员，那个管家，那天在工厂里寻找她了。他说他会把她带回贝拉吉奥的别墅，但是他没有。很可能她非要去别的地方。他回去时她和管家都不在。桑德罗在别墅晃荡了一周，和仆人、砰砰撞向夜晚窗户的大飞蛾一起。她去哪里了呢？她再也没回来。他给在纽约的罗尼打了个电话，他告诉他《时代》杂志那周的封面是一盘里面放着枪的意大利面，上面写着“去意大利旅行”。

广播登机了，是他的航班。他从椅子上站起来，航站楼里屋顶很高，到处都有人在聊天，白色噪音在大厅里回荡着。横贯世界。从一大股白烟里，既飞出了燕子，也驶出了现代的阴暗面。尽管这种联系并不直接。因为TWA不是奥斯卡・尼迈耶[1]而是沙里宁[2]。但是，它融化的调和蛋白轮廓都告诉他巴西利亚等于死亡，一个卑鄙可恶的信息，隐秘的，从航站楼到桑德罗。

“地球上最傻的人，”他父亲这么说亚马逊的橡胶工人，是这些人让他变得富有，这些人的奴役给现代主义的凯歌付账，现代主义，就像他现在身处的航站楼一样。太愚钝，太野蛮，他们居然用石头给自己的灵魂增加重量。这个做法的严肃与复杂至今让桑德罗印象深刻。这说明了他们知道什么会遭到危险，多么脆弱的存在，真实的，被感知的，生活过的存在，确实是。

桑德罗和M——他的阿根廷朋友，曾经长谈过，聊文化与暴力。

1 奥斯卡・尼迈耶（oscar Niemeyer，1907—2012），巴西建筑师，拉丁美洲现代主义建筑的倡导者。
2 埃罗・沙里宁（Eero Saarinen，1910—1961），美国建筑师，以根据项目的需要灵活转变风格著称。

他应该称他M，桑德罗想。M会明白桑德罗的处境，明白他哥哥出了什么事情。但是为什么会有那样的谈话？他在别墅等待的那一个礼拜，她从来没有回来，他看到了报纸上示威的照片了，波伦亚的坦克，罗马的人群，艾塞德拉广场上充满了人群的泡沫，他什么都没感觉到。或者，他的确感觉到了什么。这是个提醒，提醒他生在错误的一方了。罗马年轻人愤怒激进的行为是一种激情，一种行为，一种拒绝，一种美，某种让意大利人变得庄严的东西。但只要他在瓦莱拉承担他的角色，这就与他相对立。这与他对立，所以他无权参与。

在别墅孤单地住了一周以后，他回到纽约了。重新开始他的生活，但是是单身状态。之后罗伯托被绑架了，罗尼抛弃的那个女孩不知道怎的总是在对的时刻出现，有的女人就是有这种本领，时刻把握得刚刚好。罗尼伤害了她，让她哭泣，他很高兴她终于不用老是跟着他了。之后突然，罗伯托死了。他母亲截住他，冲着他大喊大叫："你不爱她们"。

现在桑德罗一个人回意大利了，正在登机。

他坐在靠窗的座位上，已经准备好在这个整夜呼啸而行的喷气式飞机上时不时睡上不自在的一觉。在黑暗的天空中飞过，离地球数千英尺，地球变成了一个抽象的概念，一个微不足道的东西。时不时醒来——不重要的地方，不重要的地方，不重要的地方，然后接近，伦敦希思罗机场。他脱下他的衣服，一件夹克，把它卷起来，把脸颊抵在夹克上。朝窗外看，试着忘记一个转瞬即逝的回忆。罗尼说过飞机窗户是马桶座圈，它们的形状一样，这话当时引出一个结论，那就是古根海姆像个厕所，每个人都知道但是都不敢说。我不会在厕所工作的，罗尼说过，就是这种态度可能会让他最后在那里办展览，桑德罗知道。

他们现在在机场跑道，准备降落。他把前额抵着玻璃，塑料，管它是什么，看着那些忧郁的黄色标志，闪闪发光，有编号，指示着跑道。

忧伤的黄色标志咔嚓灭了。他们都走了，一下全走了，消失在黑暗中。所有混乱无序、稀稀拉拉的跑道灯都熄灭了。还有控制塔的弧形灯。

一切都熄灭了，一切都没入黑暗。飞机上的灯还亮着，但这是黑暗之海中的一架飞机。

飞机没有动力了。他们会等着，一直到重新恢复供应。没有命令，乘务员说。可能只是几分钟。请耐心等待。每个人都在耐心等待。飞机不再飞驰了，但是它已经到达了他们必须要通过的陌生之地，才能到达他们准备去的地方。

二十

她的速度

“阿尔卑斯山。”谈到滑雪时，他说。

他问我喜欢不喜欢山脉，我说当然了，我以前参加过滑雪比赛，他点点头，那股严肃劲，就像说到什么他都严肃地点头似的。我问，“你呢？”

“什么？”他说。

“你滑雪吗？”

“也许吧。”

我不知道他真是这么打算的。他的意思是马上就走。

我们将要去阿尔卑斯山。

可能詹尼都不知道他自己说的是什么意思，不知道就在当天晚些时候我们就出发了。那一天，我莫名其妙被牵连到争吵中错误的那一方，贝娜模模糊糊在他们之间划了界限，他和贝娜之间，于是我被迫和詹尼站在一起。

可他一定知道。因为我们离开公寓时，他叮嘱我带上护照。我走到哪儿都带着它。那些警察总喜欢堵住我。你拿着护照就能证明自己是美国人了，哪怕你只是出门走两步。

根本不是贝娜想的那样，认为她实际上把我推到他怀里了，但是接下来没发生任何事情。一切都非常合乎体统，有那么一瞬间，我几乎在想这是怎么回事，因为别的一切事情都被詹尼事先处理了。他支配着我们的关系，适度，一成不变。就像他把我从轮胎工厂的停车场带出来时，我泪眼婆娑，外面大雨滂沱，他没有看我，没说几句话，从他身上，我只感觉到了隐秘与尊重。

我们坐在楼下的意大利小餐馆，他们常常在那儿吃，那一群人。老板是位共产党人，他们都这么说。

我很害怕碰到贝娜。也许吧，离开不是件坏事，就像他说的一样，去阿尔卑斯山。随便去哪里。

我们在餐馆门外碰见杜鲁迪了。

“到时候了。”杜鲁迪对詹尼说。

到晚上了，天已经黑了。灰暗的紫色光线洒在圣罗伦兹教堂丑陋的屋顶上，屋顶上是一排排的电视天线。

跟杜鲁迪一起，我们第二次坐进詹尼那辆白色的菲亚特，车开到了一个我不熟悉的布尔乔亚街区。我们走到一间富丽堂皇的公寓，每面墙都立着堆到天花板的书架，玻璃窗都是双层的，所以你听不到外面车来车往的声音，只能听到公寓的旧木地板吱吱呀呀地响，桌上的纸被屋顶的吊扇吹得翻动着。带我们进去的人像个教授，金属框眼镜，灰白的头发和鬓角，开口说话时总是习惯性地摸摸下巴。

杜鲁迪说詹尼需要消失。那个男人把詹尼带到另外一个房间。那个门就和那些窗户一样隔音，他们进去以后好像把门锁上了。

杜鲁迪精力旺盛，神经兮兮的，就像一个小男孩，如果让他坐着不动，但他的身体根本没办法安安静静不动弹。他一上一下晃着膝盖，吹口哨，从咖啡桌上取了本书，好像他从来没看过书似的，瞅瞅封面，瞅瞅封底，像翻照片动画书一样用拇指呼呼地翻着，然后又把书放回去了。

他看着我。“基本上就是坐着没事干。”他说。

什么，我问。

“生活，”他说，“做地下工作。”

我们一语不发地坐着。

“还得努力不被人注意，可以被人看见，但不能被注意到。詹尼现在不会被人注意了，所以，他有了你是好事。”

“我希望我也有这样的掩护。一个柯莱斯皮公司成员的妻子，比如说。他们拥有报纸。呸！如果你想做成什么事情，得先想办法不让警察找你麻烦。”

他从口袋里取出一只打火机，开始啪嗒打火，啪嗒，啪嗒。他的大拇指被烧到了，因为金属打火轮变得太烫手了。

“实际上，不。你知道这种生活大部分时候是什么样么？不是詹尼，”他说，“是我。詹尼不一样，没人知道他是怎样的，真的。我们其他人都玩弹球。很多很多。太多了。你打得很好。我们打得那么好，简直疯了。累积到八十万分，九十万分。如果你是沃尔西酒吧的最高分，你就把你的名字写到机器边上。但是我们不能写真名。所以那个单子上的所有最高分，都是假名字。那些人都不存在。”

他的腿一晃一晃，看着我，好像在等着我回应。

“但是詹尼不玩。”我说，

“不不不，”他摇摇头，“詹尼更像，呃，像这样：把弹球机翻到一边。不知道从哪里变出来一点塑胶炸弹，跟变魔术似的。也是跟魔术一样，不知道从哪里变出一卷防水密封胶带来。电线。定时器。还有——”

他抬头看看，又开始吹他的口哨。詹尼和那个白发教授从别的房间出来了。杜鲁迪的膝盖上上下下晃着，不是紧张地晃，而是近乎痉挛。可能他十八岁，也可能十六岁。我突然弄不清了。我已经分不清谁是成人谁是孩子了。

詹尼，可是詹尼呢，他是成人。

那个人走到抽屉旁边，开始收拾东西。

“就算你是个新手，”他对詹尼说，“你一直往前就行了。当心悬崖。”他笑着说。“我开玩笑呢，你可一定要小心裂隙，还有冰塔，现在三月末了，它们可能会移动，融化。就是说你别站在冰塔底下。”

他桌子上铺张地图。他给詹尼和杜鲁迪比划着詹尼应该怎么走。那个人平静从容，却有些严肃，他用铅笔在地图上画着路线。

“这里，”他说，“山顶，缆车能把你带出去。你从那边的坡上下去，但是下坡的大路不陡，你就从大缓坡拐弯。你会碰到一块大石头，形状像腰子，到了那儿，沿着小路向左拐，一直到冰河，一个冰川，像带着槽纹的海湾。这季节，冰川肯定化了。别担心。你会在底部看到隧道入口。沿着那条滑雪道穿过树林，直接出去就是霞慕尼。”

他给一位朋友打过电话了，让那人带工具过来。我们走的时候，工具已经在大厅了，一副滑雪板，滑雪仗，男式靴，手套，一顶帽子，还有风镜。那个灰白头发的教授给了我俩两件暖和的毛皮风雪大衣。我们把所有东西都装到小小的白色菲亚特里。那人提醒詹尼多注意，出门慢点，小心裂隙。

杜鲁迪没跟我们一起来。他突然就走了，像他不认识我们似的，这时天已经全黑了。

我和詹尼又在高速路上了。我身上的衣服是贝娜暂借给我的，或者说是她送给我的，褪色的绿灯芯绒裤子，黑色的纯棉圆翻领毛衣，我穿着这身衣服，活脱脱一个意大利人，这就标志着我融入了这个组织，打扮得跟沃尔西大道公寓的女人们一样。

因为他给瓦莱拉一家干活，因为他带我去罗马而且不知不觉把我带到他的圈子，詹尼像我的守护者，至少我心里这么觉得。所以如果贝娜和他发生分歧了——跟他吵架，原因呢，我猜跟他的处境和解决办法有关系——如果她让我和詹尼站到一边了，我怎么做的？

我走过去，走到詹尼那儿。我的秘密守护者，他的沉默吸引了我。自从我去了纽约，我一直在听男人们聊天。男人就喜欢那样，聊天，假装自己是专家。一个沉默寡言的人终于出现了，我开始聆听了。

我们在去往瓦莱达奥斯塔和勃朗峰的路上。我知道这是边境，在警察来抓他之前带他过境。

“你在帮我，”他说，“没有你我根本办不成这事。你是个好姑娘。”

好姑娘[1]。

---

1 原文是意大利语。

他的掩护。把警察甩开的办法。一个错误——不是他的错误，是我。我明白了，突然明白了。但是太晚了，没法退出了。

汽车时快时慢，穿过一个个山口。到了夜晚最冷的时候，也就是黎明之前，我们看到库玛耶了。

再往前，是恩特列夫。接着，当天空出现第一缕晨曦时，我们到了拉帕吕。一辆红白相间的缆车沿着山上的缆绳上升，山很陡峭。第一班是早上八点钟。

我们在旅舍一起喝了杯咖啡，穿着羊毛滑雪短裤的老人们在做拉伸，给滑雪板上蜡，透过窗户看看外面的山。大风呼呼地吹着雪，雪堆积在岩石的褶皱处，飞雪如烟，纷纷扬扬，吹来散去。天空是暗沉沉的白，带着一丝亮光。暴风雪将至。

帕萨蒙塔格纳，意大利语是这么念的，意思是巴拉克拉瓦盗式帽。但詹尼这时候用它，不是为了像人们示威游行时那样为挡住脸，而是怕生冻疮。

那个缆车会把他往上带三层，带到彭塔·海尔布隆纳。从那儿，他可以从白色山谷滑到霞慕尼。不用检查护照，没有警察，什么都没有。无人区，唯有白雪，大风，陡崖。漂亮公寓里温和的老人提醒他多加小心的罅隙。危险的冰块。詹尼会经由意大利到法国，然后开始某种意义上的流亡。

我有菲亚特车的钥匙，装在老人借给我的羽绒服口袋里，这样借东西总有点怪怪的，也不指望我归还了。这衣服里面的衣服还是借的，淡淡的肥皂味，让人想起贝娜。

风一阵紧似一阵，把雪都吹到了路两边。詹尼上缆车之前，我问他是不是真会滑雪。

我问的时候是开玩笑的语气，但是在缆车上我总琢磨着，缆车上升，上升。一个在轮胎厂流水线上班的人很可能不滑雪。

“还好吧，但愿喽。”他笑着说。

我根据指示牌走到勃朗峰底下的隧道，穿过边境线。

指示牌是法语的，边境守卫戴着黑色的皮手套，一说话口里就呼着热气。一个人翻了翻我的护照，盖好章，招招手放行了。

当我走进勃朗峰隧道，走进那一片白光粼粼时，我已经有预感了。我觉得与世隔绝——我身处高山脚下的隧道，眼前波光流转，明晃晃、白刺刺。每个通道都指向不同的出口，都特别狭窄，每次对面来一辆车，我都觉得我们会撞到。

十五分钟以后，我到出口了。我到法国了。天在下雪。

在霞慕尼，我停下来等着，就是在罗马那个帮助过我们——或者说帮助过詹尼的那个人嘱咐过的地方等着，蒙坦维尔火车站，上面挂个牌子，写着“冰河”，是列车的观光终点站。

我下了车，仰面看着一望无垠的白色天空。雪花到底是怎么形成的，这个问题总是让我觉得很奇妙，好像它们把地上的二十个花托变成这些飘落的花束。大雪似连绵不绝的交响乐一般，朝我仰起的脸上飘着。大片干燥的雪花，没有风。雪纷纷扬扬落下来，积在地上。我应该在普兰纳兹等詹尼。我问了一个路人，他在用平底铁锹钝的那一端敲走道。我不会法语，只说了句“普兰纳兹？”他指指方向。那是个平缓的滑雪坡，两边立着一排排的树。上面就是勃朗峰，白雪皑皑。

可能需要几个小时吧，他得坐缆车、滑雪。我走到车站旁的一个小酒吧。只能听到法语。霞慕尼，这边的旅店，登山商店，面包房，和经过恩特列夫时的小车站太不一样了，恩特列夫就是意大利那边我和詹尼等着缆车出发的地方。当我走进山底隧道时，我又一次觉得自己与世隔绝，不知何去何从。

我点了一杯加牛奶的咖啡，坐在桌子前等着。在滑雪小屋，一直有种做梦般的感觉——在这个敞亮而拥挤的房间，你微不足道，疲倦不堪，人们穿着滑雪靴，橐橐地在金属楼梯上上下下。领队给我们买了热巧克力，我任凭它在舌间燃烧，我根本等不上它凉下来。在暴风雪中困在小屋。当我们的比赛结束了。或者当我被撞到了，没完成比赛，也不准备参加第二轮了。不够格，不参加第二轮了。

詹尼和我之前一整晚都醒着。我努力地让自己睡了会，我的脸埋在胳膊里，趴在小火车站附近酒吧的一张空桌子上。

醒来时，人声鼎沸。吃午餐的人们来了。一男一女来了，坐在我的桌子上，用的语言像斯堪的纳维亚那边的。我拉上羽绒服拉链，去我该去的地方等待，普兰纳兹山脚，詹尼会从那里滑下来。我望着远处，那座山在雪雾迷蒙的云海里依稀可见。我来来回回地走着，好让自己不那么冷。詹尼没有出现。

狂风阵阵，吹散了松枝上的积雪，雪花沿着斜坡簌簌而下。风摇树动，令我心里一紧，倍感孤寂。我仰着头，灼灼地等着那件红色的夹克衫。大雪迷了我的眼。我几乎看不见了。宽阔的斜坡上云雾缭绕。初学者这时都放弃了。几乎没人在滑雪。

只有那么一小会，雪止了，云退去，露出了勃朗峰——这是我第一次看见它。低沉的云间，太阳喷薄而出，在冰面上投下一处处暗影。我看着这些暗影，仿佛它们就是詹尼模糊的影子或者信号。马上就来。

头顶的勃朗峰静穆如斯。陡峭的白沙漠，密布着白云，白雪。嶙峋，荒凉。它拒不回答我的问题，他去哪里了？

傍晚。云雾再次遮住了勃朗峰山顶。下雪了。窗户泛着黄色的灯光。两个孩子奔跑着，尖叫着，抬头望着，他们张开嘴，让飘落的雪花融入舌间。

我该等多久呢？

天黑了，当我在普兰纳兹山脚走来走去的时候，两只脚都发麻了，滑行道渐渐变成灰色，愈来愈模糊。

这时，霞慕尼燃着黄色的灯光。一缕柴烟的味道。

电影里那个抛弃自己生活的女人一直在等待，但是并没有等待什么特定的东西。她头上裹着卷发棒，坐在酒吧里。等着来个男人把她接走，给她买杯啤酒，把她带到什么地方。那些卷发棒意味着会发生什么事情，却不知道会是什么。

我不是在那样的时刻，卷发的时刻。

我不知道詹尼是否已经遗弃我了，或者遭遇不测掉进裂隙里了。我只知道等待。

一簇簇如絮的飞雪从树枝落下来。我听到一扇门开了又关了。一辆公交车路过，车外的狭槽里装满了滑雪板，后面是一大片黑漆漆的内燃机车，橘色的路灯照亮了它们。

天快黑了，比先前冷多了。我能看见勃朗峰顶嶙峋的线条，尖尖的山顶，大雪覆盖的罅隙。庞大的山脉，黑色，就在眼前，却不像人的存在。这是坚如磐石的怀疑。

你可以翻来覆去想一个问题，比如等待的目的，比如到底有没有目的而言，比如本该出现的人。但是如果那个人不来，那么就没有人，也没有任何东西，可以回答你。

天完全黑了。我听到一群人用德语互相喊着，我看着他们经过，他们的机关炮一样的滑雪帽一晃一晃，脚底的新雪咯咯吱吱地响着。

他们这时已经走了。风在林间低语，树枝上上下下起伏，颇有些沉缓的风姿。

我一个人在跑道底部，太冷了，动不了。

答案依然没有到来。

我得在这等待的魔咒里，在这无所顾忌的缺席里，任意选择一个时刻，脱身而去。

离开，没有答案。开始下一个问题。

致　谢

谨以感谢苏珊·哥隆，南恩·格雷厄姆，玛莉萨·席尔佛，南姆·勒，特别是杰森·史密斯，谢谢你们无比宝贵的建议。此外，还要感谢丹尼尔·伯吉斯，克拉迪奥·古恩扎尼，皮特·库切和品奇·库切，雷米·库切，奈特·兰德斯曼，詹姆斯·利克望，维托里奥·摩菲诺，苏珊·莫多，凯蒂·莫娜汉，以及桑塔·玛塔莲娜基金会。

关于马文这个人物的独白的灵感，源自摩根·费舍尔于1984年摄制的电影《标准轨距》（*Standard Gauge*）中的画外音，这部影片哀伤而美丽。